我于深渊时见你

京祺 著

陕西新华出版
太白文艺出版社·西安

图书在版编目（CIP）数据

我于深渊时见你 / 京祺著. -- 西安：太白文艺出版社，2023.5
ISBN 978-7-5513-2297-3

Ⅰ．①我… Ⅱ．①京… Ⅲ．①长篇小说－中国－当代 Ⅳ．①I247.5

中国国家版本馆CIP数据核字(2023)第036097号

我于深渊时见你
WO YU SHENYUAN SHI JIANNI

作　者	京　祺
责任编辑	蔡晶晶　葛晓帅
封面设计	寻　觅
版式设计	建明文化
出版发行	太白文艺出版社
经　销	新华书店
印　刷	西安市建明工贸有限责任公司
开　本	787mm×1092mm　1/16
字　数	430千字
印　张	28.5
版　次	2023年5月第1版
印　次	2023年5月第1次印刷
书　号	ISBN 978-7-5513-2297-3
定　价	78.00元

版权所有　翻印必究
如有印装质量问题，可寄出版社印制部调换
联系电话：029-81206800
出版社地址：西安市曲江新区登高路1388号（邮编：710061）
营销中心电话：029-87277748　029-87217872

目录
CONTENTS

第一章	001	第十六章	103
第二章	010	第十七章	109
第三章	016	第十八章	118
第四章	023	第十九章	125
第五章	028	第二十章	132
第六章	035	第二十一章	137
第七章	041	第二十二章	145
第八章	048	第二十三章	153
第九章	054	第二十四章	160
第十章	060	第二十五章	167
第十一章	067	第二十六章	174
第十二章	073	第二十七章	182
第十三章	078	第二十八章	190
第十四章	084	第二十九章	199
第十五章	090	第三十章	205

第三十一章	212		第五十章	335
第三十二章	220		第五十一章	341
第三十三章	226		第五十二章	347
第三十四章	232		第五十三章	352
第三十五章	239		第五十四章	357
第三十六章	244		第五十五章	363
第三十七章	251		第五十六章	369
第三十八章	256		第五十七章	376
第三十九章	262		第五十八章	382
第四十章	268		第五十九章	387
第四十一章	275		第六十章	394
第四十二章	282		第六十一章	399
第四十三章	289		第六十二章	406
第四十四章	295		第六十三章	413
第四十五章	303		第六十四章	419
第四十六章	309		第六十五章	426
第四十七章	315		第六十六章	432
第四十八章	322		第六十七章	438
第四十九章	328		第六十八章	444

第一章

二十一岁生日这天,我家来了一位不速之客。那是我第一次与她见面,她跟在父母身后,身穿一件质地柔软的白色蕾丝裙,裙子的吊牌没摘,垂在裙角。她双肩拘谨地微微耸起,右手小心地抓着父亲的衣摆,看上去胆小又柔弱。

父亲和母亲是这样向我介绍她的,她叫蒋菲菲,与我同岁,是他们的亲生女儿。

或许这一刻我应该表现出五雷轰顶的模样,但早在一个月前父亲和母亲背着我同进同出、行踪诡异之时,我就已经发现了端倪。

从小,邻居们就说我和父母长得不像。都说女儿应该像父亲,可我偏偏没有父亲的宽眼皮厚嘴唇,也没有圆脸。我没有遗传父母的任何一处优点或是缺点。有时候他们也会打趣,说会不会是当年在医院抱错了娃。直到一个月前他们看到了我的婚前体检单,所有的谜题都解开了。

我不是父母亲生的,也不是捡来的,是在医院抱错的。

此刻,站在我面前的娇小柔弱的蒋菲菲,她微垂着头站在父亲和母亲之间。尽管看不清她的眼睛,我却已经在心里确定了一百遍,她就是父母的亲生女儿。一样的柳叶眉,一样的小圆脸,一样肉嘟嘟的耳垂。眼下的他们仨如同一堵墙,一堵流着同样血脉的墙,死死地将我隔绝在外。

母亲拉着她入了座,然后冲我招了招手:"婉莹,你先坐下。"

饭桌上的气氛异常尴尬，四个人四双眼，来来回回地游荡试探，都在等着某个人先开口。生日蛋糕上的蜡烛已经燃尽，蜡油和黑色的蜡芯掉在白色的奶油之中。我木木地盯着这个此刻已经不完全属于我的生日蛋糕，耳边传来了父亲的话。

"婉莹，我知道这个消息对你来说很……"父亲欲言又止，"但如果我和你妈不这样做，恐怕会后悔一辈子。"

父亲婉转地向我表达他的愧疚，语气低顺得像他平日里做生意一样。接下来的半个小时，我如坐针毡地听着他们的道歉和苦衷。整个过程中，我一直在观察蒋菲菲，她一会儿看看母亲，一会儿看看父亲，似乎他们仨之间的短暂相认，已经将过去二十一年的亏欠清空。母亲怜惜地握着蒋菲菲的手，父亲也不断感慨。

这是一场与我无关的骨肉相认，父母找到了当年在医院抱错的亲生女儿；而我，他们给了我两个选择：继续做他们的女儿，或是与我那血脉相连的亲生父母相认。

此刻我不得不承认，坐在我面前的父母已经成了养父母。他们并没有放弃我，但他们一定会把蒋菲菲接回家顶替我的位置，甚至是原本已经为我安排好的人生。

失落的情绪包裹着我的心。门铃声忽然响起，母亲起身开了门。站在门口的却是裴江远——我的未婚夫。

裴江远的出现让眼下的场合更加尴尬。他左手提着为我准备的生日礼物，右手抱着一大束玫瑰花，满含笑意地迈进屋，父亲母亲纷纷抹掉眼泪表示欢迎。我麻木地站起身，却在这一刻终于看清楚了蒋菲菲的正脸。她随同我一起起身，她的视线从裴江远的身上转移到我的身上。我们四目相对，一股汹涌的暗潮在心底撞击着彼此，一下又一下。

那是一双含着水的眼，似乎简单，又似乎不简单。她冲我眨眨眼微微一笑，接着又深吸一口气快速地低下了头。她的扭捏让我不自然，似乎这一刻的对峙，我因为她的柔弱而占了上风，一个满是欺凌的上风。

裴江远将花和礼物送到我的面前，毫不避讳温柔且绅士地吻过我的侧脸。他看出父母情绪不对，即刻询问起来。

纸包不住火，抱错一事裴江远是有知情权的。我和他相恋两年修成正果，外人都说我们是天造地设的一对，我们同是留学归国，同样有着可期的未来。他的家庭小富小贵，父母经营着一家旅游公司。我的父母是经营酒店的，这几年更是做成了连锁。我苦读酒店经营管理和商学，就是为了回来接父母的班。

在此之前，我一直以为我和裴江远会幸福一辈子，但蒋菲菲的出现让我再也没了底气。可这一切的一切都不足以让我害怕，我害怕的，是失去父母的爱。

当晚送裴江远离开的时候，他在我家门口安慰了我好久，说一切都不需要担心，就当是命运的安排。

重新回到屋内，尴尬的气氛又袭来。父亲推给我一张字条，上面写着一个地址。

"婉莹，这是你亲生父母的住址，我们已经跟他们谈过了，菲菲以后就留在咱家了，你妈和我都不打算让她再回去。之前那二十多年，菲菲吃了不少苦，我和你妈想要好好弥补她。"

蒋菲菲坐在沙发上低着头，依旧是那副怯懦的模样，只是当父亲提及她吃了不少苦时，她拉紧了父亲的手臂。

字条上的地址似乎是某个偏远的农村。我将字条推回到父亲手边，说："爸，我不想去，我跟他们没感情……"父亲抬头看看我，重重地叹了口气，这一声叹息我听得懂，满是无奈与失望。这么多年了，他和母亲的一言一行，我都揣测得到其中的意思。父亲是希望我回去看看的，毕竟蒋菲菲被带了出来，而那远在农村的夫妇失去了一个女儿，必定会失落难过。可这不是我的错，我并不想承担。

持续的沉默，让原本平静的蒋菲菲抽噎了起来。她的身体里似乎藏着巨大无比的恐惧，她拉着父亲的那只手更用力了，而我终于第一次听到她开口说话："我真的不想回到他们身边！爸、妈，求求你们想想办法。王玉兰不会轻易跟我断绝关系的，我也不想这么早就嫁人生孩子。我不要过那样的日子,求你们了……"

蒋菲菲的哭泣声娇弱颤抖,听得人心生怜悯,听得人不忍再听。母亲抹着眼泪把她抱入怀中,父亲颓丧地抓着额头。我不清楚蒋菲菲的那个"家庭"到底是什么状况,但我听得出,那个"王玉兰"应该是她的养母,也就是我的亲生母亲。而如今她已经直呼王玉兰的大名,说明她想摆脱那个家很久了。

父母继续沉默,哭声换成了哽咽。我最怕没答案的沉默,往往这个时候,就是需要有个人有自我牺牲的精神。总要有个人出来解决问题,而我是最佳人选。

父母养我是恩,我只能站出来报答。

"爸、妈,我去。明天我让裴江远开车送我去一趟,我先看看那边的状况,起码给你们一个交代。"

父亲眉头的愁绪渐渐消散,转而换成了欣慰。他说:"我和你妈没别的意思。虽然菲菲回来了,但你们两个都是我们的女儿,谁我们都不会放弃。"

我点点头,起身说:"那我先回房间了。你们好不容易团聚,多聊会儿。"

房门关合,屋外渐渐传来了欢声笑语,我隔着一层门板,听得锥心刺骨。

隔天,裴江远开车等在家门口,我出门时,蒋菲菲跟在了我身后。

"那个……婉莹姐……爸妈说让我跟你一起回去,那边路不太好认,你们可能需要我帮你们带路。"

"好,那今天要辛苦你了。"

蒋菲菲坐在了副驾驶座。听说她跟随爸妈回来的时候,因为晕车吐脏了衣服,所以才去商场买了身连衣裙。我担心她再晕车,只好让她坐在前面。

路上,裴江远对她客气至极。今天的蒋菲菲也没昨天那么拘谨了,她还算健谈,裴江远说什么,她都会简单地接上一嘴,一副娇羞的样子,让人生怜。

　　裴江远不怕事大地回了头，逗趣了一句："菲菲，你看婉莹，虽然你们俩同岁，但婉莹就像个知心姐姐；菲菲呢，像个高中的小女孩。你们俩的阅历明显差很多。不过也不难理解，婉莹以前在国外读书，她很要强，什么事都是靠自己，所以练就了她今天稳重的性格。"

　　我坐在后座没搭话，却见蒋菲菲双手瑟缩地抓紧了裙摆，嗫嚅着说："我……没上过高中……"

　　裴江远的眼神定了定。斜眼看过去的一刻，我看到了他对蒋菲菲的同情。强者总是对弱者有无限的体恤与宽容，但这一幕对于敏感的我来说，并不舒服。

　　车子顺着柏油大路驶向了乡间小路，沿路的稻田柳树渐渐变成了大片的荒地。

　　我的心悬在半空，无数设想在脑子里轮番播放。那真是我的亲生家庭吗？那到底是个什么样的地方……

　　车子在土路上颠簸了半个小时，停靠在村口，我们一行三个人徒步走过一间间平房。

　　终于到了蒋菲菲口中的"家"。一扇锈迹斑斑的铁门半开着，门外的石头垫板下，是一条臭烘烘的水沟，水沟里缓缓地流着乌青色的污水。门内卧着一条脏兮兮的黄狗，黄狗打着瞌睡，院子里静悄悄的。

　　裴江远侧头看了看我，迎着光的眼半眯着。他皱眉，不太敢相信眼下的状况。

　　蒋菲菲示意我们往里走，可身后不远处忽然开过来一辆警车。警车一个急刹车，扬起大片尘土。还来不及反应，车里走下的两个警察，直冲冲地朝我们奔来。身后的蒋菲菲叹了口气："一定是来抓蒋轩宇的。"

　　蒋轩宇，应该就是蒋菲菲的弟弟，听说只比我们小两岁，是个不太省心的主儿。

　　果真，警察一路奔进了院子，黄狗冲着警察狂吠。一分钟不到，剃着寸头的蒋轩宇就被架了出来。他满脸不屑地喊："你们他妈的抓我干什么？！我打他是他活该！没打死算他命大！"

或许真的是有血缘的关系，当我和蒋轩宇擦肩而过的一刻，他的目光和我的目光竟在一瞬间有了接触。我对他有种似曾相识的感觉，甚至我能在他的那张脸上，看到一部分我自己的模样。我心里不禁一阵翻腾，对于这样的家庭、这样的血缘，我有着发自内心的抵触。

蒋轩宇被带走之时瞧见了蒋菲菲，他恶狠狠地朝着蒋菲菲啐了一口唾沫："你个忘恩负义的东西，还有脸回来？贱坯子！"

蒋轩宇上了警车，我没敢回头看。蒋菲菲带着我和裴江远进了院子，她伸出纤弱白皙的手，在脏兮兮的黄狗头上抚摸了两下，黄狗的两只耳朵缓缓向后贴了下去，依偎在蒋菲菲脚边。

黄狗安静地蹲在一边，蒋菲菲径直走进了屋。裴江远跟在我身后感叹："在这样的环境下成长，的确是委屈菲菲了。"

可能是我太敏感，裴江远的感慨与关心，让我的心尖泛起了一丝酸意。如果深想下去，本该在这种糟糕环境下成长的人是我才对，而不是蒋菲菲。若不是当年抱错，我和蒋菲菲的人生一定是互换的，我和裴江远也绝无可能相遇相爱。

渐渐加重的压抑感，让我没了迈进这扇门的勇气。裴江远在身后推了我一把，当我的鞋底踩到水泥地面时，屋子里的阴凉气息也跟着袭来。

这是一个杂乱逼仄的空间，眼前是一条窄小的过道，过道里有零散的柴火。左右手两边各有一间屋子：左手边的屋子很小，放着一张单人床；右手边的屋子很大，摆着一张餐桌。餐桌后面是一个土炕，炕上铺着一层棉絮褥子。上面躺着个瘦骨嶙峋的男人。

听到我们进屋，男人无动于衷。蒋菲菲冲男人嚷了一嘴："我带了朋友来，王玉兰去哪儿了？"

男人虚弱地摆摆手，继续平躺在炕上。蒋菲菲为难地看向我们："他前年就这样了，下半身让机器轧了动不了。我去外面找找王玉兰。"

蒋菲菲话音刚落，我在屋子里嗅到了一股刺鼻的烟草味，跟着身后传来了粗嗓门的妇人声音："你还知道回来？你不是要跟我们断绝关系吗？

你个狗娘养的东西！"眨眼的工夫，我甚至没来得及看清楚她的脸，她一个迅雷不及掩耳之势就将巴掌抡在了蒋菲菲的脸上。这是我与王玉兰的第一次见面，而这第一次的耻辱与抗拒，深深地在我的心里扎下了根。

四个人围着圆桌坐下时，我和裴江远坐在了王玉兰的两边，生怕她再对蒋菲菲动手。

王玉兰的卷烟一根接着一根地抽，整个交谈过程中，她只认真看过我两次。这一点我和她一样，我们都不认为彼此算什么亲人，不过是两个乌龙剧受害者而已。

王玉兰的手很糙，糙得连肌肤纹路都有些发黑，她的两鬓已经大片泛白。她和我的养母虽是同一年龄段的女人，但完全活出了两种状态。不过她的脑子倒是清晰，明白我今天的来意，也明白我并没有认祖归宗的意思。

王玉兰毫不含糊地切入了正题，句句话都是说给蒋菲菲听："你别用这种眼神看我，你亲生父母来找你之前，我和你爹都不知道抱错这事儿。你也别觉得你这二十多年活得委屈，你能活这么大，也是我一把屎一把尿拉扯出来的。现在你要断绝关系，可以，但走之前你得把账给我算清楚。去年你答应得好好的要嫁给隔壁村的韩斌，十万块彩礼我都收了，都用来给你弟还债了。现在你要毁了这门亲，那你把十万块拿出来。"

王玉兰的言语、逻辑都异常清晰，她可以放蒋菲菲走，但要我们拿出十万块做交换。

蒋菲菲坐在对面忍着泪，她脸上的五指红印隐约还在。她不说话，眼圈红了一遍又一遍。

我开了口："只要拿出十万块，你们就放她走是吗？"

"是！拿出十万块，然后去跟韩斌说清楚！"王玉兰眼睛一亮，"对了，刚才我儿子又被派出所抓走了是吧？你们再想办法把我儿子弄出来。如果你们有良心，那就再把蒋国富的腿也给治了，我这一年伺候他也伺候够了。"

王玉兰的条件越提越多，蒋菲菲终于忍不住："凭什么！凭什么我要负责处理蒋轩宇的事？你们根本不是我的亲生父母，我凭什么要管你们家的烂事？"

王玉兰又要上手教训蒋菲菲，即刻被裴江远拦了下来。王玉兰转头看向我："十万块你们家不难出吧？我知道你和蒋菲菲一路货色，蒋菲菲不就是看重她亲生父母的钱了吗？至于你，我跟你是没什么感情，但如果这几件事你们不给我解决了，我就告到城里去！你们两个中间，必须有个人来负责这一切，也必须有个人给我和蒋国富养老！"

必须有一个人，而这个人，只能是我，不可能是蒋菲菲。十万块家里拿得出，爸妈也一定愿意掏；韩斌那边我可以去谈。但蒋国富，我不想照顾，蒋菲菲也不想，而我的养父养母，更是与此无关。

境况陷入两难，我的手机忽然来了父亲的电话。我起身走到一边，那头是父亲的声音："婉莹，你们谈得怎样了？如果王玉兰那边要钱的话，只要不过分，我和你妈都能接受。"我还没开口说十万块的事，父亲的话又传了过来："你能不能让裴江远先送菲菲回来一趟？爸前些日子定的那间商铺通知我去办理手续了，我打算把这间商铺放到菲菲的名下，也算是补偿了。这头催得急，你能让她先回来一趟不？"

若是我没记错，当初预定的那间商铺，是父亲打算在我二十一周岁生日的时候作为礼物送给我的。现如今，我失去了这个资格。

我强作笑颜："嗯，我马上让裴江远送她回去。"

"好，那你自己注意安全，随时跟我们联系。"

裴江远开车送蒋菲菲回城前，再三叮嘱我要小心行事，别惹火了王玉兰，他四个小时以后就回来接我。

王玉兰随手指了一下屋子里侧的小单间："那是菲菲住的屋子，你去那儿休息吧，也好好考虑一下我刚才提的条件。"

王玉兰一点也不拖沓，猛地吸了一口烟，扭头就去了厨房。

厨房里劈柴生火刷洗锅碗瓢盆的声音响起来，我坐在蒋菲菲曾经的床板上，打量着屋子里新旧交杂的摆设。我看到了梳妆台上盖在书本下的苹果电脑，稍稍感到有些意外。

晚上开饭时，我正在院子里闲逛。王玉兰问我要不要一起吃，我说不用，便见她一个人端着饭盆伺候完了卧床的蒋国富，又背影孤独地坐在厨房灶坑旁吃着韭菜炒鸡蛋和米饭。

她一定是过惯了糙日子，吃饭也狼吞虎咽，不知在急什么。

晚上七点，天色愈渐阴暗。我看着时间，心想裴江远应该快回来了，可却接到了父亲打来的电话，说是裴江远和蒋菲菲现在还没回城，他报了警，通过警察才知道两个人是在回城路上遇见道路施工，随之又走错了路。他们迷失在了一片没信号的区域，移动电话打不出去，车子又陷进了泥坑……

事情的发生令我意外，回城的大巴车也早已停运，这意味着我今晚必须在王玉兰的家中守上一夜。我反复拨打着裴江远的电话，可那头的提示一直是无法接通。

心慌渐渐变成了认命，我意识到今天只能在此过夜。

好在王玉兰对我还不算糟，她给了我一身麻布衣服让我换上，随后便出门打牌去了。

晚上十点多钟，我躺在被窝里望着窗口发呆，屋子里黑漆漆静悄悄，屋外是黄狗追逐什么的奔跑声和阵阵虫鸣。我想今夜大概是睡不踏实了，眼睛微微眯起又睁开。忽然，我看到窗口爬进来一个黑影，我吓得立刻跳起身缩在了角落，冷汗从头到背又到脚。我下意识地哑了言，却见那黑影娴熟地爬上了我的床，一只凉冰冰的手顺着被褥摸到了我的脚边，一把握住我的脚踝。我猛地大叫，却听见男人在我耳旁小声说道："干吗啊宝贝，今天怎么这么紧张，平时你不都是巴不得我来吗？我刚看你妈出门打牌去了，今晚我必须好好收拾你！"

惊悚之下我张口就要大喊救命，可嘴巴却被他死死地捂住。我挣脱不开他的束缚，因为恐惧而流下的眼泪顺着眼角滑落。一阵刺耳的"刺啦"声，我的衣服被他撕成了两片。

第二章

这一瞬间我曾想过死。我在这个人生地不熟的村庄,在这个从未踏足过的房间,被一个浑身散发着汗臭味的男人撕扯衣衫,哭喊反抗都成了无用之举。黑暗中,那双肮脏的、带着老茧的手掌从脚踝抓向我的腿根。那一刻,我甚至想过咬舌自尽,想过一头撞死在身后的老墙上。

好在,濒临绝望的下一秒,有人将我拉出了深渊。

屋子里的灯忽然开了,白炽灯管在棚顶闪了两下才照亮整个房间。我红肿的眼惊悚地瞪着眼前的男人,他亦是十分诧异地看着我。而这张黝黑猥琐的面庞让我的情绪彻底失控,我尖叫蜷缩,紧紧地拉着被子,尽量掩盖衣衫不整下的身躯。

男人跳下了床,一副受了委屈的模样指向我道:"你、你、你……你谁啊?"

此刻的我已经没了理智,发疯般地哭喊嘶叫,甚至没有留意到站在门口的裴江远和王玉兰。

这世上总是有很多巧合,巧合到总有一些不该发生却发生了的事,总有一些不该被看到却又实实在在被目睹的事。

裴江远傻了眼,但下意识地朝着那个猥亵我的男人扑了上去,跟他扭打成一团。

王玉兰拍着腿狰狞地大喊:"造孽啊!这都是什么事啊!"她快速地

凑到我身边，用被子裹住我的身体，用粗壮的手臂环着我的肩膀，用力地将我拖向床边："别哭了，跟我走！"

换过衣服的我，仍旧沉浸在刚刚的噩梦之中。我控制不住地发抖、冒冷汗，蹲靠在厨房角落。门外的院子里，王玉兰提着根木棒一下接一下地朝着那个男人殴打，直至那男人被打出了家门。

王玉兰拉着精神颓靡的裴江远进了屋。裴江远低着头定在我面前，眼角被打得瘀青了一大片，头发乱成一团，昂贵的西装被撕烂，裤腿和鞋子满是污泥。

我想他是徒步走回村庄的，即便迷路，他还是走回这里陪我了。可老天捉弄人，让我遇到了这般不堪之事。

王玉兰尴尬地清了清嗓："刚才那个，是我们村的老光棍，有几个臭钱，之前一直嚷嚷着要娶菲菲。估计他是起了贼心，就跳窗进来了，结果没想到是你……"王玉兰推搡了一下裴江远的后背："你先安慰她。"

王玉兰一走，裴江远就顺势蹲在了墙根，他仍旧低着头，压抑或是酝酿着自己的情绪。

我知道他在心烦什么，在心烦目睹了我被陌生男人猥亵的那一幕。裴江远说过，我在他心里犹如一朵未开的莲花，让我守着清白之身等待与他的新婚之夜，可眼下……

即便我和那个男人并没有发生实质性的关系，可刚刚那一幕，彻底摧毁了裴江远心里的那朵白莲花。

这不是我的错，也不是他的错，却成了他心里的结。

我伸手碰了碰他的肩膀，他抬起头，眼神里的复杂让我捉摸不透。

"你可以抱抱我吗？"我卑微地向他开了口。我需要他的拥抱，只要他抱抱我，我便不会那么难受。

裴江远的怀抱僵硬而没有温度，我敏锐地察觉到，一种不可言说的疏离感，正在我们之间蔓延滋长。

一夜未睡。隔天，父亲派了司机接我们回家。我和裴江远准备上车，却见王玉兰提着个布袋子，直接打开了车门，她扯着嗓门大吼："我跟你们一起走！蒋菲菲她不是不给我说法吗？那我就吃住到你家，直到你们给我满意的答复为止！"

没人拦得住王玉兰，王玉兰也压根没给我们阻拦的机会，车子就这样返了程。

王玉兰开着车窗抽着烟，嘴里喃喃着："二十年前我也是有机会留在城里的，要不是怀了娃，谁愿意跟他蒋国富来这破地方！哼，真他娘的造化弄人！"

王玉兰口中的那个"娃"，说的就是我，但当年的那一场抱错，彻底改变了我和蒋菲菲的命运。我知道这一切对蒋菲菲不公，而我又侥幸地获得了原本属于蒋菲菲的一切。面对蒋菲菲的那张脸，我会觉得自己是这桩事件的罪魁祸首。可事实是我从未争抢过什么，这抱错的命运，是老天爷硬塞给我的。

我侧头看着窗外，心里发了一万遍毒誓：此生，我不会再踏上这片土地。身旁的裴江远握紧了我的手，我没敢回头看他，生怕在他的眼里看出一丝动摇。

"那……您跟我们回城，蒋叔怎么办？"裴江远突然冲王玉兰开了口。

王玉兰用积了黑色污垢的长指甲掐断烟头，将剩下的半截烟塞进了布袋里。"我在炕上放了馒头、花卷和水，隔壁吴婶没事会去照看一眼。"王玉兰笑呵呵地说："他死不了。他还有两只手能动呢，尿壶屎盆都放炕边了，死不了。"

"那就好……"裴江远点点头，语气里却满是担忧。

到了城里，父亲对王玉兰的出现很是意外，但还是尽待客之礼，招呼王玉兰进了屋。

王玉兰站在我家门口，回头望了望院子里精心打理过的花草，那都是母亲的功劳。母亲白静当了一辈子的家庭主妇，家的里里外外都被她拾掇得整洁妥帖。

王玉兰赞不绝口："城里的有钱人就是不一样啊！这就是电视里说的

别墅吧？哟，真气派！怪不得菲菲来了就不想回去。我家那院子啊，脏！特脏！以前养猪的时候更脏！"

王玉兰扯着嗓门大笑，父亲则愁眉紧锁。他大概是在心疼蒋菲菲，一个白白净净、本应幸福无忧的公主，却与吃泔水的猪打交道。

一行人进了屋，王玉兰脱了鞋，鞋子脱掉的瞬间，一股难形容的味道在门口弥散开来。

王玉兰的袜子破了两个洞，脚指甲过长的大脚趾顶了出来，袜子后跟处有两处颜色不同的补丁，袜子已经洗褪色，并且起了球。

我本不应该对她有同情心的，但这一刻我不得不承认，某些深藏在血液中的东西，会不自觉地牵扯出一些情绪来。

父亲邀请王玉兰去了大厅沙发休息，裴江远跟着我回了卧室。卧室房门半掩，应该有人进来过。

果然，屋子里的衣柜被人翻过，或许是母亲，或许是蒋菲菲，里面的几件家居服和真丝裙都不见了。

我从衣柜里拿了新衣物，裴江远在我身后说道："我一会儿找个机会跟你爸说一下昨晚的事，让你以后别再干涉这事了。"

我连忙摇头："你别说了，现在蒋菲菲的事已经够让他头疼了，我的事就算了吧。我现在不是好好的吗？"

裴江远欲言又止："可是……"他没把后面的话说出来，或许他也不想再提。

"我先出去，你换衣服吧！"他退出了卧室。房门关合的瞬间，我还是没忍住酸了鼻。

昨晚的事，对我来说何尝不是一辈子的阴影。

饭桌上，我、父母、裴江远、王玉兰围绕而坐，蒋菲菲迟迟不露面，说是昨夜车子抛锚那会儿受了风寒，身子不舒服。

王玉兰一点不含糊，之前说的三点要求全部一起提出："十万块对你家来说就是毛毛雨。你们把钱给菲菲，让她回村里跟韩斌道个歉，这门婚事就取消了。不过我儿子那事估计不太好办，但你家这么有钱，派出所总有能搭上线的人吧？我那儿子的确让人不省心，可也不算太坏，你们帮帮忙，把他给弄出来。至于我那半瘫的老头子，你们看看这城里有没有那种伺候吃喝拉撒的养老院。环境不用太好，能给倒屎倒尿就行，我是真不想伺候了，忒烦！"王玉兰低着头猛夹肉，一整盆的水煮肉片几乎都进了她的肚子。"这城里的猪，都是吃啥长大的呀，这口感，真筋道。"

王玉兰失态地在饭桌上狼吞虎咽，我和父母以及裴江远一口未动。父亲端起酒杯闷了半杯白酒后开了口："我知道你把菲菲养这么大不容易，你家里过去那些年发生的一些事，我也侧面打听过。谢谢你把菲菲养大。"王玉兰冷笑一声："结果养了这么多年，发现不是亲生的。"她继续吃着东西，头都未抬。

父亲道："十万块我可以出，但别让菲菲回去了，之前与菲菲定亲的那个孩子叫韩斌是吧？到时候让婉莹代替菲菲去谈，婉莹性子沉稳，会处理好的。"

听闻这句话，我心口一沉，心里着实没了底。父亲拿起手机找了会儿电话号码，说道："你儿子的事我也尽量帮忙，找朋友疏通一下。不过……关于你丈夫的事，我可以一次性帮你出够住养老院的费用，剩下的事我就……"

话还没说完，二楼的楼梯口出现了蒋菲菲的身影。她穿着我十八周岁那年母亲送给我的真丝睡裙，几步冲下楼喊道："凭什么！凭什么管她丈夫！凭什么管她儿子！蒋轩宇就是个地痞流氓，就该被关在警局一辈子！"

蒋菲菲的声嘶力竭吓坏了父母。王玉兰面不改色心不跳地放下筷子，冷眼看着她："就凭我养了你，你就必须管！"

"我不是你女儿！这才是我的家！这才是我爸妈！你和蒋国富还有蒋轩宇都是吸血鬼，是禽兽！"

王玉兰倾着身子就要打蒋菲菲，裴江远一把拦住，险些被划伤脸。家里乱成了一团。

王玉兰忽然坐在地上，开始撒泼耍无赖："你们不同意是吧？行，那我就不走了！本来我好好地过着我的穷人日子，本来她蒋菲菲是听我管教的！现在好了，你们把她弄走了，我什么都没了！难道要我跟这个没感情的亲生女儿要钱吗？她只会比蒋菲菲更绝情！"

王玉兰最后的话锋忽然转移到了我的身上，她说得没错，我只会比蒋菲菲更绝情。

一旁的父亲焦头烂额。母亲没见过这般混乱的场面，更没接触过王玉兰这样的泼妇。手忙脚乱之间，母亲从身后推了推我："婉莹，你先带她回你房间。好歹她是你亲生母亲，你先劝劝她，我去把菲菲安顿好。"

这句话好似将一盆冷水对着我从头泼到脚底，但似乎，又没什么不妥。我点了点头。母亲又小声地在耳边叮嘱了一句："一会儿我让你爸给你卡里打十万块，你最好今晚就带着王玉兰回乡下，陪她去跟那个韩斌解释清楚，然后别再让她跟回来了！妈是真的怕了！"

第三章

母亲将情绪失控的蒋菲菲带回了房间，王玉兰作势要往楼上冲，却被裴江远死死拦住。

我仍旧定在原地，想着刚刚母亲在我耳边的恳求，她让我今晚就带着王玉兰回乡下，一秒都别耽误。我开始在心里设想：如果母亲得知了我昨晚的遭遇，是不是就不会让我陪着王玉兰回乡下了？应该不会了……母亲是疼我爱我的，起码在蒋菲菲出现之前，她一直把我当成她的宝贝。或许我无法确定父亲母亲今后是否还会竭尽全力地为我将来的事业铺路，但我可以肯定，二十一年的感情假不了。

我想上前劝阻王玉兰。这时，饭桌上一直未起身的父亲忽然发了火，他一掌拍在饭桌上，打翻的汤碗滚落于瓷砖地面。父亲气得涨红了脸，说话都带着颤音："我接受你的条件，但不代表你可以威胁到我徐建森的头上！威胁菲菲更是不可能！你要是再闹，钱和人你一样别想带走！"

父亲终究还是有震慑力的。从商了一辈子，他懂得什么时候服软什么时候亮出底线，或许这短短的半个小时就已经让他摸透了王玉兰的为人，怎么对付王玉兰，他心里很有分寸。

王玉兰果真不再闹了，她也怕人财两空，她语气都软了下来："行，我也不是不讲道理的人，而且我也没打算跟你们财大气粗的徐家撕破脸。"王玉兰规整了一下身上的花衬衫继续说："你们不就是想让我和蒋菲菲彻底断绝来往吗？没问题，这次回去也不需要她当面和韩斌解释了，我帮她解释，但你们要多给我五万块，万一他韩斌家讹我钱怎么办？我一个手无寸铁的乡下女人，让人揍一顿都没处说！"

父亲火气未消地问："然后呢？"

王玉兰摆正态度，故作强势地看着父亲说："然后把我儿子从局子里弄出来，再把我老头去养老院的事给安排了。我就这三点要求。"

父亲倒也没跟她周旋："你别说让我安排养老院的事，你就直说你想要多少钱，一次性讲清楚。"

王玉兰的眼珠子转得极快，眼神瞬间有了变化。

"一百万！你给我一百万，我就永远从你们面前消失。"

面对王玉兰的狮子大张口，父亲气得身子都有些站不稳，我急忙上前搀扶，却听王玉兰自顾自地解释要这一百万的合理性。

"一百万你们拿得出，我也没多要。我帮你们养了蒋菲菲二十一年，一百万不多吧？你这么想，要是当初我没把蒋菲菲养活呢，你们不就找不到自己的亲生女儿了？再说，我是准备让蒋菲菲给我和蒋国富养老的，现在养老的闺女没了，我和我那个半瘫的老头怎么办？等死吗？"

父亲颤着身子怒吼道："你这根本就是讹诈！你让菲菲给你们养老？你们还打算让她过好日子吗？你儿子呢，你儿子是摆设？"

王玉兰声嘶力竭地喊道："哪有儿子养老的说法？当初要不是想着养女防老，我早就把菲菲送人了！反正就是一百万，一百万到手，我们两清。"

父亲的身体渐渐有些支撑不住。我知晓父亲这几年的身体状况，他的心脏不好，若是再纠缠下去，怕是会出什么问题。

我想让父亲先回避，一百万的事情交给我来谈。可母亲忽然从二楼走下来，平日里很少发火的她今天也失了态。

母亲站到王玉兰面前，反驳道："你不要把自己说得那么伟大，我们抚养婉莹何尝不是尽心尽力？我们还没埋怨菲菲跟着你们受苦受罪，你却反过来威胁我们？这一百万，你要得不亏心吗？"

王玉兰冷笑："你别跟我扯这些没用的，我就是个粗人，就是个喜欢贪便宜的无赖，我没你们那么高尚那么讲道德。就一百万，一百万到手，什么事都不麻烦你们！"

面对死皮赖脸的王玉兰，我们全家人都没了办法。而此时，父亲大概是被王玉兰的无耻下作给彻底气到了，他的左手紧捂胸口，身体在刹那间变得僵硬，毫无预兆地向后倒了下去。我被一起带倒，母亲惊吓得尖叫，裴江远即刻拨打了120。

父亲进了医院，身体已无大碍。母亲坐在一旁抹眼泪，蒋菲菲陪在母亲身边，我和裴江远跑前跑后。很快入了夜。此时，王玉兰依旧赖在我家。母亲不放心，让裴江远开车送我回家，盯住王玉兰。

车子在夜路上行驶，裴江远连续几次打着哈欠，嗓音发沉："你爸会出这一百万吗？"我不确定地摇头："父亲刚为蒋菲菲买了商铺，最近半年他还一直在投钱开第三家连锁店。一百万对他来说不是大数目，但拿出现金可能有些费劲。"

裴江远稍有疑惑："商铺？你爸买给蒋菲菲的那间商铺是之前答应送给你的那间？"

我点点头，故作笑颜："本来也是属于蒋菲菲的。"我忽然想到些什么："对了，现在蒋菲菲回来了，等我结婚的时候，可能拿不出那么多的嫁妆了。毕竟我不是爸妈的亲生女儿，之前陪嫁车子和二百万现金的承诺，可能实现不了了……"

裴江远点头："我理解。"

我继续道："所以你家那边的彩礼也别给那么多了，之前两家说好，你家出一套房，我家出一辆车，然后两家各出二百万。现在我状况有变，你回去跟你爸妈商量下，我担心你爸妈会心里不平衡。"

裴江远继续点头："明白。"

车子平稳地行进在宽阔的马路上，驶入别墅园区时，裴江远一边看着路况，一边开口道："你上班的事安排得怎么样了？你爸之前答应要把旗下的一家酒店交给你来打理,他准备交给你哪一家?"

对于这个问题,我心里实在没谱,如今的我似乎已经失去了打理酒店的资格。

我没有正面回答裴江远,而是问了他另一个问题:"如果……我爸妈什么都没给我,你家还会一如既往地接纳我吗?"

裴江远将车子打了转,停在了家门口。他长出一口气,温和地看着我:"别想那么多,到家了。"

到家了,可我的问题却被留在了车里。

裴江远先下了车,我跟随其后,却见王玉兰冲出了家门口。王玉兰风风火火地朝着这边跑,家嫂刘阿姨跟在后头大吼:"你鞋子不要了啊?"

我们之间只有几步的距离,王玉兰很快就冲到了我面前。她拉着我的手臂,面色焦急:"快送我回家!蒋国富从炕上摔下来撞晕了!脑袋直接砸进了屎盆里!吴婶看见他的时候他脸都紫了!快快快,送我回去啊!"

这突如其来的状况,把我和裴江远打了个措手不及。裴江远深吸了一口气,即刻做了决定:"上车吧,我送你们。"

我看着裴江远稍显苍白的脸,他已经跟着我连续折腾两天了,本来就与他无关的事,却一次又一次地牵扯他入局。我本打算开口让他回家休息,可忽然,他的手机来了电话,是他母亲打来的。

话筒里的声音断断续续传入我的耳朵。裴江远的母亲是个严厉之人,我接触过几次,每次都被对方的气场震慑到。看样子,是那边听闻了什么消息,让裴江远即刻回家。

挂了电话的裴江远脸色更难看了。我知道他为难,他母亲有令,他不得不从,更何况他已两天未归家。

我冲他笑笑:"行了,你快回去吧,要是你不回去,我跟你妈之间的关系肯定会出问题。我这边找司机陈叔叔送我们去乡下。你家有急事就赶紧走,有陈叔叔陪我呢!"

裴江远说了几句好听的话,我权当他在安慰我,放他走了。

裴江远离开后,我直接开了自家的车子,带上了王玉兰。我没叫司机,也没麻烦任何人。或许是长久以来过于独立的性格让我做了一次不明智的决定,尽管我曾在心里发过毒誓,再也不会踏足那个地方,可我实在太想和王玉兰单独把所有的事情都解决掉,别再麻烦我父母,别再打扰我们原本安逸的生活。

车子回程的路上,王玉兰一直催促:"你快点开,蒋国富要是死了,你有一半的责任!"

隔了一会儿,她又没话搭话:"我还以为你会拒绝送我回去呢,想不到你还挺善良,这点倒是跟蒋国富挺像的。"

我胃里一阵泛呕,仍旧没理会。

王玉兰在后座开始抽烟,嘴里嘟囔着蒋国富千万别有事。

我倒是有些好奇,就问了一嘴:"你不是不想照顾他了吗?怎么还这么着急回去看他?"

王玉兰瞥了我一眼:"你以为我和蒋菲菲一样是属白眼狼的啊?蒋菲菲是个畜生,我可不是!那蒋国富再窝囊,也是我丈夫,他死了我肯定难受啊,好死不如赖活着。"

这句话没说错,好死不如赖活着。王玉兰虽然无赖,但还算有点良知。

车子开得很快,一个半小时就到了乡下,我们直接去了当地的卫生院,闻说蒋国富已经被送去急救了。而直到走进病房我才发现,王玉兰压根就没穿鞋,原本只露出两个脚指头的袜子,现如今又多了两个洞。

简陋的病房里,蒋国富奄奄一息地躺在咯吱作响的病床上,看样子命是救回来了。王玉兰一边发泄般地抽打着蒋国富的手臂,一边诅咒他怎么不直接摔死。

身后,病房走进来了一个衣着简单干净的大男生。我回头的一刻,那人正将手里的热水壶往房间角落放。乍一看,他的身形有些像裴江远,白半袖黑短裤,一双半年前在城里炒得十分火热的篮球鞋,怎么看都不像是这个小地方的人。

男生的后脖颈很干净,头发在灯光的晃射下闪着亮晶晶的光,看样子他出了不少汗。

等他转过身，我才看清他的脸：双眼皮高鼻梁，笑眯眯的眼睛让他看起来更像是一个大一或大二的学生，一双并不世故的眼，泛着清澈的光。

"是你送兰姨回来的吧？辛苦你了。"他冲我笑了笑，走到了王玉兰的身边，"兰姨，蒋叔没事了，幸亏吴婶去你家去得及时，那时候她不知道找谁，就联系上我了。当时我正在你们村子里送货，急忙就把他弄来了！"男生憨憨地挠了挠头。

王玉兰拍着他的手臂："谢谢你了啊韩斌，就知道你靠谱！我家那个蒋菲菲真是没福气！"

原来，他就是韩斌。

在见到韩斌之前，我还以为他会是个蛮不讲理的中年油腻男，现在看来，是我把人家想坏了。

王玉兰回头瞅了我一眼，对韩斌说："她是徐婉莹，就是她爹把蒋菲菲带走的。菲菲和你退婚的事，你让她跟你解释，那十万块也是她家出。"王玉兰拉着韩斌的手又补充道："韩斌啊，阿姨实在是对不起！阿姨这辈子没觉得对谁愧疚过，唯独对你和你妈，我是真的不好意思，你们家帮了我太多了。"

韩斌笑笑说："没事啊，十万块不急的。我知道自从蒋叔出事以后，你家状况一直不好。"

王玉兰苦笑道："蒋轩宇要是能有你一半懂事，我就知足了。"

病房里，我默默地站在一旁看着眼前的这一幕，似乎，这个令人极度厌烦的王玉兰，也并不是无耻到了极点。不过，也可能是我想多了，对她过于同情了，可能她本就是个坏透的人，稍微说了两句好听的话，就让人产生了几丝好感。

这晚，王玉兰势必要在病房守上一夜。我跟随韩斌将剩下的医药费缴完，邀请他到外面的长椅上坐坐。他在旁边的小卖部买了两瓶饮料，塞到我手中一瓶。

"你就是兰姨的亲生女儿？是蛮像的，菲菲就不像兰姨，更不像蒋叔，菲菲长得可爱。"韩斌笑笑，一口气喝掉了半瓶可乐。

"蒋菲菲要和你退婚的事，你都知道了是吗？"我问道。

韩斌点点头："知道。菲菲被你父亲从乡里接走的那天，乡里都传遍了。我觉得这事可以理解。"

我松了一口气："那就好，至于那十万块，我过两天就打给你，你给我留个联系方式吧。"

韩斌拿出手机，手机是苹果的最新款，看样子他家里条件不错，虽然人在乡下，但精神和样貌都不像是在农田里讨生活的人。

我和韩斌互加了好友。韩斌笑着解释了一句："你让菲菲别有心理负担，我之前一直是把她当妹妹看的。要不是我妈算过菲菲的生辰八字，说菲菲旺我，和我特般配，我跟菲菲是不可能定亲的。我啊，没谈过恋爱，也不会谈恋爱，嘿嘿……"

韩斌说着说着就憨笑着低下了头，就算天黑，那通红的侧脸也还是被我看得一清二楚。也不知怎的，我原本沉重压抑的心情，在这个喳喳虫鸣的夜里竟没那么烦扰了。或许是因为夜的凉爽，或许是因为手中甜甜的汽水。

忽然，韩斌从兜里掏出了一张名片递给我："对了，我听说你家是开酒店的。我是做木材的，前年我开了个厂子，专门做一次性用品，以前做一次性筷子，现在啥都做。你或者是朋友有需要，可以联系我，我给你最低价。"

接过名片，我看着正面简洁的"韩斌"两个字，感觉和他的人一样，简单纯粹。

"好，有需要我一定联系你。"

第四章

我帮着王玉兰把蒋国富送回了家,一进院子,就闻见了从屋子里散出来的屎臭味。

画面不堪入目,水泥地上的屎尿已经结成了块,原本摆在炕边的馒头、花卷也都散了一地。

我踮着脚站到了炕边,王玉兰吭哧吭哧地挪着蒋国富的两条半截腿说:"你要是愿意的话,就去隔壁屋将就一宿,不愿意就赶紧走吧。"

我有些意外,还以为她会死抓着我不放。

王玉兰握着鸡毛掸子在炕上掸灰:"我和蒋菲菲的账,我慢慢跟她算。你们徐家答应我的事,也别当个屁就给我放了。要不是我老头出了事,我今天肯定在你家拼出个你死我活。但是回来的路上我想清楚了,啥事都不能急,否则吃亏的肯定是我。她蒋菲菲跑不了,她名字还在我家户口本上呢。你回去告诉她,她不仁别怪我不义,她是喝我的奶长大的,她这辈子注定欠我的!"

话里话外,我总觉得王玉兰似乎是在跟蒋菲菲较劲。

我忍不住询问了一句:"那如果蒋菲菲当初没有不认你们呢?是不是就不会闹成今天这样了?"

王玉兰佝偻的身子忽然定住,她冲我甩甩手:"赶紧走吧,回去跟你那个娇贵的爹好好商量,问问他一百万到底什么时候打给我。"

回到城里已经是早上七点半，我一夜未睡一夜未停地奔波。赶到父亲病房门口时，透过门缝，我看到蒋菲菲端着碗坐在父亲身边。她小心翼翼地吹凉勺里的热粥，送到父亲嘴边。

母亲在一旁削着苹果，目光温和地看着这一幕。我敲门进屋，父亲忽然变了脸："那个泼妇呢？还赖在家里不走是吗？"

我摇摇头："我把她送走了。爸，别担心了，你先好好养身体。"

父亲声色俱厉："一百万绝对不可能！"

母亲见父亲的脾气又冲上了头，放下水果刀推着我就往外走："婉莹，你陪妈去找一下护士，该换药了。"

走廊里，母亲谨慎地回头朝着病房窗口张望，她偷偷塞给我一张银行卡说："这里面有十万块，你拿去把菲菲定亲那事摆平了。你爸现在在气头上，他的脾气你知道，一旦发起火来，说什么都不管用。但是菲菲的事儿还要解决，你先拿这些钱稳住王玉兰，剩下的妈再想办法。"

"妈，你不怕王玉兰是个无底洞吗？要不这件事等爸冷静下来以后我们再……"

"你爸现在都什么样了，你想看他气出病来吗？我担心王玉兰再来家里找麻烦，我都跟医院说好了，让你爸多住院观察一段时间。你那边就抓紧想办法，一次性跟王玉兰做个了结，是签个协议书还是怎样，让她保证拿到钱以后必须消失！"

我始终觉得不妥："妈，我觉得这事或许需要蒋菲菲出面跟王玉兰做交涉。我这两天接触了一下王玉兰，我觉得她其实很大程度上是在跟蒋菲菲怄气。"

母亲瞪着眼："菲菲被她折磨得还不够惨吗？你觉得那种穷乡僻壤出来的刻薄长舌妇，会跟我们讲良知讲感情？这种人你不马上把她解决掉，难道等着对簿公堂让法官为我们评判？清官难断家务事。王玉兰那种人，只要达不到她的目的，她就会跟我们撕扯纠缠一辈子！"母亲说着说着就开始哽咽："你都不知道，这两天我听菲菲跟我讲她在农村的那些事，我恨不得……"

母亲对王玉兰的恨，我大抵是清楚了，那种恨不得由自己代替亲生女儿去承受痛苦的决心，我切实地体会到了。虽然我不清楚蒋菲菲和母亲说了什么，但应该都是一些让人心痛的事吧。

"妈，可是爸刚刚的态度你也看到了，他不愿意出钱给王玉兰，我和你的手上也不可能凑出一百万。"

母亲犹豫着，忽然有了想法："婉莹，你能不能先找裴江远借一下？等你爸消气了，资金周转开了，再还给他。"

母亲让我找裴江远借钱，这是我怎么都没想到的。一百万对裴家来说并不难，但还没过门就借钱，怎么想都太唐突了。

母亲越来越觉得这是个不错的办法，我看得出她太想即刻摆脱王玉兰这个大麻烦，她觉得王玉兰就是冲着钱来的，只要钱到位，一切都会回归太平。

母亲让我现在就给裴江远打电话，当着她的面，把钱借过来。

我羞于启齿，虽然只是暂时借用，但终归是一件不好开口的事。

电话打通了，可接电话的人却是裴江远的母亲林朝静，她说裴江远发了高烧卧床不起。

我提着水果篮前去裴江远的家中，本想着去照看他或是道个歉，却直接吃了个闭门羹。

林朝静没让我进屋，她说裴江远刚退烧睡下，希望我不要打扰。

可能是我过于敏感，裴江远的家我来过几次，前几次裴叔叔和林阿姨的态度都很和蔼可亲，今天却像是见了瘟神。

从裴江远的家中离开，我给他发了信息，依旧得不到回应。我只能安慰自己，他现在需要休息，等他醒来以后会回复我的。

我开始为一百万的着落发愁，找了一圈朋友去借，四个装死，两个哭穷，只有一个自己手上没多少钱，却拿了五万块积蓄给我应急。

都说成年人的崩溃是从借钱开始的，这一次我深刻体会到了。手机的两边，我在这边面红耳赤地冲人家开口借钱，尽管保证准时还钱的话说了很多遍，甚至拿人格担保，但电话那边平日里玩得再好的人，一旦扯上钱这个问题,都敏感了起来。

我理解也接受,如果是我,我也未必会借。

夜晚的路灯一盏盏亮起,我竟毫无察觉地在车子里坐了三个多小时,也打了三个多小时的借钱电话。

外面的天越来越阴冷,渐渐下起了小雨,开车回家的路上,眼泪湿了又干。我忘记自己哭了几次,平生第一次因为钱这么苦恼。

回到家门口,二楼亮着灯,不知道是家嫂在还是母亲回来了,推开门的一刻,我闻见了一股西红柿牛腩汤的味道。

蒋菲菲穿着一身干净的淡粉色睡裙出现在我面前,笑容温柔:"妈让我今晚回家住,医院住不下那么多人。"我点点头:"你在熬汤吗?"

这时,厨房里的家嫂刘阿姨有些不耐烦地喊:"燕窝炖好了,给你放灶台上了,没别的事我先回家了!"

我朝着厨房的方向探了一眼,刘阿姨从地上拖走四五个硕大的黑色垃圾袋,看样子蒋菲菲指示刘阿姨干了不少活。

蒋菲菲伸手拉过我的手臂,笑得甜美:"以后我就叫你姐姐吧,可以吗?"我木然地点点头,被她强行拉到了饭桌边。"还没吃饭吧?这几天一定折腾坏了。"她又说道。

入了座,蒋菲菲细致入微地帮我舀汤盛饭,她似乎很快融进了这幢大房子,一举一动都像是这幢房子的主人。轻飘飘的两片蕾丝衣领贴合在她清晰可见的锁骨上,若是不考虑其他的因素,她的这张脸这个形象,着实让我感到舒适。可莫名地,我回忆起了我在乡下遭遇意外的那一夜。那个猥琐男人的声音依旧清晰地在我耳边徘徊:"干吗啊宝贝,今天怎么这么紧张,平时你不都是巴不得我来吗?"

如果那个男人讲的都是真的,那眼前的这个蒋菲菲,到底是干净还是肮脏?

汤碗里冒着热气,蒋菲菲冲我开了口:"妈今天和我说了,说你建议我不要跟王玉兰的关系闹太僵。"我点点头:"是,因为我觉得王玉兰其实是在跟你怄气,如果大家都心平气和地坐下来谈,情况可能不会那么糟。"

蒋菲菲舀了一勺汤汁，眼神静静地落在勺子上："你怎么就那么肯定她是在跟我怄气啊？你和她生活过？还是因为……你是她的亲生女儿，所以你能猜到她心里在想什么？"

恍惚间，我被蒋菲菲的一席话哽住了喉，刚刚还软绵温和的蒋菲菲忽然就不见了，这一刻的她，尽显阴冷。我一时恍了神。

她继续开口道："我为什么要对王玉兰心平气和呢？难道就为了让你们快速地处理好这件事，然后让她拿着一百万永远都不再来骚扰我们吗？"

我皱眉，不明白她话里的意思。

蒋菲菲勾着嘴角笑了笑："我要是那么容易就跟她一笔勾销了，那我之前二十多年受的苦，谁来补偿呢？"

直到这一刻我才明确感知到，蒋菲菲连续几天的情绪失控与不配合，或许并不是因为她觉得王玉兰不配得到赔偿，而是因为，她想看着所有人扭打在一起的模样，这样才得以慰藉她过往那二十一年的殊途命运。

她在报复，报复王玉兰，报复我。

我后脊一阵冷汗渗出。蒋菲菲冲着我笑了笑说："对了，下午的时候王玉兰给我打电话了，莫名其妙地又骂了我一顿。"我尽力掩盖惶恐的神情："然后呢……"蒋菲菲轻轻地拿起叉子去叉盘里的沙拉："我跟她说了，我们一分钱都不会给她！"蒋菲菲抬头平静地看着我，优雅地吃下了一片紫甘蓝。

这时，家门口响起了剧烈的敲门声，我忙走到门口看视频监控。隐约地，我看到黑漆漆的门外，除了一个敲门人的身影之外，后头似乎还躺着一个人，一个没了半截腿的人。

第五章

我是怎么都想不到，王玉兰会开着货车，把刚刚从医院拖回家、半死不活的蒋国富带到我家门前。

监控视频上，王玉兰用力地捶打大门："蒋菲菲！我知道你在里面，你敢打电话诅咒我全家不得好死，我就敢跟你同归于尽！我告诉你，我王玉兰这辈子没被人威胁过！你不是不管我和你爹吗？今天起，我和你这个半残的爹就住在这儿了！我就不信你不寒碜！"

大半夜，王玉兰用破锣嗓子一声接一声地喊着。透过视频画面，可以看到蒋国富就那么硬生生地被搁在地面上。没办法想象王玉兰是如何把他抬上货车又拖下货车的，这个女人蛮不讲理拼命纠缠的威力，我算是见识到了。母亲预料得没错，王玉兰还会再来找麻烦，并且一次比一次过分。可母亲并不知晓，这麻烦的导火索，是蒋菲菲点燃的。在我一次次地努力协调之际，蒋菲菲却一次次地在暗中激怒王玉兰。蒋菲菲对我的敌意显而易见，可我却不知如何向父母释明。

我心里发虚，半瘫的蒋国富一直晾在外面也不是办法。现如今是雨季，夜里刚飘过阵雨，甚是阴凉，本来就是刚抢救过来的人，若是受了风寒发了高烧，怕是都挺不过今晚。

身旁的蒋菲菲不为所动地探头瞧了一眼监控视频，扭头继续吃起了她的晚饭。我忍无可忍地站到她身侧，指着门外的状况："你真不打算出面管管吗？人是你叫来的对吧？我和爸妈已经竭尽全力地在想办法帮你摆脱王玉兰一家了，你为什么还要去激怒他们？"

蒋菲菲一脸茫然地扭头看着我。"什么叫帮我摆脱？"她放下刀叉，转过身子正对我问道，"我亲爱的好姐姐呀，真正姓蒋的人是你而不是我，和门外那个疯女人有着同样血液的人也是你。你现在是在帮谁啊？别把自己说得那么大无畏好吗？你要是真想帮爸妈，不让爸妈受气，那你回去做王玉兰的女儿呀，你去给她和蒋国富养老呀，你去面对那个三番五次蹲监狱不争气的弟弟呀！你来指责我做什么？我不过是给王玉兰打个电话发泄一下，这都不可以了？"蒋菲菲重新转回身子吃起了饭，故作无奈地摇摇头说："怎么总是有人拎不清呢……"

"拎不清"这三个字彻底概括了我在这个家的身份。没错，从她蒋菲菲出现的那一刻起，我徐婉莹的存在便名不正言不顺。父母的重心偏移了，原本订好的婚约也遭遇危机。从始至终我什么都没做错，我甚至想帮着父母解决这一桩桩难搞的事，可换来的，却仍旧是欺辱与冷漠。

就在我强忍怒气之时，蒋菲菲拿起了手机，自顾自地说："我也不是针对你，但这事明明有更好的解决办法你却不用。"蒋菲菲直接在手机上按下了110三个数字。我一把抢过手机："你还要把事情闹大是吗？现在蒋国富半死不活地躺在外面，蒋轩宇又在监狱，你大张旗鼓地让警车开到咱们家，你让爸的脸往哪放？爸是那么在乎面子的人！"

蒋菲菲关掉手机屏幕，冲着我笑笑："原来你知道事情的利弊呀！"

"你什么意思？"

蒋菲菲站起了身："没什么意思啊，你们蒋家的事，你去解决喽！我要上楼休息了，明天还要陪父亲。"

蒋菲菲就这么头也不回地上了楼，而门外的王玉兰变本加厉地闹起来。

再这样下去，警察怕是会不请自来了，到时候消息传到爸妈耳朵里，他们一定又会被气出个好歹，甚至会埋怨我办不好事。

无奈之下，我开了门。

王玉兰见我开门，不吵不闹了，急忙拉着我往台阶下面走："快帮我搭把手，把蒋国富抬进去，他快冻死了！"

我甩开她的手："你别闹了行吗？钱我会给你，一分不差，一百万都给你！明天我就找人把蒋轩宇保出来！蒋国富的养老院我也会找，你别再纠缠了，行吗？"

连我自己都没察觉，在我尽量保持平静地说出这些话时，眼泪竟不由自主地流满了脸颊。

我说不清此刻哭泣的理由，或许是气急败坏，或许是这几日的委屈。王玉兰愣住了，她收起了太过强势的气场，指了指屋内："蒋菲菲在里面，对吧？"

我没说话，王玉兰便懂了这沉默的意思。

"那成，在家就行。我也不为难你，你给我和蒋国富随便找个地方住吧，仓库、车库都行，能避雨就行。我没力气再把他拖回去了。"

面对王玉兰的妥协，我算是松了一口气，当务之急是把蒋国富安顿好。我生怕他在这院子里有个三长两短，若是出了人命，我那迷信的爸妈怕是会即刻搬家。

我把后院的车库腾了出来，把王玉兰和蒋国富安置了进去。我从家里拿了两床被褥，顺带拿了一些吃食和热水。

王玉兰靠在墙壁一侧，懒散地松了口气："这车库比我家那平房都大，就是潮了点，不过很好了。"

她傻憨地笑了笑，好似只要给她一个能避雨的草房，她就会心满意足。以至于我忽然觉得，王玉兰想要的，或许并不是一百万，而是蒋菲菲的一个道歉。但也可能是我猜错了，若她从一开始就是通情达理之人，又怎会和蒋菲菲有数不清的矛盾？之前王玉兰重男轻女的态度，我们都看在眼里。这其中的渊源，大概也只有蒋菲菲和王玉兰最清楚。

我帮着王玉兰铺好了被褥，随口问道："需不需要给你拿个电暖气？他能撑得住吧？"我指了指蒋国富。

王玉兰抬脚就踹向了蒋国富的腰，她那露在外面的脚指头似乎是破了。

"问你话呢！死老头子！你能活过今晚不？"王玉兰打趣地笑着，手里拿着我给她的三明治，吃得蛮香。

躺在褥子上的蒋国富半咧个嘴冲我说："谢谢你啊！"

"没事。"我抿嘴笑笑。王玉兰就在一旁吧唧着嘴："还谢谢，这是你亲生闺女！也不知道你那不清醒的脑子还听不听得懂！"

地上的蒋国富很用力地转头面向我。他在看我，眼神却满是恍惚。忽然他抿嘴笑了笑，就那么闭着眼休息了。

王玉兰瘪瘪嘴："估计是老糊涂听不懂了，那年轧了腿之后，因为抢救不及时，脑子都跟着坏掉了。不过你不用瞎操心，他命大着呢！这车库暖和，他死不了。"

我从兜里掏出一双刚刚从房间里拿来的棉袜子，递到王玉兰的手边："你先换上吧，一会儿我再送来一个电暖气。"

王玉兰欲言又止。在我转身的一刻，她做出了妥协："就按你刚刚说的办吧，事情帮我解决了，我再也不来烦你们了，我也累。"

我长长地舒了一口长气："谢谢你。"

王玉兰苦笑两声："谁让我缺钱呢，我要是不缺钱，我就在这儿住到死。"

说到底，王玉兰其实还是在跟蒋菲菲怄气，但在一百万的交换条件面前，王玉兰愿意妥协。为了钱妥协没什么不好，起码能让人衣食无忧地活下去。

对穷困潦倒的人来讲，活下去就是最大的奢望了。

这一晚，我总算是睡了个安稳觉。第二天一早醒来，我绞尽脑汁地想着办法，考虑到底去哪里筹这一百万。

我盘算着父亲之前赠予我的固定资产，在我名下有一处郊外一居室的住房，倒手卖出去的话，能有四五十万，加上平时母亲送我的名牌包包和首饰，总能凑出一些钱来。

我心里愈发明朗，大不了就把身上值钱的东西都卖掉，然后再偷偷找裴江远借二三十万。二三十万他总归是有的，对他也不是难事。

我一身轻松地洗漱换衣，走出房间时，蒋菲菲的房门半开着。家嫂刘阿姨正在做早餐，我叮嘱她做好以后送去车库一份，刘阿姨应着声，接着告诉了我一个不好的消息。

刘阿姨早上接到了裴江远母亲打来的电话，说是一会儿要来家里坐坐，谈谈结婚的事。

我忙打算拿出手机给林朝静打过去。刘阿姨接着道："你别打了，她这会儿估计都要到了，我早上看你睡觉就没好打扰你。我还以为你们提前约好了。"

心慌之余，我拉紧了刘阿姨的手："刘阿姨，一会儿你去后院跟王玉兰说一下，没有要紧的事千万别出来，行吗？"

刘阿姨点点头："你放心，我明白你的意思。"

刘阿姨是家里的老人了，想必经过这些天，她也明白了后院车库里那两个人的身份。如今裴江远的母亲林朝静要来，刘阿姨应该知道怎么做。

说曹操曹操到，刘阿姨前脚刚出门，林朝静后脚就进了门。我穿着一身不太正式的睡衣出现在林朝静面前，林朝静的脸色明显不悦。

"阿姨您请进。"

我客气至极，林朝静却只是随意笑笑。她站在家门口扫视一圈，转头问我："你爸妈都不在？"

我点点头："父亲身体不好，母亲在医院陪着呢。我们不知道您今天要来。这事儿是刘阿姨没处理好，她以为您跟我事先约好了。"

林朝静摆摆手："那无碍，我今天本来也是想跟你谈的，我们就直入主题吧！"

我和林朝静面对面而坐，她冷静漠然的神态，让我预感到今天的谈话怕是不会愉快。我下意识地朝着二楼的方向看了一眼，好在蒋菲菲没出出，否则定会让我出丑难堪。

我为林朝静倒了热茶，林朝静直接表了态："你的身世我听江远说了，我和江远都很心疼你。"

我应声笑笑，预感她下句没好话。

"但是关于两家结婚彩礼的事，我挺不能理解的，你又不是回去认祖归宗，你爸妈这边难道真不给你出嫁妆了？还是他们找到了亲生女儿，你就要被送回去？"

我急忙摆手："不是的，我和爸妈依然是一家人。"

"我知道你们还是一家人。这徐家也算是小有钱财了，当初要不是看你家境好学历好，我也不会同意你和江远的婚事。"

林朝静小口抿茶，继续说道："你爸妈是什么态度？关于你嫁妆的事？"她接着笑笑："当然，我不是说要占你什么便宜，我们两家当时说得好好的，我家一套房，外加两百万彩礼，你家一辆车，外加两百万嫁妆。我是因为咱们两家都不差钱，这些东西摆出去有面儿，才这么要求的。现在你说你家拿不出那么多钱了，你这让我挺难堪的。"

林朝静的不满说得条条在理，我无地自容地坐在她面前，自尊心全无。

"林阿姨，其实减少嫁妆和彩礼的事只是我个人的想法，我还没和我爸妈交谈。"

林朝静诧异道："你爸妈不会已经完全不管你了吧？"

我连忙摆手摇头。而这时，一直没关的家门口忽然走进来了身穿淡粉色运动装的蒋菲菲。

蒋菲菲简单地扎个马尾，脸色清爽红润，看样子是刚刚晨跑结束。她瞧见我和林朝静时，极有礼数地鞠了个躬："阿姨，您好！"

林朝静好奇地看着蒋菲菲，眼神一亮："你就是菲菲吧？江远可是跟我提过你，说你人又单纯又可爱，今天一看还真是！"

蒋菲菲笑得甜蜜："阿姨，您过奖啦，江远哥就是会夸人。"

林朝静转头继续看向我，回归了正题："那你爸妈到底是什么说法？嫁妆的事，到底怎么安排？"

一旁的蒋菲菲在听到我们的谈话后，凑近几步，一边用搭在肩膀上的毛巾擦汗，一边说道："婉莹姐的爸妈不就在后院车库里吗？你们要谈什么呀?"

我是想破脑袋都不会料到,蒋菲菲会在这里给我布下一局。她的这一句话,彻底打断了我与林朝静的谈话,甚至断绝了我与裴江远结婚的可能。

林朝静一脸狐疑地看向我时,我整个人已经毫无知觉,手脚冰凉得甚至已经感知不到身体的温度。我慌张恐惧,生怕她会走出家门,去见见我那亲生父母。

果不其然,林朝静起了身,她端着一副即将终结一切的架势冲我说道:"既然你亲生父母在,那我理应去见见他们。"

我站不起身,下肢沉得不能再沉。我想,此刻不管见还是不见,结局都已注定。我和裴江远不再有可能了,林朝静今天单枪匹马来见我,就是为了终止我与裴江远的婚事。而裴江远何尝不让我失望呢?他的失踪,他的断联,他听从于母亲摆布的姿态让我渐渐对他失去了信心。

蒋菲菲这时走到了我身边。她搀扶着我的手臂,一脸单纯热情地说道:"婉莹姐,你怎么了?林阿姨说要去见你爸妈啊……"

我木然地站起身,只听门外响起了扯破喉咙的叫喊:"死人了!救命啊!蒋国富断气了!救命啊!"

家门外,王玉兰边喊边冲进了我们的视野。她的脚上穿着我昨晚送她的干净白棉袜,眼睛红肿着,整张脸扭曲成一团:"蒋国富死了,蒋国富死了!"

第六章

  我何尝没有反问过自己，对于亲生父母的出现，我到底是抵触还是接受。如若他们不是穷掉底的家庭，我还会像今天这样，竭尽全力地摆脱他们吗？

  我必须承认，我其实并不高尚，以至于在王玉兰一脸无助地跑到我面前说蒋国富死掉的那一刻，我心里担忧的竟还是林朝静对我的看法。

  我就是在这一刻认清了自己卑劣的内心。此前，我在心底断定蒋菲菲是个两面三刀、趋炎附势的心机女。而我，又何尝不是呢？

  王玉兰冲到我面前的那一刻，她额头前的碎发全部被打湿，她红着眼脸色苍白，以往那个刀枪不入的她，如今被彻底击到了软肋。

  我跑出家门，站到车库门前时，里面的蒋国富一动不动。

  蒋国富死了，死得不明不白。

  林朝静站在我身后，显然，她受到的惊吓比我严重得多。蒋菲菲装出一副诧异和痛苦的神色，话里有话地说："婉莹姐，你父亲真的死了吗？死在咱家车库里？"

  我说不出话，身体渐渐僵硬。王玉兰在身旁扯着我的手臂："叫救护车，救救我老头啊，求你们了……"王玉兰跪在了地上，她连着磕头撞击着地面，埋怨老天爷对她的不公，埋怨蒋国富的命短。

  我知道，此时救与不救都没了意义，因为人已经走了，具体怎么咽的气,没人知道。

林朝静后退了两步,给我留了话:"徐婉莹,你和江远的婚事暂时搁置吧,我先走了。"

林朝静满是嫌恶地离开了这个晦气之地。

我走进车库寻看蒋国富,他走得并不轻松,表情狰狞得像是有什么遗愿未完成。

救护车赶来的时候直接给了话,车子不拉死人。

车库里的尸体就那样安然陈放,王玉兰跪在门口,头发凌乱、眼神空洞地望着蒋国富的尸体,一句话也不说,仿佛变了个人。

我忽然明白了王玉兰对蒋国富的感情。此前我一直认为,蒋国富只是王玉兰用来讹钱的借口。现如今来看,她其实是个怎么都能活的女人,给她一口饭她就能吃得开心满足。她要是想讹钱,撒泼打滚就好了,犯不着大老远搬着蒋国富跑来跑去。她为什么那么不顾底线地要钱,不就是为了这半瘫的丈夫吗?

我什么都明白了,却不明白他因何而死。

死去的人总要叶落归根入土为安,我联系了送葬的车子,把蒋国富的尸体运回了乡下。

整个过程中,王玉兰不作不闹。她埋怨自己,若不是她意气用事把蒋国富大半夜送到城里,他也不会咽气。可我始终觉得,事情没那么简单。

我联系了朋友帮忙检查蒋国富的死因,不管是尸检,还是什么其他办法,总要弄出个究竟。

母亲得知此事后,立马打了个电话过来,她指责我不应该把王玉兰放进家门,一切都是我的心软所致。我有口难辩,就那么听着电话那头的责备。

母亲说她会尽力瞒住父亲,让我马上处理好家中的事。

回到家,蒋菲菲一副看热闹的架势坐在大厅沙发里。她看着投屏上的电影,手里握着杯鲜榨果汁,回头冲我问道:"下葬了吗?"

我定定地看着她质问道:"为什么你一点都不难过?他也算是把你养大的父亲。"

蒋菲菲举着果汁杯子歪头笑笑:"那你难过吗?"随即她起身,走上了楼,回了房间。

我走去一楼的卫生间,刘阿姨正在里面打扫。我拉过刘阿姨的手臂:"阿姨,我有些事想要问你。"

一通盘问才知道,今早刘阿姨在给车库送吃食的时候,碰到了晨跑结束的蒋菲菲。蒋菲菲自告奋勇地说她去送,刘阿姨就把餐盘递给了她,随后便去了前院给花园浇水。而浇水的过程中,刘阿姨看到王玉兰正在花园旁的小水池里洗脸洗脚。刘阿姨还制止来着,但无奈王玉兰就是个粗人,根本劝不动。

所以,蒋国富去世前的那段时间,车库里只有蒋菲菲和蒋国富两个人,而恰巧那份早餐,也在蒋菲菲的手里。

我急忙去调了监控。我想蒋菲菲应该并不知晓,家里的车库,是安装了摄像头的。

监控视频显示,蒋菲菲端着餐盘进了车库,她亲手喂蒋国富吃东西,甚至还悄悄地在蒋国富的耳边说了话。视频里听不到悄悄话,但很快,蒋国富的脸色骤然发青,他死抓着胸口,身子出现了剧烈的抖动。蒋菲菲见势被吓到,三两步就跑出了车库,而后不到三分钟,蒋国富的身体彻底僵硬。

看到这无法狡辩的视频证据,我拔出储存卡,浑身发抖地冲向了蒋菲菲的房间。我抬脚踹开了门,怒不可遏地开了口:"人是你杀的!是你杀了他!蒋菲菲你疯了吗?!"

屋子里的蒋菲菲吓了一跳,她揭下脸上的面膜,不可思议地看着我:"你在说什么啊……"

我举起手中的储存卡:"别再装了,是你杀了蒋国富!你在那份早餐里动了手脚是不是?"我一把扯过她的手腕:"跟我去警局,你去跟警察解释!"

蒋菲菲使着蛮力甩开了我,哭笑不得:"你到底在说什么疯言疯语啊!我杀人?你看我像敢杀人的样子吗?"

我无法冷静地嘶吼："车库里有监控！所有的一切都被录下来了！"

眼前的蒋菲菲眼神有了闪躲，我想她应该是在惊讶监控的存在。她应该没想到，其实院落的各个角落都有监控。

蒋菲菲沉默了片刻，接着淡然地开了口："我没对早餐动手脚，我也没杀人。你有监控视频是吧？那你自己好好看看，监控里的我，是动了刀还是动了枪？"

面对她沉稳无惧的态度，我忽然败下阵来。她太坦然了，坦然得好似真的没有说谎。如若她没有下毒，那视频里显示的一切，都不足以说明她杀了人。而至于下毒与否，要等尸检的结果。

蒋菲菲自信地笑了笑："不信你去做尸检啊！"

她的主动开口，让我更没了底气，这一刻的我好似被她玩弄了。

蒋菲菲朝着我靠近了两步，声音飘在我耳畔："信不信由你。不过你现在应该开心才是，蒋国富死了，你少了一个对手。"

我不敢相信地看着她的眼睛："那是你的父亲！"

她摇头："不，是你的。"

蒋菲菲无情的态度，让我冒了冷汗，我不明白她小小的身体里到底藏了多少阴暗与可怖，她到底为什么会如此冷血？

蒋菲菲转身就要去找家嫂刘阿姨，我即刻开了口："他死了你应该很高兴吧？因为你和王玉兰之间的矛盾又加深了。其实你心里清楚，王玉兰最开始就不是冲着钱来的，而是冲着你。此前她图钱，是因为蒋国富看病治疗需要钱。现在蒋国富没了，就算我们真的给了她一百万，她也未必会罢休。蒋国富是在这里走的，王玉兰不会放过我们。"

蒋菲菲没有看向我，她半个身子搭在栏杆上，冲着楼下的刘阿姨说道："阿姨，一会儿叫个工人来修门。我这个力大无穷的姐姐呀，把我的门给弄坏了。"接着，她回过头看向我："你还挺聪明的嘛，我还以为你这些年读的书，都就饭吃了呢！不过这点你应该感谢我，要不是借了我的光，你会有那么多的学问吗？"她伸出手指点着我的胸口："徐婉莹，你现在拥有的一切，都是从我这里偷走的，你不要不知好歹。"她忽然又笑了笑说:"还报警抓我?"她死死地盯住我的眼:"你报警抓我,你觉得爸妈会放过你?爸妈会认为你是一个居心叵测的养女,为了把我这个亲生女儿赶走,不惜做出各种下作的事来。你觉得到时候爸妈会相信你,还是相信我?"

听着她无底线的挑衅,我无法克制地怒吼:"我从来没有想与你为敌!我只希望事情往好的方向发展,我甚至委托朋友把我名下的固定资产全部卖掉,就为了帮你筹集那一百万,让你和王玉兰断绝关系!为什么你一定要认为我在跟你作对?"

蒋菲菲摇摇头:"别装了,你是在帮谁呀?你不过是在帮你自己而已!如果有天你发现,你的亲生父母不是徐建森和白静,而是一对亿万富翁的夫妇,你早都跑去别人家了!你哪里是在帮我,你不过是害怕王玉兰拖你后腿而已!"她耸耸肩:"我现在一点都不怕王玉兰,因为我有亲生父母给我撑腰。你呢?你要时时刻刻提防王玉兰,因为那是你的亲生母亲,是你一辈子都摆脱不掉的臭虫!所以你不得不参与到这整件事里。你让我们两家断绝关系,不就是为了让你自己和王玉兰划清界限吗?"

蒋菲菲的话说得绝情,但我不得不承认,有些话她并没讲错,我有私心,我不想将原本安稳的生活打破,也不想离开陪伴我二十余年的父母。

蒋国富离世的事,最后还是传到了父亲的耳中。我没有将监控拿给他们看,因为我知道,不论我说什么,蒋菲菲都已经想好了反击的对策。

父亲在手机里严厉地呵斥我,一如当年我没考上他预想中的大学那般,指责我令他失望。

父亲归家的这天,我接到了王玉兰打来的电话。赶在父母的车子开回家之前,我一个人开车下了乡。

下乡的这条路我已经渐渐熟悉。王玉兰说下午就要让蒋国富下葬了,尸体检查过,没有中毒,是气急攻心,就那么直接断气的。

蒋菲菲的确没说谎,她没有下毒,但她在蒋国富耳边嘀咕的那些话,断送了蒋国富的命。

王玉兰猜到了是蒋菲菲,蒋国富向来是个好脾气的主儿,如果不是有人恶意使坏，他根本不会被气死。

我没有给她看视频，但王玉兰一口断定，是蒋菲菲气死了蒋国富，因为她早上回到车库的时候，还闻见了蒋菲菲残留下来的香水味。

王玉兰太过了解蒋菲菲了，就连味道都记得。

蒋国富下葬这天，韩斌来帮忙，这个年轻的大男孩在前面忙活，王玉兰则跪在了一片松软的泥土上，她眼神柔和地看着蒋国富下葬的地方。天很蓝，阳光很温柔，她没有哭，就那么默默地望着那个方向，好似那里有个四肢健全的男人，正饱含深情地朝着她挥手道别。

或许是这一刻太令人难过，我跪在了王玉兰的身边陪着她，膝下的泥土很软，暖阳下的土壤也带着温度。

王玉兰忽然开了口，声音平缓温和："他做了一辈子的好人，也对我好了一辈子，一辈子打不还手骂不还口。他家特别穷，从小就死了爹妈，那时候他为了娶我，给我家耕了一年的地，我爹妈都是他亲手下葬的。那时候我还说……"王玉兰忽然哽咽，她用力地吸着鼻头，强颜欢笑："那时候我还说，你一定要比我活得久，我父母都是你葬的，你也要把我葬了，要不……我这臭脾气臭人缘，死了都会被抛尸街头。"王玉兰转头看着我："你知道他跟我说什么吗？他说他一定会好好活着，到时候他挖两个坑，把我葬了以后，他就躺在我旁边的坑里等死。"

王玉兰忽然忍不住大哭起来："可是他走了……他连最后一口气都没咽下，就走了……"

王玉兰跪在地上失控时，我抹了一把眼泪，把头别向了一边。韩斌不知何时站到了我身后，他递给我一瓶水，安慰道："节哀。"

我接过水，韩斌蹲在了我身边，他望着前方刨出的土坑，默默地说："蒋叔命短，他做了一辈子的好人。想当年我和我妈最困难的那段时间，都是靠蒋叔和兰姨家的窝窝头活过来的，后来他为了菲菲断了腿。那时候我妈就说，好人都不长命。"

韩斌叹口气摇摇头，喝了一口水。我吸着鼻子，忽然觉得哪里不对，问他："他的腿……是因为蒋菲菲断的？"

第七章

  韩斌轻描淡写地向我讲述了蒋国富两年前断腿的原因。说是那时蒋国富所在的厂子里有个厂头对蒋菲菲图谋不轨，蒋国富为了给自家姑娘出气，去找厂头算账，结果两个人在机器旁边撕扯，蒋国富直接被卷进了机器里。

  断腿的监控视频韩斌看过，机器搅烂了蒋国富的两条小腿，血肉模糊，若不是有厂员急忙断电，怕是整个人都进去了。而当年帮忙断电的那个人，就是韩斌的母亲蔡琴芬，难怪王玉兰一直对韩斌母子这么客气。

  此刻，我大概明白了王玉兰对蒋菲菲的恨。王玉兰这辈子最爱的就是蒋国富，可她最爱的人却因为自己的女儿断了双腿。蒋国富不再健康，更无法支撑这个家，王玉兰的压力可想而知。可即便如此，她也没抛弃这个累赘丈夫，她每天活在劳累和阴郁之中，根本快乐不起来。

  韩斌看着长跪不起的王玉兰默默叹了口气，转头冲我低语："菲菲都不回来送行吗？"我摇头，比了个嘘的手势。韩斌什么都明白了，也没再问了。

  尸体下葬，王玉兰晕倒在了墓碑前，韩斌帮我把王玉兰抬回了家。意外地，家里早早有人打扫收拾过，甚至摆了一桌热好的饭菜。我以为是王玉兰那个不争气的儿子从监狱里出来了，结果竟是韩斌的母亲蔡琴芬。

  蔡琴芬是个朴实的人，见我们进屋，忙帮着搀扶住王玉兰让我们休息，饭桌上摆了两杯刚从井底打上来的凉水，看着都解渴。

我们把王玉兰安置好，三个人便坐在了饭桌前，谁都没动筷，只是简单地喝了口水。我忽然想到那十万块，忙拿出手机：“韩斌，你给我一个银行账户，我把那十万块的礼金打给你，之前答应过你的。”

蔡琴芬抢了话：“别了丫头，那钱你留给玉兰吧，她现在正是需要钱的时候。”我有些为难，蔡琴芬又加了一句：“真不需要，你留给玉兰，我家亏欠她家的人情，远不止十万块了。”

我感觉得到，蔡琴芬是真的不打算要这十万块了，而失去丈夫的王玉兰，也定是需要钱的。我点点头说了句谢谢。蔡琴芬先拿了筷子：“吃东西吧，一会儿吃完我给玉兰熬个粥，等她醒来以后再吃。”

我们三个人都默默低头吃东西，屋子里的氛围同身后桌上摆着的黑白遗像一样压抑。蔡琴芬忽然给我夹了块肉，试探地问了句：“孩子，国富真是被菲菲气死的吗？我从村尾走到这儿，听了不少难听的话，我就想问个实底。”

我不知如何开头，犹豫了半天：“我不确定……但是蒋国富死之前，蒋菲菲去车库跟他说过几句话，不过我不知道说了什么。”

"说过话？你亲眼看到了是吗？"

我点头："车库里有监控视频。但你们别告诉王玉兰，我不想在这个时候火上浇油。"

蔡琴芬刚要点头，突然，身后炕上的王玉兰猛地坐起了身："就是她害死的她爹！我就说是她害死的！这个白眼狼！这个挨千刀的东西！"

没人知道王玉兰是何时醒的，而现在说什么都晚了，她听到了实情。

王玉兰拖着虚弱的身子朝我讨要视频，我不给，她便寻死觅活。

蔡琴芬看不下去，在一旁规劝了我一句："你就给她看吧，让她死了心。"

视频还是给王玉兰看了。我以为她会大哭大闹一场，结果她却安静得让人心慌。

我和韩斌还有蔡琴芬都不知所措，三个人盯着王玉兰，皆一言不发，就那么静静地等待她开口说话。

王玉兰对着视频反反复复看了十多遍，直到蔡琴芬拿走了手机，她才抬起头。

"蒋国富最爱的就是他这个闺女……"她冷笑一声，"结果呢……"

王玉兰扭头看着我说："你能不能帮我问蒋菲菲，她到底说了什么，能把蒋国富给气死？你帮我问出来，起码让我死心，也让我这老头走得明白点。"

我不说话。王玉兰摇摇头："到底是个祸害，我就不应该去闹，是我的错啊，是我的错……"

王玉兰静静地对着蒋国富的遗像发呆，谁叫都不理，水也不喝饭也不吃。

晚些的时候，我的父亲打来了电话。我以为是要责怪我，结果却询问起了下葬一事。

"婉莹，你那边处理得怎么样了？人下葬了吧？"

"下葬了，爸……"

父亲那头断断续续地传来了女人的呜咽声，父亲说道："那就行，菲菲今天哭了一天。到底是养父，人突然离世，菲菲心里也不好受。"

可笑，实在可笑，蒋菲菲做戏做得也真够全套，竟吃起了人血馒头。

父亲催促我快些回家，乡下人生地不熟，不要多逗留。这话倒是说进了我的心坎，也是我忙碌一天的唯一慰藉了。

晚上准备离开时，韩斌让我放心，说他妈会陪着王玉兰。他把我送上车，叮嘱我出村的道正在修路，要是路没通，应该走哪一条路。

我笑笑："我知道，上次我男朋友就走错路了，他和蒋菲菲大半夜的困在了一片没信号的荒地。"

韩斌愣愣地道："菲菲还能犯这种错？以前她经常进城的，哪条路通往哪里，她比我都清楚。"

这当头一棒的提醒，让我忽然醒悟。没错，蒋菲菲从见到我的第一面开始,就已经在有预谋地报复我了。她是土生土长的本地人,怎么可能不熟悉路?或许她就是故意让我留宿在农村,留宿在她之前生活的地方,让我和王玉兰近距离接触,以满足她的报复快感。

回程路上,我蓦然松了口气。这些日子的奔波终于可以暂缓,且不说王玉兰以后还会不会找麻烦,起码在头七之前,她应该不会再闹了。

路上,我给警局的朋友打了电话,询问蒋轩宇拘留一事。总归是要早些出来才好,蒋国富离世,子女却不在身边,实在不妥。

到家已是深夜,父母和蒋菲菲却齐刷刷地坐在沙发上,显然是等我归家。

我瞬间有了负担。坐到他们三个人面前时,父亲的态度比我预想中的温和。

"婉莹,你已经把钱筹给王玉兰了是吗?"

我有些傻眼:"没有,爸……我……"我转头看向了刚刚哭过红着眼的蒋菲菲,不清楚她到底跟父亲说了什么。

"菲菲已经跟我说了,你背着我们在偷偷筹钱,还把我之前给你的那处房产给卖了。"父亲愁苦着脸色,眼睛里流露出几丝心疼,"你这么要强做什么?我说不给那一百万,是因为我觉得不值,但我没说一分钱都不给!如果不是菲菲跟我讲,你是不是已经被那个贪得无厌的王玉兰给坑骗了?你以前不这样啊,怎么忽然间变得这么不理智?"

面对父亲带着心疼的责怪,我又望了母亲一眼,母亲低着头不说话,意思已经很明确,希望我把这事扛下来。

不过好在,父亲并没有真的对我不满。

"钱不用你出,我会想办法处理。你也别和王玉兰接触了,你和菲菲都是我的女儿,跟那个下作小人王玉兰无关!"

父亲带着气起身离开,母亲连忙跟上,走之前还扯了扯我的胳膊,小声嘀咕让我赶紧休息。

客厅里只剩下我和蒋菲菲,看着她的精彩表演,我不得不佩服她的道行之深。

"你真够可以的蒋菲菲,在爸妈面前演了一出对养父母绝不忘恩负义、死者为大的好戏。接着又在父亲面前假装关心我,好人都让你做了。"

蒋菲菲淡淡一笑,声音压得极低:"别多想了姐姐,我是担心你名下的那套房真的被你变现给了王玉兰。那可是我家的钱啊,我怎么会让你乱花呢?"

果然,心思缜密的蒋菲菲没让我失望,我就知道她那陷阱一定是连环的。

蒋菲菲在我面前慵懒地伸了个懒腰:"我要去休息喽。哦,对了,估计下周我们就要去爸的酒店实习了。我记得爸之前说,要交给你一家酒店去管理是吧?真可惜,这个承诺大概是实现不了了。"

蒋菲菲一脸傲气地走了。直到她回了房间,我那硬挺着的背才算是松懈下来。家嫂刘阿姨还没走,她在厨房冲我招手。我走过去,才发现她给我留了饭菜。

"快简单吃几口吧,你看你这几天都瘦了。"

我勉强笑了笑。阿姨欲言又止,我瞧着她纠结的模样,对她说:"阿姨,有话你就说吧。"

刘阿姨冲着楼上望了两眼,确定没人偷听了,才开口:"今天裴江远来了,是蒋菲菲接待的人家。一开始裴江远还闷闷不乐呢,跟那个蒋菲菲聊了几句,就笑开花了。婉莹啊,你也算是我看着长大的,你可得提防着点那个丫头!"

听了这些,我心里苦涩,但还是强颜欢笑,拉着刘阿姨的手臂,说:"好了阿姨,快休息去吧!我知道你心疼我。"

刘阿姨叹了口气,转身离开了。

我坐在餐桌前,对着已经凉掉的饭菜发呆。我拿出手机,本想给一直没音信的裴江远发个消息,却看到了韩斌给我发来的微信。

"兰姨让我跟你说,一百万她不要了。蒋叔没了,她要钱也没意义了。但是她想知道蒋菲菲到底跟蒋叔说了什么,她就这一个条件。"

我何尝不想知道蒋菲菲到底说了什么话，我比任何人都想知道。

退出了和韩斌的聊天界面，我看到了一直置顶却久未说过话的裴江远。我点开对话窗口，点开他的头像，没有照片没有动态。我回到聊天界面，想了无数种开场白，最后也只是简单地问了一句："听说你今天来我家了。"

裴江远没回复，对话框的顶部也没有"对方正在输入……"的字样。我把手机放到了一边，屏幕灭了亮，亮了灭，始终没有惊喜。一碗饭下肚，我竟没吃出那饭菜的味道。

我在家里连睡了两天。第三天，我终于收到了裴江远发来的信息，短短的一句话，简单的几个字：

"我母亲不同意我们婚事了。"

我实在不清楚应该怎么回复这条消息，好似所有的事都要我来承担，所有的问题都是由我而起。一句分手而已，非要用冷暴力的方式逼着我说出，难道他不会觉得过分吗？

我忽然觉得自己瞎了眼，平日里看着斯文有风度，凡事都会帮着我出主意的裴江远，如今却因为我身份的变化打了退堂鼓。那当初为何拼尽全力地和我在一起？我想不明白，也不想明白了。

蒋国富头七的这天，是我和蒋菲菲去酒店报到的日子。父亲让我们从最基础的工作干起，了解客户的需求。前台、保洁等，都要设身处地地去体验。

赶去酒店之时，我收到了韩斌发来的消息。他说希望我下乡一趟，今天是头七，王玉兰身边连个子女亲人都没有，实在不合适。

我明白风俗对他们意味着什么，灵魂的归来或是离去，都是一种精神寄托。

我直接开车去了乡下，没去酒店报到。

刚进王玉兰的家，就见状态颇有好转的她在做饭，桌子上有鱼有肉，定是为了这个日子。我挽起袖子跟在她身后："有什么需要我帮忙的就直说，不用客气。"

王玉兰回头看看我，摆手推辞："出去等着吃吧，不用你。"

不知从何时起，我和她之间竟也有了一种不言自明的默契，很微妙，像是寒冰被撞破，像是冰雪消融。

一大桌子的菜做好，家里来了不速之客。我不认得那个男人是谁，王玉兰却忽然拎起镰刀朝着对方的头上砍去。

我吓了一跳，王玉兰却提着镰刀追出家门："你还有脸来？当初要不是你对菲菲起贼心，蒋国富也不会断了两条腿！我今天非杀了你不可！"

原本还客气恭顺的男人，此刻被吓破了胆，屁滚尿流地逃了出去，他手里的礼品盒子掉了一地，气喘吁吁地喊着话："我是真心来悼念国富的！我知道当年我有错，但我也有苦衷啊，你听我说……"

话没说完，那个男人便被追着跑出了几十米远。男人跑远了，王玉兰追不上了，她一脸疲惫地走回家。我接过她手里的镰刀，她却忽然定在门口，喘着粗气，接着又用力地叹了口气："回屋吧，还差一道菜。"

关于刚刚那个男人的事，我没敢细问，我看得出王玉兰的痛苦难受，我也不忍心揭她伤疤。

只是，本以为今天可以平静地度过，却没想到，城里那边出了状况。

家里打来电话，说蒋菲菲被人砍了，砍得倒没多严重，但直接吓晕了。

我诧异这一天怎么出了这么多事，结果得知，是蒋轩宇出狱了，他没有回家，而是直接找上蒋菲菲算账。

第八章

准备回城前,我问王玉兰要不要同我一起,毕竟蒋轩宇出狱了。

王玉兰手握三炷香站在蒋国富的遗像前,说:"不去!去了有什么用?再看他被送进监狱吗?脑子不灵光的东西,刚出狱就闹事,他爹要是知道儿子蠢得像猪一样,非气得从棺材里跳出来!"王玉兰把香插在香炉里,两只手在衣服两侧擦了擦说:"你等会儿,我给你拿几个甜饼路上吃,我早上摊好的。等你到了城里看到蒋轩宇那个不争气的东西,让他赶紧回家!有力气去砍蒋菲菲,还不如回来给他爹送行!不过他要是又被警察抓走了回不来的话,就让他死外面吧!我正愁蒋国富路上没人陪!"

王玉兰的狠话说得难听,但她用蒸馒头的白布包的热乎乎的甜饼,可是香得腻人。

"你放心吧,蒋菲菲没大碍,蒋轩宇也不会再进去了。我打过电话了,没让他们报警。"我安抚了她几句,虽然不知道这些话是不是她想听的,但看她缓和的面色,知道她已经安心了。

王玉兰送我上了车,车子启动时,我透过后视镜看到她提着镰刀出了门,不知是去了哪里。

回到酒店,店里依旧正常营业,还没进店,我竟在店门口看到了蹲坐在台阶上的韩斌,有些意外。

正打算开口问好,大堂经理刘晓倩就急忙跑到我面前。她满头的虚汗:"婉莹啊,你可回来了!我都没敢跟徐总上报,就等着你回来处理呢!"

台阶上的韩斌听到了这头的声音,闻声过来。他瞧见我的时候,一脸的焦虑:"婉莹……我给你打了好几个电话。"

我忙要往店里走:"都进去说吧,别在门口待着。"

刘晓倩先带着我去了一楼的休息室,蒋菲菲正躺在沙发上,脸色苍白,显然是被吓到了,但是身上无伤。我转头小声问道:"蒋轩宇现在在哪儿?就是闹事的那个。"

"被保安弄到杂物间了,押着呢。"刘晓倩指了指沙发上神情恍惚的蒋菲菲,"她怎么办?要不要给徐总打个电话?医生看过了,说没大碍,但是我们不敢轻举妄动,毕竟是徐总的女儿……"

我转身往杂物间走去:"把蒋轩宇放出来吧,我们没资格押人。"

刘晓倩跑到我前头去带路,韩斌在我身旁担忧地说:"婉莹,我知道现在说这话不合适,但是我求你,千万别报警!蒋轩宇出狱后第一个联系的就是我。本来他是要回家的,结果在车上的时候,我跟他说了菲菲和蒋叔的事,他就闹到这里来了,我没拦住。这事是我的错,你千万别报警!"

"放心吧,酒店最开始要报警的时候,我给打电话阻拦下来了。一是对酒店影响不好,二是我不会让他再进去的。"

杂物间的门被打开,屋子里三个保安押着蒋轩宇。

蒋轩宇的样子比我第一次见他的时候稍微黑了一点,头发更短了,标准的监狱头,下巴带着零星的胡茬,一身的蛮力。要不是我对他有着一星半点的了解,真猜不到这个壮硕凶戾的男人,只有十九岁。

我冲保安打了个手势:"你们先出去吧,辛苦了。"

蒋轩宇被放开,韩斌忙凑上前,句句埋怨:"我说你能不能冷静点啊!你妈还在家里等你呢!你爸今天头七啊!有什么事不能等送完了蒋叔再说?菲菲好歹也是你姐姐,你至于下那么重的手?"

蒋轩宇无动于衷地看着我,眼里带着不属于他这个年纪的世故和恨意:"徐婉莹是吧,我爹妈抱错的亲生闺女?现在你跟蒋菲菲一伙的?"

瞧着他天不怕地不怕的样子，我从包包里拿出了王玉兰包给我的甜饼，直接扔到了他怀里："你妈让我给你的，她在家做了一桌子的饭菜，就等着头七这天你爸回魂。她说她等你回家，如果你不回去，就永远都不用回去了。亲爹下葬的时候不在，头七也不在，以后也不用出现了。"

蒋轩宇被我说得动容了，他眉头微皱，喉咙小幅度地哽咽。许久，他憋出了一句话："我妈还好吧？"

我挪着步子把门口腾了出来："自己回家看。"

韩斌忙在一旁搀扶着蒋轩宇，蒋轩宇推开韩斌，拍了拍身上的灰尘，满脸的倔强。不过他还是有些不敢相信："你真就这么放我走了？不报警？不找人收拾我？"

"那是你和蒋菲菲的恩怨。但如果你下次还在酒店惹事，不论你家里到底什么情况，我都不会饶了你！"

蒋轩宇故作淡然地笑了笑，他抹掉嘴角的血渍，仰着头看我："行，今天就当我欠你个人情，但我跟蒋菲菲绝对没完！"

韩斌把蒋轩宇拉出了杂货间，拖着就往外面走，他频频冲我回头，竖着个大拇指给我看。

我笑笑，摆手让他赶紧离开。

耳边彻底清静，我心里的戒备也跟着放松下来。我何尝不慌呢？刚刚我是硬着头皮跟蒋轩宇对峙。谁知道他是个什么人？但依我对王玉兰的了解，我觉得他儿子不至于执迷不悟。

人放走了，我去了休息室。我让刘晓倩帮我弄了杯温水，坐到蒋菲菲的对面，把水杯推到了她那边。

"你还好吧？"我平静地问道。

蒋菲菲紧闭的眼忽然睁开，侧头看着我，渐渐坐起了身。她依旧魂不守舍，头发乱成一团，手臂有些轻微擦伤。

我拿着桌上的棉球蘸了碘酒："我帮你消毒。"

蒋菲菲冷笑："蒋轩宇呢？被警察带走了？"

我没回答。

蒋菲菲继续逼问:"我可是让大堂经理报了警,他这会儿应该已经吃上牢饭了。呵,不知又要被关多久,关一辈子才好!"

我扭紧了碘酒的盖子,漠然道:"他回家了,今天是你爸的头七,王玉兰还在家等他。"

蒋菲菲勃然大怒。"徐婉莹,你什么意思?他回家了?警察呢?警察没来吗?!"蒋菲菲作势要起身,可她那瘦弱身子骨刚一起身就崴了脚,直接又跌回了沙发上:"刘晓倩呢?那个大堂经理呢?我让她报警她给我报哪去了!"

这是我第一次看到蒋菲菲失控大喊,从我接触她到现在,她永远都是一副外表可怜柔弱、内心老谋深算的模样。我还挺惊喜能瞧见她抓狂的样子。人总要有软肋,总要有缺点。

"刘晓倩在报警之前给我打了电话,被我拦下了。"我说道。

蒋菲菲诧异,接着不可思议地发笑。她摇摇头,冷哼一声看向我,说:"哟,可以啊,我还真是忘了,现在这酒店的员工,都是认你徐婉莹的!"她的身子稍稍向我前倾了一些:"徐婉莹,你现在是不是特开心我被蒋轩宇打?你是不是恨不得我被他给打死?"

我摇头:"你不是没被打死吗?只是皮外伤而已。"

蒋菲菲的眼神倏然冰冷:"你这是在和我宣战吗?"

我故作沉稳地笑了笑:"从我们见面的第一天起,你不就已经开始对我进攻了吗?你带着裴江远走错路的那晚,就已经在针对我了。"

蒋菲菲的表情越来越可怖,她笑笑停停,这还是我第一次见到她没了底气的模样。

我开始在心里渐渐明确,对待她,我不能柔弱,越柔弱,她越会变本加厉。而对于此刻的蒋菲菲来说,暴力粗俗的蒋轩宇就是她的天敌,是她最想躲开的人。

我站起了身,看了看腕表上的时间:"今天的实习就算了吧,回去我会和父亲解释,你要留在这里就继续留,不想留的话,休息够了就回家。"

蒋菲菲撑着沙发起了身，她的脸上已经毫无表情，但眼里的怒火依旧熊熊燃烧。忽然，她朝着门口喊了一句："刘晓倩，你进来一下！"

刘晓倩进屋之时，便预感到了气氛的紧张。她两只手扭捏地抓着自己的制服衣摆，微微缩着脖子。

休息室的房门大开着，门外是偷偷看热闹听声音的员工。我已经预料到了蒋菲菲要做什么，但我阻止不了。

刘晓倩站定之时，蒋菲菲一巴掌就打在了刘晓倩的脸上。鲜红的五指印，宣誓了蒋菲菲在这个酒店的地位。

"我让你报警，你不报是吧？"蒋菲菲伸着食指点着刘晓倩的胸口，忽然，她又扇了刘晓倩的另一侧脸。刘晓倩哭了，哭得委屈又可怜。我忙把刘晓倩拉到我身后，冲着蒋菲菲说道："你有火冲我来！"

蒋菲菲甩了甩手腕："你？你的那张脸啊，会有别人帮我打，怎么可能需要我自己动手呢？"

蒋菲菲瞪了刘晓倩一眼，转身便走出了休息室。门外的员工纷纷作鸟兽散，谁都不敢再轻看她了。

我招呼着员工赶紧给晓倩处理伤势，心里的憎恨，一点点地滋长。

晓倩是家嫂刘阿姨的女儿。刘阿姨是单身母亲，一个人抚养晓倩长大。酒店里无一人不敬佩刘晓倩的工作精神，父亲更是欣赏她工作认真谨慎的态度。现如今，蒋菲菲拿晓倩杀鸡儆猴，怕是今后都没人再敢轻视蒋菲菲了。

我心疼晓倩，但我无能为力。

晚上归家，蒋菲菲和母亲在沙发上玩拼图，又是一副和谐美好的景象。我还真是佩服她，白天的蛇蝎人设，晚上一眨眼就能切换成"傻白甜"模式。

我脱鞋进了屋，身后院落里父亲的车子刚好停稳，跟着他便下了车。

屋子里的蒋菲菲穿着一身睡裙就出来迎接了，嘴里甜甜地喊着："爸爸！你有没有给我买蛋糕呀？你上次可是答应过我，要给我买最好吃最贵的蛋糕！二十一周岁那天我都没有吃上一口蛋糕的……"

父亲瞬间被蒋菲菲这黏人的模样给逗开心了，本来还一脸沉思状地想着别的事情，这会儿马上喜笑颜开。

　　看样子，蒋菲菲并没有把今天蒋轩宇闹事的事情告诉父母。这一点，蒋菲菲还是拎得清的，她大概已经摸透了父亲的为人路数，知道父亲是个利益至上的商人。若是让父亲知道今天的事情没有报警处理，父亲定会夸我办事有方，而埋怨蒋菲菲的意气用事。毕竟，她身上毫发无损。而她在酒店扬手扇刘晓倩的事，她也根本不敢声张，她应该也是刚刚才知道，刘晓倩是家嫂刘阿姨的女儿。从刚才我进屋看到刘阿姨一脸沉重的模样时我就猜到，刘阿姨已经知道了全部事情。若是今天的事情被父亲知晓，那蒋菲菲的两面派人设，也就坐实了。

　　蒋菲菲比我缜密，也比我更会顾全大局。

　　我独自一人去了房间换衣服，留下他们三个人在那里欢声笑语。刘阿姨有意端着杯果汁跟我进了房间，房门一关，刘阿姨就红了眼眶："婉莹……你说这个家，我是不是待不下去了？今天晓倩被打的事，你知道吗？"

第九章

我接过刘阿姨手里的果汁，安慰着她坐下："阿姨，你先别哭，你要是哭了，父亲那边就不好交代了。"

刘阿姨抹掉眼泪："我知道，我也是因为感恩徐家对我和我女儿的照顾，我一直都是想大事化小，小事化了。可自从这个蒋菲菲进门，我再没有过过一天安生日子。她逼着我一个老太婆做这做那，本来每两周会请三个保洁到家里做大扫除，你爸妈也说了，我平时就负责三餐和简单的灰尘打扫就行，毕竟这是别墅，不是几十平米的小房子。可是她……唉……"

刘阿姨的委屈我都看在眼里，刘晓倩的事也着实让人气愤。可这时候若是跟蒋菲菲对着干，只怕没有好结果。

我拉着刘阿姨的手道："阿姨，你再忍忍。你想想晓倩的工作，晓倩以后还有更大的发展空间，如果你现在把心里的苦水跟父亲倾吐了，怕是你和晓倩都留不住。蒋菲菲的为人你清楚，你之前还让我提防她，所以你千万不能冲动。"

阿姨妥协地点着头："我知道……谁让我们是底层人呢！凡事只能忍……"

刘阿姨走出房间后，我愈发心寒。我不明白蒋菲菲为什么一定要对这些无辜的人蛮横欺压，是因为报复的快感吗？而她又对蛮不讲理暴戾粗俗的蒋轩宇恐惧至极，是因为欺软怕硬吗？

脑子混沌之时，屋外响起了母亲的声音："婉莹，出来吃饭，你爸买了蛋糕。"

"知道了，妈！"

一家人坐在饭桌上，父亲一边吃饭，一边看着平板电脑上的数据。蒋菲菲忽然像个孩子那般，戳起一小坨奶油就抹到了父亲的脑门上，甜甜地笑着："爸爸你好糗哦！"

我有些惊讶，我可是从来不敢对一向严肃的父亲做出这种事，甚至连想都不敢想。母亲也愣住了，以为父亲会发火。然而，只见父亲在短暂的停顿之后，笑开了怀："二十多岁了，还跟个小孩子一样。"

父亲没生气，反而笑开了花，饭桌上的气氛越来越好，我心里却有些不是滋味。

父亲关掉了平板电脑，主动给蒋菲菲切了一块蛋糕："女儿啊，你多吃点，以后想吃什么就跟爸爸说，爸爸把这二十多年欠你的，一起补给你！"

蒋菲菲笑脸盈盈："知道啦爸爸！我就想永远跟你们在一起，开心健康就好！"

好听的话让父亲更加健谈，一番轻松搞笑的聊天过后，父亲忽然冲我提了一嘴酒店的事："对了婉莹，今天你和菲菲在酒店都做什么了？你有安排好吧？"

我一边切着牛排一边说："爸，我今天下乡了，蒋国富头七，我去看了一下王玉兰。"

父亲挑挑眉，接着点头："哦……那边没再对你提什么过分要求吧？"

我放下刀叉："没有，爸。不过她想让我带句话。"

饭桌上的气氛忽然又沉重起来，母亲几次对我使眼色，让我不要再说有关王玉兰的事，好端端的氛围，别再搞砸了。

我没顾母亲，继续说了下去："王玉兰已经冷静下来了，她说她不要那一百万了，但是有个要求。"

父亲表情凝重了起来："什么要求？"

"她想知道菲菲在蒋国富死之前，对蒋国富说了什么。"我转头看向蒋菲菲，等待着她接下来的表演。

父亲迟疑了片刻，看向蒋菲菲："这是怎么回事？蒋国富死之前，你和他见面谈话了？"

蒋菲菲顿时无措："我……"

大概是突如其来的质问让她乱了阵脚，我能感觉到，此刻的蒋菲菲特别想把矛盾再推回到我身上。我知道这个时候多说一句话都会让自己出错，我一言不发，等着蒋菲菲开口。

果然，她还是慌了，她竟然选择了最愚蠢的方式。她看向我，说了句即刻让自己后悔的话："婉莹姐，是你把蒋国富的视频给王玉兰看的？你不会让王玉兰误以为是我害蒋国富出了事吧？他可是我的养父！"

蒋菲菲选择用亲情牌为自己开脱，顺带又指责了我的挑拨离间，可她忘了，我从始至终，都没提过视频的事。

我装作没听懂的模样："什么视频？我没太明白你的意思……是王玉兰跟我说，她看到蒋国富死之前，你去过车库送早餐，还在他耳边说了话……所以她现在怀疑是你让蒋国富出了事。"我佯装笃定地摇着头："不过我并不相信王玉兰的猜测。"

我说了谎，但这个谎，瞬间让蒋菲菲垮了台。她瞪眼看着我，估计心里早已经将我千刀万剐了。

蒋菲菲方寸大乱，刚要说些什么，直接被我抢了话："啊对，你不提醒我还忘了，车库有监控视频的，可以证明你的清白。"

这一句话，彻底激起了父母的好奇心。此前他们只知道蒋国富暴毙在车库里，但具体怎么死的，没人知晓。

父亲忽然说道："白静，你去把车库里的监控视频调出来。"

母亲起身，蒋菲菲当即哭出了声："爸、妈，你们不会相信王玉兰的话吧？我那天是去车库送早餐了，但是我跟蒋国富说的是让他劝劝王玉兰，赶紧从我们家离开！"

父亲母亲都沉默了，我想他们也在怀疑蒋菲菲。而蒋菲菲在有口难辩之时，竟然选择了用眼泪遮掩一切。我猜到了她会装可怜，但这个方法未免有些低级。

父亲执意要看监控，母亲只得去调取。父亲母亲离开之时，蒋菲菲恶狠狠地看着我。我冲她笑笑，小声说了一句话："今晚的交谈里，我可从始至终都没提过监控的事，是你不打自招哦。"

蒋菲菲咬牙切齿："玩阴招的感觉很爽是吗？"我拍拍她的肩膀："是你逼我的，我不过以牙还牙而已。"

父母看过监控的那晚，他们老两口与蒋菲菲展开了长达半个小时的问询，我在一旁偷听，蒋菲菲则一直狡辩着不说实话。

她当然不能说实话，否则那乖乖女的形象便毁了。不过我始终好奇，她到底和蒋国富说了什么。

晚上洗过澡，韩斌给我发来了信息。

"还没睡吧？兰姨让我转告你一句话，谢谢你让轩宇回家。不过，他能从局子里出来，应该也是你帮了忙吧？"

我回复："这是我之前答应过她的，没什么可谢的。不过要麻烦你盯着蒋轩宇了，我真担心他那臭脾气改天再惹出什么麻烦。"

韩斌说："有件事得告诉你，兰姨和轩宇可能要去城里生活了。因为我的厂子要搬去城郊，我让轩宇去我厂子里打工，然后兰姨说要跟着轩宇走。"

我说："那是好事啊，让他好好改造好好生活。"

韩斌说："是好事。但是兰姨本来没有去城里的必要，因为城里也没有她落脚的地方，不知道她为什么一定要跟着轩宇走。而且晚上我把轩宇送回去的时候，离开前我看到菲菲那屋被砸得一塌糊涂……好像是兰姨自己砸的，我也没敢问。"

我犹豫了片刻道："你帮我告诉王玉兰，如果她需要我的帮助，随时联系我。还有，等你厂子搬过来了，我请你吃个饭，这段日子谢谢你的帮忙。"

韩斌发给我一个咧嘴大笑的表情："为漂亮女人排忧解难，是我的荣幸！"

看着他发来的土得掉渣的表情，我忽然想起在乡下那晚，我和他喝着汽水聊天的场景。他说他没谈过恋爱，也不太会谈恋爱。现在看来，还真是这样。

关掉手机屏幕，我本打算好好睡上一觉，毕竟今晚赢了蒋菲菲一局，我心里痛快得不行。

可刚闭眼，手机又来了消息，是裴江远发来的。

"我们的事，你考虑得怎么样了？"

我看着屏幕上莫名其妙的话，感到好笑，实在是好笑。明明是他冷暴力我，不闻不问且毫无担当地消失了好长一段时间，现在却突然来问我，我考虑得怎么样了？

我麻利地回复了一句："考虑什么？"

那头道："你说呢？"

我哭笑不得，这么会甩锅的男人，还真是少见。之前他表现给我的那些温暖和情爱算什么？都是装的吗？还是仅仅因为我家的条件，而刻意迎合？现如今我不是真正的徐家人了，他就这般奚落我？

我忍无可忍道："你想分手就直说，别拖泥带水。"

那头道："我没想真的分手，是我母亲一直逼迫我。现在我需要你一个说法，如果你家嫁妆没问题，你爸妈也不会因为你不是亲生女儿就区别对待，我们一样可以结婚，我对你是有感情的。"

看到这威胁且高高在上的话，我直接给了他结果："我真正的姓氏不是徐，而是蒋。我父母的一切都不属于我。若是父亲给予我，我会感恩戴德地接受；若他们不给，今后的一切我也会凭实力努力争取。嫁妆我一分钱都不会找我爸妈要了，原本父亲要给我的那家酒店，我也不打算争了。裴江远，我曾以为你是个有担当的好男人，可惜，是我瞎了眼。你不用在心里埋怨我，我本就是个出身不好的人，但我有自尊心，知道什么时候该进什么时候该退。我们分手吧，祝你找到条件更好、能出更多嫁妆的好女人。"

发完消息，我直接将他的所有联系方式拉黑。我心里一阵暗爽，原来甩掉渣男的感觉如此痛快。

而这时，我的房门忽然被敲响，门外是父亲的声音："婉莹，睡了吗？"

我忙应声："没睡。进来吧，爸。"

父亲进屋，鼻梁上架着一副老花镜，手里握着一份合同："这是和江远家的合同，上个月他父亲找过我，说下周有个旅行团，要安顿在咱家酒店。价钱我都是按着最低价格给的，过几天我要出差一趟，这事就交给你了，你把细节的东西跟江远谈一下，然后把合同签了。"

我心里一横，做好了被父亲责骂的准备："爸，我和裴……"

可话都没说完，父亲就把合同放在了床边，叮嘱着："这算是锻炼你酒店管理能力的第一关，你可要给我处理好，千万别让我失望，以后还指望你扶持菲菲呢！行了，早点休息吧。"

说完，父亲就离开了房间，我看着那份沉甸甸的合同，心里犯了愁。

第十章

隔日，我开车载着蒋菲菲去了酒店报到。接待我们的是张林文张经理，他负责酒店里大大小小的决策事务，是父亲重用多年的得力助手。来之前，我听闻大堂经理刘晓倩请假休息了三天，便知这是张经理的决定，毕竟昨天蒋菲菲的那一招杀鸡儆猴，"杀"得太成功。

不出我所料，张经理给蒋菲菲布置了还算轻松的任务，让她负责前台电话接听和查房的工作，而我负责客房卫生打扫。

不得不说，趋炎附势这种事，真是时时刻刻都在发生。张经理不算坏人，但绝对是个见风使舵的人，他知道蒋菲菲和我是抱错的关系，布置任务的第一天，就用这般明显不公平的工作分配方式，向蒋菲菲献媚。

蒋菲菲光鲜靓丽地穿着制服站在前台，充当酒店的门面。而我这个对酒店业务熟知的老江湖，却穿着保洁服，挨个屋子打扫卫生。

午间休息吃饭时，我跟着一群保洁叔叔和阿姨坐在一起。叔叔阿姨们聊得热火朝天，我默默吃着餐盘里的饭菜，用手机给王玉兰发了消息："听说你后期可能会来城里落脚，之前还给韩斌的十万块他没要，说让我留给你，我刚刚委托朋友打到你的账户里了，你到时候查收一下。"

王玉兰没有给我回消息，但朋友那边说钱款已经到账，我便安了心。

我低头吃饭，想着一会儿还要去大堂擦地擦玻璃，脑子就嗡嗡一阵疼。身旁的叔叔阿姨们不知为何突然齐刷刷地看向了我，就像看马戏团的猴一样。

我僵硬地把嘴里的米饭咽进了肚，尴尬地同他们对视。换床单换得最快的秦阿姨忽然往我身边挪了一点，瞪着圆溜溜的牛眼睛，八卦地问："丫头，你不是徐总的亲闺女，那个菲菲才是啊？我说怎么忽然就空降了一个和你一样大的丫头来实习。那你亲生父母是谁呀，你俩真是抱错的呀？"

秦阿姨喋喋不休地发问，我心里很不是滋味。那种从高空重重坠落，公主变成野鸭子的失落感，着实有些让人抬不起头。

我一时间不知道怎么回答，简单地笑笑，端着餐盘就起了身："我吃完了，先去打扫。"我朝着回收餐盘的地方走，途中经过了正在和张经理吃饭的蒋菲菲，两人热络地边吃边聊，气氛很是和谐。蒋菲菲斜眼瞥向我，眼神意味深长。

果然，蒋菲菲除了在员工面前大肆宣扬我不是父母亲生女儿一事之外，她还做了一件更过分的事。

半个小时后，正在大堂擦玻璃的我，看到了抱着纸箱子往外走的刘晓倩。我不清楚刘晓倩是何时来的酒店，但此刻她的架势像是被辞退了。

我忙上前，晓倩的身后跟了两个女同事，三个人表情都很凝重，我猜到了事情的结果。

刘晓倩同那两个人告别，我跟到了她旁侧："你被辞退了？"

晓倩忍了许久的紧绷着的脸，忽然就撑不住了："婉莹，她和张经理告了状，我被辞退了……"

心里的愤懑让我一时间有些失控，我拉着她就往回走："我带你去找张经理！"晓倩甩开我的手臂，眼泪大颗大颗地往下落："婉莹，我在这儿是待不久的。"

就是在这一瞬间，当晓倩满含泪水地看向我，我才明白，晓倩比我看得透彻得多。张经理听了蒋菲菲的话，而蒋菲菲的目的就是除掉所有站在我这边的人，刘晓倩是她的第一个目标。

目送晓倩上车离开后，我心里万分自责，我扔掉抹布上了电梯，直达张经理的办公室。我和蒋菲菲迎头碰面,她的肩膀故意在我身上撞了一下,说话都带着股酸味:"走路可要长眼哪,姐姐!"

我瞪了她一眼,敲开了张经理的门。

张经理预感我会来,脸上没有丝毫意外。我也不同他客套,直入主题:"是蒋菲菲让你把人辞退的吧?刘晓倩无论是工作能力还是人品都没问题,凭什么蒋菲菲一句话,就把兢兢业业多年的员工给辞退?你们看不到她的付出吗?"

我满腔的愤恨,却被张经理的一句话给怼了回来:"婉莹,这是你父亲的酒店,是私人财产。这里的确是看重个人能力的地方,但你见过哪个服侍主子的奴婢,抗了主子的命令还能飞黄腾达的?不都是下场凄惨吗?"

我忍不住颤抖地指着自己的胸口:"就因为我不是父亲的亲生女儿了,所以所有对我好过的人,都要跟着遭殃是吗?还有,奴婢又是什么?刘晓倩只是一个为了生计打工的平凡人,她也是人!"

张经理不说话,表情依旧微笑淡然:"我也身不由己。"

好一句身不由己,好一个下场凄惨,而这一刻我忽然明白,在蒋菲菲出现之前,所有身边人给予我的尊敬和顺从,都仅仅是因为我是父亲的女儿,是酒店未来的掌管者。我在父亲的庇护之下,被所有依靠父亲而活的员工们无条件地欢迎或是宠溺。

我何尝不是一个"关系"的受益者,那时我认为一切都理所当然。现如今看来,失去了血缘关系庇护的我,渺小且脆弱,是个直不起腰板的失败者。

我终究是败下阵来,在深谋远虑的张经理面前,我根本讲不出道理。我默默地叹了口气:"那我能求您一件事吗?"

张经理点头:"只要不过分,我都尽力。"

"刘晓倩的青春都耗费在这家酒店上了,既然离了职,希望您能多补偿她几个月的工资。"我几乎是用恳求的态度说出了这些话,这也算是我唯一能为晓倩争取的。

张经理答应得爽快："你不说我也会这样做的。"

我道谢点了头："那不打扰了。"

我转身走去房门口。只是开门的一刻，张经理忽然又开了口："婉莹，张叔也算是看着你长大的。你和菲菲都是很聪明的孩子，菲菲很会争取自己想要的东西，而你很讲义气。但今非昔比，自己攥不稳的东西，要想办法攥稳。"

我回头看着张经理，还来不及细品他话里的意思，只见他话锋忽转："你爸刚才打电话过来了，提了一嘴我们和江远旅游公司的合作。合同在你手里是吧？下午他们那边的负责人会来，到时候你换身衣服接待一下。"

我点点头："知道了，张经理。"

换过衣服等候在酒店大堂，我看到前台蒋菲菲正跟几个工作人员聊得火热，大家关系很融洽，那几个员工对蒋菲菲分外客气。

我坐在等候区的沙发上，心想着江远公司派来的人，或许就是裴江远。果然，十分钟后抵达的人，还真是裴江远。

我起身迎接，裴江远隔着老远就看到了我，他的表情很奇怪，似熟非熟，明明想靠近，却又不得不装出一副生冷的模样。

我担心他会尴尬，几步走到了他面前，微笑迎接："欢迎裴老板大驾光临。"

裴江远黑着脸看着我，缓了好一会儿才冒出一句话："很好笑吗？你觉得这样的见面方式很好笑？"

我继续端着我的职业笑容："那也不能像缩头乌龟一样躲着不见呀裴老板，毕竟还要出来赚钱的。"我故意把话说得难听，我旁敲侧击地向他暗示，他之前装死玩失踪的举动，真不像个男人。

裴江远倒是忍下了我这句挑衅，因此我猜测，若是对方公司派来的人是其他员工，那这桩生意基本就是朝着作废的方向发展，林朝静向来心思缜密，她的每一个决定，都表露了她的决策。今天她派来的人是裴江远，这足以说明，那个已经不想让我嫁进裴家家门的林朝静，还贪婪地想借着我和裴江远的旧情拿下这桩生意。因为父亲并不知晓我和裴江远已经关系破裂，他给了对方公司最低价，基本上没赚钱。而那个利益至上、最喜欢拿钱拿彩礼讲事的林朝静，定是想吞下这个大便宜。

刚刚在门口看到裴江远的那一刻，我从心底笑开了花，不管这桩生意以什么价位谈成或是谈不成，此刻在我心里，我已经占了上风。

前台的蒋菲菲看到裴江远出现，热情地端着茶水来打招呼。蒋菲菲一副软绵绵的模样，声音娇嗲："江远哥来啦，几天不见又变帅了！"

裴江远心不在焉地笑笑，转头冲我道："我们去哪谈？"

我指了指他身后的休息区沙发："就这儿，一桩谈不成的生意，速战速决。"

裴江远彻底黑了脸，我知道他是带着艰巨任务来的，一个林朝静下派给他的来占大便宜的任务。若不是因为今天的任务，他或许还会继续跟我玩失踪。

蒋菲菲在一旁听得云里雾里，一副跃跃欲试想要说话，又不知如何插嘴的模样。我冲着蒋菲菲说道："当好你的前台行吗？三心二意的态度，员工能忍，张经理能忍，怕是父亲见了，会忍不了。"

蒋菲菲咬牙切齿，我跟着又回了她一句："你那么喜欢告状，有本事把我这个保洁也从酒店驱逐出去，下三烂的招数，真适合你这种没脑子的人。"

蒋菲菲是真的被我说怒了，可这几句话，从刘晓倩流着眼泪跟我挥手告别的那一刻起就开始在我心里积存。我凭什么压制？我凭什么忍气吞声？论私，她蒋菲菲可以为非作歹；可论公，她蒋菲菲滥杀无辜就是错！

蒋菲菲被我说得没了面子，匆匆离开，临走前还给了我一个定让我好看的眼色，我没空深究她眼神里的意思，拿着合同放在了裴江远的面前。"合作可以，但打包价钱肯定不是父亲跟你说的那个价。你家的旅游团，我家酒店接过很多次，这个地段、这个服务、这里的三餐，性价比怎么样你自己清楚。但如果你是按着父亲给你的那个价格来谈判……"我语气生硬，伸手指向入了黄昏的酒店大门外："好走不送。"

裴江远的眉头从进门就没舒展过："你就不能好好说话？就因为我们之前吵架，你就这样针对我吗？生意就是生意，别扯儿女私情行吗？"

我大笑："儿女私情？难道你母亲不是冲着儿女私情来占我家便宜的？"我死死地盯着他的眼："还有，裴江远，我们已经分手了。"

裴江远的脸气得铁青，他忽然将那份合同推到一边，做出一副你死我活的模样："好，那我们现在不谈工作，就谈感情！难道你就没错吗？你身世的突然变故，对我不是打击？只要你家嫁妆不变，我母亲那边都好说！这是我的底线，我已经很清楚地跟你说明过了！还有，我们两个人都不是小孩子，婚姻意味着什么你会不清楚？难道不是为了更好的将来，两家公司更好的合作？"

我无奈至极："合作？裴江远你以为你家是上市公司吗？我都不敢说我家算是什么厉害角色。谈恋爱、结婚，你要是非把事情搞得复杂，那你早说啊，你早说，我当初连看都不会看你一眼！"

不断的争吵声，惹来前台那边员工的注意。裴江远大概是被我逼急了，忽然说了句极为难听的话："那你觉得你就配得上我？你那晚在乡下被老男人侵犯的画面，我到现在还记忆犹新，想起来我就觉得恶心！"

我想，这大概是我生平听到的最难听、最令人难过的话了，更何况还是出自一个我曾爱过的男人嘴中。

我呆愣着，说不出话，笑不出声。我想像电视剧里演的那样，扬手扇他一巴掌，可真的到了这一刻，我竟然败下阵来。我必须承认我是个打心底懦弱的人。我可以装作很勇敢，可对于那些不堪回首的可怕记忆，只要想起，都是一种折磨。

那晚的侵犯没有对我造成致命的伤害，却足以让我做一辈子的噩梦。

裴江远说他心里有阴影，那我呢？难道这阴影，是我的过错吗？

身子渐冷麻木之时，我竭力控制自己的情绪，我不想被他看出一丁点的脆弱。而这时，酒店门口突然走进来两个人，那两个人我太过熟悉，是蒋轩宇和王玉兰。

王玉兰的胳膊上这次挎了一个更大的布包，蒋轩宇搀着王玉兰，两个人直冲冲地向着前台，向着蒋菲菲走去。

站定的一刻，蒋轩宇将两张身份证拍在了蒋菲菲的面前，凶狠地挑衅着说："入住！两个标间！"

第十一章

眼下的酒店大堂当真是乱成了一锅粥,我和裴江远的恩怨在持续发酵,突然出现的蒋轩宇和王玉兰更是杀得人措手不及。

身旁,裴江远自以为是地做了让步:"我可以强迫自己不去在意你那晚的遭遇,但我希望你别意气用事。两年的感情,不能说分手就分手。我希望你冷静点,考虑好这样做会有什么后果,如果错过我,你未必找得到更好的男人。"

我惊掉了下巴:"你真觉得自己很完美吗?一米八几的大男人,实际上却是个遇事就尿的缩头乌龟。口口声声说爱我,结果却因为你母亲的一句话,对我摇摆不定。更可笑的是,那晚的事你明知是我的痛处,却提起来没完没了。别说我没有真的被侵犯,就算是真的,你就因为这种原因而否定我?"

裴江远的脸一会儿红一会儿白:"徐婉莹你没必要对我人身攻击!"

我哭笑不得:"那你呢?你刚刚拿那晚的事来指责我不干净,就不算人身攻击了?裴江远,我之前怎么就没看出来你是这种心胸狭隘的男人呢!"

我们俩的争执还在继续,前台那边忽然就扭打成了一团。我顾不得眼下和裴江远的矛盾,两步走到了人群中央。

今天的蒋轩宇是特意打扮过的,一套紧身的白半袖黑裤子,崭新的布料还带着股服装厂机油的味道，十足的小混混气质。王玉兰恢复了她之前那股子飞扬跋扈的姿态，似乎从蒋国富去世到今天，我已经很久没瞧见她这个模样了。

这母子组合简直无懈可击，蒋轩宇用暴力彰显气场，王玉兰以无赖宣示地位。蒋菲菲可以用心计和虚伪对付我们这些老实人，但绝对对付不了养了她二十一年的王玉兰，更搞不定让她头疼了十多年的蒋轩宇。

人群中的蒋轩宇嗓门大得比王玉兰还夸张："没天理了啊！明明我网上预订的客房，都预订成功了，到店却说不接待！瞧不起农村人吗？你们这是什么酒店啊，有没有房凭心情是吗？"

王玉兰配合着儿子赶忙附和："钱都交了不给房住，这是抢劫啊！光天化日之下明目张胆抢劫啊！"

蒋轩宇拿着手机就开录，前台除了蒋菲菲之外的两个女员工都不敢说话，她们恨不得直接钻进地缝里去。蒋轩宇举着手机对准了蒋菲菲，一步一步地朝着蒋菲菲逼近："真是店大欺客啊！给不给房都是看前台小姐的心情！这圣华酒店就是厉害啊，前台比酒店老板都牛！"

蒋菲菲一边后退，一边指着蒋轩宇的头咒骂。这是我头一回见蒋菲菲无措失态。看来，这世上能治得了她的人，只有蒋轩宇和王玉兰。

保安想要上前制止，可酒店电梯里陆陆续续地还有客人走进走出，现在的蒋轩宇和王玉兰是客人身份，保安阻拦毫无过错的客人，是没道理的，况且人家已经在网上付过了房费。

我走到前台，站在了电脑前，空房还有很多。我直接冲着蒋轩宇大喊："蒋先生，这边已经在给您开房了，刚刚是我们的员工搞错了。"

蒋轩宇收回了手机，整理衣摆，接着挑衅地冲蒋菲菲一笑，手指着她的额头："你给我等着！"

我身旁的两个女员工快速办理入住手续，右手边的姑娘有些心慌，低声说了一句："可是菲菲刚刚说了，不让他们入住……"

我快速地打印着签字单："酒店没有挑选顾客的资格。"

房卡开好，我直接递到了蒋轩宇和王玉兰的面前。王玉兰看看我，一句话都没说，看上去好像故意装作和我不相识。

蒋轩宇接过房卡，笑相很是流氓："还是你识趣啊！"

他拿着房卡带着王玉兰进了电梯，而这一进，势必会在接下来的几日闹出大事情。蒋轩宇在网上的订房时间是整整七天，我不清楚他要做什么，但绝对是冲着蒋菲菲来的。

电梯门闭合，蒋菲菲两步冲到我面前质问我："你疯了吗，给他们开房？你是在故意和我作对？"我声色俱厉道："你以为你是谁？凭着个人关系想开除员工就开除员工，想拒绝客人就拒绝客人。蒋菲菲，今天是你第一天入职，你就开掉了一个大堂经理，现在你又拒绝已经付款的客人入住，如果他把视频传到网上怎么办？损失你来负责吗？"

蒋菲菲被我喊得没了话。她当然清楚眼下的状况她说什么都是错，个人恩怨是不能搬到前台来处理的。她可以辞退违背她命令的员工刘晓倩，以此杀鸡儆猴；但今天的事，从一开始她就是错的，违背酒店的工作流程，造成酒店名誉受损，这是任何人都不允许的事。

蒋菲菲咽下了这口气，她回到前台，盯着电脑屏幕上的入住信息看了好一会儿。我回到了休息区，裴江远还没走，他还在等待我的解决办法。

我拿起茶几上的合同，一撕两半："你可以走了，两家的合作结束了。"

裴江远站起身："徐婉莹你是不是有病？谈好的价格你说不做就不做，你让我回去怎么跟我妈交代？！"

我笑笑说："你完不成你妈交给你的任务是你的家务事。我父亲派我全权负责这桩合作，谈成谈不成，都出于我个人的权衡考虑。你想合作是吧？那把利润的百分比抬到和市场统一水平就行，我们彼此不占便宜。"

裴江远崩溃得双手抱头，那样子就差动手打人了："市场水平？那我和你谈个屁！你以为现在是在谈情说爱，你发了脾气，我还要哄你？"

我哭笑不得："裴江远，我们分手了，分手了啊！你能不能别像个癞皮狗一样，为了我爸便宜给你的那几个点的利润，死缠着我不放？"

裴江远不再说话，我知道这几句话伤了他的自尊心，可我若不这样说，他怕是会跟我纠缠一整晚。

裴江远离开酒店后，张经理不知何时站到了我身后，回身的一刻我吓了一跳。张经理捡起茶几上已经撕碎的合同，叹了口气："一块肥肉就这么溜走了。今天这事儿，你处理得可不算好。"

我平复着自己的情绪："张经理，我和裴江远的事您清楚，他就是为了占我们便宜才来的。父亲完全就是看在我和裴江远即将结婚的分儿上把价格降得很低。可现在我和他分手了，这合作自然不能谈。"

张经理摇摇头："你看到的只是表面的成本和表面的利润，你父亲的行事风格你摸不清吗？没利润的事，他怎么可能去做？人情是一部分，但绝对不是最重要的那部分。你回去打算怎么跟你父亲交代？你把圣华和江远两家公司未来合作的可能，一次性消除了。"

醍醐灌顶的一席话，让我明白了刚刚的我到底有多冲动。的确，我把人情因素看得太重了。他裴江远今天是冲着利润来的，而我凭着一时怒火就把对方彻底拒绝了。我明明可以换一种方式，把这桩生意谈好，几个点的问题都好说，不至于上升到人身攻击。

张经理淡淡笑了笑："小不忍则乱大谋，以前的你可不这样。"

我有些羞红了脸，张经理则回头看了眼前台，前台的蒋菲菲此刻正恶狠狠地盯着我，那眼神里的怒火，几秒钟就能将我吞没。

张经理叹了口气，冲我说道："刚刚的事我了解了一下，还好你出手及时。酒店最怕声誉受损，会徒增很多麻烦。不过403和406这两间房，你这一周还是盯着点吧，来者不善。"

张经理离开后，我悬着的心才算是落了地。他那句"来者不善"说得没错，我想他应该猜到王玉兰和蒋轩宇的身份了。张林文是老江湖，十八岁的时候就跟着父亲打下手，早年父亲大大小小的生意做了不少，算是从泥潭里摸爬滚打出来的，张林文对父亲忠心耿耿，他深知父亲的为人处世方式，也知道这一桩桩的连环事件都出自何因。他的提醒，对我或许有用。

晚上下班，我将车子开到了酒店门口，蒋菲菲冷着脸上车，一脸不悦。车子行驶上大马路，她忽然道："明天不来了，什么时候那对吸血鬼母子走了，我什么时候再来。"

我随意应声："没问题，免得看到你，我还心烦。"蒋菲菲顾自考虑了一会儿，转头瞪着我："你是想趁着我不在，好好表现给父亲看是吧？不会蒋轩宇和王玉兰，都是你叫来的吧？"

"我没你那么心思缜密。你要是害怕我在父亲面前表现，那你今晚就和父亲说，把蒋轩宇和王玉兰赶出酒店。"

蒋菲菲做着一副沉思状，不知她的葫芦里卖的什么药。

归家，家里早已备好了饭菜，只是一进门我们就得知，父亲提前出差了，要一周以后才回家。看来蒋菲菲的苦衷怕是没人倾诉了，酒店里的那对蒋家母子也暂时处理不掉了。

晚上吃饭时，家嫂刘阿姨心不在焉地上着菜，我看得出她心情极差，原因定是刘晓倩被辞退一事。

其实晓倩再找工作不难，但若还在这个圈子里做，怕是会好的酒店去不成，差的酒店不想去。再加上蒋菲菲背后动手脚，都不清楚晓倩以后会遇上什么麻烦。

菜上齐，母亲询问着我们这一天的经历，蒋菲菲全程状态坦然，没提蒋轩宇和王玉兰的事，淡定得如同那两人从未出现过一般。

我小口地吃着饭菜，心想着到底要如何同父母交代我和裴江远的事。忽然，端着菜前来的刘阿姨在放下菜盘时，扑通一声就跪在了蒋菲菲的身侧，我和母亲都愣住了，蒋菲菲也愣住了。

刘阿姨哭得声泪俱下："菲菲，阿姨求你了，你放过晓倩吧！是她不自量力，是她不懂事，你不要辞退她，阿姨求你了！"

蒋菲菲是怎么都没想到，平时看着安静隐忍的刘阿姨，竟也是个豁得出去的人。母亲在一旁看得云里雾里，我心里暗爽：这一次，蒋菲菲怕是兜不住了。

只是刚开心没多久，酒店便来了电话，说是警察来了，店里被举报有人嫖娼。

　　我心一凉，感觉整个天都塌了下来。

第十二章

家嫂刘阿姨的哭诉还在继续，母亲询问着刘阿姨缘由，刘阿姨句句委屈无奈，嘴上说着乞求蒋菲菲放过刘晓倩一类的话，实则暗示蒋菲菲的蛮横之举。

我这边急忙挂断电话起了身："妈，我现在要去酒店一趟。"

母亲顾不了两头，一边安慰着刘阿姨，一边冲我道："酒店是出什么事了吗？"

我犹豫了一下，还是说了实话："被举报嫖娼，不过还不清楚怎么回事。我先去看看，这事你先别告诉父亲。"

母亲顿时慌神，一旁的刘阿姨看不清当下的紧张情形，仍在哭诉。母亲忽然冲着刘阿姨怒吼："你先别吵了！"母亲执意要跟随我去，我连衣服都来不及换，拿起车钥匙就准备出门："妈你先把家里的事情处理好，酒店那边我来谈就行，你在家等我消息。"

母亲愁得一时手脚慌乱，蒋菲菲站到了母亲身后，声音都微弱了起来："姐姐，要不我跟你一起去吧？"

我瞧了她一眼，不知怎的，总觉得今晚酒店的事儿跟她脱不了干系。

"你别去了，你还是先把刘晓倩的事儿跟母亲解释清楚吧。"

我抓起外套转身出门，身上还穿着睡衣。夜风凉飕飕的，电话一通接着一通打来。张经理比我先到了酒店，已经跟警察碰了面。

出事的是403，蒋轩宇的房间。我车子开到酒店门口时，里面的理论声和议论声不断。我风风火火跑进了大堂，张经理正同警方说情，穿着一身花衬衫花短裤的王玉兰死拉着已经被警察压制的蒋轩宇，场面混乱成了一团。

大堂的角落里蹲着个衣着暴露的长发女人，黑丝红高跟，闪着亮片的包臀短裙，上身薄薄的小吊带只勉强裹住了胸部。女人抱头蜷缩在警察脚边，一副认了命的模样。

混乱的大堂中央，蒋轩宇口口声声说自己是冤枉的。王玉兰扯着大嗓门喊话，说自己当时就在儿子房间，难不成小姐是她叫的？

可小姐那边却已招认，手机上的聊天记录也假不了。

这一场闹剧，最后还是闹到了警局。蒋轩宇是个有案底的人，牢饭他吃过很多次了，这次若是再定罪，说不定又要改造很久。

我和张经理跟着去警局配合调查时，王玉兰坐在我旁侧。我反复问她，蒋轩宇到底有没有犯事。王玉兰喊得嗓子沙哑："他敢嫖我把他命根子剁了！在我眼皮底下干那龌龊事，我扒了他的皮！"

整整这一夜，我们都折腾在警局，酒店面临停业的风险，蒋轩宇则有可能再次入狱。蒋轩宇发着毒誓，说自己就是再缺女人，也不至于这么作践自己。况且那女人是什么货色，他可是个惜命的人，他没钱找小姐，更没钱看病。

蒋轩宇讲得头头是道，王玉兰在一旁听安心了，但我还是有些担忧。我和张经理看了那女人的聊天记录，结果发现，那微信号并不是蒋轩宇在用的账号，具体是谁的，不清楚。

基本断定蒋轩宇是被冤枉的，我们几个人都松了口气。可酒店遭受这么一次恶性事件，也是元气大伤。

我给母亲报了平安，母亲得知此事因蒋轩宇和王玉兰而起，一通电话就告到了父亲那里。

这一桩不知真凶是谁的案件，牵动了所有人的心。原本我和张经理还打算瞒下蒋轩宇和王玉兰入住一事。可事到如今，酒店名誉受损，外加检讨整顿，就算我们有心往下压，也顶不住外面的大风。

折腾了整整一夜，隔天中午，我们才各自归家。网络舆论的影响力是巨大的，一夜间，酒店的预订就被取消半数。

父亲的电话打到我头上来时，我刚好走到家门口。两件让父亲忍无可忍的事，分分钟将我钉在了原地。

"你脑子里到底在想什么？菲菲阻拦那对母子入住的时候，你为什么要执意给他们办理？现在好了，捅出大娄子了！刚刚江远的母亲还给我打电话，说你不仅拒绝了合作，还把江远数落了一顿。徐婉莹你到底在想什么？"

我知道我现在说什么都是错，我以为我做的一切是为酒店好，可后续发生的所有事，都在啪啪打我的脸。

"爸，蒋轩宇那事是被诬陷的，还有我和裴江远已经分手了。"

父亲怒声呵斥："我不管你和裴江远闹了什么矛盾，生意是生意，个人感情是个人感情！我辛辛苦苦培养你，不是让你出来给我添乱的！如果你再做这些让我失望的事，以后家里的生意你永远不要插手！"

电话挂断，狠心的话仍在耳边回荡。

从小到大，我很少被父亲责备，我努力向着父亲期望的方向发展，我的爱好、我的专业、我的学校，统统是父亲为我安排的，而我慢慢地也习惯了被安排的人生。想当初我和裴江远的相识，还是父亲朋友牵的线，父亲看中裴江远的绅士斯文与家境，如同林朝静看中我家的家业和我的学历人品。

忽然间，我觉得父亲和林朝静有着几分相似，一样的强势和势利，一样的深谋远虑。这么多年，父亲的话对我来说就是圣旨，从小的严苛要求使我养成了用成绩去取悦父亲的习惯。

还记得六岁那年，爸妈在卧室吵架，我抱着布偶站在房门外，听着里面两个人的嘶吼。父亲一直想要一个儿子，给徐家传宗接代、光耀列祖列宗。可母亲的肚子久久没有动静，他们想过各种办法，甚至想过找人代孕，直到后来父亲被查出身体出了状况，根本不可能再生育时，他才打消了这个念头。

父亲这辈子最大的遗憾就是没有儿子，而那时的我为了向父亲证明女孩也一样可以独当一面，将事事做到最好，事事做到让他满意。小小年纪的我期盼着可以得到他全部的爱，就这样把自己活成了男孩子，活成了父亲眼中的"期望"。

可现在，蒋菲菲出现了，父亲当然会把蒋菲菲留在身边。他一辈子没有儿子就算了，现如今养了二十多年的女儿都非亲生，他心里的苦闷，定是更加浓厚。所以他拼了命地对蒋菲菲好，那种失而复得庆幸万分的好。

所以在我第一眼见到蒋菲菲和王玉兰，在我从蒋菲菲的嘴里听闻王玉兰重男轻女时，我还感同身受地心疼过她。可现在看来，王玉兰哪有过重男轻女？她一辈子爱的人只有蒋国富一个，儿子女儿都不过是从她肚子里掉出来的娃，她的爱止步在抚养与责任，谈不上好或坏。她为蒋菲菲选的婆家也是通情达理不愁吃穿，而那个早死的蒋国富更是个可以为了女儿豁出命的男人，何来的重男轻女差别对待之说？

有时候我甚至会羡慕蒋菲菲，她有一个原本很幸福的家庭，可她没有珍惜；她恨我夺走了她的一切，但这原本不属于我的一切，又活生生地将我变成了一生都在取悦父亲的傀儡。我也想从这麻木的生活里挣脱出来，可我不甘心，我习惯了当下；我更舍不得，舍不得父母，舍不得我二十一年来为了父母做出的努力。

生活总是令人陷入两难的境地，而我只能走一步看一步。

心绪渐渐平稳下来时，才发觉自己竟在家门口站了好久，身后的太阳毒辣地照着后背，额头发丝间渗出了一层细密的汗珠。我伸手去拉门，大门却先开了，走出来的人，是提着行李箱的刘阿姨。

我当即猜到了什么，刚要开口，刘阿姨却苦涩地冲我笑了笑："丫头，保重。"

刘阿姨拖着行李箱走下台阶，家门外已经停好了一辆出租车。我踏进家门，屋子里是蒋菲菲声嘶力竭的哭吼声："为什么所有人都在针对我？！刘晓倩欺负我，家嫂欺负我。为什么你们宁愿相信外人的话，都不肯相信我？！我就不该回这个家！我就应该在农村结婚，老死在那个鸟不拉屎的地方！"

隔着老远，我听到母亲一声声的安慰。我低头苦笑，踏进家门的那只脚又缩了回来，我忙回身跑去了家门口，拦下了正准备离开的刘阿姨。

"刘阿姨，晓倩的工作我会帮忙想办法，可能没有以前工资高了，但这件事你不要担心，我会帮她找到工作。"

刘阿姨坐在车后座，伸手拍了拍我的肩膀："好好照顾你爸妈，你是个好孩子。"

车子开远，我回头望了望家门口，这是我第一次不想回家，第一次觉得家陌生又疏远。我站在原地发呆好久，忽然来了电话，是韩斌打来的。

电话接起，那头的他气喘吁吁："徐老板有空不？我这边刚签了新厂子的合同，我想请你吃顿饭！"

"你直说吧，有什么要我帮忙？"

那头的韩斌憨笑："是有点事，不过主要是找你取取经。上次我说我在做一次性用品的事你还记得吧？你家开酒店的，嘿嘿……"

我想了想，说："现在就有空，正好我也有事求你。"

第十三章

　　二十分钟后,我率先抵达和韩斌约好的茶餐厅,选了个角落的位置,靠在皮质长椅上默默等待。

　　因为一夜未睡,本就疲乏的身子更是困意浓浓,迷迷糊糊之间,竟就这么睡了过去。

　　也不知道睡了多久,后来是一股浓汤的香味把我唤醒了。

　　我睁开眼,看到韩斌正扇着手掌,把香气往我这边引。我眨了眨眼,韩斌递给我一张纸巾,忍着笑:"多大人还流口水啊……"

　　我这才察觉自己的嘴角一片湿润,尴尬得无地自容。

　　擦掉口水,我捋顺额前的刘海,低着头说:"你来了怎么不把我叫醒?等了很久吗?"韩斌耸耸肩:"也就一个多钟头吧。所以你打算怎么赔偿我?"

　　"得了吧你!"我嫌弃地摆摆手,拿起筷子就准备吃东西,"我先吃两口,饿了一夜,吃饱了我们再谈正事。"

　　韩斌倒是真的一句有关工作的话都不提,默默地陪着我吃东西,默默地帮我添了两次柠檬水,又默默地为我加了一份我最爱的烤虾。

　　有时候我会觉得他这个人很矛盾,外表像个校园里的大男孩,脾性柔软得如同女人,可做起事业来又很是一根筋。我记得他说他是被妈妈一手带大的,从小缺乏父爱,或许这就是他让人觉得矛盾的原因。骨子里是妈妈给他的温柔，可时时刻刻又故意展露出男人的气概。

男人就是这样，当他心里有想保护的人时，他就会变得刚强。现在看来，韩斌想要保护的人，应该是他的母亲。他和裴江远太不同了，一个保护着妈妈，另一个被妈妈保护着。

撂下筷子，我直接喊了服务员："你好，埋单！"韩斌噌的一下从座位站起身："我来我来，本来说好我请的。"他忙着摆弄手机打开支付宝，忽然又觉得哪里不对："等下……我们这就吃完了？正事还没谈呢……"

我故意做出失望的模样："难道除了工作，你跟我就不能简单地吃个饭？"

韩斌看上去很是两难，一副信了我的鬼话的委屈模样。服务员走到他身边扫码埋单，我偷笑着等他结完账，只见他笃定地下好决心："没事，明天我还请你吃饭，如果明天你不想谈正事，那我后天继续请。"

我憋不住地大笑道："得了，我开玩笑的。带我去你工厂看看吧，我们到了工厂再谈。"

韩斌松了一口气："你们城里女人的套路怎么这么深啊……"

我心想，你们乡下女人蒋菲菲的套路，不比城里人差到哪儿去。

一路上，我跟在韩斌的车子后头。进了厂院大门，我一眼就瞧见了韩斌的母亲蔡琴芬。

蔡琴芬指挥着几个工人在大院里搬挪器械设备，简单地打过招呼，韩斌带着我到处参观。

"我这合同刚签，设备都没全部运过来。再有个两三天吧，就能投入生产。"韩斌傻憨憨地冲我笑。我总觉得他有几分不正经："我说你跟别人谈生意的时候也这么傻笑吗？人家会不会觉得你太不严肃了？"本以为只是一句玩笑话，韩斌却脸红了起来，红到他不再同我对视，周遭的气氛也瞬间跟着尴尬。

我轻咳了两声："其实我家一直有固定的供应商，不过如果你这边质量价钱都合理，我可以和父亲商量一下，顺便给你介绍其他几家资源。"

韩斌连忙点头道谢："过两天我给你看样品，价钱都好商量。"

这时，不远处的蔡琴芬握着两瓶矿泉水朝我们走来，她的身后跟了个身材娇小的姑娘，姿态有些扭捏，低眉顺眼的模样看上去很是羞涩。

我和韩斌接过矿泉水，蔡琴芬转头面向我："丫头一会儿留下吃饭吧？我让小梅给你们做几个拿手菜。"

站在蔡琴芬身后的姑娘名叫梁小梅，看样子应该是负责厂子食堂的厨师，感觉也就和我们一样大。

韩斌的脸色有些不悦："妈你怎么把小梅带过来了，她爸妈不是不让她来城里吗？"

蔡琴芬摆着手："怎么不愿意？小梅愿意不就行了嘛！厂子里正缺厨子，小梅来给你帮忙你还有意见了？"

梁小梅藏着半个身子站在蔡琴芬的身后，脸蛋比那耀眼的大太阳都红。

若是没猜错，梁小梅应该是蔡琴芬找来给韩斌做媳妇的。蔡琴芬虽然看上去精明通情理，可男女情爱这种事，还是免不了喜欢做主操办，毕竟之前蒋菲菲那事儿就是个例子。

韩斌没好气地带着我去了另一边的厂房，边走边解释："我妈就那样，总喜欢自己做主一些有的没的事。小梅来的事我都不知道，你别误会啊。"

我掩嘴偷笑："本来没多想，你这么一说，我倒是觉得你心虚了。"

韩斌立马严肃了起来，定在原地一本正经地看着我："我和小梅啥事没有！真的！之前菲菲的事够让我羞愧的了，搞得我好像是个恋爱废物一样，结婚谈恋爱都要母亲操办。"

我忙打断他："行了行了，说正事。"

这个话题虽然断了，韩斌的心却一直没静下来，他的脸潮红了一路，说话都是心不在焉。

合作的事情我们交流完，我向他提了我的难处。我是有求于他的，我想拜托他帮刘晓倩谋份工作。韩斌的厂子不小，晓倩目前又找不到好的去处，倒不如来他这里暂时做上一段时间，坐坐办公室跑跑外勤还是不错的。

韩斌答应得爽快，说我介绍的人绝对不会差。

从韩斌的厂子回到市中心，我在环形桥上兜转了好多圈，天色渐阴，回家的欲望越来越浅淡。我将车子开去了酒店，酒店大堂里的人流比往常少了一半。一进大堂我就看到坐在休息区沙发上的王玉兰，她盯着门口看，也盯着我看。

我鬼使神差地走到了王玉兰的身边，她上下打量我一番，开了口："蒋菲菲呢，怎么没跟着你过来？"

我扔下包坐到一边："她说她不来了，只要你和蒋轩宇在，她就不会来酒店上班。"

王玉兰冷笑一声："是心虚了吧？"

我不说话，整个身子靠进沙发里，仰头看向大堂里的装饰灯。王玉兰自顾自道："那小姐应该就是蒋菲菲找的，轩宇第一次进派出所，就是被蒋菲菲给弄进去的，她恨透了她这个弟弟。"

我转过头，王玉兰继续自言自语："头七那天你从村里走了以后，我去那个厂头家里，问清楚了一些事。"

脑海中的画面瞬间回到了蒋国富头七那天，我记得很清楚，车子开走时，我在后视镜里看到了提着镰刀出门的王玉兰，估计就是去了当初猥亵过蒋菲菲的那个厂头的家里。

王玉兰继续道："你能想象，两年前才十九岁的蒋菲菲，我的女儿……竟然跟四十多岁的老男人在一起鬼混，结果她却骗她的父亲，说自己是被骚扰。蒋国富的那两条腿断得冤啊，要是他泉下有知，他该多悔恨，后悔养了这么个不知廉耻的女儿！而且还不是他亲生的……"

得知这些，我并没有觉得意外。从我第一次进蒋菲菲的房间，看到那台与她的经济条件格格不入的苹果电脑和一些昂贵物品时，我就知道了她不简单。

我转头问王玉兰："你这次为什么要跟来城里？总不能一直住在酒店吧？"

王玉兰没有回答我。隔了一会儿，酒店门口走进来了蒋轩宇的身影，他手里提着两份外卖，冲王玉兰招着手："妈，上楼吃饭。"

王玉兰没精打采地离开大堂，我本打算今晚在酒店住下，母亲却来了电话，说蒋菲菲离家出走了，让我速速回家。

蒋菲菲离家出走？我不禁觉得好笑，一出出的连环事件，哪一件与她无关？她逼死了蒋国富，逼疯了王玉兰，逼得蒋轩宇差点入了监狱，更逼走了与她无冤无仇的刘晓倩和刘阿姨。

我不明白她的仇恨为何如此之大。她说过，她憎恨我，那是不是只要我消失了，她就不会再去伤害那些无辜的人？可现如今，她又上演离家出走的戏码。她到底想要怎样的结果，我已经彻底摸不清了。

赶到家时，母亲已在客厅里哭了好一会儿，我说我开车带她出去找，实在不行就报警，母亲则不停地责怪自己，说她不应该埋怨蒋菲菲的任性。

而父亲在得知蒋菲菲离家出走后，连夜坐飞机赶了回来，生意不谈了，合作也不要了，就为了这个"受了委屈"的蒋菲菲。

我们一家三口想着各种办法寻找她的下落。毫无头绪之时，母亲忽然想到蒋菲菲白天接过蒋轩宇的一通电话，两个人在电话里争执了好久，甚至互骂了起来。

母亲怀疑是蒋轩宇对蒋菲菲做了什么事，可我明明白天还在酒店看到了蒋轩宇。我断定蒋轩宇和蒋菲菲的失踪无关，但父亲还是要去酒店跟蒋轩宇见上一面。

抵达酒店，我们三个人直达403房门口。门开时，蒋轩宇光着臂膀手里握着纸牌，屋子里还有其他三个模样不善的男人。

父亲上前就把蒋轩宇按在了墙壁上，怒吼道："你把蒋菲菲藏到哪儿去了？"

蒋轩宇一脸茫然，屋子里的其他三个男人跟着凑上前，一副准备战斗的模样。我担心出事，急忙解释："蒋菲菲失踪了，我们实在找不到她了，以为会在你这儿。"

蒋轩宇粗鲁地朝着地上吐了一口痰："她死了才好！她失踪跟我有什么关系？她最好死了我才开心，她是害死我爸的凶手，人面兽心的贱女人！我爸的两条腿就是因为她断的，她就应该下十八层地狱，去给我爸陪葬！"

听到这些咒骂，我忽然有了头绪："爸，我知道蒋菲菲去哪儿了！"

第十四章

　　蒋轩宇和父亲的撕扯并未结束。父亲是带着怒气来的,一是怀疑蒋菲菲的失踪与蒋轩宇有关,二是酒店名誉受损一事。这些,都让父亲愤懑难平。

　　我对蒋菲菲的去处也只是猜测,我猜她或许是回了乡下。

　　我和母亲阻拦着父亲,屋子里另外三个面相凶恶的男人则拦下了蒋轩宇,只是他们虽然表面在阻拦,实际已经做好了攻击我们的准备。

　　我怕父亲母亲受伤,只得对蒋轩宇说好话:"蒋菲菲失踪了,失踪前你跟她打过电话,所以我们就顺着找来了。"

　　蒋轩宇仗着人多挺直了腰板。"对,我是给她打电话了,我还威胁她了。我说今晚就去她家找她,我要把她以前做的脏事,都给她说出来!我要让她没有活下去的颜面,让她一辈子臭名远扬!"蒋轩宇笑着:"结果你们自己送上门来,还直接送了我一个大礼。你们是不是都被蒋菲菲那个贱货给洗脑了啊,啊?"

　　这"贱货"二字,触及了父亲的底线,父亲作势就要往前冲。我用力拦在父亲身前,险些跌倒:"爸,你别冲动,我们当务之急是找到蒋菲菲!"

　　父亲忍着一股火,指向蒋轩宇:"像你这种不知廉耻、卑鄙下作的小人,菲菲的名字从你嘴里说出来都是一种侮辱!当初要不是抱错,你这辈子都不可能和我女儿说上一句话！你现在马上从我的酒店滚出去！这里不接待你这种下三烂的东西！"

蒋轩宇理直气壮："又赶我走？可以啊，不愧是亲生父女啊，说话举止都是一模一样，看不起我们乡下出身的孩子，现在连酒店都不配住了。你真以为你女儿是什么好东西？那我今天就把话撂这儿了，蒋菲菲她十几岁的时候就跟着各种老男人鬼混，跟您这个大老板一样，她爱钱如命，瞧不起没钱的男人。她靠着那些有点臭钱的老男人，跟人家献媚，要手机要电脑要包要衣服！你知道前几天我爸去世的事儿吧……"他冷哼一声，提及蒋国富时，嗓音跟着微微有些颤抖："要不是因为她，我爸那两条腿根本不会出事！她蒋菲菲早就跟厂里的厂头睡在一起了，转头却跟我爸哭，装可怜说自己被骚扰玷污！我爸为了她这句话，提着刀就去跟厂头拼命，结果呢，赔上了自己的两条腿，最后还被她活活气死在车库！"蒋轩宇指着父亲，愤怒地说道："你说我不是好东西，那她蒋菲菲就是十恶不赦的杀人凶手！"

屋子里顷刻变得安静异常，所有人都不说话，连呼吸都莫名微弱。蒋国富双腿的事，终究还是被父亲母亲知晓了。父亲其实是不愿相信的，平日里的蒋菲菲乖巧听话，而她又是父亲的亲生女儿，任谁都不想承认这可怖的事实。

可当王玉兰出现在房间门口，久久伫立沉默之时，这可怖的事实，被她的无声所承认。

看到王玉兰双眼的那一刻，我似乎觉得，她可能并没打算将这真相告知我的父亲母亲。她来城里的目的，其实就是找蒋菲菲讨说法，询问蒋菲菲到底在蒋国富的耳边说了什么。她连一百万都不要了，她还会争什么呢？

父亲和母亲愣在原地之时，我站在父亲的身后开了口："爸，她可能回乡下了。我现在开车去乡下，你和母亲在家里等我消息。"

可父亲迟迟不肯回应我，他定在原地，胸口的起伏一下比一下剧烈。

蒋轩宇看到父亲吃惊又不敢相信的模样，他达到了目的，脸上的笑容都跟着狡诈："您这么吃惊呢？看来蒋菲菲经常在家里演戏给你们看吧？那我可跟你说实话，蒋菲菲的那张烂嘴，十句话里十句假，谁信谁倒霉！"

蒋轩宇笑呵呵地看着我父母，母亲则拉着父亲强行往走廊外面去，转头的一刻碰见了站在门口的王玉兰，父亲的怒火一触即发："就是你害惨了菲菲！好好的孩子被你教育成这样！你和蒋国富不配做人！"

王玉兰本就不是忍气吞声的主儿，张口就反咬了过来："你骂我就骂我，我是没教育好她，但我老头子对她够可以了！是她欠了我老头子一条命！"

母亲强行拉着父亲往外走，生怕再闹出什么事。我一路紧随其后，出了酒店大门，父亲母亲先后上了我的车，父亲催促着："一起下乡，先把人找到再说。"

行驶了一路，夜色深不见底，我隐约觉得后面有车在尾随，像是辆出租车。

父亲和母亲坐在后座，父亲脸色持续凝重，母亲反复安慰，又冲我问道："婉莹，菲菲真的回乡下了吗？她去那里做什么啊？"

其实我也不确定，但当我得知蒋轩宇给蒋菲菲打了电话，并且扬言要把蒋菲菲以前的丑事都抖搂出来的时候，我脑海里浮现的第一个地方，就是乡下。

蒋菲菲是堵不住蒋轩宇的嘴的，所以她三番两次地设计蒋轩宇进监狱。如今蒋轩宇已经逼迫到了蒋菲菲的家门口，她不会任由蒋轩宇这么轻易地毁掉她在父亲母亲面前树立的形象，所以她会离家出走，更会把这段戏演下去。解铃还须系铃人，能配合她演戏的人，只有死去的蒋国富，虽然人不在了，但那墓碑还在。

我将车子开去了乡下的住处，家门被铁链锁住，我嘴上说着在村子里转转，但直接开去了蒋国富的墓地。

果真，蒋菲菲守在墓碑旁。黑漆漆的夜，墓碑前摆着几根蜡烛。我不知道她在这里坐了多久，也不知道她此刻的心是否虔诚，但不论她是不是在演，我都无所谓了。我只希望父母安心，无论她蒋菲菲是真是假，我都不在乎了。

父亲母亲跑去蒋菲菲身旁时，他们三个人抱作一团。蒋菲菲哭得撕心裂肺，委屈的话不断；母亲埋怨自己不该对她说狠话；父亲则细数这二十一年让她受了苦，若是没有那场抱错的作弄，她蒋菲菲不会变成今天这般模样。

没错，若是没有当年的那场作弄，一切都会回到正轨，一切都会风平浪静。只是我不确定，若我是蒋菲菲，我是否会像今天的她这般，活得一身狼狈。

我以为这场闹剧可以暂时收场，却不料刚刚尾随我们的那辆出租车，果真停在了我们附近。车上下来的人是王玉兰和蒋轩宇，王玉兰急匆匆而来，显然是冲着蒋菲菲。

蒋菲菲惊恐地躲在了父亲的身后，王玉兰上手就要拉扯蒋菲菲的衣领，却被父亲一掌推开："你们有完没完了！大半夜的还要跟到这里，你们到底想要干什么？"

王玉兰视父亲如空气，句句话说给蒋菲菲听："我早都不打算闹了，钱也不要了，我跟着儿子去城里，就是为了跟你蒋菲菲讨说法。这几天我连续给你打电话你不接，要不是轩宇换了别人的手机给你发了短信，说出你落在我们手里的把柄，你是不是打算一辈子不见我？"王玉兰朝着蒋菲菲的方向迈了一步，声音在寒风里打战："我今天就问你一句话，你爹死前，你到底跟他说了什么？"

我本以为，王玉兰跟到这里又会是一场大开杀戒，可眼下微弱烛光中的她，竟没那么强势可怕了，或许是因为这墓碑，或许是因为她真的不再计较过去。

蒋菲菲躲在父亲身后忽然开始发疯般狂叫，她双手抱头，嘴里反复嘶喊着一句话："爹对不起，爹对不起！我不想活了，我不想活了，你带我走吧，你快把我带走！妈要逼死我，妈要逼死我了！"

这话里的"爹"，指的是蒋国富，而这语无伦次的狰狞，吓坏了我们在场的所有人，王玉兰除外。

父亲紧抱着已经发狂的蒋菲菲，王玉兰则面无表情地看向蒋菲菲，口气平静："别演了，蒋国富怎么可能把你带走？他生时最疼的就是你，你却把他害死了。"

父亲怒目圆睁，扯破喉咙："你别逼她了！菲菲现在已经被你们逼到绝路了！她曾经也是你的女儿！她能来这里就代表她没有做不该做的事！蒋国富也是她的父亲，她为什么要害死自己的父亲？你们如果是想要钱，我给行了吧？别再逼我女儿了！"

这整片稀疏的树林中，混乱的哭声喊声叹气声交杂在一起。我默默地站在一旁，看着那唯一安静的墓碑。若是蒋国富泉下有知，他会不会很难过？

蒋菲菲的目的达到了，她演了一出精彩绝伦的好戏，赢得了父亲的心疼与信任。原本蒋轩宇泼来的脏水，被她这一夜的离家出走，以及跪在墓旁的守护，完完全全淡化了。

一个愿意在深夜守墓哭泣的女儿，会坏到哪里去呢？此刻的父亲原谅了她所有的心机，甚至在那心机里，体会到了难得的柔软善良。

坏人就是这点好，坏透了腔，只要做了一点点好事，就成了好人。

我想快些终止这场闹剧。我示意父亲母亲带着蒋菲菲离开。可王玉兰两步跟上，继续逼问着看似情绪失控的蒋菲菲："你到底对他说了什么？你害得他没了双腿，害惨了我全家，你到底对他说了什么会让他含恨而死？"

蒋菲菲仍旧在父亲的怀中摇着头，她疯狂抓挠自己的长发，用她的疯癫抵挡掉了外界的全部干扰。只是好笑，她那长长的指甲，竟没有将自己的脸蛋划伤。

我打算上前阻拦王玉兰，却见一旁的蒋轩宇忽然脸色大变，厉声喊道："拦住我妈！"

眨眼间，我看到王玉兰竟不知从哪里掏出了一把匕首，直直地朝着父亲怀中的蒋菲菲刺去。父亲下意识地转身，把蒋菲菲护在怀中，后背对向王玉兰。我来不及多想，冲上去伸手推开了父亲和蒋菲菲，那一刀，插在了我的侧腰。

其实并不疼，因为太快，因为太出乎意料，我甚至都没察觉就受了伤。而我转头看向父亲的一刻，父亲却仍在关心怀中的蒋菲菲。

我不得不承认，这一刀一点都不疼，相比心里的难过，这一刀算不了什么。

直到身体渐渐倒在松软的泥土上，我才感知到伤口传来的刺痛，只听母亲的尖叫划破了整个夜空，而后便没了知觉。

黑暗中，我似乎进入了一场没有尽头的梦境。梦里的我回到了六七岁，那时的父亲少言寡语，他教给我的第一个词便是感恩；母亲端着我最爱吃的枧果，她说父母的爱是无私，我健康成长他们就满足了。

梦里，我还是爸妈的女儿，没有亲生或非亲生之说。我迟迟不肯醒来，因为醒来后就要面对各种各样的难题或是选择。

如果这一刀能替我偿还父母的恩情就好了，我多么想摆脱这一切。

第十五章

之前的二十一年里，我很少睡过懒觉，每天清晨或是被父母叫醒，或是被闹铃吵醒。而这一次，我是被腰腹部的刺痛疼醒的。

麻药是个会让人舒服的好东西，可以麻痹肉体麻痹神经。可惜它有时间期限，期限一过，你必须睁眼面对这个残忍的世界。

伤口的剧痛愈加明显。睁开眼，父母都在我的身边，我稍稍安心，神志也跟着清醒过来。

母亲喜极而泣，忙摇着父亲的臂膀说："醒了醒了，没事了没事了！"

父亲望着我，久久才松了一口气。他抓着我的手掌，手心对手心。他弯下身子低着头，额头抵在我的手背上，那渐渐传来的温暖，缓解了我少许痛感。

"让你受苦了，婉莹。"

这一句话，足以安慰我此前的种种难过与伤心。只是我也忽然认清了自己，那么多年的努力，竟只是为了父亲的一句感谢、一个认可。

这么多年了，我一直活在取悦父母的情绪里。

伤口的刺痛一阵阵地传来，我才忽然想起王玉兰的下落："爸妈……王玉兰现在……"

父亲的眼睛里重燃起了怒火："被警察抓走了，你昏迷的时候警察来过了，我和菲菲都指认了王玉兰是故意杀人，她这次必须要受到制裁！"

我的心倏然发紧："多少年……"

父亲没说话，母亲默默地开了口："她做的事儿，怎么也要三年以上了，十年也有可能，你爸找了律师，说要……"母亲试探地转头看了父亲一眼，父亲声色俱厉："让她一辈子都出不来！"

身体的瞬间僵硬，牵扯着伤口一同有了反应。我拉着父亲的手臂，说道："爸，她只是冲动，她是想为蒋国富讨说法。她有错，但不至于让她在监狱里待十年……"

父亲已经完全听不进我的话："难道关她几年之后再放她出来伤害菲菲？像她这种社会败类，死不足惜！"

原来，父亲在意的还是蒋菲菲。

母亲大概是看出了我眼神里的失落，她推了推父亲："你去隔壁病房陪菲菲吧，我给婉莹换身衣服。"

父亲出了病房，母亲反锁了房门，她拿了一套新衣服放到床边，掀开被子准备帮我脱裤子，我伸手阻拦了一下："妈，我能问你几句话吗？"

母亲停了手，似乎已经想到我要问什么，默默地坐到了我身边。

我指了指对面的墙壁："蒋菲菲是在隔壁吗？"母亲点头，手里抖落着新衣服："那天从墓地回来后，菲菲有些神经衰弱，你爸让她住院。正好你们俩都在医院，我也能照顾得来。"

我点点头："蒋菲菲没事了吧？"

母亲不说话，我指了指床边柜子上的水杯："妈，我想喝点水。"

母亲忙去倒水，我继续开口："刘阿姨那天是被蒋菲菲赶走的吗？"母亲端着水杯而来，脚步略有停顿，摇着头："不是。是我让她走的……她和菲菲关系不好……"

我接过稍稍烫手的水杯："刘阿姨在我们家做了很多年了，像是亲人一样。"

母亲脸色渐渐阴郁了下去："那也是你爸的决定。"

我瞬间明白了什么，点点头："爸爸很疼爱菲菲。"

母亲很轻很轻地叹了口气。"毕竟是亲骨肉……"母亲抬头看向我，嘴角硬挤出一丝笑容，"男人和女人不一样。女人十月怀胎，又用一生去供养一个孩子，生育、喂养、照顾，女人注定要比男人付出得多。虽然你不是从我肚子里出来的骨肉，但你喝着妈妈的奶长大，在妈妈的身边成长。那些年你爸很少管过你，他这辈子一直在忙他的事业，赚钱，在外面应酬，他只知道你是他的女儿，是他未来的接班人，所以他很难像妈妈这样，把你当成生命里最重要的一部分。"

母亲的眼眶微微泛红："婉莹，我知道自从菲菲回来以后，这个家里一直有争吵，一直有各种各样的事情发生。妈妈不是老糊涂，妈妈什么都看在眼里，你的成熟你的隐忍，菲菲的任性和不稳重，我都感受得到。"

大概是因为当下的气氛太过沉重，我竟也酸了鼻："妈……你说爸真的爱我吗？"

母亲闪烁的双眼忽然变得模糊："爱呀。"我笑着流了眼泪："可是没那么爱对吗？就像你说的，我是你一手带大的，我们有着不可分割的感情。可父亲不是，他更爱他的事业，更希望他的事业有一个和他流着同样血脉的接班人。所以他更在乎菲菲，更在乎他亲生的女儿……"

我想竭力掩饰自己的情绪，可最后还是没有绷住。

母亲坐到了我身边，把脸贴在我的脸颊一侧，温柔地搂过我，在我耳边轻念："爸爸妈妈都爱你，我们都不曾想过放弃你。你和菲菲一样，都是我们的女儿，是这个家的一分子。只是你父亲在你的成长历程里参与的太少，他是个重事业的男人，你要理解他。"

我理解父亲，从始至终，我一直理解父亲。我明知道蒋菲菲的阴险，知道她的别有用心，但我还是为了照顾父母的感受，对这一桩桩一件件的事全都忍下了。我盼着守得云开见月明的一天，盼着一家四口和平相处的一天。奈何世上两全其美的事并不多见。

母亲在为我更换病服时，我还是忍不住问了一嘴："妈，王玉兰的事，真的没有回旋的余地了吗？"

母亲没有犹豫地摇头："这事你不要插手了，好好养身体，其余的都不要想。"

住院这几日,我没有再管外面的事。我和蒋菲菲就住在隔壁,但我们谁都不见谁,谁都不看望谁,我们都心知肚明,我们彼此烦透了对方。

出院的前一天,韩斌和蔡琴芬来医院看望我。韩斌提着各式各样的礼品,见面的时候他依旧一脸简单阳光的笑容。

当时病房里只有我一个人,爸妈都没来医院。我让他们俩坐下聊,韩斌就扯着一些有的没的。我知道他们此行没那么简单,毕竟蔡琴芬也来了医院,她本可以不出现的。

寒暄了一会儿,我打破了这尴尬的气氛:"你们今天来,还有别的事吧?"

蔡琴芬为难地看了看我,又看了看韩斌,她不是个善于掩藏的女人,做事和韩斌一样,实在又干脆。

"丫头,其实今天我是特意跟着韩斌来的。韩斌不让我来,但我觉得我必须来见你。"

"阿姨你有话就直说吧。"

蔡琴芬顿了顿,酝酿了片刻情绪。"你能不能劝劝你父亲和菲菲,放过王玉兰?她是该判刑,但不至于那么多年……我听说你父亲找了最好的律师……"蔡琴芬深吸了一口气:"找最好的律师……我们都明白是什么意思。"

是啊,所有人都明白,王玉兰凶多吉少。

我猜到蔡琴芬是来求情的,我又何尝没尝试过劝说父亲,可不论我怎么劝,我都抵不过那亲生的蒋菲菲。

我开口道:"王玉兰找律师了吗?"

蔡琴芬苦笑摇头:"律师有的是,可能救她命的,找不起……我们哪还有钱呀,现在韩斌身上还有那么多的贷款,我们所有的积蓄都砸在了厂子里。我想救玉兰,可我没那个能耐。"

沉默许久的韩斌在一旁插了话:"现在我们只能盼着你去向你父亲求情了,只要他手下留情,这件事都好说。而且今天……蒋轩宇也来了,就等在外面……他不敢进来,怕你生气。"

我朝着房门上的玻璃窗向外望了望,倒真有个人影在外头。

"让他进来吧。"

韩斌起身开了门,蒋轩宇满脸愧疚地进了屋,他低着头不敢看我,两只无处安放的手,一会儿摆在身前,一会儿缩在身后。

韩斌看着不争气的蒋轩宇,凶道:"你来之前说过什么你忘了吗?赶紧的!"

蒋轩宇这才扭捏地朝着我迈了两步,死死地低着脑袋,半天憋出一句:"对不起!我替我妈向你道歉,但是那一刀她真没打算伤害你,谁也没想到我妈竟然带着刀出门了。我要是知道,我死都不会让她带那个玩意儿的!我宁愿自己去替她蹲牢子,我蹲习惯了,我啥也不怕,但我妈不行啊,我妈她……"说着说着,蒋轩宇就激动了起来,他抬起了头,整张脸都拧成了一团,表达着他的焦急:"我妈那么大岁数了,进去以后就是在里面等死!她辛苦了半辈子,她就想给我爸讨个公道。她能活到今天,全靠我爸撑着,我爸是她唯一的精神支柱,她都没指望过我和蒋菲菲。她这次敢拿刀,那就是做好了去死的准备。她是不想活了,可她要是真没了,我怎么办?那是我妈啊!我要救她啊!她就是犯了天大的错,也不至于付出这么大的代价啊!"

蒋轩宇气急败坏地跺脚垂头,他把王玉兰的错都归结于自己,他替王玉兰出面道歉。凭着这个,我觉得他还挺像个爷们儿,这份担当,像了王玉兰。

其实蒋轩宇说得没错,王玉兰其实做好了同归于尽的准备。蒋国富走了,她也不想活了,如果她想活,她就会死缠着我父亲要钱。

我默默地开了口:"我劝过我爸,但没用。蒋菲菲那边不松口,这件事就没得商量。我现在唯一能做的,就是帮王玉兰找律师。我手上也没什么钱,但我可以想办法凑。"

只是话音刚落,病房门口就有了动静。我是万万没想到,蒋菲菲会站在门口偷听。

蒋菲菲在门口偷听了多久我们谁都不清楚，她被发现的一刻直接掉头回了自己的病房，反锁了房门。蒋轩宇想要追出去，被韩斌拦了下来。

十分钟后，我的父母来了医院，把韩斌和蒋轩宇几人逮了个正着。

父亲又一次大怒，甚至把怒火发在了我身上。

父亲把蒋轩宇他们几人赶走后，他站到我的病床边，极力压制着情绪，却还是没能忍住："你怎么还跟他们来往？你到现在还想救那个王玉兰？你忘了你这一刀是怎么来的了？你是因为谁受的伤你忘了吗？！"

我是因为谁受的伤？我心里的答案是父亲。我和王玉兰无仇无恨，当时的那一刀，我只是为了救父亲。

我和蒋菲菲同一天出了院，父亲开车，母亲坐在副驾驶，我和蒋菲菲坐在车后座，各自靠着两边车门，一句交流也没有。

父亲通过后视镜看着我们俩，说道："最近一段时间你们就在家里好好休息，酒店那边先不用去实习了。婉莹身上还有伤，也不方便活动。前段日子酒店因为王玉兰和蒋轩宇遭受了不少损失，我要好好处理一下这边的事。"父亲多瞧了我两眼补充道："婉莹你和江远旅游公司的合同处理得怎么样了？谈成了吗？"

我的心一抖，才想起这件事还没和父亲交代。

我支支吾吾："爸……我和裴江远分手了……"

父亲眉头微皱，忽然没了话。我知道父亲这般状态代表他此刻已经发了怒，我急忙补了一句："晚点我就去找裴江远谈，这次的合作我会处理好，不会让感情的事影响到生意。"

父亲依旧不说话，但车子里的氛围已经变得压抑，身旁的蒋菲菲像是看戏一样冷眼瞧着我，眼神里满是嘲讽。

进了家门，迎在家门口的是一张新面孔，是母亲聘来的新家嫂，姓吴。

吴阿姨勤快地帮着我们拿东西，又是端茶又是准备糕点。蒋菲菲瞧了吴阿姨几眼，柔声柔气地说了句不太中听的话："吴阿姨比之前的刘阿姨勤快多了。"

母亲没说话，父亲径直去了书房。我本打算回房间，却被父亲叫了过去。

书房里安静至极，父亲拉开了书桌前的一张椅子，示意我坐下。

父亲坐到了书桌里侧，我们俩面对面。父亲低头专注于手里的文件，上面密密麻麻的小字，厚厚一叠。我不清楚那是什么，但父亲一定有话要跟我讲，我安静地等候。

父亲开了口："你觉得裴江远这个人怎么样？"

我不知父亲言出何意。父亲继续道："最近几年，酒店行业不好做，实业本来就难。"我应着声："我知道，而且我们家和其他定位高端的酒店也比不了，竞争越来越大。"

父亲戴上了老花镜，继续注视着桌面上的文件："所以这几年我一直在考虑转型。"

听到这里我才明白，父亲刚刚问我裴江远的为人怎么样，是想问我为什么要放弃裴江远这个垫脚石。

此时此刻我终于看透，在我和裴江远的这段感情里，只有我把爱情放到了第一位。裴江远和林朝静一样，看中的是两家的家境；我的父亲看重的，是裴江远家对自己产业转型能带来的帮助。

父亲的实力是高于裴家的，他选择裴江远，除了看中裴家的资源以外，更重要的是裴家实力没有父亲强。父亲想要达到什么目的，也不需要低三下四费力气。

而我，傻乎乎地拿着感情说事儿，坏了两家人的心情，更坏了父亲的好事。

简单几句话，我便明白了父亲的用意。我站起身："爸，晚些我会和裴江远重新见面谈判，你放心。"

父亲点点头："感情的事我不干涉，但你要分清主次。"

从书房离开，蒋菲菲出现在门口，她微笑着看向我："谈完了？正好我有事儿要跟爸说。"

我让开身子，直接回了房间。只是进屋前，母亲刻意走到我身旁，她端给我一盘新鲜水果，说："好好休息，什么都不要想，更不要插手王玉兰的事，知道了吗？"

我点点头，接过餐盘回了屋。

屋子里有着一股淡淡的香水味。手机来了消息，是韩斌发来的。他说他正在筹钱帮王玉兰找好律师，问问我有什么律师可以介绍一下。我想起刚刚母亲对我的提醒，可我还是违背了她的叮嘱。

这一次不是为了跟谁作对，而是为了我自己的良心。

我给韩斌发了消息："钱的事我来处理，律师我也可以帮忙咨询，你等我消息就好。但我需要你帮我给蒋轩宇带句话，让他从酒店退房，等王玉兰的事情处理好了，让他别再来找麻烦。"

发完消息，我给裴江远打了电话，打了三通被挂断，第四通才接起，那头的语气很差："什么事？"

我硬着头皮说了话："明天方便见面吗？想跟你谈谈。"

那头迟疑了片刻："谈什么？电话里说不行？"

"还是见一面吧，去你家也行。"

裴江远不可思议："来我家？你要做什么？你不知道我妈现在听到你的名字就发脾气？"

"所以要去你家登门道歉，而且是给你母亲道歉，可以吗？"

裴江远停顿了好久，终于应了声："那你明天来吧，上午我们都在家。"

挂了电话，我将手机扔到了一边，床头柜上的一家三口全家福还摆在那里，照片里的我刚好十八岁，那时的我对这个世界充满了期待与善意。

隔天一早，我七点便开车出了门，倒不是去裴江远家，而是去做了一笔交易。我把父亲送我的那套郊外一居室转手卖了出去，我打算用这笔钱帮王玉兰。

手续办好，我路过商场，买了些礼品，直接开去了裴江远家。

裴江远为我开了门，林朝静迟迟不露面，我在大堂里等了片刻，裴江远跟我摞了实底："我们俩不可能了，虽然我对你还有些感情，但我妈对你已经彻底失望了。"

裴江远心平气和地说完这些话，好似这将近两年的恋爱不是他在跟我谈，他只是一个置身事外的旁观者。

此前我的确是看错了裴江远，一直以为他沉稳深情够绅士，现如今看来，他的沉稳和绅士，不过是因为他没有那么用心而已。或者，他和我一样，是父母的傀儡。

等到林朝静出面，这母子俩都是一副冷冰冰的嘴脸，我开口道了歉："上次我在酒店对江远出言不逊，是我的错，今天是特意来道歉的。"

林朝静上下扫视着我："所以呢，还想进我家门？怕是没那么容易了。"

我摇头，不让狼狈表现出来："不了，不敢奢求了，我这样不识好歹的人也配不上江远，我父亲也教训过我了，这件事是我不对。"

林朝静说道："那你今天来是想做什么？"

我从包里拿出一份新的合同："我希望两家的合作继续，点数就按父亲之前允诺过的。希望林阿姨别跟我一般见识，不要因小失大。"

林朝静瞥了裴江远一眼，裴江远也有些意外。林朝静忽然起了身："合作的事倒是可以继续，不过我这两天身体不舒服，你和江远谈吧，之前的矛盾就算了。"

林朝静离开，看样子是默许了这桩生意，我心里的石头落了地。

等着林朝静上楼，裴江远对我的态度也缓和了一些："我觉得我们俩没必要这么尴尬。今天是你爸让你来的吧？你看，你爸还是希望我们俩能继续好下去。"

是啊，父亲是希望我和裴江远继续好下去，因为这对父亲百利无一害。若是我跟裴江远结婚了，父亲就能得到他想要的一切资源。可在我决定放下脸面来找裴江远，在我决定将父亲给我的那套房子变卖成现金去救王玉兰的时候，我也做好了放弃一切的准备。

人心不是忽然变冷的，也有个渐渐冰冷麻木的过程，等那个过程结束，再利的凶器，也扎不碎这块寒冰了。

从裴江远家离开前，我们签下了合同，拿到合同的一刻，我如释重负。

裴江远送我上了车，他站在车窗外，一脸笑意地同我道别："其实我们俩真没必要闹得这么僵。明后天我们一起吃个饭吧，坐下来好好聊聊，我知道你也放不下我。"

我冲他笑笑："再说吧，这几天我还有蛮多事要忙。"

开车离开，我自始至终没对裴江远有过坏脸色。我也学会了演戏，像蒋菲菲那般。

回家的路上，我给韩斌打了电话，让他晚些来我家附近等我，我要跟他一起去趟律师事务所，咨询一些事，顺便把刘晓倩介绍给他认识。

回到家，我拿着合同进了屋，家嫂吴阿姨正在院子里浇花，她看我的眼神有些奇怪，那种审视加鄙夷，看得我很不舒服。

而我前脚刚踏进门，一股弥漫在屋子里的压抑气息便扑面而来。

父亲、母亲、蒋菲菲坐在大堂里，蒋菲菲走到我面前，冲我开了口："你去哪儿了？"

来不及思考，父亲黑着脸走到我跟前："你把房子卖了？你要筹钱救王玉兰？"

想都不必想，一定是蒋菲菲把住院那天偷听的话告诉了父亲。蒋菲菲这几日一直盯着我，就等着我有所行动，然后在父亲那里告我一状。

我沉着最后一口气，努力不让这场争执变得太难看："我只是不想让她背上不该有的罪名，她的确是犯了错，但罪不至死。"

父亲因为气愤而开始颤抖："徐婉莹你是不是想气死我？！"

我定在门口不说话，似乎此刻的家门里和家门外如同两个世界，身后的世界空荡荡，屋子里的世界则有着一股无形的力量将我向外推。

蒋菲菲站在一旁指责我："姐姐你是想等王玉兰出来以后，再让她来伤害我吗？你到底对我有多大的敌意？那天她差点要了我和父亲的命！现在你又要用父亲的钱，去救那个杀人凶手？"

是啊，单是听着蒋菲菲的话，简直挑不出一点毛病，此刻的我似乎成了名副其实吃里爬外的白眼狼。

我解释不出一句话，甚至已经丧失了解释的欲望，情感对错这种东西，谁说得清。

父亲见我不言语，言辞更加激烈："徐婉莹，你扪心自问，你除了这条命，哪样不是我给你的！都说养恩大过生恩，我不反对你回去认亲，但你拿着我给你的一切，去帮助那个伤害菲菲的杀人凶手，你良心何在？！"

屋内，母亲急忙跑了出来，她站在我身旁，催促着我："赶紧和你爸道歉！跟他说你不会这样做了！赶紧说！"

我说不出口，也不愿说出口，这些天的经历与折磨，此前的种种失落与失望，彻底击垮了那个曾经对家庭充满期待的我。

这个家哪里还容得下我？这个家只要有她蒋菲菲在，我就永无安宁之日。

我挣脱开母亲的手，直挺挺地后退了一步。

母亲愣住，父亲晃了神。

我从包里掏出了刚和裴江远签的合同，我把合同交到了母亲的手中，看向父亲："爸，和裴家的合同我签好了，也道过歉了，没给你丢脸。"我从兜里拿出了我所有的银行卡，同样放到了母亲手中："这是我全部的家当，这些年我也没存过什么钱，更没伸手找您要过什么钱，那房子的房款过几天就会到账，卡的密码是妈的生日，你们随时可以取走。"

父亲凝了神："你什么意思？"

"爸，没什么意思，只是觉得您说得没错，我除了这条命，其他的都是您给我的。原本的我应该是生在农村长在农村的，我不配得到您给我的这一切。但我也挺冤的，那些原本你们给我的爱，说不需要我偿还的爱，突然有一天变成了有价的,你们随时随地都可以抽走,还反过来说我贪得无厌。"我笑着,"没错,我是贪得无厌过,我之前一点都不想离开你们,更不想失去这衣食富足的一切。可我得到了教训,教训就是命里不属于我的东西,就算我曾经拥有过,也永远都不属于我!可我问你们一句,我的出生我能选吗?我当初被抱错,我能选吗?"

周遭安静下来的一刻,身后的天忽然阴了下来。

父亲大概是被我的顶撞刺到了情绪底线,他朝着我怒气冲冲走来。母亲见势不对,忙上前阻拦:"建森你先回去,我跟女儿谈,你先回去!"母亲用着蛮力推着父亲,父亲却喊着更令人难过的话:"我养了一个白眼狼!二十多年,养你二十多年,你不感恩就算了,还和我讲起了道理,甚至为了一个地痞无赖跟我分家!徐婉莹,如果你没长在我家,你觉得你会过上什么样的人生?难道我给你的给错了?你是畜生吗?!"

畜生……这滴着血的两个字,一笔一笔划破我的心。

疼,疼得要命,比那落了疤的刀伤疼上百倍千倍。

父亲被母亲推回屋内时,里面的争吵声不断。蒋菲菲继续站在原地看我的热闹,而身后,倾盆大雨瞬间覆了整片天,雨声雷声,阴风阵阵。

我后退着,缓缓走出房子,回身望着这生活了多年的房子,望着这长了一波又一波的花草树木。物是人非,一切都回不到当初了。

我定在大雨之中,雨水就那么淋透了全身,屋子里的争吵声还在继续,门口的蒋菲菲朝我冷笑,继而转身回了家,关了门。

门彻底关了,界限也彻底明了了。

心里的防线终于在这一刻被冲破,我缓缓弯曲双膝,跪在这片曾脚踏无数次的土地之上,跪在这养育我的房屋之外。成长的画面一帧一帧地在脑海里重播,这是我与它的告别。

站起身的那一瞬间,我在心底默默地想,养育之恩无以为报,但今生怕是不能报了,只能留到下辈子偿还。

走出家门,雨越下越大,忽然来了电话,是蒋菲菲打来的。

我站在院门外,仰头看向二楼的窗口,蒋菲菲站在窗帘一侧,话筒里是她胜利的嘲讽："就这么走了？我还以为你多么恋战呢！所以，你这是输了？可我并没觉得过瘾。"

　　冷风骤雨中，心里的脆弱连同这场大雨一起被冲刷。彻底死心的我，又有何惧呢？"别急蒋菲菲，我和你之间的好戏，才刚刚开始。"

第十六章

在小区里往出走,离家的方向暗淡无光,雨水和泪水流在一起,直到一声鸣笛,将我从深渊中拉回。

身子湿透,灌了水的鞋子仿佛千斤重,我环顾着四周,才发现自己竟已经走出了小区。身后有一辆货车冲我鸣笛,大雨中,我定在原地,等着那辆车向我靠近。

车窗探出了一张熟悉的脸:"你怎么在这里淋雨啊?我刚刚还以为我看错人了。"

韩斌忙停车,强行把我这只落汤鸡拉上车,我湿透的衣服不断滴着水,韩斌自作主张道:"去我厂子吧。"

缓了好久我才记起,是我上午约了韩斌来找我一起商谈王玉兰的事,不巧被他撞上了我狼狈离家的一幕。

待我情绪稍有缓和,韩斌试探地问了我一句:"你刚刚是怎么回事?"

一时无从说起,想用简单的几个字来概括,却发现故事冗长,三言两语说不清我此刻的无助与心酸。

韩斌又逼问了一句:"是和家人闹矛盾了吗?你刚刚在雨里向外走的时候把我吓了一跳,我打破头也想不到那会是你,我是靠你的包才认出来的。"

我想解释，可话刚到嘴边，情绪的阀门突然失控，我已经很努力地去绷紧情绪了，可还是没忍住。眼泪和情绪一起倾泻而出，韩斌又一次被我吓到，他急忙在路边停了车，对着痛哭流涕的我手足无措。

我也忘了自己哭了多久，身子一抽一抽，感觉下一秒就会窒息而死，眼睛肿胀睁不开，鼻腔完全被堵死，像个哈巴狗一样张着嘴喘气，狼狈至极。

韩斌下车给我买了热牛奶和毛巾，等他回到车里时，我连话都讲不清楚："谢、谢谢……你，我现在……呼吸有点困、困难。"

韩斌看着我，觉得又是好笑又是心疼，他就这样默默地等着我哭完，适时地递给我水和纸巾，一声不吭，一句不问。等我哭干了眼泪，只剩下抽噎时，韩斌一边帮我拍背顺气，一边说："我倒是有个办法能让你不抽……"

我艰难地抬起如同被蜜蜂蜇过的眼皮："什……么……办法？"

韩斌即刻拿出手机，对着我的脸就开始录像："你要是再抽下去，我就发朋友圈了啊！"

这算什么？威胁还是恐吓？我完全被他唬住了，结果还真有效果，被他这么一捉弄，我果真不抽了，鼻腔也跟着通透了些。

韩斌笑着收回手机道："吓一吓就好了，这招百试百灵。"

车子继续向厂子行驶，我逐渐稳住了情绪，可以跟韩斌解释刚刚为什么"雨中漫步"了。

听过故事的韩斌沉默了，我以为他会同情或是安慰我，又或是站在我的角度谴责那些人的冷漠与狠心。可他没有，他递给我两个没开封的暖宝宝，问了一句令我意外却感动的话："你手里还有钱吗？没钱我可以支援你一些。"

我忽然觉得，曾经那些有多年交情的朋友，或许还不如一个认识几个月的韩斌。有些人在你危难时只给予你情绪支撑，有些人则在担心你吃不吃得饱、穿不穿得暖。

韩斌忽然面容严肃道："你今晚就在我厂子住吧，我有员工宿舍，今晚我和我妈都留下陪你，厂子里我还放了一条黄狗，给咱们看门。那黄狗本来精瘦，喂了半个月，肥膘都出来了。"提到黄狗，韩斌的眼角有了笑意："那黄狗是兰姨家的，以前还追着我咬过呢！后来让我用两根骨头棒子收买了。兰姨和轩宇不是都来城里了吗？我就把黄狗接来给厂子看门了。"

那条黄狗我有印象，第一次去王玉兰家，就见到过。

韩斌把手机递给我："你在通讯录里找一下我妈的名字，帮我拨通，我让她早点准备饭菜。"

我持着手机心情复杂："你为什么要帮我啊？"

韩斌思索了片刻："因为你有困难了啊，你刚刚哭得撕心裂肺，我要是不关心帮助你一下，我不成罪人了？"

我因为他的逗趣笑出了声，但并没同意他的提议，一会儿去了他的厂子把王玉兰和刘晓倩的事情处理完了以后，我会自己找地方住。

到了工厂，我换了身新衣裳，衣服是梁小梅的，简单的运动衣，很合身。梁小梅果真是好厨艺，熬了一锅香喷喷的热汤，喝得人身心舒畅。

韩斌和蔡琴芬坐在我对面，蔡琴芬纠结了片刻，开了口："你的事我刚刚听韩斌说了，真没想到菲菲如今变成了这个样子，真让人心寒。"

我直入主题："本来我已经把手头的房子卖了，打算给王玉兰请律师。可现在我房子和钱都还给我父亲了，我和那个家……也没什么牵连了。"

蔡琴芬唉声叹气："亲生非亲生，都是一手带大的孩子，能有什么区别？非要这样赶尽杀绝吗？"

我不知如何应答，韩斌在一旁插了话："反正大家能出多大力就出多大力吧，钱的事我和蒋轩宇再想办法。"

王玉兰的事遇到了阻碍，我们只得各自重想办法。

天色渐晚，我继续留在厂子里等人。我和刘晓倩说好，今天下午五点半在厂子碰面，我答应过她，要帮她谋份工作。

只是等到六点也迟迟不见她人影，我以为是雨天路滑不好走，结果六点一刻时，我接到了刘晓倩的电话。电话里的刘晓倩向我表达歉意，她说她不愿意来工厂这种地方做文职，担心没前途。而且她刚刚和刘阿姨一起去了趟我家，在父亲面前求了情，父亲答应晓倩，要帮她找一家不错的酒店，继续去做大堂经理。

我想晓倩应该已经知道我被赶出家门的事了，蒋菲菲刚打赢我一局，她定会在刘晓倩和刘阿姨面前炫耀一番。

不过这都无所谓，晓倩的这通电话打得其实蛮好，至少消除了我此前心里对她的愧疚。但令人心寒的是，当我在电话里邀请她一起吃饭的时候，她明确拒绝了我，她说既然已经接受了我父亲的帮助，她实在不好继续跟我来往。

我理解，大家都要工作赚钱，都要吃饭生活，此刻的我不再拥有父亲的庇护，头顶没了光环，自然也就没了之前在我身边借光奉承之人。

挂断电话，我换上半干的衣服和鞋子，朝着对面的厂房办公室走去，韩斌正在里面跟几个人开会，看上去应该是合伙人一类。

我在外面默默等了二十多分钟，他们散会后，韩斌忙冲到我面前。

"我正打算去宿舍找你。走，我带你吃夜宵！"韩斌掏着手机，"附近有家烧烤店特棒，但需要早点去才行，我们现在去，估计不用排位太久。"

我按下他的手机："我是来跟你道别的，我一会儿去朋友家住。"

韩斌皱了皱眉："宿舍住得不舒服吗？"我笑着摇头："没有，很舒适。"

韩斌无奈地说："你不会又在逞强吧？你就非得拒绝我的好意？"

我不说话，韩斌忽然拉起了我的手腕："走吧，吃夜宵去！你就当我卖你个人情，以后等我结婚了，我要是和我老婆闹矛盾被赶出来了，到时候你记得借我点钱，让我有个地方住，这不就扯平了吗？"

韩斌强拉着我往外走时，我心里已经彻底妥协了，他哪里是卖我人情，他只是想陪我发泄而已。否则，这顿夜宵他不会带着我吃烧烤，更不会让老板上了四杯扎啤。

一杯杯酒下肚后，我感觉浑身都轻飘飘的，我全然忘记了医生的叮嘱——即便是伤口愈合的后期，也不要吃过多辛辣食物，更不要饮酒。

韩斌不知何时放下了酒杯，我指着他的脑门让他继续喝，他却说他要保持清醒，然后带我回宿舍。

酒精上头时我也管不了那么多了，喝吧，醉了就不难过了，酒精能放大哀伤，却也能稀释哀伤。大不了喝断片明天起不来床。起不来就起不来，反正也没人在乎我。

我醉意大发，脑子晕乎乎的，嘴巴跟开火车一样，竟把刚刚的心里话全都说给了韩斌听。有些丢人，但我控制不住自己，眼前的韩斌从双影变成了三影，飘飘忽忽，也不知道是他在天上飞，还是我在地上转圈。

我抱着扎啤杯子，下巴磕在杯沿上，眼睛半睁半闭地看着他。"你说，亲情是什么啊？爱情又是什么？"我摆弄着手指："为什么身边的人，都在不停地背叛亲情、背叛爱情，然后又找借口说自己很无奈，我是为了生活。"我歪着头，看着眼前这个飘来飘去的韩斌。

视线里，韩斌的手朝着我伸来，他的拇指在我的脸上搓了两下。我迷糊地笑着，一掌将他的手拍开："你少占我便宜！我没醉！"

只是手掌拍过去的时候，我触碰到了那么一点点的潮湿，原来是我流泪了。

我傻笑着，解释着："是酒精辣眼睛了……嘿嘿……"

韩斌没说话，他默默地看着我，又默默地在餐盘里为我剥虾。我喝着酒，一口一口的苦涩全然下了肚。

只是不知哪个时刻，忽然来了电话，我迷迷糊糊中按下接听键，那头是母亲的声音："你在哪儿？赶紧回家！回家给你爸道歉！我劝了他一下午了，你今晚赶紧回来，不要在外面过夜！"

话筒里的声音又小又快速，我听得出，母亲一定是躲在卫生间里同我打电话。

我想都没想，就把心里话抖了出来："妈……我不回家了，你明天帮我把我的身份证啊、毕业证啊那些东西收拾一下，偷偷地给我呗……嘿嘿，我爸不是说，我离开他就活不下去吗？我偏不信！"

我冲着话筒喊，面前的韩斌一把抢走了我的手机。手机被拿走的一刻，桌子上的酒杯也跟着倾倒，酒水洒了一地，衣服又遭了殃。

我渐渐从那麦子味、酒精味的凉意里清醒，身旁的服务生忙来转去，我对着桌子发呆。韩斌望着我说："一会儿酒醒了，我送你回家。你母亲说，只要你回去，你的父亲就会原谅你。"

原谅？我禁不住冷笑，脑子由晕眩渐渐回归到平静，我很清楚我在说什么。

我抬头看着韩斌，望着他的眼，憋闷地苦笑道："我妈呢……逆来顺受一辈子了，其实我猜到她一定会让我回去道歉。我妈这人吧，其实特窝囊，做了一辈子的家庭主妇，忍了一辈子我爸的臭脾气。然后我爸那个人呢……心气特别高，他刚有钱那会儿，家里人都说：白静啊，你可看住徐建森了，别让他在外面寻花事。我妈那时候就傻笑，说我爸不是那样的人。"

我苦涩地摇摇头："我爸这辈子对我妈，其实不忠诚……这世上没有几个女人，能像我妈那样忍受他的臭脾气臭习性，所以我爸也离不开我妈，甚至为了圈住我妈，不让她出去工作，也不让她管家里的钱，每个月就只给固定的生活费，让她做一辈子笼子里的鸟。"

我拿起面前的半杯酒，一口闷下了肚。"其实想得到父亲的原谅很容易，回去道个歉，一辈子服从他就行了。可是……"我抬头看着已然被我说得无言以对的韩斌："可我不姓徐，我是被我那个心高气傲的父亲给逼走的。不过这都无所谓了，我只是想做个有尊严的人……"

第十七章

  从烧烤店离开时，我已酒醒一半，韩斌把我拉上了出租车。我还想着他会不会把我送回家，如果他和司机说出了我家的地址，我就直接打开车门跳下去。酒壮怂人胆，那么怕死的我，竟然会因为不想回家而计划着跳车。好在，韩斌给的是工厂的地址。

  车子慢悠悠地向着黑黢黢的马路深处开去，我把脑袋搭在窗边，花草树木迅速向后撤退。脸上的红晕渐渐被风吹淡，我回过头，韩斌歪着头正默默地看着我。

  "你看我做什么？是觉得我可怜吗？"我问。韩斌摇摇头，笑容里带着几分同情几分心疼："我还记得第一次见你的时候，你陪着兰姨去医院看蒋叔，那时候你给我的印象很干练，雷厉风行的，感觉应该是个女强人……或是不好打交道的人。"

  我正回了身子："现在呢？"

  韩斌松了口气，低声说了句欠揍的话："纸老虎。"

  我扬手就要揍他，他条件反射地握住了我的手腕。他的手心暖暖的，也不知怎的，在这飘着酒气的小小空间里，那手掌心的炙热，似乎是点燃了什么。

  车窗外一盏一盏昏黄路灯的光照得他的脸忽明忽暗，他的眸子深邃透彻。我与他目光相融，他急忙松了手，说话结巴："太、太瘦了吧……就剩个骨头架子了，你应该多吃点，增增肥。"

我尴尬地挪开了视线，韩斌在耳后嘀咕着："你要是暂时没地儿去，就留在我工厂吧，我最近因为招人忙得焦头烂额。谈生意的时候，人家看我长得不够成熟，还没开口呢，就跟我说改天再谈了。以前生意做得小，都是人情买卖，现在不一样了，我……"我转头打断他："那你给我开多少工资？我可以帮你招人，以前我寒暑期在酒店实习的时候，各个部门各个环节我都参与过，什么岗位配什么人，这不难。"

韩斌笑呵呵地眯着眼，打起了自己的小算盘："你是留学生，见识多，你这个层级的人如果去公司应聘，起码也应该六千工资打底，那如果在我……"我急忙打住："六千？我一个刚毕业的，拿六千？你也太瞧得起我了，哪有你这么缺心眼的老板，这里又不是一线城市北京上海，你这么做老板，也不知道是员工给你赚钱，还是你给员工赚钱。"

韩斌挪着身子朝我靠近了一点："可我觉得你很厉害啊！"我摇着头："我不厉害，你看到的都是外在光环而已，如果没有我父亲，我什么都不是。工资按市场水平走吧，我最近的确没什么好去处，我现在真的很需要一份工作。先在你这里试试，不行的话，我再去外面投简历。不过你放心，我不会三天打鱼两天晒网，如果我想好了去处，我会把手上的工作交接好。"

韩斌忽然扬扬得意了起来："幸亏我刚才没把你送回家，送回家我可就捡不到便宜了！"

我狠狠地白了他一眼："你要是敢让司机把车开回我家，明天我就让你上头条，工厂小老板车内不轨，害死良家妇女！"

韩斌忙挪着身子向后退："打扰了……"

回了工厂，原本只有我一个人的宿舍里，住进了梁小梅。梁小梅早早帮我准备好了解酒汤，煮壶插着电放在一旁，看样子是为我热了好多次。

我走进屋时，她忙从床上起身，一边舀汤一边说："蔡姨让我陪你住，担心你一个人会害怕。韩斌刚才打电话让我给你熬个汤，说你喝醉了身体不舒服。我这汤反复热了几次，如果味道不鲜，我再重新给你熬。"她端着汤碗递到我面前，笑盈盈的脸上有些疲惫。我忙接过说："对不起，这么晚还要麻烦你，你快休息吧，汤碗和壶我来清洗。"

梁小梅摇着头说："没事，蔡姨说了让我好好照顾你，蔡姨和韩斌都说你是国外留学回来的高才生，以后说不准还要麻烦你什么事呢！"

碗里的热汤鲜香不腻，从来没见过有人把解酒汤做得这么好喝，我一口气喝了一大碗，称赞道："你这手艺可不比有学问的人差，现在手艺人才是最吃香的，我平时关注了好多美食博主，看他们做饭都是一种享受。"

梁小梅大概很少关注网络视频这一类东西，她眼神里闪过几丝迟疑。我忙打住："休息吧，这都下半夜了。"

梁小梅爽快地应了我一声，转头就上了自己的床。她的床单被罩都是清一色的蓝白条，这姑娘似乎不太会打扮也不太讲究穿用，典型的朴实乡下姑娘，难怪让蔡琴芬这么喜欢。

洗过碗筷，我回了被窝，母亲的电话一通接着一通，我一通又一通地挂断。母亲发来消息质问我为什么不听她的话，我在脑海里想了很多自认为委屈的措辞，但落到手指尖，却成了另一番模样："妈，帮我整理一下我的身份证、毕业证，还有其他的一些个人证件，明天抽个时间你帮我送出来吧。"

母亲拒绝得斩钉截铁："我不管！你给我回家！"

"那我回去取，我知道明天下午爸要开例会，下午和晚上他都不在家，那时候我回去取，你帮我开门就行。"

发完消息，我关了手机。

整整一夜的半梦半醒。

第二天醒来已经是中午，梁小梅和蔡琴芬在工厂里忙前忙后，部分机器已经开始运作，我穿梭在三层办公区寻找韩斌的身影，不料遇到了第一天上班的蒋轩宇。

蒋轩宇一身工作服，但那工作服让他穿出了十足的痞气，他的手上戴着厚厚的帆布手套，满额头的汗。我打了招呼接着径直往前走，蒋轩宇却叫住了我："韩斌说你跟那个家不再来往了，是真的吗？"

我停脚回了身，他摘掉一只手套擦了擦额头上的汗，一道脏兮兮的黑印留在了脑门上。"是蒋菲菲害你出来的吧？"他又说道。

我故意转移话题："王玉兰怎么样了？"

蒋轩宇走到我面前，连带着身上浓浓的汗臭味扑过来："你不应该这么轻易地离开那个家，怎么说那也是你待了二十一年的家，你没必要因为赌气把自己搞成现在这样。最差最差，你也应该把自己的未来打点好了以后，再断绝来往。"

我有些纳闷，小小年纪的蒋轩宇怎么会讲出这些话？

"这些都是谁教你的？"

蒋轩宇笑笑，他慢悠悠地摘掉了另一只手的手套，如若不是他刻意给我看，我不会发现他的左手小拇指竟然断掉了一截。他说："这手指是我六岁时候断的。那年我偷了蒋菲菲的压岁钱，她为了报复我，骗我说柜子里有奶糖让我自己去拿。结果我把手伸进去以后，才知道里面是老鼠夹，直接夹断了手指。"

我后脊一麻，不敢相信蒋菲菲在小的时候就这么阴险恶毒。

蒋轩宇重新戴上了手套："我的那点计谋都是跟蒋菲菲学的，我姐这人特坏，但是她总能吃到好的用到好的。你知道人最怕什么吗？最怕穷！志气那个东西不值钱的，你吃不饱饭的时候，自尊心填不了你的胃，你只有活活饿死的份儿。"

我摇着头，心里却发着虚："我饿不死，钱没了再赚就好。"

"那就随你吧，但蒋菲菲不会放过你的，我太了解她了。"

我不是很明白他的话："我已经从家里出来了，她还不肯收手？"

蒋轩宇看了看自己断掉的小拇指。"她是个睚眦必报的人，我偷她十块钱，她都能让我断掉一根手指，何况你享受了二十一年本该由她来享受的生活。我太了解她了。"蒋轩宇冲我摆了摆手："我去食堂吃饭了，这段时间我妈的事儿让你费心了，以后我会自己想办法的。"

蒋轩宇离开，我原本发麻的后脊，彻底凉透。大概是那根断掉的小拇指太令我诧异，到底是何种报复欲，能让她这般残忍？

找到韩斌时，他正在会议室里对着满满一桌子的纸张发愁。他拿着计算器在那里敲来敲去，我翻看了一眼，转头冲他说："你还是先找个会计比较靠谱，专业的事交给专业的人去做。"

韩斌抓挠着头："以前生意小，都是我妈算账，现在我妈岁数大了，看单子都要用老花镜。我本来数学就不好，现在更不好了……整个人都不好了。"

我在一旁笑开了花："行了，明天我帮你弄，我来找你是想跟你说个事，我晚点要回家一趟。"

韩斌严肃着脸："你不是不回去了吗？"

"偷偷拿点东西。"

韩斌想了想："那我跟你一起吧，我要去商场买一套西服，顺便把你送回家。我妈说我的穿着太不正式，所以才让合作商嫌弃。"

我忽然想起一件事："我可以陪你买西服。我以前在一家男装店充过会员，那时候是为了给裴江远买衬衫领带，现在用不到了，钱也拿不出来，倒不如给你用了。"

韩斌爽快地站起身："走，去商城，用你卡买的东西我付你现金。"

我摆着手："那不用了，就当我送你礼物了。"

和韩斌同行的一路，我们俩谈天说地。韩斌向我讲他创业的历程，讲他刚开始做小生意小买卖的事，再讲到贷款建工厂。韩斌的事业成长史，渐渐一笔一画地描摹出了形状，一个外表单纯的小绵羊，心里住着一匹野狼。

到了商场，韩斌有些打怵："这里的男装店都不便宜吧？如果太贵就算了，虽然花的是你卡里拿不出来的钱，但我不能接受这么贵重的礼物。"

我一句话就把他说没了音："难不成你让我把卡里剩余的钱，继续花给裴江远？"

韩斌拍着我的肩膀就把我往商场里面推："走,今天把卡里的钱花光光!"

到了男装店,前一秒还心情愉悦的我们俩即刻就丧了下来。裴江远正在一排货架旁挑选衬衫,跟在他身后的,是细柳蛮腰穿着粉色连衣裙的蒋菲菲。

眼前这两人异常和谐,如一对刚在一起没多久的恋人。

我扭头准备离开的一刻,里面的蒋菲菲叫住了我:"姐姐,这么巧啊!"

这一声姐姐叫得我浑身直起鸡皮疙瘩,裴江远回头看向我,又看了看我身旁的韩斌。

韩斌穿着白半袖黑短裤,常年就是这么一套固定搭配,白半袖还被生锈的淘汰器械蹭脏了一块。裴江远显然对我和韩斌的出现有些诧异。

裴江远问我:"来逛街?我刚准备这几天约你。"

一旁的蒋菲菲也朝着我们走来,不过是和韩斌打招呼:"韩斌,我听说你开了厂子,最近是不是很辛苦啊?"

我也没办法再回避,只好硬着头皮拉着韩斌进了店:"我让服务员帮你挑几身衣服,你去试衣间试一下。"

韩斌瞧瞧我,又瞧瞧裴江远,只得点头:"好……"

韩斌去了试衣间,裴江远刚好选完衬衫,他正准备结算,忽然回头冲我道:"婉莹,你上次为我办的那张卡,用的是哪个电话号码?我直接用你的卡结算好了。"

我惊掉了大牙:"什么?"

裴江远理所当然:"你不是为我办过一张卡吗,还存过钱?"

我一字一顿:"那是我的卡。"

裴江远皱眉:"你除了给我,还会给谁买男士衬衫……"他轻蔑地笑着,指了指试衣间:"难不成是里面的那个土包子?"

蒋菲菲站在一旁转着圆眼珠:"姐姐,你充的那张卡,用的也是爸爸的钱吧……"

果然，蒋菲菲还真会赶尽杀绝。

我故作轻松地耸耸肩："管他谁的钱，我的卡，就是我的钱。你们买衣服还要我来掏钱吗？"

裴江远摆摆手。"算了，我还以为你当初那张卡是送我的礼物呢。"他递给收银员一张自己的银行卡，转头又问我："晚上一起吃个饭？"他又指了指试衣间的方向："带上你的那个小朋友。"

我摇头："不了，晚上还有事。"

裴江远和蒋菲菲走后，我坐到了休息区的沙发上，我想着这两个人还真是不出我意料，此前的几次暧昧举动，竟已经发展到了今天的同逛商场。

韩斌从试衣间走出来时，身穿一件经典款的白衬衫加深蓝领带，一条笔直熨帖的西装裤，锃亮的皮鞋踩在脚下，若不是那双太过柔和的眼露了馅，真容易把他看成是某个公司的总裁。

我竖起了大拇指："你还真有当大老板的气质！"

韩斌挠挠头，那股子小男孩的味道就又冒出来了："你别夸我，我都不好意思了。"

服务员在一旁偷笑，我憋不住地说："你就不能拿出点总裁范儿？要不都白瞎你这身装备了。"我转头对服务生："西服外套也帮我们挑一件吧，然后一起结算。"

有了西装领带，本来还奶油小生的韩斌，即刻霸道冷峻了起来。他对自己的这身装备爱不释手，穿上死活不肯脱，还非要学着电视里那样，手臂搭着个西服外套，装模作样地摆出一张严肃脸，走路都带风。

不过这家伙还真是引来不少目光，不论是小女孩还是老大妈，纷纷侧目。

走去停车场时，刚出电梯，韩斌就跟泄了气的皮球一般，半个身子靠在我肩膀上，说话都无力："我的妈，装酷太累了，还不如我去篮球场打几场篮球。"

我拍拍他的肩膀:"未来还需要你装很多酷呢,还要装无情、装坚强、装开心、装难过,成年人的世界,复杂的事多了去了。"

韩斌随手解着胸口的领带:"走了走了,带你吃冷面去,我知道一家特好吃。"

韩斌很自然地揽过我的肩膀,我稍稍有点不自然,像是触了电。可他似乎觉得没什么,就跟在篮球场打完篮球,揽着哥们儿去吃饭一样。

我只能在心里告诉自己:别想太多,人家只是把你当兄弟,别扫了人家的兴致。

只是刚上车,我们对面的一排停车位里,有辆车子忽然打起了双闪。

看过去的一刻,才发现那是裴江远的车。很明显,他在招呼我,让我过去。

我解开安全带下了车,让韩斌稍等我一会儿。

我走到了裴江远的车边,他打开车窗,里面似乎并没有蒋菲菲。

"找我什么事?你的菲菲妹妹呢?"

"我让她自己回家了,我跟她又不是什么情侣关系。"裴江远从副驾驶拿出了一个礼物盒子递给我,"这是我刚刚在饰品店选的,小耳坠,适合你。"

礼物我没接,只是笑笑:"送给蒋菲菲吧,好意心领了。要是没有其他事,我就回去了。"

裴江远伸手拉住我的手臂:"我跟蒋菲菲没什么的,今天是她先联系的我,说是咱们两家的合同现在由她接手了,今天见面吃饭谈了点细节,顺便陪我逛了一下商场,你别误会。"

我推开他的手臂:"你为什么要跟我解释这些?我们已经分手了,你忘了吗?"

裴江远打开车门下了车:"婉莹,你能别这么固执吗?我知道你现在心情不好,你被家里赶出来的事,我都听菲菲说了,但就算你父亲母亲不护着你了,你不是还有我吗?"

我觉得他的话愈发可笑:"裴江远,我们分手了!你还要我提醒你几遍？"我扭头打算离开，裴江远却再次上手阻拦了我："我上次说过，我对你还有感情，我也不想跟你分手。菲菲最近联系我是有点频繁了，但我对她没什么感觉，我……"

我连忙打住："停！别跑题了，你和蒋菲菲怎么样与我无关。感情这种事，一方说了分手，那这段感情就算彻底结束了。而且暂不说我们两个人怎么样，你都知道我被家里赶出来了，变成了一个一无所有的穷光蛋，然后你还想和我在一起，你妈会同意吗？你别忘了，现在的我，别说两百万的嫁妆，就是两万，我都拿不出来！"

我以为我用物质一类的说辞能彻底打断这段对话，可我没想到，裴江远的底线，比我想象的还要低。此前我觉得他妈宝男就算了，起码他遇事还算绅士理智，不会大发雷霆或是报复。可现如今，说他绅士真是玷污了这个词，他简直就是斯文败类！

裴江远死死地拉住我的手，眼里满是贪念："你没钱无所谓，我有钱啊！现在的你不是千金大小姐了，但我还是喜欢你，我们虽然不能结婚，但我们还可以在一起！"

直到这一刻我才明白，原来在他裴江远眼里，曾经的我因为筹码够厚，所以配与他结婚；现如今我身价不再，就只能做个见不得光的小三。他的婚姻是用来做等价交换的，而感情并不是专于一人一生一世。

就在我打算扬手赏他一巴掌的时候，韩斌不知何时站到了我身后，他一把抓住了裴江远握住我的那只手，接着，另一只手扼住了裴江远的喉咙，死死地将他按在车上。

韩斌勃然大怒："你以为你是个什么东西？！"

第十八章

男人与男人之间的对峙,往往是靠力量分胜负。裴江远的软胳膊软腿在韩斌的粗壮手臂前败下阵来。

裴江远被遏制住的一刻,我忽然又想起在乡下的那一晚。他也曾为了我对别的男人拳打脚踢,甚至为了我蹚过稀泥,顶着星辰一路步行回了村庄。他也真挚地爱过我,只是对他来说,爱情相比金钱渺小太多了。

裴江远这种人,可以为了物质打破道德底线,可惜当时的我眼拙看不懂,还以为他是个完美无缺的男人。

眼看着韩斌拎着裴江远的衣领将其推到了墙角,韩斌扬起拳头作势就要砸向裴江远的侧脸,我急忙喊了停:"算了……"

韩斌收了手,狠狠地将裴江远推到了一边:"算你走运!"

裴江远狼狈地回到了车边,他满腔怒火地看看我,又回头看看韩斌,咬牙切齿地指向我的额头:"你可真是让我大开眼界!"

嘴上不饶人的裴江远最后还是逃命般上了车。韩斌踹了一脚车屁股,嘟囔了一句:"败类!"

没错,裴江远就是个极品败类。

韩斌重新站到我面前,两只手忽然抓着我的肩膀,来来回回检查巡看,一会儿把我转向左边,一会儿把我转向右边。

我被他搞得晕头转向:"你在干吗?"

韩斌自言自语："看看你有没有受伤啊。"

我笑着后退一步："你刚刚怎么就下车来找我了？"

韩斌完全没听进去我说的话，松开我以后，他的两只手忽然在自己身前抖了一下，接着又绕到了后脑勺，食指和拇指分别捏着白衬衫的两侧衣领边，一点点地滑到了前面来。本来稍有凌乱的衣领被他规整好，他原地合拢双脚，腰板挺得笔直，认真地看着我："我刚刚帅吗？"

我一口老血喷出来，硬着头皮配合他的演出："帅炸天！"

韩斌满意地点点头，伸手压住我的肩膀就往前推："走吧，韩总裁带你去吃面，忘记'渣男'，重新开始！"

我哭笑不得："总裁就只请我吃面吗？"

韩斌继续他的表演："没错，今天你送我西装，我请你吃面。"

我一边被他强行推着走，一边回头看他："一套西装只能换来一碗面，那我也太亏了吧？"

韩斌轻松调侃："你要是不嫌弃，我也可以每天做面给你吃。"

他的话我没有往下接，总觉得哪里怪怪的，只能当是一句玩笑。

只是一上车，韩斌就开始毫无预兆地脱衬衫，我目瞪口呆地看着他，直至他饱满健硕的胸肌腹肌完全展现在我眼前，我失声尖叫："你、你、你莫名其妙脱衣服干吗？"

韩斌转头看着我，犹豫了一会儿，朝着我的大腿就伸手，我条件反射地准备大喊，只见他从我屁股下面抽出了他的白半袖。

他一边套衣服一边说："换衣服啊，还能干吗？一会儿去吃面，别弄脏了才是。"

我为我刚刚的失态感到脸红，心想他会不会以为我自作多情，结果下一秒，我才发现我真的想多了。韩斌这个人，还真是不按套路出牌，跟其他男人实在不一样，刚刚还在我面前装酷的小野狼，这一会儿就变了个人，脑子里也不知道是装了哪个牌子的转换器，眨眼的工夫就考虑上了别的事。

"我这白衬衫真不能弄脏,那服务员说了,只能用温水或凉水手洗,或者干洗。干洗怎么洗?不用水的吗?那能洗干净?"

他继续碎碎念:"还说裤子洗完了可以用挂烫机熨一下,我刚刚还在网上搜了一下挂烫机,不就是电熨斗吗?以前我妈经常用那玩意儿给我熨红领巾。"

车子发动,韩斌的脑回路终于转了回来:"你以后别和那个裴江远来往了,他配不上你。"

我在心里偷笑,不知怎的,身边坐了这样一个时而可爱时而野性又时而不知所云的男人还挺让人开心的,完全让我把刚刚的不愉悦都忘掉了。

车子停在了收费处,韩斌忽然转头看着我,接着又拍拍自己的胸肌,右眼如同得了沙眼病一样冲我抛媚眼:"我的肌肉不错吧?刚刚要是脱了上衣和裴江远打架,估计他直接就跪地求饶了,这可是我多年打篮球练出来的。"

我靠在车窗上,哭笑不得。韩斌默默地看了我一眼,视线落回到前方路况,微微笑着:"你心情好点了吧?"

这突然正经的询问,让我再一次对他有了改观。有时候我也搞不懂,到底哪一个才是他,是大大咧咧的,还是认真细腻的。

我跟着正经了起来:"刚刚谢谢你。"

韩斌挑挑眉:"那就行,怕你尴尬,刚才故意逗你来着,你别认为我是脑子不正常就行。"

我白了他一眼:"得了吧你!正常的时候也不多。"

到了餐馆,韩斌带我去前台点餐,餐馆老板是个中年阿姨,看见韩斌来了,热情得不得了:"哎哟,小斌来了啊!好久没见着你了,最近不来城里送货了啊?"

韩斌拿着手机扫码付款:"还是老样子,这次来两份。"

老板娘笑嘻嘻地看了看韩斌又看向我,一脸老母亲般的欣慰:"交女朋友了啊,小斌?"

韩斌顿了顿,将错就错:"别八卦了阿姨,等你上餐呢。"

韩斌拉着我往餐桌走去，没一会儿阿姨就端着两份餐点前来，临走还不忘说一句："眼光不错啊！"

韩斌扭曲着脸："老板娘是我妈的老乡，关系挺好的，以前非要跟我家订娃娃亲，幸亏让我妈拒绝了。"

"为什么是幸亏拒绝了啊？"我问道。

韩斌眨眨眼，含含糊糊地解释道："我不喜欢运动细胞太活跃的女生。"

我更是迷糊了："什么意思啊？"

韩斌特小声："她姑娘是摔跤队的……"

我扑哧一下笑出声，脑补着几百斤重的姑娘朝着韩斌欢快奔来的画面。

韩斌比画了一个"嘘"的手势，然后低头大口大口地吃面。我看着他狼吞虎咽的样子，不禁好奇："喂，有件事我特想问你，你真没谈过恋爱？我感觉不像……上次在乡下闲聊的时候，你是骗我的吧？"

韩斌抽出一张餐巾纸拭着下巴道："没骗你，我真没谈过恋爱，小学初中不懂，高中更是管得严。后来读了个专科，读书的时候被两个女生追，结果两个女生因为我打进医院了。那时候我就下意识地远离女生，觉得女生真是一种惹不起的生物。再后来我就一边念书一边打工，更没工夫恋爱了。"韩斌继续大口吃面，吃着吃着又抬头问我："你呢？你谈过几个？怎么也有三四个吧？"

我没说话，默默低下头，吸溜着面条。

韩斌有些惊讶："裴江远不会是你的初恋吧……"

我小声"嗯"了一下，没抬头。

很意外，韩斌并没说话，耳边继续响起他吃面的声音，这让我觉得奇怪，本来以为他会问下去的。

我抬头看着他："你怎么不说话了？"

韩斌往我餐盘里夹了肉，嘟囔着："还有什么好说的，下次看见他，直接把今天没送他的两拳再送给他。"

我笑着，心里暖着。

和韩斌分开后，他说厂里的拉货车刚好在城区送货，晚点会顺路去我家接我，因为他还要跑市场，不一定几点能回工厂。

路上，我给母亲发了微信，告诉她我马上到家，让她把我的证件都准备好，拿到手以后，我直接就走。

母亲没回复我，我想着她应该已经为我整理好了一切，母亲是刀子嘴豆腐心，我执意想做的，她知道拦不住。

到了家，院子里不见父亲的商务车，父亲不在，我松了口气。

按下门铃，开门的是吴阿姨，吴阿姨一看是我，从柜子里拿出了客人穿的拖鞋。

仅仅是一双拖鞋，就证明了我在这个家已经彻底没了位置。我定在门口："不进去了，麻烦帮我叫一下母亲。"

吴阿姨点点头，只是她刚转身，我就见蒋菲菲从二楼走下来，蒋菲菲的手里拿着个文件袋子，让我预感不妙。

果真，蒋菲菲手里拿的正是母亲为我整理好的证件，只是不知为何出现在了她的手上。

我心里悬着一根针，担忧着她是不是又有什么坏心思。

蒋菲菲拎着文件袋在我面前晃了晃。"是来拿证件的？"她瞧了瞧袋子里的东西："学历证书很多嘛，还得过专业设计的奖牌。是拿钱买的，还是你们所有参赛的人都有啊？"

我伸手要去拿文件袋，蒋菲菲就向后退："这么值得炫耀的东西，和妹妹分享一下不为过吧？"

蒋菲菲打开了袋子，从里面拿出了我的学位证书，她一样样翻看，只要我伸手去拿，她就做出一副要将证书撕碎的架势，迫使人不敢靠近。

我不清楚母亲现在人在何处，但屋内二楼似乎有水流声，不知道是不是在洗澡。

我有些心慌，多待一秒都是折磨。我打算把东西抢过来，却见她阴笑着，接着毫无预兆地直接将我的奖状证书撕碎。

我赶忙上前怒斥："蒋菲菲你在做什么？！"她快速地躲开我，手中的动作更加迅速，我努力多年的证书，就这么被她弄成了碎片，洋洋洒洒散了一地。她捏着我的身份证耍挟道："你应该回到王玉兰的户口本上去，这张身份证，你不配有！"我忍无可忍地冲上前去抢夺，蒋菲菲用身体抵着我，我顾不了那么多，是她逼我在先，带着满腔的愤恨怨意，我抓过她的头发就开始撕扯。蒋菲菲尖叫挣扎，她大概怎么都想不到，一向理智的我竟也会动手打人。

好在这几日我留了指甲没剪，既然已经动了手，那何不动到底，我勾着手指就去抓她的脸和胳膊，蒋菲菲撕心裂肺地大吼，喊得房顶都要炸裂。

直到楼上的母亲裹着浴巾下楼赶到了家门口，我和蒋菲菲依旧扭打成一团。我死不撒手，左手扯着她的头发，右手按着她的脸，将她压在胯下，狠狠地搥她的头。

母亲和吴阿姨强行将我们俩拉开，蒋菲菲的脸被我抓花，她哭号着钻进了母亲的怀抱，口口声声指责我的无理取闹。

我也没客气，指着地上的碎片，控诉她的心狠毒辣。

母亲两头安慰不过来，但受伤的人总是会得到更多同情，母亲说我太不理智下手太重，说我不该动手打人。

蒋菲菲反咬着说那些证件是在跟我搏斗的过程中撕碎的，压根就不是她故意的，她是想把我留下来的，可我没接受她的好意。

母亲不停安慰着蒋菲菲，接着怒斥我："她是想让你留下来啊！你就算不领情，也不至于动手吧？"

我满腹委屈地说："妈，是她先故意撕碎我的证件啊！你看不见这一地的碎片吗？"

蒋菲菲声嘶力竭："我没有！我是想让你留下来的，可你一直在跟我争抢，那些都是你自己撕碎的！"

她这一盆污水泼完，我恨不得再次冲上去跟她来个你死我活，只是脑子发热之时，身后似乎传来了脚步声。我回过头，意外地看到了蒋轩宇。

蒋轩宇是开着皮卡车进来的，看样子韩斌说的送货工人，应该就是蒋轩宇。

蒋轩宇持着手机一路朝我们靠近，停下的一刻，他将手机递给了母亲："刚刚的过程我都给录下来了啊，是你家蒋菲菲先动的手，你自己看。"

蒋轩宇蹲在地上把那些碎片归拢在一起，胡乱地揣进工服兜里。他站起身的时候，母亲刚好看完手机里的视频。蒋菲菲不说话了，憎恶地看着蒋轩宇："谁让你来我家的？"

母亲转头就冲蒋菲菲呵斥了过去："你为什么要撕碎婉莹的证书？你怎么可以骗我？"

蒋菲菲含恨低着头，蒋轩宇上手就夺走了她手里的身份证，他拿回手机，转头拍拍我："走了，韩斌让我来接你。"他不屑地回头瞧了蒋菲菲一眼，继续冲我说道："你来这种地方，不带个保镖怎么行？要不被人谋杀了都找不到尸体。"

蒋菲菲眼里的怒火一簇又一簇，蒋轩宇催促着我离开，母亲则对蒋菲菲发了脾气。我看了母亲一眼，心里的失落让我再也说不出一句话。

我跟着蒋轩宇上了车，家门口的母亲久久站在原地看着我，我关上了车窗，车子发动。

蒋轩宇一边开着车，一边从兜里掏出那些碎片："这些东西还能用吗？回去用胶水粘一下？"

我捧着那些碎片："没用了，只能再补了，但不知道手续会不会繁杂，好在身份证还在。刚刚，谢谢你了。"

蒋轩宇仰着头："不谢，你也算是我姐了，况且我们有蒋菲菲这么一个共同的敌人。以后遇到这个无赖，你就得随身带个摄影机，好好拍拍她两面三刀的丑行。"

我无力地笑笑，忽然间来了电话，是母亲的电话，我犹豫着接不接，最后还是选择了挂断。

可隔了没一会儿，母亲发来了消息："你爸出事了，你赶紧去医院！"

第十九章

蒋轩宇开着拉货车送我去了医院，我急忙下车，他叼着根烟跟在我后头。我回头道："你在车里等我吧，或者你直接回厂子，我今晚未必回得去了。"

蒋轩宇掐灭了烟头："我跟你一起，我想看看那老头子什么状况，他要是严重的话，我心里还有点底，这样他就没工夫跟我妈较劲了。"

我没说话，转头进了大堂，寻到病房。母亲和蒋菲菲都在，母亲的头发还没干透，凌乱地散在肩后。

父亲是脑出血，是被张林文张经理送来的。母亲询问了几次父亲发病的原因，一向沉着有条理的张经理竟也乱了分寸，一会儿说是开会的时候被气到的，一会儿又说是中午见客户的时候喝多了酒。我知道张经理话里有话，这支支吾吾的状态，显然是不想对母亲露实底。

我把母亲安顿到一边，询问了医生父亲的状况，是高血压引发的脑出血，刚到医院的时候人还有反应，可躺下床就昏迷不醒了。医生说状况很严重，需要做手术，而具体的清醒时间，没人说得准，或许是一周，或许是两周，也或许永远醒不来。

母亲没经历过这种场面，一听医生说的最坏的状况，两条腿都吓软了。蒋菲菲更是焦躁，医生的话她听不懂，她只知道父亲有可能会归西，母亲她也安慰不好，只得立在走廊一侧干着急。

我心里很清楚，这个家要是没了父亲，基本就算是垮了，公司那边也要跟着出问题。

我忙前忙后把手术的事跟医生做了交流，张经理全程跟在我身后，我知道他是有话要和我说，但不论多急的事，也要排到手术之后。

蒋轩宇倒是帮了我不少忙，跑腿的事他都替我做了。我猜他心里应该是开心的，毕竟父亲的状况不乐观，父亲折腾不动了，王玉兰也就安全了。

手术安排在明天，父亲进了ICU（重症监护室），医院的床位不够，我们这些人只能在走廊等候，或是打地铺。

心力交瘁的母亲已经瘫软在了墙边，毕竟是依靠了一辈子的男人，若是突然出现什么变故，她定会慌乱。

所有的烦琐事都处理好，张经理把我叫去了安全走廊。空旷的楼梯拐角，说话都带着回音。

张经理警惕地看了看安全门外，眉头之间拧出了三条沟，我开口说道："张经理您就说实话吧，我爸到底是怎么出事的？"

张经理接连叹气："你家里就你一个明白人，现在我只能跟你说实话。"

"您说吧，其实就算您不说，我也会找您问的，我已经大概猜到了……"

张经理继续踌躇，好似他开口说了接下来的话，会让他后悔一辈子。

我先替他起了头："是父亲外面的女人惹事了吧？父亲两年前也因为那个女人住院过一次，您应该还记得，那次也是您陪着来的。虽然你们谁都没说实话，可我在医院大门口看见那个女人的背影了。"

张经理愣愣地看着我，看来是被我说中了。

父亲对母亲是不忠的，六七年前，父亲就在外面有了外遇，这些事都是我在酒店实习的时候偷偷听闻的。据说那女人是开茶餐厅的，不过用的是父亲的钱，以前具体是做什么的没人清楚。

张经理再次不安地回头看了看走廊里的母亲，转头道："这件事你千万别让你母亲知道，徐总今天中午是在那女人的餐厅吃的饭，饭吃到一半的时候，两个人在包间里吵起来了，摔碎了挺多东西。我在门口听到了几句话，好像是那个女人怀孕了，要把孩子拿掉，徐总不同意……"

我听着这一出狗血剧，可笑又可悲，平时严肃稳重的父亲，竟有这种不轨行为。

老来子——父亲当然会死死地守住，万一是个儿子呢？父亲这辈子唯一没实现的愿望，就是生个儿子。

可我还是有些不太相信："张经理，你确定你在门外听到的话属实？父亲以前身体不好，他没办法再要孩子的。"

"这事我还真不清楚，但我听到的就是那个女人怀孕了。"

我沉默着不说话。张经理继续叮嘱我："这件事我只能跟你说，你家现在能掌事儿的只有你一个。不管那个女人真怀孕假怀孕，肯定是需要有人去处理的，这个人不能是你母亲，也不可能是菲菲那孩子，只能是你。而且……公司这边，你必须要回来了。"

我连忙推辞："张经理，我可以为了母亲回来处理家事，但公司的事我就不插手了，我毕竟是养女，你可以找蒋菲菲，她是父亲的女儿。"

张经理发愁道："你明知道她什么都不懂，你父亲培养你二十多年，不就是为了让你回来接手吗？现在出了事，第三家酒店马上投入运营了，赶在这个节骨眼上出娄子，你若不出来主持场面，难道让其他高层来处理？这其中能保证不出问题吗？"

无法保证，而且一定会出问题。蒋菲菲无法独当一面，而换成外人来管，事情可能会更糟。但我真的不想再管了，也不想再和徐家有一分钱的瓜葛。

张经理继续规劝："你真的不打算争取吗？在徐总醒来前，你帮他处理好公司的事务，或许你们父女之间的关系也会缓和。"

我依旧不说话，张经理使出了撒手锏："那你不为你母亲考虑吗？"

这个时候提到母亲，我不明白张经理是什么意思。张经理也无意再继续隐瞒，他直言道："你父亲现在凶多吉少了，刚刚医生的意思你应该能听明白,徐总的身体一直有问题,就算这次挺过去了,以后未必次次安全。我给你父亲打下手少说十年,了解的你家的事不比你少。都说外人看事公道,所以我心里一直有些话想讲。"

我预感事情的不妙,但张经理的为人我还算信得过,他忠心了父亲十多年,是个得力助手,也是个现实里拎得清的人。

"您说吧。"

"你父亲一年前其实立过一份遗嘱,但在发现你不是亲生女儿的时候,他把遗嘱修改了。你家的资产有多少你心里清楚,但他改过的资产分配上,你只有一辆车子和一点基金。"

我虽心寒,但还是装作洒脱地笑笑:"我已经很知足了,毕竟那是徐家的,我本来也不该有。"

张经理继续道:"你母亲也只得到了一套一百多平的房子。现在住的别墅和其余的房产,以及三家酒店和其他的资产,都归属蒋菲菲。"

我感到不可思议,没想到父亲除了对我苛刻,对母亲竟也这般。

"张经理你要对你说过的话负责,遗嘱这种事……"

张经理认真地看着我:"我没必要骗你,否则我不会让你留下。你妈这些年的苦你都看在眼里,她是不缺吃不缺穿,但她当年原本有机会出国做设计师的时候,你父亲阻拦了她,她得到的不应该只是那一套房。"

我看着张经理隐着怒火的模样,一瞬间我产生了一种错觉,一种他在设身处地为我母亲着想的错觉。我不敢继续往下想,怕想下去会更令人失望。

张经理把话说得简单干脆:"你留下争取,起码要争得你母亲的那一份。你和蒋菲菲不同,你是真心孝顺的孩子,不会放着母亲不管,但蒋菲菲未必,虽然她未来一定是徐家的接班人。"

我必须承认,我的母亲被父亲辜负了,她的隐忍换来的结果并不尽人意。母亲年轻时被父亲耽误前程,人到中年又遭遇背叛,母亲丧失了在这个社会独立生存的能力,走到最后,父亲也没有给她留下足够生活的钱。

我知道为什么,父亲提防母亲一辈子,是怕她跑,怕她爱别人,以至于临死都要抓住她，不让她拿着他生前拼搏来的资产，潇洒快活地度过余生。

我忽然觉得自己的父亲恶心至极，甚至有了希望他永远醒不来的念头。

眼下，张经理还在等待我的回答。我犹豫了好久，直到走廊里的母亲朝着我们这边走来。母亲浑身虚软地推着安全门的把手。张经理回过身，忙拉开了门，自然地搀扶住她的手臂。

仅仅是一个动作，似乎就让我看明白了什么，如若那是真的，我希望那只是张经理的一厢情愿。

我故作淡然地开了口："张经理你放心吧，明天我就回公司，需要我处理什么，你交接给我就好，等父亲苏醒我再离开。"

母亲茫然的双眼忽然有了亮光："你肯回家了是吗？"

我点点头："父亲生病，公司的事总要有人处理才行。"我绕到了母亲身旁，从张经理的手中接过母亲的手臂："妈你这几天就在医院陪护吧，床位我给你想办法，其他的事你都不用管了。"

母亲放心了，整个人也恢复了一些精气神。

张经理在一旁看着我，松了口气。

只是此刻站在母亲身后的蒋菲菲，依旧防备地盯着我。我想我和她之间的战争还是得不可避免继续进行，但我不为别的，只为我这个憋屈弱小的母亲，为了这个从小呵护我陪伴我成长的母亲。

父亲亏待母亲的，我会在父亲昏迷的这段时间，为她争取回来，不论用何种手段。

所有事都暂时处理妥当，我打算回家拿一些备用衣物。我上了蒋轩宇的车，蒋菲菲却不知何时跟到了我身后，招呼都没打，打开车门就坐上了车后座。

蒋轩宇猛地回头骂了过去："你有病吧？滚下去！别脏了我的车！"

蒋菲菲压根不理会蒋轩宇，她冲着副驾驶座上的我，冷冷地开口："你要帮爸接管公司是吗？徐婉莹你凭什么？你怎么还有脸回来！"

我点了点身旁的蒋轩宇："开车吧，你挡了后面的路。"蒋轩宇恼火地说:"可她不下车……"

我继续目视前方:"要是撞了车,也是三个人一起死,你以为她能跑得掉?"

蒋轩宇心一狠,一脚油门就飞了出去:"死就死,妈的,谁怕她!"

蒋菲菲继续冲我说道:"徐婉莹你回答我,你凭什么回来?你已经被爸赶出家门了,爸的家业跟你一毛钱的关系也没有!你有什么资格回来?"

我面不改色心不跳。"因为公司没人信得过你,你以为当初在所有员工面前扇了大堂经理一巴掌,你就得人心了?别过家家了,公司的高层你认识几个,知道人家负责什么业务吗?酒店的运作管理,你又懂多少?先不说我这次回来是不是跟你抢家业,现在父亲倒下了,家里唯一能出来撑大梁的人,也只能是我而不是你!"我冷笑,"你当初不是说,我能念书出国都是沾了你的光吗?那我也告诉你,我得到的学历和资质,也是我凭本事拿的,现在我和你同时站在公司高层面前,所有人也都只会把担子交给我,而不是没脑子的你!"

后座的蒋菲菲被我激怒,起身就要对我动手,蒋轩宇眼疾手快,一个急转弯就把蒋菲菲甩到了另一边的座位上。蒋菲菲捂着头大喊:"蒋轩宇你疯了?我和徐婉莹的恩怨关你什么事?手机视频的事我还没找你算账呢!"

蒋轩宇吊儿郎当地笑着说:"不好意思您嘞,徐婉莹是我亲姐姐,我亲姐姐要受伤,我可不能坐视不管啊!"

蒋轩宇贱兮兮地说完这话,接着又来了一个急转弯,后座的蒋菲菲被来回甩了两次,最后回到了刚刚坐的那个位置。蒋轩宇回头瞥了一眼:"这不又给您调整回来了吗?不谢啊!"

我憋不住笑出了声,蒋菲菲的脑门则被撞起了一个大包。她终于安静了,但不知那积攒着怒火的身体里,又在憋什么坏招。

等车子到了家门口,我和蒋菲菲一起下了车,蒋轩宇担心我又被蒋菲菲欺负,尾随在我身后。我回头冲他说道:"你就在院子里等吧,有你在,她蒋菲菲也不敢对我怎么样。"

蒋轩宇冲着蒋菲菲作势抡了一下拳头,吓唬她说:"你给我老实点!"

蒋菲菲扭头走去了家门口,我跟随其后,叮嘱道:"我准备母亲的衣物,你准备父亲的衣物,洗漱用品让吴阿姨都拿一次性的就好。"

蒋菲菲不理会,直接进了家门,只是刚到家门口,她又忽然停下身,威胁地冲我道:"徐婉莹,你真要跟我争吗?我问你最后一次。"

眼下,看着这个情绪平静,但字字句句都带着恐吓与阴冷的她,我竟觉得连她的呼吸,都带着杀人嗜血的味道。

我知道她这是要跟我决一死战了,那眼神里的决绝,完全不同于往常。或许对她蒋菲菲来讲,之前对付我的那些招数,都只是小把戏。

我倒也不慌,前来的一路上,我就想好了一切。

我冲着她微微笑了笑:"你不会还以为,你现在的敌人,仅仅是我徐婉莹吧?"

蒋菲菲皱眉:"你什么意思?"

我慢悠悠地脱下了鞋,转头看向她:"父亲在外面还有一个孩子,而且很有可能是个儿子。"我指了指大厅里侧摆放佛像的柜子:"看到那几尊佛像了吗?里面有座送子观音像不知道你瞧见了没,那是当年在生完第一胎后求来的。爸妈真是为此努力了好多年,就为了得到一个儿子来传、承、家、业!"

我把后四个字说得很重,我想她应该明白话里的意思。我默默地看着她,她的脸色渐渐有了变化,那种隐现的恨意,一点一点地侵蚀了她的双眸。

第二十章

　　整理好衣物和洗漱用品，我拖着行李箱走出了家门，蒋菲菲两步跟上："你知道那个女人是谁吗？张口就说有一个私生子，谁知道你说的是真的还是假的？"

　　我笑笑："你那么想知道，就自己去问，或者循着蛛丝马迹去调查。真真假假的，我是一点都不在乎。"我拖着行李箱继续往外走，蒋菲菲在身后喊道："你为什么不直接告诉我那个女人是谁？私生子的存在对你一样是威胁！"

　　我回过头："徐家的钱我一分都不会争，就算有十个私生子，也跟我无关。"蒋菲菲觉得不可思议："别说笑了，那你为什么答应张经理要回来处理酒店的事？"

　　"因为所有人都知道，你是个挑不起大梁的人。"我继续道，"蒋菲菲，我是来给你们徐家收拾烂摊子的，你应该感谢我才对，正因为你没能力，所以才需要我！"

　　蒋菲菲的脸红了又黑，蒋轩宇帮我提走了行李箱，顺带着埋汰了蒋菲菲一句："你除了会忽悠男人，你还会什么？"他想了想又道："哦对，会装无辜，耍无赖！"

　　蒋菲菲气得跺脚，但没再跟上来，我估计她应该陷进了"私生子"的圈套里，毕竟那才是她最具竞争力的对手。

回了医院，我在旁边的酒店给母亲订了房间，好轮流去医院守护父亲。母亲双眼布满了红血丝，魂不守舍地吃了几口我带来的糕点，问道："你爸不会真就这么走了吧？"

我除了心疼，还替母亲感到不值，若是她看到了那份遗嘱，应该会很伤心吧。

"妈，明天爸手术，你和蒋菲菲在医院守着，我有其他的事要办。"

母亲哭丧着脸："你爸都这样了，还有什么事比人命更急？"

我望着母亲的眼，心想当然有比父亲更重要的事，那就是我的母亲。我已经约好了明天上午和律师见面，过往的种种寒心事让我彻底认清了人性的自私。我做好了父亲永远醒不过来的最坏打算，也做好了被所有人指着鼻子斥骂冷血的准备。

这一夜，母亲和蒋菲菲住在酒店，我在医院走廊守了一夜。以前从不知生命竟这般脆弱，深夜的医院病房门如同鬼门关，活人在门外守，灵魂在病床上挣扎。

走廊一侧摆了一张接一张的行军床，甚至有人只在地上铺了一张薄垫子，瞪眼等天明。

早上七点多，坐靠在墙角的我，被人推醒。我以为是父亲出了问题，急忙睁开眼，瞧见的却是韩斌。

韩斌蹲在我身旁，手里拎着两个蒙了一层雾气的塑料袋，里面应该是热乎乎的早餐。"蒋轩宇把你的事都跟我说了，昨晚没敢打扰你，怕你分神。"韩斌的语气里满是可惜，"昨天还满心欢喜以为你能陪着我打天下呢，今天就要把你送回父母的身边了。"

我笑着："我回去对你也是好事啊，回去以后，你想要的资源我都能拿到，你应该高兴才是。"

韩斌脸色严肃了起来。"我不是为了资源才靠近你的。"他又反应了一会儿，羞愧着："虽然一开始是有意巴结你来着。"

我缓慢地站起身，拍了拍裤腿上的灰尘，走廊那头走来了母亲的身影，母亲迈着碎步一路小跑，看样子也是没睡好，眼圈都黑了。

"妈，你怎么自己来了？蒋菲菲呢？"

母亲也是一脸疑惑："我以为她早就来了呢，醒来就不见人影了。她去哪儿了？"

蒋菲菲会去哪里，我还真不知道，不过以此来看，她对爸的身体是真的不怎么上心。

母亲来交班了，我即刻就准备走："妈，手术的时候给我发个消息，我下午就回来。"

"都这个时候了你还要去哪儿？"

我没回应，拉着韩斌就赶忙往外走。

韩斌开车，送我去了律师事务所。我早早约好了律师咨询相关事务，我想知道有关父亲遗嘱的事，虽然父亲的律师对我闭口不谈，但我可以咨询其他律师。我无法相信，这样一份专横霸道的遗嘱是有法律效力的。只是这样下来，我彻底被遗嘱的事搞乱了思绪。

律师听闻了我的状况，给出了遗嘱无效的结论。可明明昨天张经理说得信誓旦旦，说我母亲只能得到一套房，难道张经理在说谎？

我和韩斌回到车上，他也同我一起分析，父亲立下的这份遗嘱根本就是无效的，只要是婚后购置的房产，都属于夫妻共有财产，包括父亲公司的分红都有母亲的一份，父亲擅自处置了母亲的那一份，法律根本不会认。

韩斌见我愁绪重重，先发动了车子："我觉得你还是再去找张经理问明白一些比较好，我感觉这里面或许出了什么问题，或是别有用心的人在说谎……"

韩斌的提醒让我忽然回想起了张经理昨日在安全走廊同我说的那些话，他力劝我回公司，又向我透露了父亲在外有私生子一事，接着他又对母亲做出过于殷勤亲热的举动。这一切都太过突然了。

我转头冲韩斌说："掉头吧，我要找张经理当面谈谈。"

一路上我设想了各种阴谋论，我也想过，或许母亲早就知道了遗嘱的存在。咨询的律师也说了，若是女方自动放弃所有资产，那遗嘱当然有效。

可母亲是不会放弃的，她依附了父亲一辈子，还不是因为离不开父亲的供给。

见张经理时，我让韩斌在门外等我。张经理为我倒了花茶，脸上没有丝毫的意外，好像早就猜到我会来。

他把茶水滤了两遍，我等不及地先开了口："那份遗嘱是无效的，父亲不可能让律师做出那样的遗嘱，您昨天是和我说了谎，对吗？"

张经理把茶杯推到了我面前："是有效的。"他转头从抽屉里拿出了一张折叠的信纸："这是那个女人的信息，电话、姓名还有家庭住址，我都帮你问清楚了。如果徐总醒不过来，这个女人和这个孩子，你必须处理好。"

我继续紧盯着张经理："我在问你遗嘱的事。你真的见过那份遗嘱？是父亲给你看的，还是什么？"

张经理依然没有直面我的问题："你真的下定决心要回来接管家业了吗？如果是，我尽快安排高层会议，所有事都在等着你父亲做决定，现在他醒不过来，只有你能接任。"

我忍无可忍道："我在问你遗嘱的事！"

张经理依旧波澜不惊地说："我说过了，遗嘱是真的，你要是真为你母亲抱不平，你应该回去问她。"他再次点了点桌面上的那张折叠的信纸："那个女人的全部信息都在这，你决定回公司，我明天就把会议时间定下来。"

此刻，我知道我没有再问下去的必要了，我相信张经理没有欺骗我。或许是我多年来跟随父亲，借用父亲的眼睛看清了公司里上上下下的所有人；也或许，是靠着直觉。

我平复情绪站起了身，拿过那张鹅黄色信纸，转身走向了门口。

临开门那一刻，张经理最后一次提醒我："不回答就当你默认了，明天下午两点公司高层会议，你和蒋菲菲一起出席，到时候我会提前告诉你需要做的事。"

我定在门口，心里的疑惑倏然间蔓延滋长，我回过头："张经理，你到底是为我父亲卖命，还是为我母亲卖命？"

这大概是我见过的最沉着的一张脸，没有过度的喜怒哀乐。而昨天那个把我拉到安全走廊的张经理，似乎只是昙花一现，昨天的他是慌张无措的，急得生怕我的母亲得不到一分一文。

得不到回答，我走出了办公室，只是走出去的每一步都很沉重。

韩斌依旧是那副不知人间疾苦的模样，抱着两杯奶茶跟随在我身后，直至上了车，他才开口道："谈话进展得不顺利，是吗？"他将吸管插在奶茶盖子上，塞到我手中。

我茫然地看着前方的路说："他说让我回去问我母亲，他很肯定，那份遗嘱是真的，他没骗我。"

我侧头靠在窗边，脑子已经乱成了一团麻。

韩斌看了看我，说了句让我彻底绝望的话："有一种情况，可以让这一切都合理化。"

"什么情况？"

"他们早就离婚了。"

第二十一章

说来也是可笑，当我研究着各种法律条文的时候，当我想尽一切办法通过法律武器帮助母亲捍卫权利的时候，我怎么都不会想到，或许他们早就离婚了。

韩斌的猜测如当头一棒，砸得我半昏半醒。

韩斌将我送到医院门口，我转身道别："等我回到公司，我会把能拿到的资源都给你，谢谢你这几天的帮忙。"

韩斌的眼神和情绪都跟着低落："以后是不是就不能经常见面了？"

"当然可以啊，你有事随时可以约我嘛。"

"那如果没事还想约你呢？"

这应该是我第二次瞧见韩斌正经说话的样子，第一次是他为了我冲裴江远发火。

心里好似有根羽毛在挠痒痒，暗藏在心窝里的波动，跟着触发了全身。我伸手捶了下他的胸口："得了你！我下车了。"

韩斌依旧板着那张脸，语气有些焦灼："那你明晚有空吗？明晚陪我吃饭好不好？明晚没空后天也行。"

我下了车，冲他摆手："明天再说，快回厂子吧！"

大步走向医院门口，不自觉回头时，发现他的车子仍没开走。我心扑通扑通地跳，那感觉怪异得让我跟着有了莫名的想法。

刚上电梯，母亲的电话就打了进来，奈何信号中断，直至下了电梯跑到病房门口，发现母亲急得鼻涕一把泪一把。

母亲已经说不出话，父亲的手术刚结束没多久，状况依旧不乐观。眼下父亲的身体不再肿胀，但苏醒这事儿，没人说得准，要看他的造化。

守了三四个小时，父亲已经脱离了危险，我为父亲请了专业陪护，拉着母亲去了楼下餐厅。

不过一天一夜的时间，母亲已经憔悴不堪。我给她舀汤夹菜，她木木地看着饭碗，一动不动，一言不发。

"已经倒下一个了，你要是再倒下，我真不知道应该怎么办了。"

母亲缓缓地抬起头："你爸要是死了，我也活不下去了。"

我低头切着盘子里的牛排："该吃吃该喝喝，你有我呢，怕什么。"

母亲摇头，目光离散："你连自己都养不明白，还养我呢？我真后悔当初为什么要放弃事业做了家庭主妇，现在活得像个寄生虫。"

我停止了手中的动作："你是爸的妻子，就算他没了，你会为吃喝发愁吗？"

我故意问出这些话，也故意等着母亲的反应。她躲避着我的眼神，同我料想的一样。

好说好劝之下，母亲总算是吃了饭。等她吃饱喝足，我将餐具放到一边，推给她一杯柠檬水："妈，我们谈谈吧。"

母亲轻拭着嘴角，举手投足都是父亲喜欢的优雅模样："嗯，谈什么？"

"你爱爸什么？"

母亲被我问得没了头绪，笑容都带着几分无奈："他是你爸，你说我爱他什么？"

"那他爱你吗？"

母亲毫不犹豫："爱，虽然他的爱自私了点。"

"怎么自私？"

母亲想了想:"占有欲太强,总想控制我,不过这也是因为太爱我了吧。"

"那他当年找小三的时候,爱你吗?"

我没留情面地说出了让母亲难堪的话,母亲脸上的平静荡然无存。

我继续说着:"别给自己找借口了,也别给爸找借口,我能理解你跟着爸二十余年,事事依靠他,觉得他是你这辈子都无法离开并且深爱的人。可爸或许并没这么觉得,他不过是用衣食住行控制你,给你洗脑让你丧失独立生存的能力,让你活在温室里渐渐失去对爱情的判断。你们是相爱,但这爱太畸形了。"

母亲被我说没了耐心:"你跟我说这些做什么?你一个孩子懂什么?当年他找小三是不对,可我跟了他这么多年,他不过是犯了个男人都会犯的错误,他知错能改不就行了吗?你如果万事计较,总有一天会被自己的计较给活活气死!"

我没法想象,这个从小被我认定温柔且开明的母亲,竟这般迂腐,她怎么可以认为那是男人都会犯的错?

我难过且诧异,一时说不出话。母亲自觉失了分寸,连忙软了语气:"一把年纪也别提什么情爱了,一家人健康和睦就行了。"

我再也忍受不了她自我糟践的模样:"爸没有知错就改,他就是知道你会原谅他,所以他从来没有在乎过你的感受。他犯的不是男人都会犯的错,真正的男人,会为了妻子忍住诱惑。他可以对外面的女人动心,但他完全可以管住自己,不去犯错,不去伤害你!"

母亲被我说没了话,看到她柔弱的样子,我再也没办法对她掖藏:"妈,父亲外面的那个女人怀孕了,他就是因为孩子的去留,才跟那个女人发生了争吵,结果住了院。如果你还执意认为他是个好男人好丈夫,我真不知道应该怎么劝你了。"

母亲迎上我目光的一刻,我有些后悔刚刚说出的那些话,可如果不说,我怕我会更后悔。

她的脆弱一触即发，甚至都不需要声音助阵，就已经泪流满面。

"妈，我想从你这里听到实话，你和爸现在还是合法夫妻吗？"

情绪崩塌的母亲被我问傻了眼。她望着我，仿佛在望着一处无止境的黑洞。她的羞耻，她的隐忍，她的不堪，统统又回到了她的面前，她憎恶，她悔恨，却只能招认。

从母亲那里得到了确切答案，我感觉整个天都塌了下来。

父母早就离婚了，很久很久之前就离婚了。

那时候父亲第一次出轨，母亲悲痛欲绝提出离婚，父亲不同意，母亲就净身出户离开了这个家。那时候的我只有四岁，母亲放弃了一切，只为得到我的抚养权。

最冷的寒冬，她抱着我走去车站，她想回老家，回到她的父母身边，却不料回家后的第二个月，她的父母双双因病去世。

那时的母亲没有钱，父亲为了让母亲回心转意，卖了房子给老两口看病，虽然人没留住，但母亲没落下遗憾。

后来母亲被父亲的诚心打动，再考虑到我的成长，她又抱着我回到了父亲身边。可自那以后，父亲对重新领证的事一拖再拖，甚至以事业和资产为由哄骗母亲。

母亲后来也明白了，不是没办法领证，而是父亲根本就不想领。母亲本就是个不愿亏欠别人的人，她念着父亲当初卖了房子给她爸妈看病的恩情，这一念，就妥协了一生。

听完故事的我，终于明白了母亲之前为什么那么努力地让我讨好父亲，如果不努力，我可能真的一分钱都得不到。

相顾无言之时，我开始悔恨刚刚冲母亲吼过的每一句话。母亲低着头坐在我对面，我看着她的泪水一滴滴滑落，下定了决心："妈，以后我不会让任何人伤害你，该属于你的，一分都不会少。"

晚上把母亲安顿在酒店睡下，我开着母亲的车，独自一人去了一个地方。那是一家港式茶餐厅，位置在商业路的路口，一个明晃晃的黄金地段。

刚好是晚上客流最大的时间段，闪着霓虹的大大招牌即刻让人有了进去消费一番的欲望，这哪里像是茶餐厅，更像是老上海的舞厅。

我想，父亲应该为这店面花了不少钱，他在笼子里吝啬地圈养着母亲，外面却挥霍无度地滋润着小三。

店名叫云雅，和那小三的名字一样，尚云雅。只是挺令我惊讶，四十五岁的尚云雅，竟还能怀上父亲的孩子，且不说她身体怎么样，父亲此前可是确诊的不育之身。这孩子的来历，还真是令人难以捉摸。

我在门口停好车，刚解开安全带，就见店里走出了个身穿深蓝旗袍的中年女人。应该是中年女人，眼神飘忽却故作沉稳，举手投足间散发着风尘气息。

我下意识地在心里猜测，或许她就是尚云雅，父亲的小三。

只见她朝着我的车子走来，纤瘦的腰身扭动着那丰满的臀。她侧着身靠在了驾驶座的车门上，戴着翡翠戒指的纤纤手指，轻轻叩了叩车窗。

我心里稍有慌乱，但还是稳住了心态。我不明白她为何突然进攻，但想着父亲平日里也会开着这辆车出门，可能她此刻误以为坐在车子里的是我的父亲。

我把车窗开了一个小小的缝隙，她娇嗔地开了口："我还以为你被我气死了呢！打电话也不接，给你那个张经理发消息他也不回，我就猜到你是在跟我赌气。你身体没事了吧？那天在我这里晕倒的时候，可真是吓坏我了！"

我被她的说话腔调彻底恶心到了，年近半百的人了，还故意捏着嗓子说话。

我心一横，直接打开了车窗，送上我的问候："尚阿姨，你好。"

尚云雅明显被我吓了一跳，她猛地站直身体后退，眼珠子都要瞪到地上去了。

我故作淡然地拎包下车，哐当一声关上车门，一套流利的动作毫无瑕疵。毕竟是第一次见面，总要拿出点气场才是，否则，怎么对得起我来这一趟。

尚云雅上下打量我一番，笑得坦然："徐婉莹对吧？我知道你。"

我指了指店门口的方向："不请我进去坐坐吗？"

尚云雅犹豫了一会儿，到底是老辣的女人，刚刚还游离在眼神里的惊讶和心慌已不见，就只剩下冷漠。

"进吧，必然是好吃好喝招待了。"

尚云雅邀请我坐了山水茶台的小隔间，是个说话的好地方。她一边为我斟茶，一边轻瞥着我。"半个小时前，一个叫蒋菲菲的姑娘就坐在你这个位置，和你一样，来势汹汹。"她把茶杯推到我手边，"龙井，喝得惯吧？"

原来，消失了一天的蒋菲菲，是调查小三来了。我笑笑，冲她说道："蒋菲菲喝的什么，也是龙井？"

尚云雅双眼眯成了一条线，笑得神秘，那白皙嫩滑的右手食指微微晃动："当然不是。菲菲是个小丫头，你是大丫头。她喝花茶就够了，你不一样，你要喝龙井。"

我想了一会儿，不清楚她这话里是不是还有别的意思。只见她品了一口杯中茶，开口道："你说话的语气，还真有点像你爸爸，那个菲菲可是有点假。"

我默默地看着她，她则毫不畏惧地迎上我的眼，依旧慢条斯理："你瞧，这看人的目光都是一模一样，恨不得把我给看个精光呢！"

她幽幽地笑着，只是这几秒钟，我忽然觉得，她像是个从油画里走出来的尤物，又像那《聊斋》里的女鬼，让人忍不住靠近却又害怕。

我放下茶杯，并不打算跟她周旋："我爸住院了，生死未卜，醒不醒得来，全看天意。"

尚云雅挑挑眉，还是有几分在意的："可惜我不能去医院看他，要是能摸摸他、亲亲他、抱抱他，说不定他就醒过来了。"

面对尚云雅的不正经，我竭力在心里劝自己：她就是这样无耻不知分寸的人，她若不这么犯贱，又怎么勾得男人心？

我或是盯着她看，或是低头喝茶，在没有摸清楚这个人之前，我不会乱说一句话，否则说出去的话，都会变成刺回来的针。

尚云雅大概是耐不住我的沉默，再次开了口。"你应该和蒋菲菲一样，都想让我拿掉孩子吧？"她重新端起茶杯，对着杯口轻轻吸闻着茶香，"我这个人呀，虽然看上去挺温柔的，可我也有个毛病，就是最受不得威胁，如果有人威胁我呀，我就非要跟他对着干。"她的视线慢慢挪向了我，专注的神情似乎要吞掉我，"你看你父亲，不就被我气到住院了吗？"

我听明白了她话里的意思，应该就是刚刚蒋菲菲来这里，威胁她打掉孩子了。

我默默在心里叹了口气，平日里看上去精明的蒋菲菲，也不是什么沉稳的主儿。

我在心里改变了策略，小口地抿了口茶，看着她说："我今天来找你，就是想跟你会会面，孩子的去留是你的事，我不参与。我只是想告诉你，我父亲其实立过遗嘱，死后要将所有资产都留给蒋菲菲，我估计蒋菲菲应该是不知道这份遗嘱的存在，否则她不会这么急着来找你。"

尚云雅的脸上出现了我想看到的纠结。我继续说着："你应该也不希望，让蒋菲菲那个丫头独吞这一切吧？毕竟一把年纪了，你要是真不打算留住肚子里的孩子，偷偷做掉就好，何必挂在嘴边威胁父亲打掉呢？"我探着身子朝她靠近了一点，一字一句："你想要的，应该不仅仅是这一家店吧？"

尚云雅的眉头微拧，即刻，她又端起笑容。她正着身子，为我的茶杯斟满了茶水："你果然是你父亲带大的孩子。"

我笑笑，没再继续往下说，而楼下忽然有人叫老板娘，看样子是来了什么贵客。

尚云雅忽然站起身，态度跟刚刚相比有了转变："今天我们先这样？改天我约你，我觉得我们可以好好谈谈。"

我跟着起身："那就等你消息了。"

从茶餐厅离开,尚云雅一直送我上车。我心里的担忧落了地,料定了她是个唯利是图的女人。现在我已经不在乎她肚子里的孩子到底是不是父亲的了,我要的,是这一把刀,帮我除掉蒋菲菲的刀。

只是,我这边刚坐上车,还没发动,手机就接到电话,是蒋菲菲的号码。

我接起,那头的她直入主题:"见个面?想跟你谈谈有关那个小三的事。"

我感到一丝微妙:"小三的事……和我有关吗?"

蒋菲菲直言不讳:"是与你无关,但如果我给了你足够的好处,是不是就与你有关了?"

"你什么意思?"

"要跟我合作吗?除掉尚云雅。"

第二十二章

隔天一早,睁眼时母亲并没有睡在我身边,她早早起床去了医院照看父亲,她还是盼着父亲能苏醒。父亲苏醒,她心里的担忧就会跟着消失,那些深埋在骨子里的不自信和依赖,不是一时半会儿能根除的。

我洗漱穿衣,手机里传来了张经理的会议提醒:"下午两点高层会议,穿得正式些。会议上具体需要你发言的内容,发到你邮箱里了。"

我对着镜子换上了从家里拿来的深蓝平绒女士西装,蓝色高跟鞋刚上脚,房门口响起了铃声。

开门,是同样一身职业装的蒋菲菲,只是那连膝盖都没遮住的短裙,略显轻浮了些。

"来得够准时。"我说道。

蒋菲菲进了屋,崭新的手包把她整个人都衬得很金贵,那手包少说五万人民币,看样子父亲没少给她零用钱。

蒋菲菲往床边一坐,懒洋洋地说:"我刚去医院看了一眼,妈有你照顾,我还挺放心。外面我住不惯,外卖也吃不惯,你陪妈在外面住吧,我就在家等你们好消息了。"

我没好意思泼她冷水,对着镜子戴好耳环,转头道:"你来我这儿不是还有别的事吗?直说吧。"

蒋菲菲把手包扔到一边,低头观赏起了自己刚做的指甲。"昨晚不是和你说过了吗？尚云雅怀孕的事儿可是你告诉我的，别跟我说你不明白什么意思。"她抬头看向我，眼神毒辣："你故意告诉我小三怀了身孕，不就是想让我把攻击你的那点精力，挪到尚云雅的身上吗？"

我一边抹着口红，一边道："尚云雅肚子里的孩子对你的确是威胁，但男孩女孩还不确定，现在父亲能否苏醒也不清楚，你要是现在对付她，不怕父亲醒来以后责怪你吗？"

蒋菲菲胸有成竹。"她肚子里的孩子已经三个多月了，再有一个多月，是男是女总该看出来了。我就是要趁着父亲醒来之前把所有后患都解除。"她死死地盯向我："你必须和我一个阵营，否则的话，那肚子里的孩子万一是个男孩还生了下来，你更是一分钱都得不到！别忘了，你是养女，我只要随便在父亲耳边吹吹风，你就什么都没有。"

我扣上口红盖子，转过身子看向她："可听你这么一说，我怎么觉得，无论我帮不帮你，我都没有好下场？"

片刻的沉寂，蒋菲菲拿出了手机，她从相册里翻出了一张照片，那是一张偷拍来的照片，她举着手机："看到这上面的字了吧？我想你应该还不知道，父亲和母亲早就离婚了。那天父亲带我去办理商铺的时候，我无意间瞧见了这证件上的信息。一开始我也不敢相信，但想了想，他们离不离婚的，对我也没什么影响。"

我心里跟着一颤，生怕她下一句说的，是她已经知道父亲立了遗嘱一事，但好在并不是。

她继续道："昨天我去见尚云雅了，你知道那个老贱人跟我说什么吗？她说她要跟父亲结婚！她故意冲我放狠话，说要将肚子里的孩子健康地生下来，让我什么都得不到！"

尚云雅能说出这些话，我一点都不觉得奇怪。她本就不是个圆滑的女人，别看她四十有余，她身上的棱角依旧鲜明，也难怪一把年纪了还有男人追捧。而经过昨晚的那一次博弈，我深感她是个遇强则强遇弱则弱的女人，对于尚云雅，硬气逼迫根本行不通。

蒋菲菲的脸上满是不服气。"她有什么资格跟我说这些话？一个不要脸的老女人、烂小三，她竟然想跟我争？"蒋菲菲余怒未消地看向我："尚云雅这个人，对你对我都是威胁，她跟父亲手底下的那些助理高层都熟，若是她出面闹几次，没人敢阻拦她争夺家产，母亲那个软性子更不是她的对手。"

我笑笑："所以呢？"

"所以我们必须联手。你在公司里是有威望、被认可的，只要你、我，还有母亲，我们三个人一起逼着她把孩子拿掉，她还能闹到哪儿去？"

我端着水杯想了片刻："所以你现在这是……自觉能力不足，来找我和母亲搬救兵了？"

蒋菲菲一点不慌乱："我承认凭我一己之力弄不过尚云雅，但如果你站在我这边，我可以接受你回到徐家，跟你和平共处。"

我惊讶，一向睚眦必报的蒋菲菲，竟然会拉我做同盟，可见她已经领略了尚云雅的厉害，也知道我作为一个看似毫无关系的中间人，有多么大的潜在作用。

我还在沉思，蒋菲菲站起了身，走到了我面前，试探地询问："你和尚云雅没见过面吧？她没找过你吧？"

我故作疑问："她找我做什么？"

蒋菲菲稍稍松了口气："你说干什么？父亲现在昏迷不醒，尚云雅那个老贱人又盯着父亲的钱，而你现在是公司公认的接任管理者。她不找你这个养女拉帮结伙，难道找我送死吗？"

我笑笑，掩饰着心里的慌张："我说过的，我对徐家的钱没兴趣，我现在之所以回来，只是为了还爸妈的养育之恩。"

蒋菲菲伸手点了点我的肩膀："希望你真的这么干净哦。那我们刚刚谈的那些，我就当你默认了。下午开完会我去查一下尚云雅的店面到底是以谁的名义买的，如果是父亲的，我就要对她有所行动了。"她自信满满地晃了晃手里的车钥匙："我先下楼等你，一会儿酒店见。两点的高层会议，希望你别抢风头。记住，你只是养女。"

蒋菲菲离开，我无奈地摇头笑笑，真不知道她的自以为是是好事还是坏事。

离开酒店之前我给母亲订了午餐，让她空出时间记得回酒店用餐。下楼时，蒋菲菲正在自己的车子里补妆，刚刚还淡妆的她，这会儿已经是浓妆艳抹，真是很配她的这身短裙制服。

我上了自己的车，冲着她的车屁股鸣笛两声，车子一前一后地开上马路，我拿出手机，拨通了尚云雅的号码。

尚云雅接得极快，声音依旧娇得令人皮肉酥麻："哟，婉莹啊，不是说好了让你等我消息的吗，怎么这么快就给我来电话了？"

我硬着头皮听她说话，接着快刀斩乱麻："我只是打电话给你通个信儿，蒋菲菲下午要去查你的店面是以谁的名义买下的，我了解我父亲，没猜错的话，应该是以父亲的名义，而不是你个人的资产。"

尚云雅明显不悦："她想做什么？"

"蒋菲菲想做什么我不清楚，但她肯定是要对你有所行动了，不光是店面的事，我怀疑她应该还会查你其他资产，比如住房和车子。你自己想办法应对吧，我现在还不清楚她下一步的打算。"

尚云雅彻底没了好语气："好，谢谢你了。看来她还真是个不怕死的主儿，我只能见招拆招了。"

挂了电话，蒋菲菲的车子忽然停在了路边，我跟着她停靠。她下车走到我的车窗外："你等我，我去买双丝袜，今天这套肉色丝裤袜太素了点。"

我疑惑她今天怎么这么多事，一会儿浓妆一会儿短裙，一会儿又要换丝袜。今天是高层会议，又不是相亲大会。

不过，我倒是佩服她敌友切换自如的心态，前一秒还跟我势不两立，下一秒为了利益，马上就能同我和颜悦色。我想不透，她到底是经历了什么，才会变成如今这般世故和不择手段。

抵达酒店，张经理刚好站在酒店门口。我和蒋菲菲迎上前，向他问了好。

张经理看了看腕表上的时间。"会议室已经准备妥当了，你们先去休息一下。"他上下扫了蒋菲菲一眼，神色复杂："菲菲下次穿得正式一些。"

蒋菲菲甩甩头道："你懂什么！"蒋菲菲大步流星地走进了大堂，直奔卫生间而去，估计又去补妆了。我站在张经理身旁笑道："也不知道她打扮成这样给谁看，公司里的那些高层，又没有她看得上的人，不是结婚的，就是有孩子的。"

我顾自地摇头笑笑，正准备往里走，张经理就开了口："你是没看出席名单吧？今天沈总也来，菲菲穿成那样，估计是给沈总看的。"

我思索片刻："沈总？沈浩南？那个常年在美国的投资人？我之前只听父亲提起过他，但从没见过真人。"

张经理背着两只手，在马路上巡视："所以你们一定要好好表现。如果不是沈浩南在投资，这第三家店的前期投入，足够把你父亲一生的积蓄都给吃空。"

我深吸一口气："我还以为今天只是普通的高层会议，是我大意了。"

酒店门口停下了一辆商务车，张经理忙着上前迎接，他打发着我："我这边还要安顿两位贵客，你先去休息，到点开会就行。"

进了大堂，我本打算在大堂里休息一下就去会议室，不巧前台遇到了一些麻烦。一位西装革履的男人正和前台交涉，前台姑娘是新来的，见他是陌生面孔，态度有些不耐烦。

我走上前，仔细听了双方的交谈。是房间的热水器出了问题，男人的儿子还在浴室里，现在满身的沐浴露，清洗不干净没办法出来。

前台的意思是稍等一会儿，让维修工人空闲了去排查，可男人担心孩子会感冒，要求立刻解决。

我急忙绕进前台，在电脑上查了房间，今天的普通客房全满，唯剩最好的顶层套房。我自作主张，抬头冲这位男士说道："先生，我现在给您换房间。"

我低头迅速办理开房手续，身旁的新职员慌张到不行："不可以啊，马上就可以派工人去检查了，而且……你是谁啊？"

另一边从餐厅走来的大堂经理急忙凑上前，把新来的前台拉到了一边："这是徐总的女儿，你别管了。"

房卡开好，我绕出了前台。眼前的男人一米八五左右，个子很高，因为我一直忙着办理手续，并没有看清楚他的脸。

我走在前头邀请他上电梯，这时化完妆换好丝袜的蒋菲菲走了出来，她小跑跟到我身后，一脸好奇："你不去会议室在这里做什么？"

我刚好走上电梯，对着电梯门外的蒋菲菲道："我帮客人处理一点问题，你先去吧。"

蒋菲菲不耐烦地应了一声："你可真爱管闲事！"

电梯门缓缓关上，我和男客人的视线在关合的镜面电梯门上相触。对方的形象让我眼前一亮：壮硕却匀称的身形，单手插兜的站姿，冷然而轮廓分明的五官，长着一张冷淡的脸，却浑身散发着魅力，让我想起了T台上的男模。

为了打破尴尬，我端起服务人士的客套，先开了口："给您带来了不便真是太抱歉了！我这边会免费为您升级房间，希望不要影响您入住的心情。"

男客人只是点点头，连一句"嗯"都没有，也不知道他是在生气，还是同意了，反倒是他的目光一直停留在我身上，看得我很不自然。

到了508房间，打开房门，浴室的方向传来了小孩子的声音："爸爸，你回来了吗？我可以把身上的泡泡洗掉了吗？泡泡都干了……"

我指了指卫生间的方向，冲男客人说道："我去把孩子抱出来吧，您介意吗？"

男人摆了摆手，意思应是让我随意。我走进浴室，孩子坐在浴缸里，满浴缸的泡沫，水龙头已经不出水，这样下去很容易感冒。

我随手扯下一条浴巾盖在了孩子身上,也就四五岁的小男孩,很讨喜。

"小朋友,阿姨抱你去更大的浴缸好不好呀?"

小男孩一点不认生:"那浴缸里有小黄鸭吗?"

"有呀,还有更多的七彩泡泡呢!"

我哄着孩子出了房间,男客人跟在我身后,他忽然开了口:"那个……我来抱吧,孩子有些重。"

我艰难地回过头:"不用了先生,您拿一下孩子的换洗衣物吧,我先把孩子抱到楼上。"

一路上抱着小男孩进了套房,我差点累断了双臂。小家伙看着不大,实际上肉可是多多。我把孩子裹得严严实实,急忙放了热水,浴霸同时打开,可算是暖和了起来。

孩子坐在浴缸里开始玩水,我转身往外走,不料一头撞到了正走进浴室的男客人。我捂着脑门急忙道歉:"对不起,对不起……"

男客人别开了身子,声音低沉道:"下次注意些。"

我靠着墙壁而站,看着他在里面照顾孩子,我小声道:"那我先下去了,您有什么需要打给前台就好。"

男客人没再回应我,我直接出了房间。下楼时,才发现自己的头发粘上了很多沐浴露。

张经理开始打电话催促我快去会议室,我一路小跑抵达,里面已经坐满了人,我点头哈腰地走去了自己的位置。

会议室里安静无声,右手边的张经理看了看表,嘀咕着:"沈总一个小时前就说他到了,可我也没见着他人影啊,这一屋子人就等他了。"我坐在一旁耐心等待,手机来了韩斌的信息:"蒋轩宇又出事了,这次是借了高利贷,被人打了。"

我心一颤,急忙回复:"严重吗?"

消息刚发出去,左手边的蒋菲菲忽然坐直了身,她快速地摆弄了两下头发,神态拘谨得像是看到了什么国际大明星。我顺着她的视线望了过去，门口走进来了一个穿着西装的高个子身影。

张经理急忙起身："欢迎沈总大驾光临！"

第二十三章

整个会议室里的人纷纷起身，只是为了迎接这位大名鼎鼎的沈总。我挂着一头黏腻的长发，本来羞于同人家打招呼问好，可看向门口的一刻，才发现那笔挺利落的男人，就是刚刚508的男房客。只不过眼下的他，因为"沈总"这个称呼，多了一分威严。

沈总，沈浩南，第三家酒店的投资人，能和父亲平起平坐甚至实力高于父亲的神秘男人。难怪今天蒋菲菲要格外打扮一番，看着她新换的透肉黑丝袜，就知道她是别有用心了。

可惜，若是她知道沈总已经有了孩子，应该会伤心死。

沈浩南看着是三十岁左右的年纪，身边带着个四五岁的调皮娃，明显的已婚人士。

沈浩南入座，我们跟着纷纷坐下，只是坐下的一刻，沈浩南微微冲我点头笑了笑，我礼貌回应，惹来了身边蒋菲菲的疑惑与不满，忽然她眼眉一皱，小声嘀咕着："行啊徐婉莹，我说沈总怎么越看越眼熟呢，这不是刚刚和你一起上电梯的男人吗，你早就知道他在酒店了？"

我冷冷地回了她一句："你想多了。"

身旁，张经理热情而客套："看来，沈总和我们婉莹是旧相识啊！"

沈浩南依旧冷冷酷酷的一张脸："嗯，朋友。"

他这"朋友"二字着实迷惑了在场的所有人，谁都搞不清楚这"朋友"二字的分量轻重，可以是老朋友、真朋友，也可以是泛泛之交的客套说法。

不过我倒是感谢他的这一句简单应付，让在场的老领导都高看了我一眼。只是身边的蒋菲菲明显不悦，怪我抢了风头。

会议开始，张经理主持全场。我一边听着会议内容，一边低头翻看手机，韩斌没再发来消息，也不知蒋轩宇借了高利贷的事到底严不严重。

轮到蒋菲菲发言时，她完全按着张经理写给她的稿子往下念，中途记不住的时候她就低头照着读。我瞧着尴尬，张经理更尴尬，本来就是一场没那么严肃的商议会，搞得像小学生背课文。只是临了最后具体分工一块，她说了句不太中听的话："父亲昏迷的这段时间，就有劳婉莹姐帮我打下手了，很多细节上的事情你们可先通过她，再报备给我。"

我不禁在心里冷笑：明明都是交由我处理，好像说给你你能听懂一样，什么场合都要装腔作势，真以为在座的这些老油条会不清楚你心里所想？

整个会议过程，沈浩南没说一句话，他安静坐在位置上，做着一名合格的听众。我也只讲了自己的分工部分，而关于第三家酒店的事，张经理一个人从头陈述到尾，讲了一个多小时。身旁的蒋菲菲听得昏昏欲睡，眼妆都花到了下眼皮。沈浩南倒是全程认真，时不时翻看桌上的手册，满脸沉思状。

我在会议过程里听出，第三家酒店的运营似乎出了状况，并不是父亲的昏迷导致停滞不前，而是沈浩南的第三笔资金一直未入账。

会议结束，人员陆续散去。张经理站起身，偷偷在我耳边嘀咕一句："晚上我安排了酒宴，你多和沈总聊聊第三笔资金的事。现在你父亲昏迷不醒，我们的进程也跟着停滞了。"

我点点头，走出座位，只见蒋菲菲先我一步凑到了沈浩南的身前，与他交谈起来，我不好再靠近，只得等着晚上的酒宴再同沈浩南交涉。

我走去了没人的角落，拨通了韩斌的电话，韩斌这次接得很快，电话那头很是嘈杂:"我刚送蒋轩宇去医院了,他脑袋被人砸破了,缝了几针,现在才出来。"

"我去看一眼吧,哪家医院?"

"不用你来,我去找你,正好蒋轩宇也有话想跟你说。"

"好,那你们直接来酒店。不过蒋菲菲也在这儿,来了以后先别下车,我出去接你们。"

韩斌和蒋轩宇二十分钟以后到达,缠了绷带一瘸一拐的蒋轩宇被韩斌扶进了酒店。我找了个餐厅包间,顺便摆了几样甜点。

包间门一关,韩斌盯着我看了好一会儿,忽然莫名其妙地红了脸,他傻乎乎又憨憨地挠了挠头:"你穿西装也太美了吧……"

我不知道如何接话,蒋轩宇扶着额头就吐槽了过去:"你说话怎么跟个娘们儿一样,你喜欢她你就直说得了!"

韩斌的脸更红了,整个人都呆在原地不动。我急忙化解尴尬:"开玩笑也注意个尺度吧,别什么都说!"我坐到蒋轩宇的面前:"解释一下?你是有什么宏图大业了需要借高利贷?王玉兰进去了,你心痒痒想进去陪她?"

蒋轩宇不屑地哼了两声:"借钱给我妈请律师啊,这不挨揍了嘛。那帮孙子下手是真狠,带刺的棒子直接就朝我脑袋上砸。弄死我有个屁用!"一旁的韩斌总算是给自己的脸降了温,他戳了蒋轩宇一下:"你赶紧说正事!"

蒋轩宇有些不好意思地低下了头,又轻咳两声,语气都跟着发软,"姐,我想求你件事。徐建森那个老不死现在醒不过来了,你能不能趁着这段时间,把我妈的事解决了?我妈肯定是要坐牢了,但别折腾我们了,我没钱,找不了好律师,你帮帮我吧,算我求你!"

蒋轩宇的头彻底低垂了下去,估计这个少年,应该还没如此卑微地求过谁吧,本来用拳头闯天下的他,终于见识了社会的真正险恶,并不是钢铁之躯可以抵挡的。

我默默地倒了两杯柠檬水,分别递给他们俩。我冲蒋轩宇说道:"那你答应我,别再借钱了,也别再拿拳头说事了。好好赚钱好好攒钱,等王玉兰出来了,好好过日子。"

蒋轩宇依旧把头低得死死的:"我明白。"

我松了一口气:"其实我早就在处理这件事了,这桩案子的受害人是我。父亲现在无法插手了,我已经找了律师处理。你放心吧,王玉兰不会被多判,只是法律是讲公正的,也别觉得她能少判。你抽空去看看她,跟她说在里面好好表现,早点出来,出来以后,我会把她安顿好。"

话毕的瞬间,蒋轩宇抬起了头,原本倔强的眼神,忽然有了那么几丝动容。

其实我在说出这些话的时候,心里也跟着发了颤。这并不是我一时头脑发热,而是我真的做好了准备,准备好接受王玉兰和蒋轩宇,以及那个死去的蒋国富。或许我对他们没有如同养父养母般的情感,但我愿意试着去接受,而这份接受,来自我对未来的自信与从容,我相信我有那份能力,也有那份大度与宽容。人生哪里有什么一帆风顺,顺境的时候学会去爱就好了,逆境的时候就借着那些令人难过的人和事看清这个世界。难得人世走一遭,爱恨随心就好。

蒋轩宇笑着,同时又不可思议地感激着。我看着他脸上激动的表情,又看着他因为过于激动而牵扯了伤口的痛苦模样,我笑出了声,他则开了口:"我去看过我妈了,她也有几句话想让我带给你,但我之前想着,本来跟你也不熟悉,说不说都无所谓。"

"你说吧。"

蒋轩宇用手指搔了搔鼻头,神情都郑重起来:"我妈让我告诉你,她那一刀真没想扎在你身上,她是想和蒋菲菲同归于尽的,她想带着蒋菲菲一起上路去陪我爹,但她没做到。清醒了以后,她也后悔,说自己当时就是有点魔怔了。她还让我告诉你,她真没想干扰你的人生,谢谢那段日子你对她的帮忙还有一些……理解吧。她说你善良,是好人,还让我给你带一句对不起……让我护着你,别让蒋菲菲害了。"

其实我一直都感觉得到,王玉兰不是坏到骨子里的人,她也有情有义,只是她的情和义,都放在了蒋国富的身上。此前我不理解爱是什么,是势均力敌?是相濡以沫?是风花雪月?后来我明白,这世间的爱千万种,平凡人的爱,或许更纯粹。

我拍了拍蒋轩宇的肩膀:"行了,我明白你的意思了。王玉兰的事你放心吧,我会处理好,你也好好的。"

我正准备送蒋轩宇和韩斌离开,这时包房门口传来了蒋菲菲的声音:"徐婉莹你在里面做什么呢?"

我心一慌,回头看了眼蒋轩宇和韩斌,蒋轩宇一点不惧怕,伸手就拉开了门,直接和蒋菲菲来了个面对面。我默默地在心里叹了口气,合着刚刚对蒋轩宇的规劝都喂了狗,他怎么就这么不知收敛!

蒋菲菲被蒋轩宇吓了一跳,连着后退:"你个神经病怎么会在这儿?"蒋菲菲把矛头指向我:"你把他带来的?"

蒋轩宇一步步地朝着蒋菲菲逼近:"我在这儿怎么了?你还管得着我了?"蒋菲菲显然是慌张的,憋着一身的怒火没处撒,又不敢对蒋轩宇动手。眼看着她回头四处张望准备叫保安,这时旋转楼梯的拐角跑出来了一个小男孩,手里拿着滋水枪,玩得不亦乐乎。

这男孩我可眼熟,是沈浩南的儿子。小男孩一眼就瞧见了我,直冲冲地跑来,真怕他把自己绊倒。

我忙蹲下身,小男孩一把搂住我,甜甜地开了口:"姐姐你给我和爸爸换的大房子真舒服!爸爸说让我跟你说谢谢,我刚刚找了你好久好久。"

男孩的声音越拉越长,直至我的视线里出现了一双锃亮的黑色皮鞋,我抬起头,沈浩南手里拿着一只甜筒冰激凌,一脸冷漠地看着我和孩子。

他伸手把孩子拎到一边,塞给孩子甜筒,略显羞愧地说道:"他见到喜欢的姐姐就会扑上去,你别介意。"

我笑着摇头,一旁的蒋菲菲即刻搔首弄姿了起来,她忙站到沈浩南一侧,声音娇媚:"沈总,这是您的儿子呀?真的好可爱哦!"蒋菲菲弯下腰就要同小男孩打招呼,男孩警惕地后退,嘴里说道:"我爸爸不让我和不正常的姐姐一起玩哦!"

"不正常"……估计小朋友是在说蒋菲菲的衣着装扮吧,那句"不正常"如果换成"不正经"应该会更贴切。

我们几个人在旁边笑,沈浩南则冲我开了口:"晚上的酒宴我们单独聊一下。"

我点点头,他又忽然道:"能麻烦你帮我照看一下孩子吗?我要找张经理谈些事情。"我继续点头:"没问题的。"

沈浩南朝我笑了笑,大方、沉稳、高贵,这几个词放在他身上真是恰到好处。而小男孩一听自己被交到了我手上,立马又跑来,小手搂住了我的右腿,奶声奶气:"姐姐我叫沈宇天哦,漂亮姐姐都叫我天天哦!"

我笑了笑,摸摸他的额头:"好的,帅气可爱的沈天天。"

沈浩南一走,蒋菲菲眼神复杂地看着我:"可以啊,连孩子都搞定了,被裴江远甩了以后,就这么饥渴了?"

我把天天送到身后韩斌的腿边,转头冲她道:"在小孩子面前就别说难听的话了吧?我对沈总没想法,我还不至于对已婚男士下手。"

蒋菲菲冷笑:"装什么装,谁不知道他沈浩南三年前就丧妻了。"蒋菲菲不屑地扭头离开,离开前还不忘指着蒋轩宇的额头骂了两句。

我站在原地面无表情,心里早已怒火中烧,如今我忍下的所有屈辱和白眼,日后都要一起偿还回去。

我转过身,打算把韩斌和蒋轩宇送走,却见韩斌带着天天吃起了餐桌上的糕点,蒋轩宇则跟着两个提着公示牌的酒店服务生一路出去了。

我刚要召唤蒋轩宇,韩斌就站到了我身后,声音略显沉重:"刚刚那个穿西装的男人还挺酷的,菲菲是不是对他有意思啊?"

我回过身:"你问这个干吗?"

韩斌看着我,喉头动了一下:"那种男人……是不是特招女人喜欢?还是丧了妻的……怎么感觉他又酷又深情,像是小说里的人……"

我不解地笑了笑:"你到底在说什么啊?"

韩斌顺着沈浩南消失的方向看了过去，自言自语："看上去还特别有钱，儿子又这么可爱，也就三十不到或者三十出头的样子，菲菲刚才都要贴上去了。"

　　我继续迷糊着："你是还在意蒋菲菲吗？你不是说你只把她当妹妹吗？"

　　韩斌忙摆手摇头道："不是啊……我就是说，那男的挺有魅力的。"

　　我继续笑着，调侃道："你别跟我说，你对人家沈总动心了？"

　　韩斌接连叹气，终于说了他想说的话："你喜欢那种类型的男人吗？"

　　我心里一颤，奇怪的氛围就这样在我们俩之间氤氲开来。蒋轩宇不知何时站到了我们身侧，扯着嗓门就来了一句："你说话怎么跟个老娘们儿似的扭扭捏捏，你就明着告诉我姐，让她别跟刚才那个西装老男人走太近就行了呗！妈呀，你可急死我了！"蒋轩宇上手就把韩斌扯到了一边，瞪着圆溜溜的眼珠子冲我说："姐，这死娘炮喜欢你，你应该感觉出来了吧？今天在车上的时候就告诉他，别把我借高利贷的事儿告诉你，是他非要开车带我来跟你交代的。我都知道他啥意思，借着我的事来看你，可真是膈应死我了！"

　　蒋轩宇转头给了韩斌胸口一拳："弟弟我都帮你说了啊！不用客气！"

　　正当我和韩斌都一脸恍惚的时候，蒋轩宇指着门外的告示牌，又笑呵呵地说："姐你们这儿招保安和大厨啊？我来应聘行不？我都欠你好多个人情了，我得还你才是！而且我妈说了，让我在身边保护你，你刚刚看到了吧，蒋菲菲一看见我就怂。"

　　我继续站在原地发蒙，正对面的韩斌则通红了脸，就那么发着呆看着我。置身事外的蒋轩宇完全不清楚，他的一席话，把我和韩斌都说尴尬了。

第二十四章

就在我和韩斌都尴尬得无地自容时，为了打破这窘境，我开了口。"那个……你们忙了一天还没吃饭吧……"我回头张望了一圈："你们两个找个餐位，账记在我头上就行。"

我干涩地挤出笑容，面前的韩斌又是低头又是挠头，浑身不自在的样子。蒋轩宇倒是没有忘记自己刚刚说过什么话，贱兮兮地凑到我身边："姐，我来你们这儿当保安吧？我书读得不好，但是我拳头硬啊，吵架打人我最在行了。要不我做你贴身保镖也行，让蒋菲菲离你远远的！"

我把蒋轩宇推到一边，忙往外走："我先不陪你们了啊，还有其他事要忙。"蒋轩宇跟着我走了十多米，最后泄了气。"我真没和你闹着玩，我真觉得我可以来当保安啊！你要是不管我，那我就自己投简历去了啊！"蒋轩宇扯着嗓子冲我喊："我真去投简历了啊！"

甩开了蒋轩宇，我站在石柱之后大口大口地喘着气，沈天天一路小跑地跟到我身边，拿着滋水枪对着我："不许动！"我拉过他的小手："走吧，姐姐带你去吃冰激凌。"

冰激凌摊位前，天天像个小话痨一样，跟做甜筒的漂亮姐姐一直在聊天，从小猪佩奇说到了熊大熊二，说着一些只有小孩子感兴趣的话。

拿到甜筒时，我摸了摸天天的额头："小不点，出门不要随便和陌生人说话，难道爸爸没教过你吗？"

天天吸溜着甜筒："我只和漂亮姐姐搭讪，我想把全天下的漂亮姐姐都娶回家。"

我笑出了声："谁教你这么说的啊？"

天天冲我抛了个媚眼，有模有样："我爸爸身边就有很多漂亮姐姐哦！"

都说童言无忌，虽然我不太相信沈浩天是个滥情男人，但孩子的话总是假不了。看来这个外表看上去冷酷不好接触的沈总，也是抵不住女人的诱惑。

英雄难过美人关，真是不假。

带着天天回到酒店，韩斌和蒋轩宇已经不在了，我心里轻松了一些。从刚刚蒋轩宇说出韩斌喜欢我的那些话到现在，我都不敢直视韩斌的眼睛；他更是如此，不自在地与我保持着三米距离。

我把天天送回了房间，沈浩南正在浴室里淋浴，我冲着浴室方向喊："沈总，天天给您带回来了，晚上七点半的酒宴，您到时间下楼用餐就好。"

里面没回应，天天冲我眨眨眼："我帮你告诉爸爸就好啦！"

我摸摸他的头，离开了房间。

下楼去了张经理的办公室，张经理拎出来两个木质礼盒，里面应该是红酒。

"这是我托人送来的。晚上你陪沈总喝两杯，要是你一个人招架不住，就让菲菲陪你一起。"

我有些诧异："蒋菲菲？你觉得她能陪好沈总吗？我真怕她把事情搞砸了。"

张经理耸着肩："虽然她工作能力不行，但在男女交往这方面，她明显比你熟悉。"

我即刻明白了张经理的意思："我之前还以为，沈总是个不近女色的男人。"

张经理一边用绒布擦拭酒瓶，一边说："沈总这样的人，身边怎么可能没有女人？他来之前我还特意打听了，他前妻逝世后，交往过不少女友。"

我想接着张经理的话说点什么，但想了想还是把话咽了回去，毕竟我不了解沈浩南的真实为人，不好评价。

张经理推给我三瓶酒："沈总对红酒特别感兴趣，这三瓶是我精挑细选出来的。他对喝酒的礼节很挑剔，晚上你陪酒的时候可别说错话。"

我点着头说："放心吧，国外留学的时候没少研究这些东西。"

晚宴开始，蒋菲菲换了一身白色修身长裙，长发披肩，脸上胭脂轻抹，看着比白天舒服多了。

我和蒋菲菲以及张经理入座，其余高层领导也跟着落座。沈浩南换了身深灰色休闲装，一件年轻款的帽衫，显得精神了不少。

餐点陆续上齐，张经理拿着酒杯去敬酒，桌上留下我和蒋菲菲以及沈浩南三人。蒋菲菲不知何时学会了醒酒倒酒的一系列流程，有模有样地为沈浩南服务。

沈浩南以笑示好，但并没给蒋菲菲更多的关注。他站起了身，绕过蒋菲菲坐到了我的另一侧。他抬头看向蒋菲菲，嗓音沉沉地开了口："蒋小姐可否回避一下？我有公事要和徐小姐商谈。"

蒋菲菲心里憋着气，嘴上只得说好。她抬起那似有千斤重的屁股，依依不舍地离开了酒桌。

我拿过空杯子，又给沈浩南倒了另一瓶红酒："沈总，这三瓶酒是张经理特意托人带来的，他知道你对红酒感兴趣，生怕自家的酒不合您的口味。"

沈浩南晃了晃杯中的红酒，目光逼人："婉莹小姐是养女？"

我不知他问出这话的意思，只得点头："是的。"

他说道："你和你父亲的确不像。"

我顺着他的话聊了下去："你是说长相吗？"

他笑笑，视线落回酒杯之中："何止长相。"

我不太想跟他闲扯，将话题引回了第三笔资金的事情上："第三家酒店开业在即，父亲卧床前，特意从美国请回来了资深团队来运营。不知您去体验过没有，这次连餐饮的……"

话还未说完，他插了嘴："徐总的身体怎么样了？我最近可是听闻了他不少花边消息。"

我难以启齿。沈浩南放下了一口未动的酒："其实我本想撤资的，徐总突然出事，以及闹出的这一系列家事，让我对他这个人……不是很有把握。"

我心一悬，下意识地用目光寻找人群中的张经理，张经理一定早就知道了沈浩南的想法，他搞不定沈浩南，就把这个难题交给了我。

脑袋里迅速寻找着解决办法，我跟着赌了一把："沈总担忧父亲无法再亲力亲为地掌管公司事务，也担心这杂七杂八的家事会拖累了父亲，这些我都明白。但现在公司大大小小之事都是我来掌管，沈总何不给我一次机会？"

沈浩南的眼里闪着丝丝光亮："你不是养女吗？公司最后的决定权难道不是要蒋小姐来拍板？"

我故作镇静地摇头，言辞间，全是演出来的不屑与轻蔑："沈总说笑了，一个农村出来的丫头能懂什么呢？大家都是为了钱，公司的高层又不是吃素的，我和蒋菲菲谁更有能力带领大家赚钱，大家心知肚明。我若是能做好这第三家酒店的运营，也算是在父亲那里立了一功哦。毕竟是养女，总要比亲生女儿多费些心思。"

沈浩南意味深长地看了看我，这次的眼神和之前每一次对视都不一样，有些诧异，也有些复杂："想不到婉莹小姐也是个有野心的人，我今天还真被你的外表给迷惑了。"

我继续端着装出来的假笑："那沈总愿意给个机会吗？投资这种事，不就是放手一搏嘛。"

就在我心里擂鼓不断、心慌发虚、马上要露馅的时候，沈浩南终于重新举起酒杯。这杯酒下肚，就代表第三笔资金有了着落，也没白费我刚刚硬着头皮演戏装世故。

只是，从这第一杯酒下肚以后，沈浩南似乎来了兴致，又喝了第三杯、第四杯。我酒量不好，但他来了兴致，我根本不好拒绝，毕竟那第三笔资金还没到账。

红酒虽然不至于让人太过上头，但那后劲可不是闹着玩的，足以让我昏迷不醒。

脑子渐渐发昏时，我的身体稍稍有些歪斜。沈浩南似乎还是一副清醒的模样，他伸手揽过我的腰，宽厚温热的手掌贴在我的身体上。

我不适应地扭动身子，半昏半醒地推开他的手："沈总，这样很不雅。"我冲他笑笑，脑子尽力保持清醒。只见他抽走手掌后，拿起我的手机便划开了屏幕。他将手机对准我的脸，还没来得及反应，屏幕就被解锁。他打开了我的微信，直接加了他的微信好友。

我急忙拿回手机，心里有些发慌："沈总要加好友直说就好了。"

他单手搭额头上，眼神深邃地看着我："难道你不想得到我的联系方式？这可是我第一次主动加女人，你今天一整天的路数，真是让我大开眼界。"

我不明白他说的"路数"具体指的是什么，或许是我白天晚上的反差太大。可刚刚在酒桌上说出的那些话和表现，纯粹是为了留住他这个投资人，故意装出来的。

我将酒杯推到了一边："沈总，我不能再喝了。"

沈浩南看了看我，忽然起了身："要不你去我房里休息一下？我感觉你已经醉了。"

我预感到了一丝不妙，急忙起身摆手摇头："没事的，我没醉，我还要去陪其他的客人，要不您先回房间……"话没说完，我就因为突然的晕眩直接歪了身子，穿着高跟鞋的脚狠狠地扭了一下，疼得钻心。

疼痛和醉意混杂在一起。沈浩南扶起我，张经理忙从另一边跑来，沈浩南开口道："她脚受了伤，我送她去我房间休息。"

张经理迟疑了片刻，沈浩南又开了口："刚好她可以陪陪我的孩子，一会儿我下楼，跟你细谈一下第三笔投资的事。"

张经理瞬间松了口："那好那好，我就在这儿等您回来。"

我心里微慌，脚腕又实在太疼，脑子的反应因为酒精侵蚀而慢了半拍。不过想到房间里还有小天天在，应该不会有危险。

还没想清楚，沈浩南就将我的半个身子扛在了肩膀上。他的力气太大，我刚准备开口拒绝，就已经被他背去了电梯口。

电梯缓慢上行，他悠悠地说道："一会儿我叫个药店的外卖，让服务生把你的脚腕处理一下，天天会陪着你。"

有他这句话，我彻底放了心，心里跟着冒出了一丝愧疚，我刚刚可是……以为他对我图谋不轨的。

到了房间门口，沈浩南刷卡开门，门一开，他便喊着："天天，爸爸需要你帮忙照顾一下姐姐！"

只是喊完这句，屋子里并没有回应，里面黑漆漆的，一盏灯都没开。沈浩南一边搀扶着我，一边拿出手机给天天打电话。电话一通，话筒里是天天的小奶音："爸爸，我在二楼的儿童游乐区啦！我和几个姐姐妹妹一起玩，你不要担心我。"

沈浩南挂了电话，身后的房门跟着自动关合。屋子里本来就黑漆漆一片，房门吧嗒一声关严后，更是伸手不见五指。

胆怯慌张的情绪接踵而来，我伸手就要去寻找墙壁上的开关，耳边传来他发沉的嗓音："房卡在我这里。"

是啊，不插房卡，何来开灯一说……

我下意识地伸手讨要房卡："沈总，能不能……"

可是忽然间，我被他炙热健硕的胸膛抵在了墙壁上，他的身子死死地贴向我，呼吸声也跟着一点一点靠近。

我害怕得浑身发抖："沈总你这是在做什么……"

细微的触感之间，他的鼻息徘徊在我的脖颈处。他侧着头，缓缓移向我的耳边，声音冷漠，呼吸却温热："你今天费尽心思地靠近我，表演着双重人格给我看,为的不就是这一刻吗?不过你还真的把我骗住了,是有那么一点让我动心。"

第二十五章

我怎么都不会想到,沈浩南会把我这一整天的接待与客套当成了我对他的勾引。我承认我为了拿到那第三笔投资款,在他面前演了戏,我演了一个两面三刀的坏女人形象,和白天那个为了处理一个淋浴头而兢兢业业的自己,全然是两副面孔。

白天的我敬业认真毫无物欲等级之分,晚上的我势利虚伪,为了钱戴上了伪装的面具。我比蒋菲菲更恶劣,蒋菲菲是明目张胆地勾引,而我阴差阳错地成了最会使手段的女人。

就当沈浩南继续向我逼近,在我和他之间只差几毫米之时,我终于控制不住,猛然推开他的胸膛,抬手扇了他一巴掌。

这一巴掌是我对他的警告,是我情绪的发泄,更是我对自己的忍无可忍。

黑暗中,我们彼此都安静了。我忽然意识到自己做了一件太过愚蠢的事,我绷不住地流着眼泪蹲下了身,声音都跟着颤抖:"对不起……我刚刚太冲动了……可我太害怕了……我没想勾引你,对不起!是我让你对我产生了误会,但求你别碰我……"

我蜷缩在墙边,脑海里浮现着从父亲卧床到今天的种种,我做了很多平日里不敢做的事,我咒骂裴江远的唯利是图,我设计报复蒋菲菲,我找尚云雅联手,而此时此刻,我却也为了投资款,把自己弄得面目全非。

沈浩南见过太多世面，动用各种手段想对他投怀送抱的女人数不胜数，我并没有认识到，当我同他喝下第一杯酒时，也便默认了这是一场可以通过人情搞定的生意。是我作践了自己，也让他有了误会。

伴随着那一声"嘀"的通电提示音，屋子里的灯全部亮起，沈浩南站在我面前，朝我伸出了手："我先扶你去床上休息吧。"

我身子微微打战，并不敢接受他的好意，此刻我只想快点逃离，我没脸面对，更没勇气面对。

沈浩南再次朝我伸了伸手："我不会动你了，是我误会你了。"

这一次，我才敢将手交给他，跟着他去了卧室床边。坐下的一刻，他扭头走向了冰箱，边走边道："我这里有冰块，我先帮你冷敷。"

我抬头偷偷看了他一眼，又迅速地低下头。屋子里的氛围依旧尴尬得要命，或许他已经整理好情绪，可我还迟迟调整不过来。

沈浩南低头帮我冷敷时，我一言不发，脸憋得通红，心里设想着最坏的结果是搞砸了这段人际关系，更搞砸了第三笔投资。

忽然，沈浩南自己笑出了声。他一开始笑得很小声，幅度也不大，可笑着笑着，就变成了开怀大笑。接着，他停下手中的动作，抬头看向我，眼睛都笑得泛红。

他捧着肚子笑，那模样和天天捉弄人时的表情如出一辙，嘴巴咧得老大。

我一开始发着愣，不知道他在笑什么，可这笑容似乎是会传染，我竟也忍不住地跟着笑了两声。我赶忙憋住笑，低下头。

沈浩南好一会儿才整理好自己的情绪，他余笑未尽，摇了摇头，又继续给我冷敷，说话都有些破音："我还是第一次见到……还没亲到嘴，就先哭的女人，你今天已经第三次让我大开眼界了。"

我顺着他的话问道："为什么是第三次？"

他记得清楚："第一次是你力气大，徒手就把一身肥肉的天天抱在了怀里；第二次是你刚刚在酒桌上说的那些话，让我以为你是个贪钱的女人，给了我很大的反差；第三次……就是刚刚了。"

我难以启齿，沈浩南默默地盯向我："刚刚的事是我不对。我其实只是想试探你一下，是我曲解了你的意思，以为你一整天有意地靠近我，以及晚上酒桌上的大变脸，都只是为了从我这里拿到第三笔投资款。现在看来，应该都不是。"

我抬起头，摆着手："我没有刻意靠近你。帮你换房的时候，我真的不知道你就是投资人，而且来之前，我甚至不知晓你会来参加会议。今晚在酒桌上的表现，我也很抱歉，我有我的难言之隐，我真的很希望这次合作不要出纰漏。我父亲还卧床不起，公司的一切事都要由我来担，我家里又……我……"

沈浩南摆摆手："别解释了，我也不想听了，这世上最难说明白的就是家务事。我明白你是个有苦衷的人，不过……"他忽然又朝着我靠近，我心里咯噔一下，身子条件反射地向后仰。

沈浩南笑着："别紧张，我只是想问你，到底哪一个才是真的你？是帮我换房间的那个，还是酒桌上迷惑我的那个，还是刚刚敢扬手赏我巴掌的那个？"

我被他说得无地自容。"都、都……都是……"我急忙摇头，"不对，都不是……"

沈浩南坐直了身，他继续帮我冷敷。"都是……又都不是……"他又抬头盯着我，"你多大了？结婚了吗？"

"二十一……单身……"

沈浩南顾自思索。"真年轻，我二十一岁的时候也什么都不懂。"他忽然做出一副略有所思的样子，眉毛微挑，"要不我们做个交易，我继续为你投资，你和我交往。"

我看得出他是在和我开玩笑："沈总别说笑了，我刚刚已经被吓到了……"

沈浩南笑着站起了身，把冰块重新放回了冰箱里："一会儿叫个服务生来，半个小时冷敷一次。"他径直走去了衣柜，从里面拿出了一件新的白色衬衫，毫不忌讳地在屋子里脱衣换衣。我低下头，他那边继续说道："你在这里休息吧，我下楼和张经理谈谈后续的安排。不过我刚刚对你说的话，没开玩笑。"他回过头，敞开的衬衫若隐若现地露着他的胸肌。他慢条斯理地系着扣子。"我不是白帮你，本来今天是为了撤资而来，不过意外遇到了你。我可以继续投资，但我也需要等价的东西来交换。"他低头开始挽袖口："现在说喜欢你是有点假，但动心倒是真的，看着你，就像看到十年前的自己。"

他缓步朝着我走来，蹲下身的一瞬，衬衫上的清香扑面而来："让人忍不住心疼，忍不住地想帮你一把。"他把手腕伸到了我面前："这颗扣子帮我系好，我一只手有些吃力。"

我紧张且小心地帮他弄好这颗又紧又小的扣子，他伸手轻拍我的肩膀："喜欢一样东西，就是要表达出来，并且全力以赴地得到它，对吧？"

他站起身，朝着房门走了过去。我坐在床边心里狠狠下沉，转头冲他开口："沈总，那我现在直接拒绝你可以吗？我只想要第三笔投资款，我不想考虑跟你交往的事。你说你对我有好感，可我没有。我可以用除了感情之外的所有东西交换。还有，我不是一样东西……喜欢也未必非要表达，有些感情一表达出来便消失了。"

我胡言乱语地说着这通话，我知道我逻辑混乱，可我就是想告诉他，跟他交往是不可能的。

可沈浩南压根就没理会我说的话，他留了一句他要下楼了，直接就开了房门。只是房门打开的一瞬，我听到他在门口迟疑了片刻，回过头时，我竟看到了韩斌的身影。

我急忙起身，扶着墙壁一路艰难地走到门口。沈浩南看了看立在门外的韩斌，又回头看了看我："你朋友？"

我顿时惊讶，只见门外的韩斌已经苍白了脸，眼神呆滞地看着我，如同要将我看穿。

我咽了咽口水："沈总……他是我朋友。"

沈浩南让开了身子："那刚好，让你朋友陪你吧，我先下楼谈事了。"

沈浩南直接离开，门外的韩斌继续茫然无措地看着我，他的脸色发白，嘴唇也发白，整张脸上写着两个字——"担忧"。

"你还愣着干吗啊，进来啊！我脚扭了，动不了。"

韩斌迟疑了一会儿，才挪了脚。他伸手搀扶我去了沙发，我们两个并排而坐。我说道："我还以为你回厂子了。"

韩斌清了清嗓："蒋轩宇回去了，我……"

"那你怎么没回去，怎么知道我在这间屋子里的？"

韩斌不说话，屋子里的气氛降到了冰点。现在的感觉很奇怪，我有种被捉奸在床的狼狈感。

突然，他转头看向我。"我一直在大堂等你，想跟你解释一下今天蒋轩宇说的那些唐突话。后来我看你可能是有些喝醉了，就一直担心你。接着就看到你被刚才那个男人扶上了楼，我盯着电梯楼层知道你在这一层，从另一边电梯上来的时候，你们刚好关门。"韩斌乱了思绪，胡乱地抓着自己的额头："我刚刚把所有不好的事情都设想了一遍，我以为你和他……我还想过一旦屋子里发出你的求救声，我就踹门进去，我刚刚真的害怕极了。"

韩斌自言自语，模样像个孩子，简单纯粹的他，同沈浩南，完全是两个世界的人。

忽然，他仿佛下定了决心。"本来我是想跟你解释，说蒋轩宇都是胡言乱语，让你别往心里去的，我怕你看不上我，然后再因为蒋轩宇的快嘴而对我疏远。"他死死地盯着我："现在不怕了，如果我还这么扭扭捏捏不开口，我就要得心脏病了。"

我拧着眉："你……"

他如同即将下油锅那般，刀山火海都不怕，鼓起勇气道："我喜欢你！我……"话说一半，他瞬间涨红了脸，又憋住了。

我瞧着他的模样忍不住想笑，他就破罐子破摔了起来。"我喜欢你！

心脏怦怦怦的那种喜欢，谁知道那是什么鬼感觉，总之就是看不见你就担心，看见你……更担心……我知道你看不上我，不过什么事能没有个过程？"他猛地深吸一口气："好了，现在说出来舒服多了，以后可以不用绞尽脑汁找借口来看你了。"

他一口气说完全部的话，我也跟着松了一口气，心里惊讶的同时又窃喜。韩斌没让我有太多距离感，就像是炎炎夏日里的一瓶冰镇矿泉水，瓶子开了，咕咚咕咚痛快下肚。

我怕他再尴尬，接了话："那我很荣幸啊，能被你喜欢。不过这样会不会太唐突了，我们都不是很熟。"

韩斌又来了一句："越喜欢越熟悉，喜欢喜欢就熟悉了。"

我笑出了声："你妈妈可是给你找了梁小梅做媳妇的，人家姑娘好着嘞！"

韩斌扶额："我回去想想怎么跟我妈说吧。那你是愿意给我机会了吗？"他惊喜地问我。

我急忙道："没有啊，我都说了我们还不熟的。"

韩斌挠着头："天啊，真的是太尴尬了，我第一次对女生表白啊，就搞砸了……我真是蠢到家了……"

我憋不住地笑。韩斌又开始给自己圆场："没关系，那我现在开始追你好了，这样就不用每天想着理由来看你了，可以吗？"

韩斌的"可以吗"三个字说得小心翼翼，我心也跟着怦怦跳，我怕尴尬，只好急忙转了话题："你能不能扶我出去啊？"

我和韩斌出了房间，张经理这时给我发来了消息："辛苦了，沈总的投资意愿已经确定，你为公司立了大功！"

我终于整个人都放松下来，只是这时手机又来了消息，是意料之外的尚云雅："蒋菲菲竟然把我在市中心的住房挂在二手房网站出售，一晚上我的电话被各种中介和购房者骚扰个遍，她下手的速度还真是够快，这么快就查清了我的资产。"

我快速地反问了回去:"父亲买给你的资产,都不是以你个人名义买的?"

"不然你以为我为什么怀孕以后威胁他要把孩子打掉?你父亲那个老鸡贼,就是想空手套白狼!"

的确,父亲精明算计了一辈子,连对情人都这么吝啬。

我暂时没回复尚云雅的微信消息。因为紧接着韩斌这边就出了事,蔡琴芬给他打来电话,说工厂食堂爆炸,梁小梅受伤了。

第二十六章

不论白天还是黑夜，医院永远是最热闹的地方。

得知梁小梅出事，我和韩斌一起离开了酒店，恰巧梁小梅被送去了父亲所在的医院。我瘸着一条腿立在走廊一侧，母亲从楼上的重症监护室下来，盯着我肿得老高的脚腕大喊大叫："怎么搞的啊，都这样了还穿高跟鞋？赶紧脱下来！"母亲把她的平底鞋脱下，蹲下身就把我崴了的脚塞进她的鞋里。

"我没事啊妈，脚崴了而已。"

母亲一脸严肃："你在这儿等着，我去给你挂个号。"

"妈，我真没事……"

话都没喊完，母亲光着一只脚风风火火地离去。我本来是想让母亲打听市内有没有比较好的做植皮手术的医院或是医生，梁小梅的伤势不轻，听闻是烧坏了半张脸。

母亲一走，我踩着一只高跟鞋和一只平底鞋站在原地，正对面的办公室房门走出了韩斌和蔡琴芬。蔡琴芬的左手手臂裹着白色纱布，也是食堂爆炸留下的烧伤，好在不严重，早早就处理妥当了。

韩斌垂着头，接连叹气地倚靠在墙壁上。蔡琴芬想了好一会儿，开了口："小梅做手术的钱我去筹，厂子里被烧的那台机器你想办法处理。小梅母亲那边……我想想应该怎么交代……"蔡琴芬蹲在了墙边，我走到了韩斌身旁："医生怎么说的？小梅伤得很严重吗？"

他的声音微微发颤，下意识地抬起右手，摸着自己的右脸以及下巴："这一块……都烧坏了，回不到原样了……"

回不到原样了，从鼻翼往下一直到下巴的右侧脸颊，整整一块，都被烧伤了。正是花季的姑娘，没了原本干净可爱的容颜。

蔡琴芬忽然在一旁哭出了声："儿子……要不你就把小梅娶了吧！我不知道怎么对小梅母亲开口，当初是我硬拉着小梅来城里的，我还跟人家说了，想让小梅做我儿媳妇。现在出了这种事，我要是不给小梅母亲一个说法，我就没脸做人了！"

韩斌焦头烂额："妈……我从没说过我要娶她做老婆，我根本就不喜欢她！这件事可以慢慢商量，你别情绪激动的时候乱做决定行吗？"

见蔡琴芬不说话，韩斌站直了身："我去想办法弄钱，起码先把手术做了。"韩斌径直朝着电梯口的方向走，我想跟上去，可瘸了的那只脚根本挪不了太快。

我低头看着蔡琴芬，蔡琴芬红着眼看向我："婉莹……你帮我劝劝韩斌吧，按着小梅现在的样子，她以后肯定不好嫁人了，我要是不对人家姑娘负责，我会愧疚一辈子的！"

我从始至终都认为蔡琴芬是个好人，更是个好母亲，但她也有不对的地方，那就是她几次为韩斌的婚姻大事擅作主张，如今出了事，竟也用这种方式让韩斌来扛。

我自掏腰包给韩斌垫了一些钱，起码先把梁小梅的医药费搞定。

晚上陪护人员来换岗照顾父亲，我和母亲去了医院旁边的酒店。

凌晨时，母亲给我敷完药，又削起了苹果："婉莹，你说……如果你爸醒不过来了，我以后应该做点什么呢？"

"什么也不用做，我养你。"

母亲低头笑着："跟你说正经的呢！"

我想了想："妈要是有中意的小老头，你可以再婚。但如果不想结婚,你就去老年人相亲广场,勾引小老头去,好好谈恋爱,缺钱了就跟我要,要是老头比我有钱,你就管老头要。"我呵呵地傻笑。母亲把切好的苹果摆到我面前幽幽地叹了口气道:"我也得想办法赚钱啊,你们年轻人开销那么大,哪里管得过来我这个老女人……对了,你去见那个小三了吗?"

我知道母亲说的是尚云雅,问道:"你问这个做什么啊?"

母亲仔细地擦着手里的水果刀:"其实我今天一直在想这事儿,如果她肚子里真是徐建森的孩子,你和菲菲可能什么都得不到……"母亲欲言又止。我倒是明白她的意思:"妈,爸还不知道什么时候能醒过来呢,而且蒋菲菲已经对尚云雅下手了,我不觉得那个尚云雅会有什么好下场。"

母亲深吸一口气:"那如果你爸醒了呢?"

我反问着:"妈你希望爸醒来,还是希望他不要醒?"

母亲思索着:"有时候希望他健康无事;有时候又恨透了他,想让他永远睡下去。"

我还没想好如何回答这个两难的问题,并且我心里一直有个没解开的疑惑:"妈,我先问你个别的事,你和张林文张经理很熟悉吗?我觉得他对你格外照顾。"

母亲的眼里闪过一丝犹豫:"他对我一直挺好的,毕竟是你爸的得力助手,关系走得也近些。"

我没再继续往下问,我感觉得到母亲的尴尬,现在问出这些话,似乎还不太合时宜。

我起身准备去洗漱:"妈,我们休息吧,明天我还要去公司。"

母亲收拾着桌子上的苹果皮,房门口忽然响起了铃声,还没开口问是谁,外面就传来了蒋菲菲的声音:"妈,是我!给我开门!"

母亲急忙开了门,蒋菲菲依旧穿着酒宴的那套服装,一进门就气势汹汹地逼到了我面前。"可以啊徐婉莹,手段够阴的,借着醉酒连沈总的屋子都进了。"她眼神狠毒继续逼近:"沈总的床软吗?靠着肉体骗投资的感觉爽吗?先是装纯吸引沈浩南的注意,晚上就装醉往人家怀里钻,你还真够贱的啊！"

蒋菲菲的话一句比一句脏，母亲拦在中间："菲菲你把嘴给我闭上！"蒋菲菲越过母亲，继续冲我辱骂："要不是服务生跟我说你进了沈总的套房一个多小时没出来，我还真不敢想，你是这么下贱的人！你可真是遗传了王玉兰不要脸的基因了啊！一样的下贱，一样的让人恶心！"

蒋菲菲的咒骂回荡在房间里走廊里，母亲拦不住蒋菲菲，忙跑着去关了门。回身拉着蒋菲菲的手臂道："你有话好好说！别一口一句脏话！"

蒋菲菲不听，甩开母亲喊道："那让她别做脏事啊！明知道我今天特意为了迎接沈总费了心思，结果呢，让她坐收渔翁之利！"

我忽然觉得可笑，蒋菲菲的所谓"费心思"，不过是化了浓妆、穿了丝袜、抛了媚眼而已。我知道她对沈总有意，这样一个黄金男人放在眼前，她怎么可能放过。

可我也不是任由她随便捏拿的主儿，便骂了回去："是啊，我是进了沈总的屋子上了沈总的床。那床可真是软啊，你都不知道他脱掉衬衫的样子有多帅，他还让我帮他穿衬衫系扣子呢！你呢？你连人家袖口都摸不到吧？"

蒋菲菲明显被我气冒了烟。我忍着脚腕的疼痛，又逼退了她两步："你说再多难听的话也没用，第三笔投资款是我拿到的，等父亲苏醒，这笔功劳也是记在我头上。你呢？人财两空！"

蒋菲菲狠狠地推了我的肩膀，我被身后的床头柜磕绊，跌在了床上，母亲要来搀扶，蒋菲菲就发了疯："妈你要是敢帮她，我就死给你看！让她从我眼前消失！消失！"

母亲见两边劝不好，便慌了神。我也深知，我刚刚的故意激怒，已经让这场争执无力回天。我从床上站起了身，转头冲着母亲："妈，今晚我回家住，你和她在这儿休息吧。"

我扶着墙壁往外走，母亲拉着暴躁的蒋菲菲，才算结束了这场战争。

我在酒店楼下，刚好看到提着夜宵盒子往医院去的韩斌。韩斌看到我，两步跑上前，眼下的他似乎老了十岁，脸上毫无血色。

"你这么晚出来做什么？你爸那边不是有陪护吗？"

看着韩斌关切的样子，原本想跟他说实话的心思忽然就没了。我怕他担心，只得说谎："哦，没事……我就是在楼下透透气，我马上就回去了。"

韩斌点点头，正了正身子，强挤着笑容："现在都凌晨了，还在楼下晃。那我看着你回去，你快点回酒店，我好放心。"

为了不让他担忧，我转身又上了酒店门口的台阶，想了想，又回头问了他一句："你会和梁小梅结婚吗？"

韩斌笃定地摇头，憨憨的笑容挂在嘴角："当然不会，我都告诉你了，我喜欢你。"

当他说"我喜欢你"的时候，他的笑容更开心了一些，那纯粹的笑意里，不掺一丁点假。

今晚的月亮很好看，酒店门口的路灯也好看，他的脸更好看。

我冲他摆摆手："快回医院吧。"

韩斌点了点头，随后朝着医院的方向走去。而我站在酒店大堂里等着他的身影消失，打了出租车，直接回了家。

只是令我意外的是，蒋菲菲不知何时换了家里的门锁以及密码锁，就连后院的小门都换了锁。

想来想去，我去了父亲的酒店，那里有员工宿舍，而且有为我单独留下的一个房间。以前在酒店实习的时候，我曾在那里住过三个星期，我的睡衣都还在那儿，怎么都可以将就一晚了。

下了车，酒店门口静悄悄，保安点头哈腰地问好。我瘸着腿准备往里走，只听……左手边的小花园里传来了孩子的欢笑声，有些耳熟。

我放眼瞧过去，花丛中的几盏小黄灯，微弱地衬着两个人影。我朝着那边走，结果发现是沈浩南和沈天天。

沈天天骑在沈浩南的脖子上，两只小肉爪当真是不留情，生硬地抓着沈浩南的头发，死死地向后拽，嘴里还嘻嘻哈哈地笑着。

沈浩南龇牙咧嘴地喊着疼，完全没了当初威胁我的那股子霸道总裁劲儿。

接着，沈天天将小拇指插在了沈浩南的鼻孔里，嘴里大叫："大鼻孔怪物！不许动！"

我忍着没笑出声，并不想干扰这父子俩的玩闹。我小心翼翼地挪着腿，重新往酒店大堂走去，却听沈天天在我身后大喊："姐姐，姐姐，姐姐！"

我尴尬地回过头，同沈浩南对视的一刻，沈天天的手指还插在沈浩南的鼻孔里，另一只手则笔直地指向我。

还真是令人尴尬的一幕……

我僵硬地笑着挥挥手，沈浩南急忙托起脖子上的天天，呼的一下站直了身。他低头蹭了蹭鼻头，小幅度地整理了一下发型，再次抬起头时，又恢复了白天的那张冷漠脸："你还在酒店啊？"

我一时不知道怎么回应，只见立在沈浩南腿边小小的沈天天，嫌弃地举着自己刚刚插了沈浩南鼻孔的手指："爸爸你好恶心哦，你鼻子里有鼻涕！"

沈浩南抬脚就在沈天天的屁股上轻轻地踹了一下："回楼上去！"

沈天天"喊"了一声，举着那根手指就从我身边溜走，跑回了酒店大堂。

沈浩南稍显尴尬地走到我面前："你怎么还在酒店？"

我耸耸肩："我说我无家可归，你信吗？"

沈浩南挑挑眉："你说的话没几句真的，但我信。"

我心里微微颤动，大概是因为他这句不走心的"但我信"，虽然是假的，可似乎从来没有人对我说过这样的话。

"那谢谢你的信任喽。都这么晚了，快回去休息吧。"

"你呢？不是无家可归吗？你去哪里休息？"

我笑笑："我有员工宿舍啊。"

沈浩南还没开口，忽然，原本已经离开的沈天天又冒了出来，奶着声音大喊大叫："我要参观员工宿舍！"

本来已经精疲力竭的我，临休息前，还被人小鬼大的沈天天给摆了一道。他非要去看员工宿舍，我只好顺了他的意。

宿舍已经很久没人住过了，屋里落了灰，两张上下铺的铁床立在墙壁两侧，我简单收拾了一下，不怕摔的沈天天就上铺下铺地来回蹿。他非要爬床边的梯子，沈浩南只好在下面托着他的屁股。

沈浩南伺候着难搞的沈天天，我实在撑不住，去了洗手间开始洗脸卸妆。出来的时候，沈浩南刻意盯了我一眼，说道："素颜也不错。"

我没理他，四下巡视屋子："天天呢？刚刚不是还又喊又叫的。"

沈浩南指了指我的上铺，我这才发现，前几分钟还生龙活虎的沈天天，这会儿竟然趴在上铺的床垫上睡着了……

"天啊……怎么这么快就睡着了？你把他抱回去吧，我这腿脚是抱不动了。"

沈浩南压根没理会我，他甩手给上铺的沈天天盖了一张毯子，一屁股坐到了我对面的下铺上，整个人往那豆腐块似的被子上一靠："就让他在这睡吧，我要是把他吵醒，估计又是一个小时不能睡，小孩子都闹人。"

我有些不自在："那……我陪着天天住宿舍吧，你回楼上的套房。"

沈浩南脱了鞋子，两手交叉放在后脑勺，整个人优哉游哉："我也在这睡。"

我万分无奈："你们俩这是耍无赖……"

沈浩南伸出他细长的左手食指，指向墙壁上的开关："去把灯关了，有光我睡不着，天天也睡不踏实。"

我气急败坏地说："你赶紧抱着你儿子上楼！"

沈浩南振振有词："跟投资人这么说话，是不是不太好？"

我忍着怒火："我已经被酒店员工误会了，说我是靠着上你沈总的床才拿到了投资资金！"

沈浩南笑笑："说得没错啊。"

我忍无可忍："沈！浩！南！"

忽然，他坐起身，按掉了墙壁上的开关。他重新走回床边时，拍了拍我的肩膀，只是……短暂停留在肩膀上的那只手的拇指，顺着我的脖颈忽然向上轻滑而去，眼看着就要摸到我的脸，他又将手收回："睡吧，你一个女孩子住这种宿舍，也没办法让人完全放心。"

他回到了刚才躺的那张床上，床板咯吱作响，但很快便安静下来。上铺传来了沈天天熟睡的呼吸声，我慢腾腾地进了被窝，有些害怕，却又有些安心地闭上了眼。

耳边，沈浩南沉沉地开了口："天天从出生到现在，没和我分床睡过。你放心睡吧，我没别的意思。"

听到这句话，我不自觉地朝他的方向看了过去。仅仅是一天的接触，他让我对他有了一次又一次的改观，虽然我不太相信他说的话，但看着天天自来熟的性格，似乎又不得不相信。一个走到天南地北都要带着孩子的男人，应该坏不到哪里去。

第二十七章

　　隔天清晨一睁眼，空荡荡的宿舍里少了沈浩南的身影，原本睡在上铺的沈天天此刻正猫在我怀里，半个脑袋压在我胸口，怪不得这一晚我呼吸困难。一定是沈浩南把天天抱到我怀中的，真是过分！

　　我小心地推开沈天天的脑袋瓜，他软绵绵地睡在被子里。

　　我准备洗漱换衣，手机收到了沈浩南的信息："帮我照顾一下天天，我公司临时有事需要处理，天天的爷爷半个小时后会接他回家。"

　　沈浩南因为公事提前离开了酒店，留下个天天让我帮忙照看半小时。我轻轻戳了戳天天的小脸蛋："天天，起床啦，一会儿爷爷来接你啦。"

　　天天才睁开糊着眼屎的眼没多久，就又睡过去，我反复叫了几遍，最后只得拿着热毛巾强行给他擦脸，才算是把他给擦清醒。

　　我和天天都收拾好，本打算带着他去餐厅吃早饭，刚走到大堂，正门外就开来一辆加长的商务车，车身一尘不染，干净得反着光。

　　天天忽然激动地朝着那辆车跑了过去，我急忙跟上。车里走下个挂着拐杖的老男人，只是装扮太过奇怪，一双锃亮的尖头黑皮鞋，一条紧身的黑色西裤，丝绸质地的花衬衫，衬衫领口还别着一个香槟色的漂亮蝴蝶结。

　　不过这些都不是最亮眼的，最亮眼的，是那张戴着小圆框墨镜的脸，下巴一圈整齐的胡须，胡须有黑有白，错落在一起。真是一张轮廓鲜明的脸，如果不是脸上耷垂的肌肤和褶皱纹路，会让人误以为这是二十世纪七八十年代迪厅里走出来的年轻人。

我跟着天天迎了上去。面前的这位老爷爷一见天天，便放下拐杖蹲下身。

天天一口一个"爷爷"地叫着，我瘸着腿走过去，老爷爷一把就将天天抱在了怀中。

靠近时，一股浓浓的发胶味儿扑鼻而来，老爷爷的头发比脚踩的皮鞋还亮，一绺一绺的向后梳去。当我站在这爷孙面前刚准备开口，老爷爷就先我一步，单手抱着肉乎乎的天天。紧身的花衬衫把他手臂上的肌肉突显得格外醒目，他将拐杖递给我，声音洪亮地说道："婉莹小妹妹对吧？我是天天的爷爷，你叫我沈叔叔就好啦，别叫我爷爷呦，我不喜欢别人把我喊老。"

我一头雾水地接过他递过来的拐杖，只见他笑眯眯地说："沈浩南那个混球是我儿子，他让我来接孙子，顺便把我上次蹦迪扭伤腿用的拐杖给你拿来。"

沈叔叔的笑容好笑又油腻，这还是我第一次见到这么自来熟且不拘小节的老人，此前我还纳闷沈天天的开放性格随了谁，现在彻底确认，是随了这个不着调的爷爷。

拿过那根拐杖，沈叔叔笑眯眯地说："小妹妹长得好看呀！不过可别被我那个混球儿子给骗了，他是个渣男！你看，三十岁还单身，还给我搞个孙子出来，我这每天又要带孙子又要哄我的那些老相好，忙得嘞……"

我听着特别想笑，但感觉沈叔叔似乎非常认真，认真地在跟我吐槽沈浩南给他带来了许多麻烦。

我憋着笑，沈叔叔扭头把天天抱进了车里，回身对我道："我走啦小妹妹，谢谢你照顾天天，拐杖你好好用啊。我一会儿还要去健身房健身，不陪你聊啦！"

沈叔叔上了车，那绷紧的西裤感觉下一秒就会从裤裆处裂开，我时刻担心着那条裤子，车里的天天则探出脑袋冲我招手："姐姐我以后再来看你哦！"

我冲天天摆手："回家要乖乖的哦！"

车子开走，张经理的车跟着停到了我面前。张经理下车，瞧了瞧刚刚离开的那辆商务车："带着天天离开的那个老人……是沈总的父亲？"

我终于忍不住掩嘴偷笑，张经理一脸茫然地看着我，我冲他摆摆手："没事没事，我只是第一次见到那么可爱的老人。"

张经理摇摇头："听说那老头都六十多了，老婆娶了三四个，也离了三四个……沈浩南跟他父亲还真是一类人。"

是吗？可我越来越觉得，沈浩南跟他的父亲是两类人，只是江湖传言沈浩南身边女人无数，又让人觉得迷惑。

跟随张经理走上楼的过程中，我再次收到了尚云雅的微信消息："蒋菲菲竟然让人来上门看房了！如果她继续这么逼迫我，我可要挺着肚子去你们公司讨公道了。"

尚云雅的消息明显是在威胁我，她搞不妥蒋菲菲，只能用这种方式逼我想办法。不过，早在蒋菲菲去查尚云雅房产之时，我就料到了这一天，这正是我想要的结果。

进了张经理的办公室，我坐在他的办公桌对面，提了一嘴："张经理，尚云雅的那家茶餐厅，是以父亲名义买的，还是以公司的名义？"

张经理犹豫道："你问这个做什么？"

我笑笑："您不是让我帮母亲争取她应得的那份吗？您尽管告诉我结果就好。"

"房产和餐厅都是个人。"张经理轻咳了两声，"别说是我告诉你的。"

我笑笑，张经理似乎已经猜到了我要做什么，我低头给尚云雅回了消息。张经理默默地递给我一个蓝色文件夹："第三家酒店的运营就彻底交给你了，蒋菲菲会随同你一起，到时候好好展现自己。"

我点点头:"放心吧,早已做好准备了。"

从张经理的办公室走出,我离开了酒店。拄着沈叔叔送我的拐杖,我打车去了尚云雅的餐厅。

上午的客人少得可怜,刚到店门口,尚云雅就从二楼迎了下来,今天的她身穿黑色旗袍,很是妖魅。

"哟,刚我还念叨呢,这一眨眼就把你这个贵宾给等来了,姐姐我可是想你想得心都躁了。"

我实在厌恶她不管对男还是女都一副黏腻妖媚的样子,随便找了个窗口坐下,拐杖放到一边。

尚云雅盯着我那拐杖看,眼神都看直了:"这拐杖眼熟啊,好像是某个奢侈品的牌子,你这腿脚是被哪个男人追成这样了?"

她打趣,我却无心配合:"说正事儿吧,你家都要没了,还有闲情跟我在这儿调侃。"

服务生给我们上了甜点和奶茶,尚云雅帮我剥了核桃,眼睛一眨一眨。"人生得意须尽欢嘛。遇到再棘手的事,也要吃好喝好才行。"她捏着核桃肉,"来,尝尝姐姐亲手剥的。"

我无奈摇头。"你手上有多少现金?"我环顾着整个店面,"这几年流水不少吧?店面是父亲买的,你只负责经营,我估计开店的成本没让你出一分钱,这些年应该攒了不少。"

尚云雅两手一摊:"你看姐姐这么能花钱的样子,像是有存款的人吗?"

我指了指她的肚子:"你这个年纪了,怀孕是件危险的事,现在你有了父亲的孩子不拿掉,说明你已经为下半生做好准备了,你是觉得父亲平日里给你的不够,就想用孩子捞笔大的,对吧?"

尚云雅脸上的笑容丢失了一点:"小姑娘年纪轻轻的,思想可是不简单。"

我冷声道:"说吧,手上有多少存款,别和我斗心眼,你要是真想把蒋菲菲压下去,现在必须听我的。"

尚云雅大概是被我的严肃脸给镇住了，她皱了皱眉，眼珠转了两圈："四五百万吧。但你微信里说的那个办法绝对行不通，你让我找人把我现在住的这个房子全款买下来，那不是便宜了蒋菲菲？她拿着徐建森买给我的房子出去卖，然后我又从她手里把房子买下来，亏损的是我啊！我白白给了蒋菲菲那个死丫头几百万，就为了一个原本就是我在住的房子？这算什么啊！"

一提到钱，尚云雅立马激动了起来，看来她也不是什么能沉得住气的主儿，也没我想象的那么高明。

"你如果不听我的，不从她手里买下这套房子，那你就等着你的房子被蒋菲菲卖给别人，连带里面的家具物品，你一样都拿不走，然后被扫地出门。蒋菲菲不费吹灰之力收了钱，你则丢了房子丢了家具，只剩下手里的几百万现金，然后再去别的地段，买更贵的一手房？到时候你一分钱不剩，住着一个空房子养肚子里的孩子，你养得起吗？再说，你以为蒋菲菲只会摆你这一道？她还会对你的茶餐厅下手，甚至是你的车子、你的存款。别忘了，你看人再准，也不敌我了解蒋菲菲。"

尚云雅被我说怕了。我见她没了声，继续说道："我知道你担心什么，你怕如果让远房亲戚帮你买这套房，很容易被蒋菲菲查出端倪；又怕找朋友买这房，房本落了别人的名，你再也拿不回来。"

尚云雅盯着我看了好一会儿："是，我是担心这些，所以你的办法并不完美。"

我笑了笑："你何苦找别人？我就可以帮你这个忙，我们是拴在一条绳上的蚂蚱。我是这房子出售的委托人，你把现金给我，我走个流程，回头我再把现金还给你，不就得了？房子你照样住，不用搬家不会被赶走，你爱住到何时住到何时，和现在没有任何区别。"

尚云雅面露惊讶："徐婉莹，你不会是在诈我吧？"

我笑笑："我比你更想除掉蒋菲菲，别忘了父亲的遗嘱上写了什么，一旦父亲逝世，所有的资产都归蒋菲菲所有，你什么都得不到，我更是。"

尚云雅半信半疑:"那我如何相信你,你不会卷着我的几百万逃跑吧?"

"欠条,或者找律师公证,方法随你,只要你把手头的钱给我,你就不必被赶出家门。"

尚云雅被我说动了心:"你当真不会坑我?"

"欠条你出,律师公证,一切都按法律程序走。我的话就摆在这儿了,你还有什么不相信的?难道去信任那些……不愿意写欠条来'帮你忙'的远房亲戚;或者一个不知根不知底,同样不肯写欠条的朋友?"

尚云雅咬了咬牙:"行吧,那就按你说的做,我把手上的现金给你,你找人把房子买下来,然后你再把房款还给我,这样我依旧可以住在我现在的房子里,对吧?而且不需要花一分钱。"

我点点头:"理解得没错。"

尚云雅忽然又露出了轻松的笑容:"看来你还挺聪明的,这次算你帮了我,如果事成了,我就跟你结盟,弄倒那个蒋菲菲。"

我依旧淡然地笑了笑:"现在是你求着我帮你才对。"

尚云雅亲手为我添了水:"小妹妹语气狂得很哟!"

从尚云雅的茶餐厅离开,路上我收到了尚云雅发来的微信消息:"存款我分批打到你账户上,房子的事有劳你喽。"

看过消息,我一通电话打到了蒋菲菲的手机上。蒋菲菲接电话时,声音很是沙哑:"谁啊……"

"徐婉莹。有事问你。"

那头的蒋菲菲缓了片刻:"你说吧。"

"我听说你把尚云雅的房子挂了二手房出售?"

蒋菲菲愣了愣:"你怎么知道的?"

我故作淡然:"和你一样啊,想除掉这个怀了孕的小三,所以查了一下父亲买给她的资产,结果发现父亲比我们想象的要精明得多。"

蒋菲菲笑着:"是啊,我也挺佩服爸的,养个小三这么多年,房子店铺竟然都在自己名下。"那头的蒋菲菲喝了一口水,又问:"你说吧,打电话什么事?"

我说道:"当然是来帮你忙的,你要卖房,没我怎么能卖得出去呢?"

"你什么意思?"

"你好像忘了,你只是身体进了徐家的门,名字还没落在徐家的户口本上。法律承认的亲生女儿是我,要是卖房,也是我去做委托人更合适。再说,你想过卖掉房子的后果吗?一旦父亲苏醒,发现你对他老来子的母亲尚云雅做出了这种赶尽杀绝的事儿,父亲能放过你?"

蒋菲菲犹豫片刻,不服气地说:"对尚云雅赶尽杀绝?有这么严重?我不过是替妈打抱不平,教训一下小三而已。父亲醒来以后,会理解的。"

我笑着:"然后……父亲在理解了你可怜母亲的心意后,又补偿给了尚云雅更大的房子,是这样的剧情吗?"

蒋菲菲不说话,我继续道:"我提醒你,不论是你卖房子还是我卖房子,父亲都会生气。但问题是,谁来买这个房子?如果是陌生人买了这套房,那好,父亲的气就都撒在了你或者是我的身上,然后尚云雅再哭诉几句,父亲就加倍补偿尚云雅以及她肚子里的孩子。但如果买房子的人,不是陌生人,而是……"

我故意卖了关子,蒋菲菲听得认真:"而是谁?"

我说道:"当然是你了。"

蒋菲菲不解:"我?我把尚云雅的房子挂出去出售,然后又把房子买回来?这是什么事?"

"你的目的,不就是收回这套房产,然后名正言顺地把尚云雅赶出屋子,让她无家可归吗?你把房子买下来,房子落成母亲的名头,这一切不就合理了?既体现了你为母亲抱不平的孝心,又没让这套房花落别家,从始至终,你的出发点都是好的,父亲醒来以后根本说不出你一句不是。"

蒋菲菲似乎是被我绕迷糊了,她想了半天,说道:"你说得倒是没错……这样的确不会让父亲对我发火。可我哪来的钱？再说，我有钱给妈买房子做什么？"

我说道："钱不用你担心，只要按着我说的去做，我去操控这套房的卖出，然后你和母亲买下这套房，房子写母亲的名字。你在父亲那里就落不下一个不是，而她尚云雅又能被扫地出门，两全其美。"

蒋菲菲还在犹豫："这么做靠谱吗？你真能搞定这笔房款？几百万呢。徐婉莹，你有钱吗？"

第二十八章

电话里,蒋菲菲的质疑声不断,我干脆打断她:"你现在应该还在妈住的那个酒店吧?我马上到医院,一会儿带妈去楼下的餐厅吃个饭。你收拾收拾出门吧,我们见面谈。"

一到医院,母亲瞧见我手里的拐杖,眼神都愣了:"你……这是从哪里搞的呀?这手柄还是一个骷髅头,还闪着钻……你一个姑娘家你拿这个多不好看!"

我也纳闷,这沈浩南的父亲比我们这些二十出头的小年轻都要潮流,我拄着这把拐杖到处走的时候,没少引起路人侧目。

我带着母亲去了楼下餐厅,先点了餐:"妈,你以后能不能吃了早饭再来看爸,我担心你的身体。"我递给母亲一杯豆浆。母亲揉了揉眼:"我这不是想着要是他醒了,第一个看见是我,他也安心嘛。"

我无奈摇头道:"你可真是无药可救。"

餐厅门口走来了蒋菲菲的身影,穿着一身淡粉色的运动服,没化妆没梳头,脑瓜顶随意地绾了个小丸子,直接坐在了母亲的身边:"刚刚电话里的事情还没说完呢!你哪儿来的钱买房子?"

母亲好奇:"谁要买房子?"

我递给蒋菲菲一杯果汁:"你不用管我钱是哪来的,你现在唯一的目的就是给尚云雅好看。你想让她搬出父亲的房子,那你就要把房子变成自己的,这样也好赶人。现在我作为父亲的委托人将房子卖出,而你作为购房者去买房,房子落在母亲名下,房子从父亲手里转移到母亲手中,我们就可以名正言顺地赶人了。"

蒋菲菲思索片刻:"这样做是可以,可爸还没死呢!"

身旁,母亲听出了端倪:"你们两个在做什么?你们的父亲还卧床不起,你们就打上房子的主意了?"

蒋菲菲一脸不耐烦:"妈,你可行了!我们算计的是小三,不是咱家的家业。不过是把房子从爸的手里转到你手里而已,爸在外面都搞出私生子了,你还犯傻替他说话呢!这房子在你和爸谁的名下都一样,反正最后都是我的,不能便宜了小三!"

蒋菲菲满脸的自信。母亲转头看向了我,眼神复杂,似乎是看懂了这一系列操作的目的。我在饭桌下轻轻握了握母亲的手,她便没再说话。

蒋菲菲一边用餐一边道:"委托的手续你能搞定吗?我刚来的时候还查了下,听说好像是无民事行为能力或限制行为能力的人需要由卖房的近亲属,比如配偶或者子女向法院提起诉讼以后,才能成为指定监护人,再由监护人办理监护公证,然后才能买卖……"蒋菲菲说了一大串,又想了半天:"好像是这么说的,不过貌似得有精神疾病才行,不过精神疾病的证明倒是很好开。"

我低头吃着东西:"这件事不需要你担心,我可以找人来做。"

蒋菲菲稍有诧异地看着我:"行啊徐婉莹,为了对付这个小三,你连违法的事儿都敢干了。"

我抬头迎着她的眼:"别把自己摘得那么干净,我们是同伙作案。"

蒋菲菲冷哼一声:"行吧,等你处理好你那边的事,我们就把这套交易做完,然后……"她扬扬自得起来,"然后就是我亲眼看着那个贱小三滚出家门的戏码了。"

我擦了擦手上的油渍:"撵小三这种事,还是交给母亲比较好,毕竟最痛恨尚云雅的人是母亲。而且我担心,到时候你会控制不住你那臭脾气,再搞出个一尸两命可就无力回天了。"

说完,我默默在桌子下面偷捏了一下母亲的手,母亲急忙开口:"正好我也想见见这个人。"

和蒋菲菲的交易谈妥,蒋菲菲一走,母亲就皱着眉担忧了起来:"你们这是在做违法的事啊!万一你爸醒了,责怪你们怎么办?"

我招呼着服务员买单,站起身的同时,拉起了母亲的手腕:"妈,爸能给小三买房住、买商铺,却不肯对自己的糟糠之妻付出,爸这辈子最亏欠的人就是你,我帮你弄到这套房子也是天经地义。你不用担心父亲醒来以后会责怪你,只要你脾气硬一点,爸不会对你怎么样的。"

母亲依旧担忧着,握着我的那只手都在发抖。我拉着母亲走出了餐厅,母亲的身子骨则越来越虚软。突然,她抓着自己的胸口,两条腿定在原地:"婉莹,你不要和菲菲做这种事。你怎么能为了钱……为了房子去骗人呢?你以前不这样啊!"

的确,若是搁在以往,我想破头也不会料到,有一天我徐婉莹会做出有违道德甚至法律的事。

"是啊妈,我以前不这样的,如果蒋菲菲没出现,我会继续活在父亲为我们营造的这个小世界里。我做着任由父亲摆布的棋子,从小到大听从他的指挥,为他效劳,甚至用终身的婚姻为他换取事业转型的资源。此前我从不觉得父亲在利用我,可当我发现自己不是亲生的,当父亲的眼里只有蒋菲菲而没有我以后,一切都变了。我发现父亲对我的爱不是纯粹的,是功利的;裴江远对我的好不是无条件的,是演出来的。从我的身份发生改变的那一刻起,所有人的嘴脸都在一夜间变了样。难道这是我的错吗?"

母亲拉着我的手:"但你不能继续这么错下去啊!我刚刚在饭桌上听得很明白,菲菲是为了赶走那个尚云雅,而你是为了那套房!"

"是啊妈,我就是为了这套房。在父亲醒来之前,我要把你应得的全都夺回来。以前我不希望父亲苏醒,现在我不这么想了,我希望他醒,我要让他看看,被他强制圈养了一辈子、不给名分的女人,没了他一样活得精彩!"

我带着怨气说出这些话,母亲则一直在摇头:"不行,我不要房子,我什么都不要,我只要你和菲菲安全。女儿,钱不是最重要的,不论你富有还是贫穷,好好生活才是最重要的啊!"

母亲恳求地看着我,对我的所作所为很不理解。

"妈,回不去了,累积了二十一年的人生,不可能说清零就清零。我的人际圈子,我的记忆,我的所有生活,都已经成形了,怎么可能说换个活法就换个活法?我曾经也想放下这一切,可你知道裴江远和我说了什么吗?他说我现在只配做他的小三;你又知道父亲对我下了什么样的命令?他说他一手把我培养到今天,让我不要做出令他失望的决定,他让我继续和裴江远结婚,让我赔上一生的幸福。凭什么?凭什么一开始因为爱而对我的好,如今,全都标上了价码?"

话说到最后,眼泪开始在眼眶打转。片刻的沉寂之后,母亲默默开了口:"我只希望你活得轻松些,像菲菲那样自私一点也可以,不要想太多。"

我无奈地摇头:"如果蒋菲菲对你和父亲的感情有我对你们的一半深,她会做更出格的事。我不是因为不甘心才这样做的,我是因为爱变成了恨!"

或许直至这一刻,母亲才明白,此前纠结在我心底的那些痛苦和隐忍,实际上全都来自纯粹的爱。爱到头便成了恨,恨他们忽然不爱我,恨他们突然离开我,恨他们毫无预兆地背叛我。

感情是什么,是日积月累,是一勺米一勺羹,是只言片语,是吵闹复合。二十一年,我对养父母的爱已经融入了血液。

眼睛雪亮的旁观者,却也不懂当事人内心的痛苦。

母亲没再阻拦我,就这样放任我来做。我开始在暗中操控这一切,尚云雅的钱款也一笔接着一笔地到账。

下午四点左右，韩斌那边来了消息，说梁小梅要做手术了，之前那笔医药费是我帮忙垫上的，他要将钱款归还给我。

我直接下了楼，蔡琴芬和韩斌立在走廊一侧，蔡琴芬的身边站了一个身材肥硕的中年女人，看样子应该是梁小梅的母亲。

看到韩斌满眼的红血丝，我只得安慰："别担心了，现在整容技术这么发达，后期慢慢修复，会好起来的。"

肥硕的中年女人听到了我们的谈话，两步凑到了韩斌面前，指着鼻子骂了过去："小梅要是有个三长两短，我后半辈子就跟你没完！要是你不能让她恢复原样，你也别想好过！你必须对小梅负责一辈子！"

韩斌低着头不说话，另一旁的蔡琴芬如同失了魂，更是半个字都吐不出来。我站在韩斌身旁，那肥头大耳的中年女人就来回在我身上扫视："你就是韩斌的相好吧？小梅之前跟我诉苦，说韩斌身边有个女人，你就是那个狐狸精是吧？明知道韩斌和我家小梅是要结婚的关系，你还来搅和！你们城里女人怎么就那么贱？！"

我是怎么都没想到，温柔可人的梁小梅，会有个嘴巴如此恶毒的妈。我忍着没说话，韩斌反咬了回去："你有气冲我撒！跟她有什么关系？！"

女人当即掐起了腰："你还硬气了是吧？把我女儿搞毁了容，现在清白也没了，你还帮着狐狸精说话，你要脸吗！"

韩斌默了声，蔡琴芬急忙压着那女人的手臂："小梅妈你别生气，我们负责，我们肯定负责，你别生气了……"

韩斌咽不下这口气，拉着我去了楼梯拐角。他拿出手机，嗓音沙哑了："上次你帮忙垫的医药费，我现在转给你。上次……谢谢你了。"

我推开了他的手机："你厂子处理得怎么样了？上次不是还说食堂爆炸把隔壁厂房的机器也烧了吗，处理好了吗？"

韩斌依旧低着头，额前的汗珠一颗挨着一颗，他不开口，我便知道了事情的严重性。

他不过是个二十岁的大男孩，便有了这种遭遇，他承受的比所有人都多。

我说道:"钱先别还我了,你以后用钱的日子还多。"

韩斌忽然摇头:"烧坏的机器不止一台,状况比你听到的严重得多,厂子可能做不下去了。"

我心里一颤:"这么严重?那你厂子不做了,贷款怎么还?"

韩斌眼神空洞地抬头看向我:"我的机器没了,钱也都砸机器上了,厂子肯定是做不下去了。至于贷款……慢慢还吧,压不死人的,我再想办法。"

我知道,韩斌这一刻的"想办法"只是在逞强。他连开厂的钱都是贷款来的,他还能有什么办法呢?墙倒众人推,那些指望不上的亲朋好友,更不可能扶他一把了。

这时,蒋轩宇跑上了楼,他气喘吁吁,瞧见韩斌的时候嘴巴跟炮仗一样:"给你打了好几个电话怎么不接呢?你那烧坏的设备我给你联系了,有收的,就是价钱……你也知道,坏东西肯定不值钱。还有工人那边我帮你陆续遣散,哥们儿我再帮你寻思寻思,哪能搞到钱。"

蒋轩宇说完这些话,递给韩斌的一张名片:"这个老大哥,是我在监狱里认识的,违法的事没少干,黑心钱赚了不少,你要是缺钱可以找他。不过他肯定不能借钱给我,我就是个二流子,他也想把手里的余钱投点正经买卖,说不定能帮你一把。"

蒋轩宇用袖口抹了一把额头上的汗,转头看着我:"姐,我已经给你家酒店投简历了,让我明天就去面试,以后咱俩能经常见面了!"他傻呵呵地冲我笑,被汗水打湿的右手握拳轻碰了一下我的肩膀:"以后老弟保护你啊!"

我实在懒得理他:"我过两天就被调去分公司了,你应聘了也看不到我。"

蒋轩宇一下急了起来:"那不行啊!那我明天不去面试了,我去你分公司投简历去!"

蒋轩宇像个癞皮狗一样黏在我身后,韩斌拿着那张名片,靠在白灰墙壁上发呆。蒋轩宇探头朝手术室门口望了两眼，说："那小梅妈还跟你和你妈怄气呢？那食堂着火，也不是你俩的问题啊，小梅自己没操作明白，不能全怪你们。"

蒋轩宇凑到韩斌身边："小梅妈还逼着你对小梅负责呢？"

我在一旁开了口："蒋轩宇你少说两句！"

蒋轩宇挑挑眉，突然他不怀好意地瞪大了眼，凑到我面前："姐，你给我撂个实底，你对韩斌是不是还挺有感觉的？你要是喜欢韩斌，那弟弟我就替你们这对苦命鸳鸯把梁小梅给娶了！"

我一拳砸到了他胸口："你说什么呢！"

蒋轩宇捂着胸口："我认真的啊！我欠你好几个人情呢，我妈在监狱里叮嘱我了，让我保护你！我妈的话就是圣旨，我妈让我保护你，那以后你的话就是圣旨，我就听你的。"

我无奈摇头，站到了韩斌的身旁："你现在需要钱是吗？需要多少，我看看能不能帮到你。"

韩斌摇头："不需要你帮忙。"

我急切道："现在不是你逞强的时候，你找那些不三不四的人借钱，还不如找身边能靠得住的！"

蒋轩宇在一旁插嘴："也是，韩斌。起码我姐认识的有钱人多，都是正经生意人。"

忽然，韩斌站起身，他原本布满红血丝的眼睛变更加通红瘆人，他的额头紧绷，忍不住冲我喊了过来："我说了不需要就是不需要！"

韩斌转身跑下了楼，蒋轩宇要去追，我伸手拦住了他，蒋轩宇尴尬道："姐你别介意，别往心里去。他就是自尊心太强了，要是我遇见这接二连三的事，我也撑不住。"

"你有空帮我劝劝他，他这边有什么消息你第一时间通知我，我找我身边的朋友问问有没有能帮上忙的。对了还有，你那个设备别卖，设备的用途、受损情况，还有照片都发给我，我看看能不能想办法处理。"

蒋轩宇愣着眨了眨眼："姐你把刚才说的再说一遍呗……有点快，我没记住……"

我用手指戳向了他的脑门:"你这脑子也只够当保安的!"

蒋轩宇点头哈腰:"那你把我弄你分公司去呗,求你了姐……"

我懒得跟他废话,这时手机来了消息,是沈浩南:

"晚上一起吃个便饭?有点问题想要请教你。"

"什么问题?"

"来了就知道了,地址我现在发给你。"

沈浩南发给我的地址,是他的公司所在地,我拐着拐杖前去。虽不知他找我有何事,但我对他,是的确有了想麻烦的事。

打车前往他的公司所在地,直达六层,六层有一个宽阔的办公区,里面的人都还没下班,大家都在自己的岗位上专注工作,走路都不发出声音。

我在秘书的引领下去了沈浩南的办公室,一进屋,里面飘着淡淡的茶香。屋子里有一扇落地窗,窗外的余晖洒在地毯上,沈浩南正坐在办公桌前打电话,说着一些我听不懂的术语。

秘书离开,我紧张得一动不敢动,生怕打搅了这肃穆的氛围。沈浩南冲我招了下手算是打招呼,然后继续打他的电话。

我默默等待,结果等了一个半小时,听着他从李总打到了王总,又从王总打去了领事馆,跨度还真是大。

等他的电话结束,他拿起靠背上的西服,说道:"走,带你吃好的去。"

我跟着站起身,屁股都坐麻了:"早知道你下班这么晚,我晚点来多好。"

沈浩南这才看了看时间:"哦,原来让你等了这么久,我还以为也就二十分钟左右。"

我调侃道:"沈总这样没有时间观念,可苦了以前那些等你吃饭约会的女人了。"

沈浩南随口道："她们等不及随时可以走，你不一样，你腿脚不好，走也走不远。"

我愣一会儿，才发现他在逗我。"拿人家的脚开玩笑很有趣是吧？"我狠狠地白了他一眼，"你找我吃饭是什么事？微信里说要请教我，我还纳闷，我一个刚毕业的学生，有什么可被你请教的？"

沈浩南伸手拉开了办公室门："请教一下，徐婉莹小朋友是如何做到拿着这样一根奇怪的拐杖，还能坦然自若地在众人面前走进走出的。"他偷笑。我一把将拐杖扔到地上："这拐杖是你爸爸给我的好不好！你爸爸说了，是你让他送我的！"

沈浩南忙摆手摇头："我没有哦，是我那个另类的父亲，听说你脚崴了，非要带给你的。"

我被他说得面红耳赤，即刻就没了一起用餐的念头："你说吧，找我什么事，饭我不吃了，说完我还要回医院。"

沈浩南推着我的肩膀："别啊，陪我吃饭去。"

"那你到底是为了什么事找我？"

沈浩南叹了口气："我要是不说有事麻烦你，你会同意和我约会吗？"

第二十九章

我被沈浩南硬拉上了车,我一头钻进了车后座,沈浩南单手插兜站在车外,右手食指挂着车钥匙,指着副驾驶的位置:"坐前面。"我拨浪鼓似的摇头:"我腿脚不好,我不坐前面。"我生怕他又对我动手动脚,前几次的亏,我可是铭记于心。

"行……"沈浩南点着头,一脸无所谓的样子绕到了后备厢。他从后备厢拿出个不大不小的笼子,也不知道里面是什么东西。他从另一侧打开了车后座的门,将笼子放到了我身边。

我定眼看过去,头皮一阵发麻:"蛇蛇蛇蛇啊……你快拿走!拿走!"

沈浩南勾起嘴角笑笑:"要么坐前面,要么和沈天天的新宠坐一起。"

我麻利地拿起拐杖下了车,打开副驾驶的门,关门的时候恨不得把他的车门摔烂。

沈浩南将车子开往市中心。他一手握着方向盘,一手持着手机翻看:"想吃什么?西餐、中餐,还是泰餐、韩餐?"

我反问着:"你有想吃的吗?今天我请你。"

沈浩南侧头瞧了我一眼:"看来,今天不是我有事请你吃饭,而是你有事找我。"

我也没跟他兜圈子:"沈总选地方吧,今天我埋单。"

沈浩南将车子掉了头:"去个安静的地方吧,不过不需要你埋单,没有女人埋单的道理。"

沈浩南带我去了一家法式餐厅，安静的氛围伴着乐队演奏乐曲的悠扬，用餐的顾客非富即贵。我们落座靠窗的位置，坐下的一刻，我整个人都拘谨了起来。

我先开了口："你今天找我真的没别的事吗？"

沈浩南翻着酒品单子："没事啊，就是想找个人一起吃饭，沈天天跟爷爷走了，今晚没人陪我吃饭了。"

我有些不敢相信："真的只是为了让我陪你吃饭？"

沈浩南合上菜单："不可以吗？"

"那你以前都是怎么吃的？"

沈浩南用湿巾擦了擦手："和天天一起吃，或者……和其他女人。"

果然，帅气多金的沈浩南身边，根本不可能缺女人。

我默默松了口气，沈浩南瞧着我笑了笑："表情那么凝重，是怕我吃了你吗？"

我摇头："没有啊，没有……"

沈浩南摆着餐巾："说吧，你想让我帮什么忙？"

我倒是没跟他兜圈子，沈浩南比我聪明百倍，同他说话办事还是直来直去的好。

我拿出手机，调出蒋轩宇发给我的韩斌厂子的图片，以及机器受损的图片："沈总，这是我朋友的一个厂子，是他贷款做的，本来运营得挺好，但是一次意外爆炸，让厂子无法继续开工。我这个朋友是个非常非常好的人，他现在急需一笔周转资金，否则厂子可能会彻底停业。"

沈浩南点着我的手机翻了两下，满不在乎的模样："什么厂子？厂子前身是做什么的？有固定的买卖渠道吗？流水怎么样？贷款多少？你需要多少资金？若是我投资了，发展前景怎么样？"

我被他问得发蒙。沈浩南双手交叉轻放在桌面，看向我："你朋友是好人还是坏人与我无关，我有心帮你，但关于厂子本身的运营，你又了解多少？"

听了他的话我才明白，我急着想要搀扶韩斌一把，但也只是因为他是我朋友，属于朋友之间的帮忙。对投资和回报这些事，我一无所知。

沈浩南拿出手机："我先发你一份合约，我看你朋友的这个厂子，我最多投入一百万。就当一次风险投资，成了更好，不成就当买了教训。"

沈浩南不到三分钟就把我的难处解决，我高兴的同时，也心慌。

"沈总……你这么痛快就答应我的请求，你都没有要求的吗？"

沈浩南指了指我面前的餐盘："陪我吃饭就是回报了，以后随叫随到就好。"

服务生陆续将餐点上齐，沈浩南细致体贴地帮我切肉或是调好吃的味料。他很会拿捏人的心思，饭桌上也很善谈，我几乎挑不出这个男人有什么问题，只是对于眼下这种奇怪的相处身份多多少少有些不适应。

我和他算朋友吗？好像还没那么熟络，可一通电话就找我来陪他用餐，求他帮忙又痛快地发来投资合同，这又比朋友间的关系更进了一步。

此前我以为他是个沉稳花心的事业型总裁，现在……花心还是有的，不过又似乎带了点神秘感，但具体神秘在什么地方，我还琢磨不透。

这一餐快结束，他低头看了看腕表。"天天和爷爷也快回家了。"他抬头看着我："今天我们就这样？你让你朋友把合同弄好，下次见面时候交给我。"

我心里满是疑惑："沈总……我还是不明白，为什么你吃饭要找人陪……我现在都不太能理解，你今天叫我出来，只是单纯为了吃个饭？"

沈浩南笑笑，挥手叫来了服务生。"不然呢，非要打着追你喜欢你的旗号才能约你出来吗？何况我还不够了解你，喜欢也只是暂时有好感而已。"他忽然仔细地看着我的眼："你是觉得我很奇怪吗？"

我心里当然觉得他很奇怪，但表面上只得摇头。我刚要开口说"没有"，他就打断了我："我知道你在想什么，认为我奇怪的女人不止你一个，但也只是各取所需而已，我喜欢跟你吃饭，就好像女人喜欢买口红。"

我没再说话,这一刻的他好似和以往的每一次接触的都不同,我正一步步地朝着他的内心深处走去,那里藏着一个不一样的男人。

我跟随他起身,只是手里的拐杖没拿稳,斜着就向地上倒去。很不巧,身旁经过了一个穿着高跟鞋连衣裙的女人,硬生生被我的拐杖绊倒在地。

身旁的几桌客人纷纷侧目,绊倒在地的女人当即就疼得哭出了眼泪:"搞什么呀!"

我和沈浩南忙去搀扶,一个黑影从我身侧穿过,蹲在了那个女人的身旁:"亲爱的你没事吧?"

声音、香水、脚步,通过这三样能让我即刻辨认出来的人,也只有裴江远了。

眼下他一口一个"亲爱的"叫着绊倒在地的女人,心疼的表情看不出一丝虚假。

女人被搀扶起身,沈浩南替我道了歉。我愣在原地,想不到这个斯文败类,这么快就找到了"门当户对"的女朋友。

裴江远与我对视时,没表现出一丝惊慌,他淡然地冲我一笑,如同多年未见的好友。"你也在这儿啊!"他瞧了一眼站在我身旁的沈浩南:"男朋友?"

心里的不屈、怨恨,不可避免地在这一刻喷涌而出。毕竟是两年的感情,他裴江远可以淡如云烟,我做不到。

带着心里的不甘,我伸手挽住了沈浩南的手臂,笑着道:"是啊,男朋友。"

沈浩南丝毫不乱,即刻明白了这场戏码。

裴江远上下打量了我们一番,说了句难听的话:"这位先生可谓是一表人才,比你上次在停车场挽着的那个小白脸好多了。"

我忍着他的尖酸侮辱:"养小白脸也比被男朋友强行戴绿帽子强呀,你说是不是?"

裴江远抽了抽嘴角，弯下身去搀扶女友："筱筱，我送你去医院看一下吧。"

沈浩南偷偷捏了捏我的手臂，递给我一个眼神，我低头冲着裴江远说道："刚刚实在不好意思了，你女朋友没什么大问题吧？"

裴江远摆摆手："没事，你们走吧。"

我和沈浩南上了车，不等他问，我径自解释了起来："刚才那个是我前男友，我被告知是养女身份以后，他就不打算和我结婚了，但又不分手，让我……"

"让你做他的小三？"沈浩南笑着摇摇头。

我有些惭愧："你刚刚都听出来了……"

"有脑子的都能听出来。"他转头冲我笑笑，"不过就算当小三，那种男人也不够格吧？看他的穿着，不像是养得起小三的人。"

我仰身朝着座椅靠去："不知道从什么时候开始，'小三'这个词，忽然间出现在了各个角落。"

沈浩南笑笑："很奇怪吗？存在即合理，每个人的人生选择不一样，有人愿打有人愿挨，在物质和贪念面前，道德就是一条若隐若现的虚线。你觉得小三的存在很奇怪，那你是没见过男小三。"

"男小三？"我一脸诧异地看着他。他忽然就换了话题："对了，他刚刚说你养小白脸，真的假的？"

"当然是假的！我哪有钱养小白脸啊？"

沈浩南笑笑："送你去哪里？"

"医院就好……我要去陪母亲……"

车子穿过十字路口，路上灯火通明，我几次转头看向沈浩南的侧脸，隐约察觉。这张面孔下，或许藏了很多故事。

尚云雅的四百万钱款到账后，我带着母亲和蒋菲菲办理了一系列购房手续，房子最后落到了母亲名下。

一切尘埃落定，回医院的路上，母亲死死抓着那些证明材料，眼睛直勾勾地盯着车窗外，叫都叫不应。

蒋菲菲在车后座盘算着："下午我就去把尚云雅那个贱女人赶走。她不是想把孩子生下来吗？那我就赶尽杀绝，逼着她把孩子给我拿掉！"

我回过头："这件事你出面不妥，我之前说过的，让母亲去和尚云雅对峙，你要是参与太多，父亲醒来以后一定会拿你问罪。"

蒋菲菲犹豫着，我伸手碰了一下母亲的肩膀："妈，一会儿我们去找尚云雅见个面。"

母亲愣了一下："啊行……都听你的。"

蒋菲菲在后座将信将疑："你能对付得了她？你不会跟我耍花招吧？"

我笑笑："那你就跟着一起去，砸房子撵人的帮手我都找好了，你以为就你对尚云雅有敌意？"

蒋菲菲想了想："那我跟你们去看一眼，我必须亲眼看着她被赶出家门才行！"蒋菲菲咬牙切齿："我得让她知道，做三儿的下场！"

第三十章

我带着母亲和蒋菲菲去了尚云雅的住处，途中我给尚云雅透了风，告诉她蒋菲菲也会跟过去。

尚云雅在微信里吐着不快："她还真是赶尽杀绝啊！那她在场，你准备怎么演这出戏？"

我简单回复："一切按原计划行事，你到时候收住脾气就行。想想你家里的值钱东西，别得不偿失。"

尚云雅隔了好一会儿才回复："我尽力。"

此前我以为，蒋菲菲是不会跟随我和母亲前去的，我叫了几个凶神恶煞的黑衣打手，准备演一出现场撵人的戏码，录像给蒋菲菲看。甚至，我连处理后事的保洁阿姨都已经找好。结果蒋菲菲不相信我和母亲，非要跟着一起去撵人。

这出戏能不能演好，就看尚云雅配不配合了。

车子一到花园小区，蒋菲菲就骂骂咧咧："能住这小区的人，估计都不差钱吧？她尚云雅随便在小区里勾搭个有钱老头不好吗？非要黏上我爸！我爸也是够有意思，放着年轻的小三不找，找个四十多岁的，还搞出了孩子，就不怕那高龄产妇死在手术台上！"

蒋菲菲的恶毒话一句接着一句，我扯了一下她的手臂："你少说两句，妈在这儿呢！"

蒋菲菲全然不在意:"我就不信妈跟爸生活这么多年,连爸有小三都不知道。结婚证的事妈都不敢跟爸提,爸会把她当回事?就怕爸以后去世,妈一分钱都捞不到!"

我站在蒋菲菲和母亲之间,母亲憋红着脸不说话。我上手狠拉了蒋菲菲一把:"你要是不会说话就别说!"

蒋菲菲冷哼一声:"妈要是不窝囊,也不会被小三骑到头上,爸也不会把钱都花在小三身上!"

身旁,母亲骤然发了火:"别说了!你还有没有点长幼之分?"

蒋菲菲闭了嘴,但隔了一小会儿,还是嘴欠地开了口:"妈,不是我故意气你,但凡你有点爸的气场和脾气,我也不会这么念叨你,你连自己的丈夫都守不住,你还想跟尚云雅斗?"

"蒋菲菲!"我大声吼道。蒋菲菲摆了摆手:"我闭嘴行了吧,我闭嘴。"

蒋菲菲带头走在前头,看样子这小区的地形她早已研究透。我和母亲跟在后头,母亲被蒋菲菲气得呼吸不畅,眼圈也通红。

我明白母亲心里有多不甘,她用十几年的时间给自己洗脑,不去干涉父亲出轨的事,只踏实过好自己的小日子,可如今蒋菲菲的几句话将她彻底拉回现实。她颜面无存,抬不起头来。

我突然觉得蒋菲菲说的那些话都是故意的,故意惹恼母亲,故意让母亲难堪,这样母亲才能将这份积压多年的憎恨发泄,发泄在即将见面的尚云雅身上。

我担忧着,拉住了母亲:"妈,一会儿你就别上去了,在楼下等我们就好。"

母亲摇了摇头:"不用,正好我也想见见她。"

"那你别冲动。她固然有错,但你和父亲早在十多年前就已经离婚,若是较真,你较不过她。"

母亲点着头:"你放心吧,我不会冲动的。"

到了小区门口，几个身穿黑色西服、膀大腰圆的男人正在门口抽烟。我走上前，其中领头的男人扔掉烟头，凑了过来，语气凶巴巴："徐小姐对吧？"

我点点头："上楼吧。"

蒋菲菲打量着这几个面色不善的男人，忽然愉悦了起来："行啊徐婉莹，想得比我周到多了。"

我带头走在前："你不是担心我弄不过尚云雅吗？我弄不过，总有人弄得过。"

上了楼，我敲响了1206的房门，尚云雅开门开得特利落。她依旧是一副无所谓的模样，一身的缎面长裙，长发披肩，身旁立着两个行李箱，一副蓄势待发等着我们出现的模样。

蒋菲菲最见不得尚云雅这般态度，她推开我，站到了尚云雅的面前，威胁着："行啊，看来你还挺有自知之明，早就收拾好东西在这儿等我们出现了。"

尚云雅毫不畏惧，回头提起箱子的拉杆就要往外走："我可没心情在这里跟一群疯狗斗，你们喜欢互相咬，那是你们的事。老娘四海为家，不差这一间房！"

听着尚云雅说出这些话，我心里的那根弦，绷得更紧了，生怕她们的某句话，会忽然绷断了这根弦。尚云雅也真是不让我省心，本来说好的在蒋菲菲面前演一场戏就好，她非要给自己加戏。

蒋菲菲哪受得了这般威胁，用身子堵着门口，回头便冲着几个大汉说道："你们进去给我砸东西，什么值钱砸什么。不过家里的硬件可别砸，那都是我爸买的；要砸，就砸这个女人的东西，全都给我砸烂！"

那几个领头的打手回头看了看我，我使了个眼色，那人就带着兄弟进屋了。我提前跟他们说好，挑不值钱的东西砸，力度自己拿捏，装作样子很凶就好，别真把东西砸烂。

那些人也不知是不是受过专业培训，真是雷声大雨点小，屋子里顿时被他们几个大汉搞得乱成了一锅粥，但真没搞坏什么东西。

蒋菲菲继续和尚云雅对峙，她一手按住尚云雅的行李箱，挑衅道："箱子里的东西也要检查才是，万一你藏了什么我爸的宝贝呢？"

尚云雅后退了一步："密码三个八，随便搜吧。"

蒋菲菲蹲下身就开始翻箱子，她把箱子里的衣物化妆品甩得到处都是，瓶瓶罐罐的护肤品砸碎在了瓷砖上。只是当她去开第二个箱子的时候，箱子刚打开一个缝隙，里面就爬出来了蜘蛛和小蛇，蒋菲菲吓得尖叫后退，一屁股跌坐在了门口。

尚云雅掩嘴大笑，故作娇嗔："哎哟我的小可怜们啊，怎么都爬出来了呢。"

爬出来的蜘蛛和小蛇，都是尚云雅平时养的小动物，那蛇我倒是眼熟，跟我在沈浩南车里见到的宠物蛇很像，貌似是一个品种，翠绿翠绿的。

蒋菲菲被激怒，抬脚踩死了一只蜘蛛，手颤抖地指着地上的小蛇："赶紧把它给我弄死！"只是那小蛇一溜烟就没了影。

尚云雅双手抱在胸前，悠悠地看着蒋菲菲："一条小蛇就把你吓成这样，你还真是不经吓。"

蒋菲菲指着尚云雅鼻头大喊："尚云雅你个老贱人！你故意吓我是不是？"

尚云雅笑笑不说话。蒋菲菲回头看着母亲："妈，你就干站着？这个死小三拆散了你和爸，你就这么任由她欺负我？"

我心里祈祷着母亲不要被蒋菲菲的语言左右，但下一秒，我彻底后悔将母亲带来这里的决定。

身旁，母亲默默地对着屋内的某个角落发呆，她的眼神直愣愣地望着那里，她似乎听不见蒋菲菲的嘶吼，听不见屋子里打砸的声响，听不见尚云雅的不屑与挑衅。我顺着她的视线朝屋内看了过去，客厅一角，立着一个用塑料布蒙住的大相框，那相框原本应该是挂在墙上的，但显然是刚送到家没多久，还没来得及挂上去。

半透明的塑料布下，是一对夫妻的婚纱照，照片上的男人是我的父亲，女人是尚云雅。

当所有的嘈杂都交错在一起，安静胆小的母亲，竟迈过了门槛，朝着那个相框走了过去。我急忙跟随，脚下的每一步都如同走在玻璃碎片上。

母亲瘦瘦小小的身影立在我的面前，立在婚纱相框之前，她呆呆的，耸着肩驼着背，她的脑袋微微歪斜，像是在看一个死去的东西。

我指着那相框，回头看向尚云雅："这是什么时候的事？"

尚云雅摊摊手："你父亲昏迷之前啊。"

蒋菲菲不可思议地走到相框前："我爸要和你结婚？"

尚云雅低头玩弄着手指："我都怀孕了，难道还不结婚吗？再说，拍个婚纱照而已，你们至于这么激动？"

我即刻拉着母亲就要往外走，母亲却突然甩开我的手。她定定地看着婚纱照。眨眼间，她似乎早就瞄准了放在婚纱照旁的棒球棍，抓过棒球棍，朝着那相框就砸了过去。一下接着一下，声音由嘶吼到哭咽。

母亲疯了，这是我第一次见到她这般失控的模样，她手里的棒球棍好似成了她自己，残暴地砸向相片里的父亲和尚云雅。

我和蒋菲菲呆在一旁不说话，我想着……就让母亲发泄下去吧，忍了一辈子，对一个相框发泄发泄又能怎样。可蒋菲菲趁着局面混乱之际，转头就走到了尚云雅的面前，尚云雅来不及反应，一个响亮的巴掌，就落在了她那张保养得体的脸上。

尚云雅瞪大了眼："你疯了你？"

蒋菲菲揉着手腕："你个老女人、臭小三！想打你不是一天两天了！就你这老得起皱的贱皮子，还想跟我爸结婚？你以为怀孕了就能称王称霸？你那点心思谁看不懂啊，不就是冲着我爸的钱来的吗？我告诉你，徐家的钱你一分都别想得到！更别以为靠着肚子里的孩子就能上位！我就是动手打也要把你肚子里的孩子活活打死！"

眼前，蒋菲菲和尚云雅动手撕扯了起来，两个女人的战争，总是离不开头发的撕拽、嘴巴的啃咬。她们如同两个长毛怪一般，扭成一团，在地上打滚。

我在蒋菲菲的身上又一次看到了王玉兰的影子，尽管她平日里装得乖巧懂事，可当她一放下伪装，那属于王玉兰的刁钻蛮横，便在她身上凸显得淋漓尽致。她是王玉兰的养女，是蒋轩宇的姐姐，这母子三人，总是有很多相像的地方。

而身后，母亲终于扔掉了她的棒球棍。她跪在那残破的玻璃碎片上，一拳一拳地捶着地面，嘴里咒骂徐建森的忘恩负义。

身后的厨房里、卧室里、卫生间里，几个高大男人装模作样地摔东西发脾气，他们一边努力演戏，一边回忆着我下达给他们的命令，只砸便宜的，留下贵重的。他们这一场戏有一千五百块的酬劳，几个人猛然扔下东西的一刻，又恰到好处地掌握着力度分寸。

我夹在这混乱的三种世界里，成了这三个世纪的交点，所有的情绪我都感知得到，所有的悲愤与各怀鬼胎，都在暗处发酵。到底谁错谁对，我似乎已经分不清了。

眼看着地上的尚云雅被打得没了声音，我伸手拉过蒋菲菲，急忙朝卧室里的人呼救："别砸了！过来救人！"

尚云雅被蒋菲菲打得没了意识，整张脸都被挠花了，头发也被拽下了一大把。我担心她肚子里的孩子，手忙脚乱地与壮汉们一起把她抬下楼上了车，开去医院。

行车的路上，蒋菲菲坐在副驾驶，母亲和尚云雅坐在车后座，尚云雅瘫在母亲的身旁。蒋菲菲赌着一口气："我看根本不用去医院，直接找个地方把她肚子里的孩子做了！"

我转头大喊："你要是再胡言乱语，就给我滚下车！"

蒋菲菲冷笑："别跟我说你没这么想过，她肚子里的孩子一旦生下来，你、我，还有妈都得玩儿完！是你告诉的我，爸骨子里重男轻女，要是她肚子里是个男孩，你我都得喝西北风去！"

我猛然将车子停在了路边："滚，下车！"

蒋菲菲瞪直了眼："徐婉莹你真以为你是圣母、是耶稣、是如来佛啊？"

"滚！"

蒋菲菲被我逼下了车，车门哐当一声关合，蒋菲菲抬脚就踹了我的车屁股一下。我一脚油门踩了出去，声音发着颤："妈，你帮我扶稳她，我快点开。"

母亲在后座没说话，但双手还是搀住了尚云雅的身子。母亲的脸色苍白，眼神空洞，一副生无可恋的模样。

只是我的车子刚加速，后座的尚云雅忽然就睁眼开了口："你们不用担心了，我刚刚是装的，我没事……"

原来刚才的那场戏，都是尚云雅演出来的，她故意昏在了蒋菲菲的面前，就是怕自己肚子里的孩子受伤。

我们还是把车开去了医院，尚云雅去做身体检查，母亲一个人去了父亲的病房。如今父亲已经从重症监护室转移到普通病房，母亲呆呆地坐在病床边。

我坐到她身边，掰开她的拳头，手掌心是被玻璃碎片扎破的伤口。

我拿着碘酒给她消毒，母亲木木地看着昏迷中的父亲。忽然，她伸手便朝着父亲的呼吸器抓了过去。我忙阻拦："妈你干什么？"

母亲一脸愤怒："我想让他去死！"

第三十一章

我想，大概就是从发现婚纱照的那一刻，母亲的心彻底死了。

母亲给父亲当牛做马二十余年，父亲的所有穿用都是母亲挑选购置，贴身衣物更要母亲手洗，所有洗过的衬衣和外套都平平整整地列在衣柜中。父亲最讨厌脏乱，母亲的那双手，替他擦除了所有灰尘。

但这双手的主人，从未被父亲看得起过。

我忽然理解了当初王玉兰想要拉着蒋菲菲给蒋国富陪葬的心情，那是极致的爱；而对于我的母亲来讲，她伸手去抓呼吸器的那一刹，是极致的恨。

我把母亲带出了病房，一通电话叫来了蒋轩宇。我让蒋轩宇把母亲送回了家，守着我母亲，不要让她离开家门半步。

母亲一走，尚云雅的检查也刚好做完，她找到了父亲的病房，进屋时，语气温和了不少："谢谢你，今天的事……让我对你有了几分好感。"

我起身："我们出去说吧。"尚云雅退着身子站到了病房门外，我小心将门关合，她开口道："我知道我的存在对你母亲挺不公平的，但感情这事不是单方面就能成的，一个巴掌拍不响。你母亲肯定很久之前就知道我的存在，她没来找我谈，就证明她接受了我和徐建森的事。凭本事得来的男人和钱，我觉得没什么不妥。"她说完微微笑了一下。

我转头看向她："你觉得妥不妥是你的事，我从来没认同过你，我帮你也只是为了我自己。"

尚云雅微微笑了笑。"如果我是你，我可没你这么好的脾气，我可能会像那个蒋菲菲，非争出个你死我活才行。"她迟疑片刻，"你对我的好心，不会是装出来的吧？"

"信不信由你。"

尚云雅忽然朝我伸出手："合作吧！只要你能帮着我让这个孩子平安降生，等徐建森醒来以后，我会让他彻底修改遗嘱，绝不会亏待你。"

看着她的这只手，我毫不犹豫地伸了过去。她冲我笑了笑："你跟你爸还真像，一肚子的鬼心思。"

尚云雅转身离去，而我却因为她刚刚的那句话而感到恶心。我和父亲相像？这不是夸赞，而是侮辱。

一切都风平浪静，我去寻了韩斌，带着上次从沈浩南那里求来的投资合约，原本压抑的心情也跟着缓和了一些。

我想韩斌一定会接受我的好意，如今正是艰难时刻，只要他签了这份合同，所有难关便都能渡过。

走到梁小梅所在的那间病房，屋子里是蔡琴芬的声音："小梅妈啊，你就放心吧，等小梅一出院，我肯定让这俩孩子把结婚证给领了。韩斌以后肯定会对小梅好的。"

我刚准备敲门，身后就响起了韩斌的声音："你来了。"

我回过头，看到几天不见的韩斌胡须密密麻麻布满了下巴和脸颊，邋遢得如同几天几夜没睡觉。

"去楼梯那边说吧。"他道。

我跟着他去了安全出口的楼梯拐角，并排坐在台阶上。他生硬地笑了笑："来找我什么事？"

"小梅现在恢复得怎么样了？情绪稳定吗？"

"还好，但谁也不敢让她照镜子，只能告诉她说，纱布拆了以后就痊愈了。"

我无力地说道:"以后可以慢慢治疗。"

韩斌低着头,手指在台阶上乱画:"我可能真要跟小梅结婚了,我妈现在拿命威胁我。"

我从包里拿出了那份合约:"要不要先看看这个?"

韩斌接过合约,翻看了一阵,他的眼神顿时复杂了起来:"你从哪里弄到的?"

"朋友啊,说可以帮你的忙。"

"无偿?这合同上的内容,相当于白送我一百万……你哪个朋友?"

"是我爸公司的一个投资人,具体是谁你就别管了,我相信你能东山再起。"

韩斌忽然将合同塞回我手中,语气生硬:"是上次在酒店带你进房间的那个男人吧?投资人……我看他是想投资你,才会给你这份合同。"

感受到韩斌语气里带的酸,我压抑着自己的情绪:"现在你需要这一百万。"

韩斌发了火:"我是缺钱,我是需要钱,但我不可能拿你从别的男人那里要来的钱!这算什么?你明知道我喜欢你!如果我收了这笔钱,我在你面前就永远都抬不起头了!"

韩斌的情绪越来越激动,他的呼吸急促,声音在楼梯间回荡。

我无奈笑笑:"你知道一个人在二十出头的时候,身上什么东西最不值钱吗?"

韩斌侧头看向我,眉宇间的怒气仍旧没散。

我开口道:"是自尊心。"

韩斌不说话,我继续讲了下去:"我知道你自尊心强,也知道你喜欢我,但我告诉你,就你现在这个样子,你连裴江远都比不了。虽然我曾经眼瞎看上了裴江远,但起码他还知道为了生活努力赚钱。"

韩斌依旧怒气冲冲:"他是畜生!我跟他比什么!"

我笑着:"是吗?你和我都觉得他是畜生,可人家公司里的员工都把他当神仙一样供着,因为裴江远不会让公司解散,不会让员工没饭吃。

你呢？为了一点自尊心，搭进去自己一辈子的幸福不说，还坑了一整个厂子的工人。原本那些人信心满满地跟着你来了城里，现在又一个个被你打发了回去。不就是一次食堂爆炸吗，不就是贷款一百万吗，有什么大不了的？你都迈出了第一步，不过是湿了鞋子，你就要退缩了？"

我将合同重新塞回他手中："合同你爱签不签，但就你现在这个样子，我一辈子都瞧不起你。别用所谓的喜欢我来彰显你的大男子主义，我嫌丢人！"

我起身就要走，韩斌忽然一把拉住了我，他的眼圈泛着红，声音哽咽，说话断断续续："对……对不起，刚刚我太自以为是了。"

我跟着缓了语气："那这合同你签不签？"

韩斌低头看着这份合约，捏着合同的那只手逐渐用力，好似正用力地将自己的自尊心碾碎，然后再重组一个崭新的自己。

他忽然抬起头："等我东山再起了，你能做我女朋友吗？"

我的心跟着怦怦跳，但还是要保持平静："那……看你表现喽，你起码要振作起来才行。"

韩斌站起了身，眼神笃定："我签。你为我要来的钱，我不仅要收下，还要把这一百万变成两百万三百万四百万，把它变成娶你的资本。"

我摇着头："我可没说你有钱了我就跟你好。别多想了，先把厂子弄热乎吧，那么多员工指着你帮他们在这座城市落脚安家呢。你不是男孩子了，你是肩负重任的男人。"

韩斌的眼神渐渐变得温和。我拍了拍他的肩膀："先把家务事处理好，要怎么安抚梁小梅，还是个问题……"

韩斌点着头："我会负责到底，但绝不是娶她为妻。"

就在我和韩斌交谈之际，蒋轩宇给我打来了电话，说母亲在家寻死觅活，手里握着水果刀，死都不放。

我急忙开车回了家，一路连闯红灯，险些在路上丧了命。只是到家时，事情已变得更糟糕了。

蒋菲菲先我一步进了家门，看见蒋轩宇时，她执意认为蒋轩宇是来找麻烦的，要伤害母亲。

我进了门，母亲脸色苍白地躺在地上，手边是一把带着血渍的水果刀。蒋菲菲手里拿着棍棒疯狂朝蒋轩宇砸去，蒋轩宇的额头被打出了血。

我大吼："蒋菲菲你给我住手！"

蒋菲菲回头时，她的脸色狰狞可怖，她指着地上的蒋轩宇："他竟然跑到家里来威胁人了，如果我晚回来一会儿，说不定妈就被他谋杀了！"她再次指向那把水果刀："看见血了吗？他要杀人啊！赶紧报警！"

我走上前，一把抢过她手里的棍棒扔在了地上："你没长脑子吗？你给我看清楚，妈身上没有任何伤口，蒋轩宇的手背上那么长的一条刀伤你没看见吗？"

蒋菲菲愣住，两边反复察看。我凑到蒋轩宇身边："你还好吗？我给你处理伤口。"蒋轩宇手捂着头。"姐我刚刚没还一下手，你让我不惹事的，我真一下都没动。那水果刀是我从你妈手里抢下来的，你妈没受伤，我倒是被豁开一个口子。"说着，蒋轩宇自己就气哭了，"我招谁惹谁了啊……"

毕竟只是十九岁的男孩，平日里装得再痞再流氓，受了委屈的时候，也难免会情绪崩溃。

我把蒋轩宇拉到了沙发上，转头冲蒋菲菲喊了过去："去看妈啊！愣着干什么呢？！"

蒋菲菲赶忙去照顾母亲。我给蒋轩宇处理了伤口，顺便叫来了家庭医生。

这一刻我的心是慌张的，当我看到眼神空洞，对生活失去信心的母亲时，我感觉半边天都塌了。我是为了母亲才撑到了现在，可如今母亲却倒了下去。

医生诊断结束后，家嫂吴阿姨来了家里。我让吴阿姨做了四菜一汤，单独给母亲的卧室送去了一份。

我和蒋菲菲以及蒋轩宇坐在饭桌前，蒋菲菲随手将筷子一扔："你徐婉莹坐在这张桌子吃饭就算了，蒋轩宇有什么资格？这徐家没理由让一个不相干的人进门吧？"

我默默低头吃饭："蒋轩宇是我叫来照顾母亲的，你不分青红皂白把人家打了一顿，没让你赔偿就不错了，还挑上理了？"

蒋菲菲将面前的饭碗往前一推："行，赔偿是吧？"她起身走去了二楼卧室，再出来的时候，手里拿了一沓现金，大概是五千块。她拿着那沓红彤彤的钞票，朝着蒋轩宇的后脖颈拍了两下："这感觉舒服吧？从来没被这么多人民币拍过脑袋吧？"突然，她扬手就把那沓现金砸在了蒋轩宇的头上。钞票散了一地，落进了饭碗里、汤里、垃圾桶里。

"拿着我赔偿你的钱，从我家里滚出去！"

原本一忍再忍的蒋轩宇，终于忍受不了了，他猛地拍着桌子站起了身，眼里的怒火瞬间就能将蒋菲菲吞噬。

我心虽乱，但还是不紧不慢地将碗里的最后一口饭吃干净。我起身推开座椅，将桌子上的钞票一一捡了起来。

"羞辱人可以，但别脏了人民币，人民币这种神圣的东西，哪经得起你这么糟践？"我将手里整理好的十多张人民币递给了蒋轩宇："轩宇，把地上的那些钱都捡起来，擦干净。她蒋菲菲大小姐不是想看你低头捡钱的样子吗？那你就捡起来，然后再还给她，告诉她，脏钱我们可不敢要。"我微微笑了笑。蒋菲菲张口就要骂过来，我即刻又开口："对了，这饭菜也肯定是不能吃了，被这钱给弄脏了，我怕坏肚子。"

蒋轩宇把地上的钱一一捡了起来，他倒是报复心极重，本来已经整理好的一沓钱，竟朝着蒋菲菲的脸又砸了回去，甚至把蒋菲菲的脸划出了一条血口子。

蒋轩宇气势汹汹地喊了回去："你的脏钱，你自己收好！"

我拿起椅子上的外套，冲蒋菲菲道："我知道你今晚一定不欢迎我，所以我也没打算留，刚刚一起吃了顿饭，只是为了多待会，看看母亲有没有什么异常反应。今晚母亲就交给你来照顾了，如果照顾不好，我绝对不会放过你！"

我转身就准备离开："轩宇，走了。"蒋轩宇跟我一同往外走。

只是刚到家门口，蒋菲菲就吼了过来："徐婉莹我警告你，你这样对我，日后你会死得很惨！你要是继续跟我作对，以后你一分钱都得不到，徐家的门你也永远都进不来！"

我笑笑，回过头："是啊，我真是怕死你了！一个对养了自己二十多年的养父都敢下死手的人，又怎么可能会对我手下留情呢？"

蒋菲菲阵阵阴笑："你有证据吗？人都死透了，你跟我提这个有意思吗？"

本来，我只是无心一提，但没想到蒋轩宇一直记恨在心，他忽然冲到了蒋菲菲的面前，双手掐住了她的脖颈："你没资格提起爸！你不配！"

蒋菲菲被掐得脸色涨红，可她仍旧不肯松嘴，硬生生地顶撞了过来："有本事你就掐死我！我弄死了蒋国富怎么了？我就是要告诉他，当初那厂头压根就没猥亵我，我就是乐意跟他好！我就是要让蒋国富知道，他那腿白断了！你以为你们是什么东西，断了条腿就想让我感恩一辈子？我呸！当初有念书机会的时候，王玉兰毫不犹豫让你去读，他蒋国富说过一个不字吗？我告诉你蒋轩宇，你们全家都欠我的！就算你们死一万遍，都不够偿还！"

我上前拉开了蒋轩宇，蒋轩宇挣扎着还要继续上前，无奈之下我只得掐着他受伤的地方，才将他强行拉出门。

家门一关，蒋轩宇愤恨地捶了一拳门。我拖着他往外走，却见家门外停了一辆车子。

我越看越眼熟，走近时才发现是沈浩南的车子。

我推着蒋轩宇道："你先回车里。"

蒋轩宇上了车，我站到了沈浩南的车边，敲了敲车窗。

车窗隔了一会儿才打开，我惊讶着："你怎么在这啊？"

沈浩南蒙眬着双眼，看样子打盹好一会儿了。他拿起手机，冲我晃了晃："看看你自己的手机。"

我从兜里找出手机,才发现微信里有好多未读消息,当然,不止他沈浩南一个人。

我翻着他发给我的消息:

"今天陪我吃饭吧,上次的合同签好了吗?"

"我已经到医院了,我猜你就在这儿。"

"真巧,我看到你的车子从医院开出去了,你怎么不回复我的消息?"

……

看完消息,我惭愧地抬起头。沈浩南在座位里伸了个懒腰:"所以我就一路跟到这里了。"

第三十二章

我和沈浩南坐在车内,外面的夜静悄悄的,其间他的手机不停地有电话打来,他不接不看,只是对着窗外发呆。

我想他应该是有心事,于是就这么默默陪着他发呆。

隔了一会儿,他开口:"陪我简单吃一口?我到现在还饿着肚子呢。"

我点点头,虽然现在已经是晚上十点多钟,明天还要去新酒店报道,但想着沈浩南帮过我的忙,他有什么要求,我也不好拒绝。

我应着声,完全忘记后面的车里还坐着一个蒋轩宇。所以我们的车子刚启动,蒋轩宇即刻就下了车,站到我旁边的车窗外疯狂拍打:"姐,姐,你没事吧?姐,你下车!姐!"

我忙打开车窗:"轩宇,你帮我把车开去酒店,我陪沈总吃口饭。"

蒋轩宇探着脑袋看了看里面的沈浩南,犹疑着:"不行,我得跟着你,这月黑风高的,出事咋整?"

我拗不过他:"好吧。"

蒋轩宇还是不太放心,冲着车里的沈浩南就开了口:"吃饭就吃饭,赶紧吃完了各找各妈!别……"

不等他说完,我直接关了车窗。沈浩南发动车子,幽幽地笑着:"这就是你的亲弟弟啊?挺有意思。"

我尴尬地笑笑:"想吃什么?我请。"

"这个时间还有什么？火锅？烧烤？"

我瞧着他一脸忧郁的样子："想喝酒吗？"

沈浩南侧头看了看我："这个时间西餐厅可能都已经……"

我摇着头："烧烤啤酒，路边摊，没吃过吧？"

沈浩南似乎不太愿意跟随我去这种地方。我打着包票："保你去了一次就难忘。"

沈浩南笑着点了点头："我就知道你总会给我一些惊喜。"

车子开去了江边，灯火辉煌，热闹得不行。酒馆开在船上，望着夜景吹着风，食物的香气萦绕在这一方土地。一到夜晚，这座城里有心事的人都聚集在这里，与朋友把酒言欢，或是置身嘈杂中守着自己的孤独。夜晚，总是和忧愁分不开。

我和沈浩南点了餐要了酒，蒋轩宇就虎视眈眈地坐在旁边的小桌上，自己要了几样小菜。

我给沈浩南倒了啤酒："你喝吧，一会儿我送你回家。"

沈浩南笑着："我其实不是特别喜欢喝酒。"

我将斟好的酒推到他面前："但酒能溶解心事。"

沈浩南好奇着："你从哪里看出来我有心事的？"

我指了指自己的眼睛："这里啊，再冷漠、再会伪装的人，都会露出破绽的。谁说霸道总裁就必须每天活力满满无所畏惧呢？钢铁侠最后都被一个响指给打灭了。"

沈浩南笑得前仰后合："你也看了那个电影是吗？我陪沈天天看了，小家伙哭了一晚上，你说他那么小的年纪，怎么什么都明白呢？"

就这样，我和沈浩南的话题从一部电影打开了，而那瓶子里的酒水，也跟着一杯一杯地下了肚。

若不是今晚的烧烤摊，我大概不会看到一个平日里满脸严肃的男人一点点地卸掉铠甲。他的酒量很好，但他沉浸在半醉半醒的状态之中，几次欲言又止，被暂时的理智拦住了说胡话的嘴。

蒋轩宇手里握着大串羊腰子站到我身后，盯着沈浩南看："姐，今晚他埋单吗？他埋单我能打包不？这店里的东西太好吃了吧，回头我给韩斌带点。"

"你想吃什么就点吧。"我回过头，"欸，你晚上不是吃过晚饭了吗？"

蒋轩宇憨笑着挠挠头："我才十九啊姐，我这……正长身体呢……"

"吃你的去！"

晚上这一餐结束，我和蒋轩宇把沈浩南拉上了车，这一晚我们聊了很多有的没的。在断断续续的聊天中，我得知沈浩南是个从小含着金汤匙出生的孩子。他的资产远比我们看到的要多得多，所谓投资人的身份，只不过是为了给自己找个正经事来做。他完全可以不工作，名下的资产够他活几辈子，但他还是这么拼命。

我和蒋轩宇把沈浩南送去住处，这是我第一次来到他的家——戒备森严的别墅院落，外来的车和人都进不去。

蒋轩宇搀着沈浩南，他眼睛都看直了："这是人住的地方？这花园都够种地了！"

我走在前头按下了门铃，门自动开了，屋子里只开了一盏幽暗的壁灯，空调开得十足，凉飕飕的冷气带着股男士香水的味道。楼梯上走下来了一个披着睡袍的男人，是沈天天的爷爷。

我急忙点头问好："沈叔叔你好！"

沈叔叔瞧见沈浩南的状态，忙上前接手。"哎哟小丫头是你啊，我记得你！"他故意凑到我面前，极为热情地说道："拐杖用得还好吧？"

我点点头："沈叔叔，他喝醉了。"

沈叔叔上手就拍了下沈浩南的肩膀："你喝多了就住外面得了，吐家里还要收拾！亏你还有洁癖呢！"

沈浩南趴在沈叔叔的身上，眯着眼，眼神迷离："我得回来陪天天睡觉啊……"

沈叔叔一脸嫌弃:"你儿子不需要你陪睡,是你儿子陪你还差不多!"

沈叔叔将沈浩南拖到了沙发上,整理好身上的睡袍站到了我面前:"不好意思啊,给你添麻烦了,要不你们今晚就留家里休息吧,都这么晚了。"

"不用了沈叔叔,我们一会儿还有事。"

沈叔叔回头白了一眼瘫在沙发上的沈浩南:"你什么时候能给沈天天找个后妈!每天伺候你们两个祖宗,我都没空出去谈恋爱了!"转头,沈叔叔冲我道别:"那我就不留你们啦!赶紧回去吧,这都几点了。"

从沈家离开,蒋轩宇一路都在感慨:"有钱就是好啊,爷俩住的房子大得都快赶上韩斌的厂子了,有钱真好……"

"啥时候我能这么有钱啊,我要是有钱了,第一件事先把我妈弄出来,然后花钱雇杀手把蒋菲菲干掉!"

我坐在副驾驶调着导航路线,忽然想起:"对了,晚上那会儿还在家的时候,蒋菲菲说她小时候因为你而没念成书,真的假的?"

蒋轩宇一掌拍在方向盘上:"唉,你听她胡说八道!当年我妈的确是一心想让我念书来着,但也没亏着她啊。我妈在她十四五岁的时候吧,就把她送去城里学手艺了,想的是让她有门手艺有口饭吃,以后也好嫁人。我妈那时候就惦记着,让蒋菲菲找个像我爸那种脾气的男人,早点嫁了早点享福。结果呢,她自己不争气啊,在城里那半年,手艺没学成,学了一身的臭毛病,虚荣、爱钱、攀比,反正不良青少年的那些恶习,她都学来了。"

蒋轩宇顺势从兜里掏出一根烟,我抢来就扔到了窗外:"行了别抽了,继续说。"

他继续道:"我妈一看她出去半年变化这么大,担心她学坏。毕竟外面的世界很精彩嘛,就强行把她接回来了。可接回来也晚了,见识过外面的花花世界,你说她能消停吗?那臭脾气臭性子就这么落下了,然后她又觉得我妈偏心眼。我妈也是个烂脾气,两个烂脾气放在一起,受伤的就是我和我爸。"

眼看着车子即将开到酒店门口，蒋轩宇又叮嘱了我一句："姐，蒋菲菲的坏其实就是骨子里带的，你千万别觉得真是有谁亏待了她。"蒋轩宇冲我竖起那根断掉的小拇指："这就是证据。她那么小的时候就敢对我下死手，没有什么是她不敢的。还有，当年去城里学手艺，她一口就答应了，说要去城里长见识。她恨我妈不是因为我妈没给她书念，而是我妈半路把她从城里抓回来了，耽误了她在外面赚亏心钱。"

车子停在酒店门口，我和蒋轩宇一起下了车："姐你快回去休息吧，我打个车回厂子。"

我把车钥匙扔给他："开我车回厂子吧，这个时间也不好打车。"

隔天一早，我简单收拾一下就去了第三家酒店。新酒店已经投入了运营，只是刚进大堂，就看见了站在一排员工面前的蒋菲菲。

蒋菲菲正给大堂里的员工开大会，举手投足间带着股女王指点江山的气势。

我本打算直奔办公室而去，大堂门口却乌乌泱泱地进来了一个旅游团，男男女女老老少少，叽叽喳喳地拥入了大堂。

我诧异着，蒋菲菲却迎了过去。

我随手拉过大堂经理："这是怎么回事？"

大堂经理是个三十岁左右的男士，长得挺白净，此刻正一脸无奈："今早蒋菲菲经理过来，说是会来一个旅游团，让我们接待……"

我惊掉了大牙，两步凑到了蒋菲菲的身后，将她拉到了一边："这是你带来的人？"

蒋菲菲拧着眉毛："有问题吗？"

"酒店还在试营业，你直接弄来了一个旅游团，你跟谁谈的合同？张经理？"

蒋菲菲一副理所当然的模样："裴江远啊！你的前男友，之前不是签过合同了吗？"

"那是签的另外两家！你以什么价格跟人签的？"

"就是你和裴江远谈好的价钱啊！合同你看过的啊！"

我生气道："但我没有把这家酒店也签出去！以那个合同上的价钱，你把人带到这儿来，我们会亏死！损失谁来负责？你来负责吗？"

蒋菲菲开始焦虑，但还是硬着头皮跟我顶撞："可他裴江远说了，合同里说的就是入住这家酒店！谁知道你们合同怎么搞的啊！当初要不是看你和裴江远闹了矛盾，你以为我会帮你收拾烂摊子？"蒋菲菲甩手便要离开："你自己去处理！我不管了！"

眼下，大堂里散着三十多位游客，导游在人群里收取身份证件，我走到安静的角落，给裴江远打了电话。

电话一通，我便喊了过去："你在合同上做了手脚是不是？你明知道蒋菲菲什么都不懂！"

裴江远气定神闲，压根就没理会我刚才的话："婉莹，我听说你和那个沈浩南搞到一起了，是真的吗？"

我怒火中烧："我在问你合同的事！"

裴江远继续沉浸在自己的悲伤情绪中："我让你做我的小三你不做，非要跟那个花心男人在一起，你知道他身边有多少女人吗？你怎么就权衡不了利弊呢？你跟我在一起，我除了给不了你婚姻，我会一辈子对你好啊！"

第三十三章

正当我和裴江远在电话里互相指责的时候,那边的大堂经理已经同旅游团的导游争吵了起来。

大堂经理被导游指着鼻头责骂,扬言要找这里的领导。我急忙跑上前,导游身后的那一群大妈大爷便气势汹汹地迎了上来。

显然,在他们的眼里,我们成了欺负弱小的恶人。

我将大堂经理推到了身后,大堂经理声音都跟着打战:"徐经理,我真没接到什么通知,说今天要招待这一批客人。我们酒店的网络平台合作都没开放,怎么可能会有什么合作!现在可怎么办啊?要不我现在联系张经理,跟他确认一下?"

我摇摇头:"不用,我来处理。"

领头的导游身后站了一个肥头大耳的中年大妈,中年大妈一脑门的汗,嘴角向下耷拉着,一副要帮着导游同我拼命的架势。

此时,我已经听不清电话那头裴江远的声音了,我挂掉电话,向导游和大妈开了口:"实在不好意思,要不咱们先找个地方坐,我让服务生给大家拿几瓶饮料解解渴。"

导游一脸不耐烦:"你赶紧把入住的事儿解决了,我这放下行李还有行程呢!"

我极力地安抚:"好好好,可是这么多人,总需要时间吧?你们先歇一下，我这就给你们处理。"

导游倒是听了我的话，带着她的一帮小兵去了休息区。黑压压的一群人，大包小包，所到之处不是乱丢垃圾就是随地吐痰。

我拿着手机给蒋菲菲发了消息："五分钟之内，把你和裴江远签的合同带到我面前！别以为你临阵脱逃了，这事儿就跟你没关系！"

蒋菲菲没回我消息，但倒是守时地把合同拿给了我。和我料想的一样，裴江远改了合同，白痴一般的蒋菲菲连看都不看就签了新合约，不晓得他用了什么手段，但白纸黑字，抵赖不了。

我坐在办公室里发着愁，蒋菲菲随口道："那就住呗，咱家酒店这么多房间，这群人也就住八天，又不会损失多少。"

"不会损失多少？"我疑惑地抬头看着她，无奈地笑出了声，"好，那差额的费用你来补齐，剩下的事我来做。你应该还不知道你和裴江远签的合同是个无底洞吧？不止今天这一波旅游团……"

我对着合同发愁。蒋菲菲似乎才明白我是什么意思，她被裴江远坑得很惨，里里外外坑了个遍。以前我只知道裴江远做生意有一套，但没想到是糊弄人这一套。

我起了身，经过蒋菲菲身边时对她说道："我纠正你一点，公司不是父亲一个人开的，并且父亲还没死，你也不是这酒店的继承人，你没资格说出刚才那么狂妄的话。准备好在高层面前做检讨吧，这事儿没人给你担。还有，今天十二点之前，差额必须补齐，你犯的错，你自己承担！"

我拿着合同准备离开，蒋菲菲一把拉住我："我凭什么按你说的去做？合同的事我根本不知情！"

我无奈道："那怎么着？不按我说的去做，你自己去和裴江远理论？这样也好，我还不打算见他呢！"

蒋菲菲松开了拉着我的那只手。我走出办公室，途中给大堂打了电话，让他们按合同上的价格处理。

只是刚走到酒店大门口,我就碰上了迎面而来的蒋轩宇。

蒋轩宇是来还车的,顺便来我的新酒店面试。他穿得整齐干净,但那不合身的白衬衫黑西裤,看着实在别扭。他手里拿着三份简历,端在胸口。我刚要打招呼,他就飞奔而来:"姐,我来面试了!我看你们这里招啥的都有,我感觉我都可以试试!"

蒋轩宇站在酒店门口的石阶下,他仰头看向我的时候,眼睛里闪着亮晶晶的光。不知道是不是源自血脉的神奇力量,我竟在他的眼神里看到了对我的依赖。

我走下台阶,伸手拿过他的简历:"不用去面试了。"

蒋轩宇脸色大变:"别、别啊姐,我不会烦你的,我真想好好找份工作。韩斌那边暂时不开工,我也不能没收入啊。姐,你就让我去面试吧,你啥也不用管,我就凭本事去竞争,行不?"

我笑着:"我是说,你被录用了!先从司机开始做吧,跟在我身边,杂七杂八的事少不了你的。"

蒋轩宇兴奋地立定站好:"得嘞!司机小宇子这就为您服务!"

我让蒋轩宇开车送我去裴江远的公司,途中经过了一家西装店,我买了一套合身的衬衫西裤送给了蒋轩宇。

"就当你入职的礼物吧,你穿韩斌的西服,太不合身了。"

蒋轩宇抱着衣服袋子开心得无法言喻:"这辈子只有我妈给我买过衣服!姐,谢谢你!"他眼睛亮晶晶地看着我,笑开了花。

车子开到裴江远的公司,蒋轩宇给我助阵、帮我开路,我们俩直达裴江远的办公室。

办公室的房门从里面反锁,秘书在我们身后竭力阻拦,蒋轩宇从来不是听软话的主儿,抬脚就踹起了门:"给老子开门!"

门即刻就开了,只是办公室里坐着个身材窈窕的女人,上身的雪纺衫还穿反了方向,看样子,这间屋子里刚刚经历了一场风花雪月之事。

沙发上的女人整理着衣角,起身低头溜走了。裴江远坐在办公桌前,脖子上还留了一个吻痕。

我坐在裴江远办公桌对面。蒋轩宇双手交叉放在身前，身板挺得笔直站在我旁侧，瞪着裴江远。

裴江远指了指我身旁的蒋轩宇，对我道："现在出门还带保镖了啊？"

我笑笑："人渣太多，保不齐什么时候就被人暗中捅了刀子，带个人在身边，总是好的。"我指了指他的脖子："最近还真是草莓旺季啊，到处都能看到卖草莓的水果摊贩。"

裴江远被我说红了脸。为了逃避尴尬，他直入主题："找我什么事？"

我将合同拍在他面前："你耍蒋菲菲我不反对，但别坑了我。我自认为没做过什么对不起你的事，这是我接手的和你家的最后一单合同，别搞得这么难看。"

裴江远慢悠悠地拿过合同，在手里端详。"一开始我以为蒋菲菲是个厉害角色，后来发现不过是个菜包子。"他把合同重新甩给我："如果当初是你从头到尾接手的这个单子，我绝不会为难你。可她蒋菲菲负责了这事儿，合同也签了，就要白纸黑字地执行到底。"

我笑了笑："为难我？你为难得到我吗？从我手里走出去的合同，我看的时候会落下一个标点符号？你明知道蒋菲菲什么都不懂，还去坑她，你坑她也就算了，现在还搞上了我家新酒店，你坑的已经不是蒋菲菲了，而是我们整个公司！"

我怒目而视，裴江远依旧保持着平静，身旁的蒋轩宇有些站不住，不耐烦地开了口："姐，干脆打一顿算了，打一顿什么都解决了。"

我还没说话，裴江远大笑出声："你以为你是谁啊，黑社会？"

看着裴江远不服气的样子，我起身走了门口，吧嗒一声将门反锁，回头便给了蒋轩宇一个眼神。蒋轩宇上手就勒住了裴江远的脖子，硬生生把他拖出了办公桌。

裴江远吼道："我告诉你，我屋里有监控！你给我放手！"

我不慌不忙："轩宇别听他的，他屋子里要是有监控，他刚刚就不敢在这里跟女人发生苟且之事。"

蒋轩宇彻底放飞了自我，把他从黑道学的那点打人技巧都用在了裴江远的身上，每次下手能让人痛得要死，表面上还看不出伤口。

我重新回到座位，看着被搞得满头大汗的裴江远："以前没发现你是个人渣，现在见识了。反正今天呢，这合同必须改，我今天来找你，也没打算跟你讲道理。我怎么可能讲得过你这个斯文败类呢？所以，干脆就武力解决吧！你今天要是不把这合同改了，咱们就在这办公室里分出个胜负。我不怕被你告，也不怕你报警，这合同只要你一分钟不改，我就让我弟弟，以及那个被你坑了的蒋菲菲，每天都来找你麻烦。哦对了，你那批游客现在已经入住我家酒店了，你要是觉得跟我作对过瘾，那我就把这份气还到你顾客的身上，比如说洗澡洗一半停个水啊断个电啊，吃东西吃坏肚子啊。毕竟是你家客人，出了事最后还是得你担着吧？你喜欢玩阴招，那我也学一学，看看能不能超越你。"

裴江远最终还是服了软，重新拟了合同。但眼下已经入住的顾客，是没办法挪动了。

我和蒋轩宇胜利而归，只是一进酒店大堂，就看见了大堂里摆满了花束。右手边的镜面墙壁下，整整一面墙被都七彩花朵包围，中间是一大簇摆成心形的玫瑰，美得让人沉醉。

大堂里香气飘飘的，员工在花束旁驻足，大堂经理凑到我耳边，说起了悄悄话："是一位姓沈的先生派人送来的。徐总，你男朋友呀？"

姓沈，那也只能是沈浩南了。

刚好，手机来了消息，是沈浩南发来的："今天是你第一天接手酒店，好好努力工作，我等着你的分红。还有，谢谢你昨晚陪我喝酒，这些花是送你的礼物。"

我心里一阵阵泛暖，回复了他："以后心情不好的时候，还可以找我。不过下一次你可以把具体事情说出来，就当发泄一下。我的记忆只有七秒，听过就忘。"

沈浩南回得迅速："烦心事就不说了，怕你小小年纪承受不住。不过，你说你只有七秒记忆，那你就是小鱼了？那下次……我是不是应该送你鱼塘？"

我对着手机傻笑。这时，旅游团的人又纷纷下了楼，他们也被大堂里的花吸引，一个个凑上前，离去时人手一枝花。花束被他们搞乱，我面露不悦，大堂经理便急忙上前规整。

只是不知何时，蒋菲菲站在了我身后，她双手抱在胸前，看着那一面墙的花束，眼睛都在喷火。

我走到了蒋菲菲的身边："合同的事帮你处理好了，这一次的损失由你个人负责。下次别再搞出这么低级的错误。"

蒋菲菲白了我一眼，继续盯着墙上的花："沈浩南送的吧，还有谁能这么大手笔地给你惊喜。看不出来，你勾引男人很有一套。"

我不想理会她，转身便准备离开。蒋菲菲叫住我："你不会是把希望寄托在沈浩南的身上了吧？做不成徐家人，就要找个大款给你当靠山？沈浩南会娶你吗？我看未必吧……"

我笑笑："我为什么要找靠山？你以为谁都像你，靠这个靠那个，每天脑子里装着一些歪门邪道的东西，想着怎么贪小便宜，怎么搞垮别人？"

蒋菲菲要顶嘴，我即刻把她压了下去："以前我觉得你牙尖嘴利，是个不好惹的人，现在我觉得你就是个没有脑子只会嘶吼的人。"我向着她靠近了一步："蒋菲菲，你根本不配做我的对手。"

蒋菲菲张牙舞爪："徐婉莹，你别太张狂了！别以为现在爸昏迷了，我就不敢对你怎么样！公司没有你照样玩得转！还有，你以为沈浩南是什么好东西！他父亲和他母亲的事你还不知道吧？"她幽幽地冷笑："你就是再上赶着，都入不了沈家的门！"

只是，她的嘶吼声刚落地，酒店大堂外忽然响起了撕心裂肺的尖叫声："有人跳楼了！有人跳楼了！"

第三十四章

　　这世上有千万种死法，除去自然死亡，"跳楼"或许是寻死者选择最多的方式了。

　　此前我听闻，这世上每天都有人在跳楼，而我始终觉得"跳楼"这两个字距离我很远，但没想到，竟发生在了身边。

　　尸体用白被罩遮盖时，我扶着墙壁站在酒店大门口，胃里阵阵翻滚。

　　跳楼者死了，从十三楼下来的，摔得面目全非，只能从衣服分辨出是个女性。死者的周围绕了几个看热闹的人，而那些人的身后，停着一辆大巴车。大巴车是旅游团的，从他们大部队下楼到现在，车子一直没开走，似乎是在等待什么人。

　　此刻，大巴车的车门开了，司机先下了车，他推开人群凑近那个尸体，立刻"啊"的惊叫一声，坐在了地上："这是林导游啊！林导游啊……她、她、她怎么死了啊……"

　　世事无常，几个小时前还跟我仰脖理论的林导游，这一会儿便咽了气。警察赶到后封锁了现场，酒店也成了晦气之地，大堂里的鲜花都好似跟着枯萎了。

　　高层负责人跟随警方去做了调查，而这位林导游是江远旅游公司的员工，跳楼事件的发生，又一次将我和裴江远牵扯到了一起。

　　我本以为，这是一起普通的轻生者自杀事件，可当裴江远的一通电话打过来时，事情变了味道。

裴江远在电话里极力推卸责任："你们酒店刚建成，就闹出了人命！人是失足坠楼的，那房间阳台的栏杆都跟着一起断裂坠落了，你们酒店要负全部责任！"

我的脑子嗡的一下乱了思绪：的确，林导游的尸体不远处是有一根破损的栏杆，1302号房间的阳台位置栏杆损坏，但不清楚是人为还是设施本身就有问题。

我知道现在多说一句话都会成为裴江远拿捏我的把柄，他公司的员工在工作期间出了人命，他定是要赔钱的，而这一赔，不知道要赔进去多少。他现在死咬我们酒店设施不合格，便可以减轻很多负担。甚至，他连赔偿都不需要有，只走员工保险即可。

我平复着心绪："你不用往我身上推，你的卑鄙无耻我已经完全见识到了，人是怎么死的警方会给定论。"我打算立即挂断电话，裴江远又喊了起来："我现在就和林导的家属在一起！她们说了，林导为人开朗善谈，没有任何精神上的问题，是不可能跳楼轻生的！"

裴江远句句针对我，将责任推卸得一干二净，他甚至煽动死者家属的情绪，让他们来我这里讨公道。

一时间，跳楼的事迅速发酵，酒店刚开业就被扣上了"死过人"的帽子。而我一整天都在处理这棘手的事，张经理来了，公司高层来了，大家开会研讨应急方案。夜色降临之时，裴江远带着林导游的父母亲，以及林导游八岁大点的小女儿，来我这里讨公道。

林导游的父母和女儿是乘坐裴江远的车子来的，四个人一起下车。裴江远的眼圈泛红，那对老夫妻满脸颓丧，孩子一脸茫然地牵着外婆的手，眼神空洞。

张经理带着我和蒋菲菲一起见了裴江远以及死者家属。见面时大家的态度还算平和，我们坐在桌子两侧，张经理客气地倒了茶水，语气温和："对于死者的事，我们感到非常抱歉。但酒店的各项设施都是经过相关部门检验的，我们可以出具证明。"

张经理含蓄地撇清酒店的关系，林导游的母亲则开了口："证明？一张破纸就能证明你们的设施没问题？他们能检查到每一根栏杆吗？我女儿那么开朗健谈的一个人，工作又出色，现在你们推卸责任，话里话外说她是自杀，你们良心何在！"她伸手指着张经理的脸："就是你们酒店设施的问题！我女儿是不可能自杀的！你们今天必须给我个说法！"

一旁的蒋菲菲忍不住开了口："开朗就不会自杀了？那有钱的艺术家和明星还跳楼呢，谁知道你女儿是不是双重人格！"

我和张经理一起冲蒋菲菲使眼色，让她闭嘴。

张经理继续保持平和的态度："您先别激动，您女儿的具体死因我们都还不清楚，毕竟谁都不在场，也没有视频可以证明她到底是如何坠楼的。你看，你现在承受着丧女之痛，我们酒店也因为这事受了重创，遭受了损失。现在的状况都不是我们大家所希望的，所以……"林导游的母亲激动地喊道："所以什么，所以什么？！所以你们酒店设施不合格还有理了是吗？你还跟我装起可怜了是吗？你们不过是烂了一根栏杆，我失去的是一个活生生的女儿啊，那是人命啊！"

没错，这世上的任何事，都抵不过一句"死者为大"。对于死者家属来说，事情的真相是什么已经不重要了，因为人死了；人死了，就总要有个来承担责任的人。

所以下一秒，裴江远代替林导游的母亲开口入了正题："张经理啊，我也知道你们酒店现在受了影响，但这人的确是在你们这里去世的，你们总要给个说法吧？起码赔偿是要有的。"

裴江远张口闭口就是要赔偿。现在的裴江远和林导游一家是站在一起的，若是我们出了这笔赔偿金，他裴江远就不用花钱了。

林导游的母亲跟着应声："对！你们必须赔偿！否则我就把你们告上法庭，让你们酒店运营不下去！我天天抱着我女儿的骨灰盒来你们这里讨公道！"

我和张经理都没说话，蒋菲菲又一次忍不住了："合着我刚听出来，你们就是想讹钱对吧？死因都没确定呢，就让我们赔钱？门都……"蒋菲菲的后半句还没说完，我即刻起身，扯住了她的手臂："你跟我出去！"

我把蒋菲菲拖出了房间，蒋轩宇一直守在门外，满脸担忧。

蒋菲菲一手甩开我："你干吗啊，听不出他们是来诈我们的？"

"这事儿你别插手了，有你在，事情只会越来越糟。"

蒋菲菲不服气，拿着手机也不知道在看什么。蒋轩宇绕到我身旁："姐，讹钱的吧？"

我一脸愁苦地点点头："不知道张经理能不能应付得过去。这件事是裴江远挑的头，他为了推卸责任，把人带到我们这里来了。"

蒋轩宇透过屋子缝隙看了两眼："姐，这种人跟他们讲道理没用。以前我打工的一个厂子，也是死了人，那家属差点把厂子老板的房子给烧了。我感觉啊，你们这个爱讲道理的张经理来处理这件事，够呛……"

蒋菲菲在一旁附和："那个林导游的家庭住址我查出来了，我们不应该这么被动。"

蒋轩宇一脸的瞧不上："就你那两下，别把事情搞大就不错了！"

蒋菲菲上手就推搡蒋轩宇："这里没你说话的份儿！"

蒋轩宇要还手，我急忙拦在中间："你们两个别给我添乱了！"我转头冲蒋菲菲："损失的钱款你打入公司账户了吗？今天凌晨之前如果不把钱款汇入，我就把事情上报给高层领导！"

蒋菲菲被我打发走，房间里面响起了争吵声。张经理的脸被林导游的母亲抓花，裴江远在一旁装作焦急地做着看客，好似他员工的死跟他毫无干系。

我们费了好大劲才把张经理解救出来，那不讲理的夫妇则带着八岁大的外孙女，盘腿坐在酒店大堂中央，逢人就说酒店夺人命，屋子里有冤魂。

酒店无法正常营业了。好在顾客不多，酒店也关了大门。保安劝不走这对夫妇，又不敢对他们动粗。

裴江远就站在门口抽烟看戏，一身光鲜亮丽的西装，掩盖了他的丑恶本质。

我帮张经理处理完伤口，站到了裴江远的面前，一手打掉了他的烟："这就是你想看到的对吧？把自己摘得干干净净，让我们替你背锅。"

裴江远强调道："人是在你们这死的。"

我笑笑："别扯了，房间里的那个阳台只是装饰用的，想要踩上那个阳台，要垫着凳子爬上窗口，爬过窗户以后，才能跳到阳台上，根本不可能是意外坠落。"

裴江远故意挑衅："是死者亲口告诉你的吗？"

"裴江远你别过分！"

他冷笑："其实这件事很好解决，一百万的赔偿金，只要你们出了钱，什么事都没有。"

我压着心里的怒火："这一百万本应该是你去赔偿才对！你欺负他们不懂法是不是？需要我提醒他们吗？"

裴江远完全不畏惧："就你们刚刚说话的态度，你觉得他们老两口会相信谁？"

的确，裴江远的洗脑和伪装能力是一流的，否则我之前怎么可能被他骗两年。

晚上十一点左右，那对夫妇也闹累了，带着外孙女霸占了大堂的沙发。我守在一楼寸步不离，蒋轩宇陪同在我身边，蹲在墙边犯着困。

我晃了晃蒋轩宇，他硬撑着眼皮，紧张兮兮："怎么了姐，他们又开始闹了？"

我指了指二楼餐厅的方向："你去跟后厨要点吃的喝的。"

蒋轩宇即刻起了身："姐你饿了啊？我也饿了，我这就去。"

蒋轩宇跑回来的时候端了个餐盘，盘子里有牛奶和三明治。他对我说："姐，快吃吧，吃了去宿舍睡觉，我在这儿守着。"

我摇摇头，指了指沙发的方向："我看那小丫头跟着她外公外婆连续六七个小时都没吃东西，孩子的精神状态好像不太好，你把东西给孩子送去。"

蒋轩宇气急败坏道："不是……你关心他们做什么啊……"

我推搡着他："你快去吧！"

蒋轩宇被我推走，酒店大门口忽然有人推门而入。我即刻起身，发现竟是沈浩南。

沈浩南直冲我走来，我的心怦怦直跳，也不知是看到他紧张，还是因为心虚，心虚自己刚上任就捅出了这么大的娄子。

我羞愧地同他问了好，沈浩南回头看了看沙发的方向，一脸平静："刚听说了你们这边的事，闹得可是不小。"

我整理了下衣摆说："我们去休息室谈吧，沈总。"

沈浩南摆摆手："帮我开间房，我今晚在这里住。"

我迟疑片刻："你不回家陪天天……"

沈浩南似乎很疲倦："需要我的身份证吗？"

我忙摆手："不用了，有预留出来的房间，直接入住就可以。"

我带着沈浩南上了楼。韩斌在这时给我发了消息，他连续发了几条，说得知了酒店的事，他要现在来看我，顺便把投资的合同交给我，让我转交给沈浩南。

我都没来得及拒绝，沈浩南则在房间里一会儿让我帮他放洗澡水，一会儿让我准备餐点。其间，沈浩南放在床头的手机一直在嗡嗡作响，他完全不理会，甚至关了机。

不晓得他的手机里有什么秘密，但看得出他有心事。

餐点送上楼时，送餐的服务生在我耳边递悄悄话，说楼下的那对老夫妇又开始折腾闹事了。沈浩南刚好在这时冲完澡走出浴室，他裸着上半身，下身裹着白浴巾，发丝滴着水珠，顺着脖颈滑向胸口，又沿着棱角分明的六块腹肌继续向下。

我看得羞涩，忙回过头对服务生道："我马上下楼处理。"谁知，服务生看得比我还起劲，眼珠子就快瞪出来了，喉咙不自觉地吞咽口水。我伸手在他面前挥舞，小声责怪："你一个男人看得这么出神！赶紧把餐车推出去！"

我也跟着跑去门口："沈总你先换衣服，我下趟楼。餐点给你摆好了，有什么事再吩咐我。"说完我哐当一下关上门，灰溜溜地往电梯口跑。

只是刚走几步，沈浩南便开门叫住了我："你急什么，回来。"

我羞红着脸，后退着一步一步地又挪到了他的房间门口，不敢抬头，死死地垂着脑袋："您还有什么吩咐？"

沈浩南语气里带着点笑意："刚刚就想告诉你，你可以查查那个死者的家庭背景，或许对你有帮助。"

我点着头："好的沈总！谢谢沈总！"

我迈步去了电梯口，身后的房门关合，我心里呼的一下松了口气。

只是我刚下楼，蒋轩宇就走到我面前，脸色焦躁："姐你怎么下来了？刚才韩斌来了，我说你送沈总上楼了，他跟着就上去了！"

我心里感到莫名不安："上去多久了……"

蒋轩宇指了指另一侧电梯的楼层显示屏："这不刚好到十二层了嘛。"

第三十五章

我和韩斌不过几十秒钟的工夫，一个上楼，一个下楼。蒋轩宇大嘴巴，把沈浩南的房间号告诉给了韩斌。我心里惴惴不安，扭头又进了电梯，也顾不得酒店大堂里那对老夫妇又惹了什么事。

电梯一到十二层，我朝着沈浩南的房间飞奔而去，房间门没关，屋子里的一幕让我松了口气：韩斌同沈浩南礼貌握手，两个人气氛和谐。

沈浩南即刻注意到了我的存在："你怎么又回来了？"

我如释重负："啊没事……我来找韩斌的。"

韩斌回头看我，眼神出奇地平静。那份他带来的合约正摆在电视柜旁。沈浩南利落地在上面签了字，拍了拍韩斌的肩膀："等着你的好消息。"

从沈浩南的房间离开，我和韩斌并肩进了电梯，韩斌对着电梯面板上的楼层数发呆。我开了口："下次到酒店记得提前给我打电话。"韩斌语气平和："你是担心我见到沈浩南会情绪失控吗？"

我没说话，他低头轻笑，语气里的认命，像是屈服于所有的现实压力："你那天说得一点没错，年轻人身上最不值钱的东西，就是自尊心。"

我听出了这话里的不对劲。电梯门开时，他迈步向前走，我一把拉住他："你会怨我吗？让你丢了自尊……"

韩斌摇头："没有，相反……我要感谢你，是从前的我太幼稚。现在有了这笔钱，能解决我大部分的难处。"

我跟在他身后："小梅那边怎么样了？"

韩斌沉默片刻，生硬地转了话题："我刚刚进大堂的时候看到有一对夫妇在那，是今天跳楼者的家属吗？"

"嗯，来要赔偿金的。"

走到大堂，那对夫妇不知道从哪里弄来了条幅，扯着条幅又开始在门口大喊大叫。

蒋轩宇凑上来时，手里握着手机："姐，报警吧，他们这也太过分了。"

我迟迟没报警的原因，就是怕这对夫妇再借着警方干涉的机会，喊出什么欺压老百姓的口号。他们本就是弱者，如若我们变得更加强势，这件事在舆论上就没有回旋的余地了。即便有一天真相大白，散播出去的言论，也收不回来了。

大堂里的摄像头录得一清二楚，我就任由他们在这里闹，并叮嘱大堂里的服务生和安保人员打不还手骂不还口。我等着警方的调查结果以及尸检结果，同时我也听了沈浩南的话，准备暗中调查林导游一家的背景。

其实一开始我也觉得奇怪，林导游是个已婚女人，她丧了命，为何丈夫迟迟不出现？而那个八岁大的小女孩，从出现就一直不在状态，孩子对母亲离世的反应太过反常，一切都不合情理。

我把韩斌送到了门口，韩斌忽然想起了什么："我刚刚一直觉得那对老夫妇眼熟……好像之前在哪里见过……"

我跟着激动："是老乡吗？"

韩斌皱眉摇头："不是……老乡的话会很熟悉，这个只是眼熟，但绝对是见过。"

韩斌一时想不起来，我也不好再问。眼下已是深夜，我催促他赶紧离开。

韩斌上了车，依旧是那副心事重重的模样。他迟迟未发动车子，忽然开了口："他是很优秀，刚刚站到他面前的时候，我心里的确是自卑了。"

我知道韩斌说的"他"是指沈浩南。我一时不知道应该说些什么，韩斌自己给了自己台阶下："不过他有的我早晚都会有，而且我知道，你不是贪图物质的女人。其实你跟我说完那些话以后，我回去想了好久，你只是恼火我的不争气而已，所以才会说出我配不上你那种话。"

"你能这么想，我倒是觉得自己没交错朋友，不是所有人都把钱看得很重要。"我笑道。

韩斌的脸上终于浮现出了一丝笑意："我的低谷只是暂时的，我会重新振作，但也希望你等等我。沈浩南他是各方面都不错，但他也三十岁了。"

韩斌的话越说越矫情，我怕尴尬，急忙打断："哎呀我知道了，你快点回去吧，工厂那边赶紧开工！你看你几天不开工，蒋轩宇都投奔到我这里来了。"

韩斌挠头笑了笑："知道了，不过轩宇在你这，是他自己想来的，他是你的弟弟。"

"知道了知道了，反正我等你好消息。"

送走韩斌，沈浩南来了电话，我接起电话，他在话筒里让我抬头看。

我仰头望向他所在的房间方向，十二层只有两间房亮了灯，他站在窗口冲我挥手，话筒里是他的声音："还担心你会不会和他来个吻别什么的，一直在楼上盯着你呢。你们聊什么了，这么开心？"

我随意调侃："聊沈总的深明大义，聊沈总的高瞻远瞩，聊沈总的慷慨解囊。"

沈浩南在那边轻笑出声："你夸起人来还真是头头是道，不过我刚刚倒是认真担心了一下，我惦记的人，可不好被别的男人动了。"

我不知如何回他这句话，脑子空白之际，他继续道："你知道刚刚在你上楼之前,他跟我说了什么吗?"

"什么……"

"他说让我别靠你太近,说我三十而立,对一个二十出头刚接触社会的女孩子来讲是极具诱惑力的,而你只是众多扑向我的飞蛾中,必死无疑的那一个。"

我听得很绕,反应过来的时候,哭笑不得:"你别听他胡说八道,他就是言情歌曲听多了。"

沈浩南却很严肃,他依旧笔挺地站在窗边,话筒里的声音不自觉地让人联想到他那张严肃的脸:"他对你倒是真的在乎,男人最懂男人,他是真的喜欢你。不过我也有自信,你早晚会变成我身边的那只飞蛾。"

我心里莫名跟着紧张,极力地保持冷静:"我是飞蛾,二十出头的姑娘都是飞蛾。但有的不会扑火寻死,我想我就不会。"

沈浩南轻轻笑了笑:"好了,早点休息吧,你这只小飞蛾,未来还有很多坎坷要去挑战呢。"

沈浩南挂了电话,他的身影消失在窗口。我的脖颈仰得微微酸痛,重新走回大堂时,里面已经乱成一团。林导游的八岁小女儿昏倒在地,看样子像是发了高烧。

而这时,我收到了韩斌发来的语音消息:"我想起来了,那对老夫妇我在医院看见过,他们在医院也闹过,好像是因为孩子的事。"

听完消息,我想,或许林导游的这个小女儿,是得了什么重病。

这一天在不平凡中度过,等不及救护车来,我便开车带着小女孩和老夫妇去了医院。

若不是亲耳听闻,我哪里会想到,这个看上去毫无血色的孩子,竟然得了白血病。

我忽然理解了那老两口拼死要赔偿金的心情,不管这心思里有没有其他杂念,定有一部分钱,是用来给孩子救命的。

守在医院之时,我心里五味杂陈。老夫妇蹲在病房门口,男人抓着头发,女人四处打电话借钱。

我走到了老妇人的面前:"你们还差多少?不多的话,我以个人名义帮你们垫上,孩子的身体要紧。"

老妇人半信半疑,眼神里的动容和刻薄融在一起,这大概就是被生活折磨到尽头的模样吧。我曾在失去丈夫的王玉兰眼里,看到过一模一样的神态。

我替他们付了医药费,老夫妇留在了医院,我回了酒店。

因为孩子的病情,老夫妇隔日没再来闹,张经理趁着这个机会开了紧急会议,我和蒋菲菲以及公司的公关人员坐在一起,商讨这事的解决办法。

我把我得知的状况复述了一遍,蒋菲菲则扬扬得意地在一旁看戏,大家徘徊在现实和感性之间。沉默之际,蒋菲菲开了口:"你们都说完了是吧?那我给你们提供个消息吧。"她将手机拿到了桌面上,一边在屏幕上按着电话号码,一边道:"那个林导游啊,绝对是故意跳楼自杀的,我已经查到她丈夫的信息了,你们猜怎么着?她丈夫是个赌徒!到处乱赌,欠了一屁股的债,就等着他老婆跳楼讹赔偿金呢!"

眼下,电话被拨通,蒋菲菲尖着嗓子就喊了过去:"是赵军胜吧,林导游的丈夫,是吗?"

电话那头的声音粗犷且小心:"谁?!"

蒋菲菲继续开口,而我的手机忽然来了消息,是林导游的母亲发来的:"昨晚谢谢你帮我们垫了医药费。我考虑了一下,我女儿的事我可以跟你们好好商量。但我也有要求,不要让警察和律师参与进来,更不要让我女儿的丈夫参与进来,我女儿的赔偿金,是用来给外孙女看病的。"

看到这则消息,我心急地伸手去抓蒋菲菲的手机,可还是晚了一步,只听蒋菲菲幽幽地对话筒开了口:"你老婆故意跳楼讹钱这事,你知道吧?"

第三十六章

当蒋菲菲开口对着话筒那边的赵军胜说出了跳楼一事，我的心倏然狠狠下沉。那种原本已经找到了迷宫出口，就快告捷的一刻，忽然间，整个迷宫坍塌了，迷宫里寻找出口的人一起被埋在了这片荒地，等着死神的召唤。

但我还是抢过了蒋菲菲的手机，按下了挂断键。蒋菲菲冲着我发疯："你在做什么？把电话给我！"

我死攥着电话，张经理跟着附和："婉莹你把手机还给菲菲啊！菲菲好不容易找到有关林导游丈夫的信息，你倒是让对方把话说完啊！"

我摇头："这件事不能让林导游的丈夫知道。我刚刚接到了林导游母亲发来的消息，她说她愿意和我们谈判，但前提是不可以有警方、律师，以及赵军胜的出面……"

蒋菲菲嘲讽着："徐婉莹我看你是糊涂了吧！那林导游的爹妈明摆着就是来酒店闹事讹钱的，现在我把林导游那个爱赌博的丈夫揪出来，那就让他们自己窝里斗啊！你自己都说，林导游的母亲不想让赵军胜知道这件事，那就是说两边都想要这笔赔偿金。让他们去斗！斗个你死我活最好，最后把蓄意跳楼讹钱的话给逼出来，我们不就撇清关系了嘛！"

我压着怒火："可不论跳楼事件是蓄意人为还是设施故障，赔偿金也都是给那个八岁小女孩治病的！小女孩得的是白血病！你让欠了一屁股赌债的赵军胜知道有赔偿金一事,那孩子就没命了!"

喊出最后一句话时,我承认我过于激动了,我又一次把个人情感带到了工作中,我脑海里满是小女孩在病床上奄奄一息的模样。可即便生命垂危,那孩子也在努力给外公外婆希望。

钱是个好东西,钱能让人痴让人魔,可有的人是为了欲望贪婪,有的人是为了活命。

眼下的会议室里,桌两旁的人都不说话,蒋菲菲虎视眈眈地看着我,张经理摇头叹气。我不后悔这么做,我仍旧相信这世上没有绝对的恶人。一如当初的王玉兰,她为了给蒋国富治腿,丢掉尊严丢掉一切,撒泼打滚来我家要钱。可当她失去了蒋国富,她什么都不要了,甚至连命都不要了。

我打破沉默开了口:"如果你们能拦住赵军胜,林导游的父母那边我会处理好,请相信我。"

可当我说完这句话以后,才发现什么都晚了,蒋菲菲的手机来了电话,是赵军胜的号码。他回拨了过来,一通接着一通,我们就看着那电话一次又一次地自动挂断,谁都不说话,谁都怕担责任。

蒋菲菲气势汹汹地站起身,夺走了手机,指着我的额头:"你真是个神经病!"她转头准备离开会议室,我开口道:"如果赵军胜找到酒店来怎么办?"

蒋菲菲死拧着眉头,或许她从没想过这个问题,她只是头脑发热,将赵军胜的信息公布给大家,以彰显她的英勇谋略,却没想过,惹了赵军胜之后,会有多大的麻烦。

我继续说道:"既然赵军胜的电话已经打过来了,那就谁惹的麻烦谁去解决,这次我不会再为你擦屁股。"

蒋菲菲小声骂了我一句,便走出了会议室。

我坐在会议桌前犯着愁,张经理安慰我:"这件事交给公关团队去处理吧,你和菲菲都不要插手了。你们俩一个太意气用事,一个太感情用事,都不妥当。"

我点头起了身:"知道了张经理,辛苦大家了。"

我退出会议室,心里的不安依旧强烈。走去大堂时,看到蒋菲菲带着两个类似媒体记者一类的人,去了二楼餐厅的方向。刚巧这时沈浩南下了楼,他穿着随意,看见我的时候直接招了手:"脸色这么差,吃饭了吗?"他缓步走来,深灰色绒面的垂缎运动裤把他那两条腿拉得老长。他懒散地冲我笑了笑,直接拉过我的手臂:"刚想找你呢,陪我吃个饭。"

我被他带去了餐厅,不远的桌子上就是蒋菲菲和那两个人。沈浩南没理会我的心不在焉,他看着手机,吃着餐点,满满一桌子的热菜甜汤,他一样只动一口。

"沈总今晚还要继续住酒店吗?我看你没有打算离开的意思。"

他一边翻看手机信息,一边点头:"嗯,在你这里避避难。"

避难……我没问下去,看得出他也并不想开口。

我继续想着自己的心事,蒋轩宇来了消息:"姐,那对老夫妇要回酒店跟你谈判,我直接把他们带回来了啊,这次他们的态度客气多了。"

我低头回着消息,耳边就响起了嘈杂声,探头往楼下看去,一个满脸大胡子、衣着邋遢的男人,正在大堂里喊:"谁是蒋菲菲?你们这儿谁叫蒋菲菲?"

我心里咯噔一下,脑海里浮现出了赵军胜的名字。

邻桌的蒋菲菲起了身,嘴里嘟囔着:"说曹操曹操到啊!"她径直往楼下去,那两张陌生面孔紧随其后。我看到他们的手里拿了录音设备和摄像机,是媒体人没错了,蒋菲菲一定是想借着赵军胜的嘴,搞出有利于酒店的舆论导向。

此时的我彻底坐不住了,我想起身下去一探究竟,沈浩南忽然一把按住我的手腕,他仍旧低头吃着东西,不紧不慢:"吃完这片面包,我陪你一起。"

"沈总……酒店的事就不影响你的心情了……"

沈浩南握住我的那只手一直没松,直到他吃完那片面包,他示意我帮他给咖啡加糖。我一颗颗地加进去,楼下已经吵得不可开交。

我实在没办法坐视不理，眼下张经理也加入了楼下的战争中，我要是再不出面，不知道会乱成什么模样。我站起身，沈浩南忽然擦拭了嘴角："你难道不明白，往往电影里最后出场的人，才是统管全局的大boss（老大）吗？"

我疑惑着："什么意思？"

他冲我挥挥手："先坐下。"

我只得把刚抬起的屁股又坐了回去，而楼下情况更糟了，蒋轩宇带着那对老夫妇进了大堂。老夫妇见到油头垢面的赵军胜，差点气得昏厥过去。

赵军胜是来要赔偿金的，老夫妇本来是打算找我谈判的，如今乱成了一锅粥。赵军胜和酒店的人厮打起来，同时又和老夫妇对骂，咒骂老夫妇想独吞这笔钱，反咬一口说他们吃人血馒头。张经理带着一群服务生在中间拉架，不可避免地被误伤。蒋菲菲站在一旁看着热闹。两个记者拍照录像，随时等待着闹剧结束，第一时间发上新闻。

我再也听不进沈浩南所谓的"最后出场"，我下了决心要起身离开："沈总我必须下楼了。"沈浩南依旧不紧不慢："让你调查的事，你查了吗？"

我耗费着最后一点耐心，说话都跟着变快："查了，老夫妇来要钱，是为了给外孙女治病，外孙女得的是白血病。其实他们自己也不知道，林导游到底是蓄谋自杀，还是失足丧命。"

沈浩南抖了抖袖口："你和孩子聊过吗？"

我摇头："孩子生病了，和她聊什么？"

沈浩南抬起头，一脸淡然地看着我，嘴角略带笑意："今天这场闹剧结束，去医院看看那个孩子。孩子的话不会假，而且只有孩子，才是和死者生前接触最多的人。"

我忽然明白了沈浩南的意思，更加心情急切地想下楼处理这一切。沈浩南陪同我站起了身："刚刚你陪我吃了饭，那我就再给你支个招好了。"他冲我笑笑，走出了座位。

我不自觉地跟在他身后，刚刚还焦躁的心，此刻因为他而平缓了下来，我的直觉告诉我，身经百战的沈浩南，会帮我渡过难关。

我同他并肩走下了楼，站在大堂里时，我们站定在十米之外，看着这场闹剧。

沈浩南迟迟不开口，也没说他准备做什么，我倒也不急了，静观其变，等候他开口，也磨炼着自己的耐心。

蒋菲菲就在我们不远处，她笑呵呵地看着这一切。忽然，她在赵军胜和那对老夫妇打得最凶狠的时候走上了前，身后的两个记者咔嚓咔嚓地拍照录像。短短几分钟里，我在赵军胜和老夫妇的争吵声中听到了一出完整的狗血家庭剧——

林导游和赵军胜已经分居半年多了，赵军胜好赌，赌没了房子赌没了家业，把原本衣食无忧的林导游，赌成了黄泉路上的冤死鬼。林导游的女儿是在外公外婆家里长大的，孩子从小体弱多病，白血病也是最近半年才查出的，外公外婆砸锅卖铁给这孩子看病，原本算是小康家境的老夫妇，活活被外孙女的病拖累成了群租房里的穷苦老夫妻。如今林导游死了，死因查不出，两方人为了这笔死亡赔偿金闹得不可开交，一方为了救孩子，一方为了继续赌。

拉架中的蒋轩宇在人群外看到我时，挣脱身子跑了出来，他捂着自己的后脑勺，疼得龇牙咧嘴："姐，你可别在这儿看热闹了，那个大胡子男人是个疯子！袖子里竟然藏了一把扳手！我刚才被他砸了两下，感觉脑浆都砸出来了。"他猛地摇头，看样子伤得不轻，可忽然间，我似乎是想到了什么。我拉过蒋轩宇的手臂，塞给他几张红钞以及办公室的钥匙："你先去附近药店把伤口处理了，然后去我办公室的抽屉里找监控室的备用钥匙，你帮我查清楚林导游在酒店的所有影像，看看她有没有携带类似扳手的东西进出酒店。"

蒋轩宇反应了一会儿，恍然大悟："姐，我明白了！"

蒋轩宇一溜烟跑走,沈浩南在我身边沉沉地说道:"你还挺聪明,不过这些应该交给警察做才对。"

我沉吟道:"总有漏掉的细节。"

眼前,大堂里的争执停止了,蒋菲菲站在人群中间,说话都带着股指点江山的气势。她是预谋好了要让老夫妇和赵军胜两边打起来,她再光荣亮相一次,然后坐收渔翁之利,让媒体通稿帮酒店挽回颜面。

可惜事与愿违,已经恼火的老夫妇和赵军胜,哪里还有理智,只见那老夫妇一起上手把蒋菲菲拖到了地上。妇人推搡着蒋菲菲,咒骂着:"你们明明已经答应我,不把这件事告诉给这个挨千刀的赌鬼!你们为什么把他弄到这里来?你们是想让我女儿死都死不安生吗?"

蒋菲菲被连扇了两个巴掌,那清脆的巴掌声淹没在咒骂声中,甚至都没人留意。我心里又疼又爽,沈浩南则在一旁摇头,警示我:"这种状况你冲过去,只有挨打的份了。"

我为我刚刚的鲁莽心态忏悔:"我真的是太年轻了……"

沈浩南在身后碰了碰我的肩膀:"现在你可以去了。"我抵触地后退了一步:"我不想挨打……"

沈浩南笑着:"那我带你去?"

我愣着眼:"你去干吗?你跟这事又没关系。"

他没说话,拉着我的手就走到了人群中间,不慌不忙地冲那两个记者摆了摆手。蒋菲菲被两个服务生搀扶而起。

两个记者愣在原地,纷纷用右手指着自己的胸口,不敢相信沈浩南是要他们两个人上前。

沈浩南再次摆摆手:"你们不是记者吗?"

两个记者对视一眼,很快凑到我们面前。可能是由于沈浩南的气场太过强大,他站在人群中央时,大家伙都不闹了,就连那赵军胜和老夫妇,都不再动手。

沈浩南绕到了我身后,他的双手搭在我的肩膀上,头微微低下,冷静地冲着大伙说道:"这位是我们酒店负责人徐经理,徐经理有几句话要跟大家讲,刚好媒体也在这儿,就一并说了吧。"

我瞬间茫然,不知道沈浩南让我说什么,整个人如同踩在针尖上,嗓口都跟着火辣。

我小声地侧头嘀咕:"我说什么啊?你也太突然了吧!"

沈浩南幽幽地说着:"你不是要为那个患白血病的小女孩募捐吗,嗯?"

他这一声轻轻的"嗯",让我明白了他的意思。这一步步都是他带着我走的,这一招招也都是他帮我支的。前一秒还惊悚紧张的自己,这一刻因为有他,彻底放松了下来。

我看向了记者手中的摄像镜头,什么都不怕了:"关于酒店跳楼事件,我作为酒店的负责人,表示万分的抱歉。只是在结果没出来之前,我希望大家都保持冷静。我们绝对不会推卸责任,但一切都要以警方的调查结果为准,该我们承担的,我们一定会承担到底。除此之外,我们一直都非常照顾死者家属的心情,就在昨晚,当我了解了死者女儿的身体状况后,我想在这里为孩子发起一次募捐,以帮孩子渡过难关。"

说完这些话,身后的沈浩南轻轻在我耳畔低吟:"你果真没让我失望。"

第三十七章

酒店大堂里，一场闹剧在沈浩南的引导下，莫名成了一场慈善募捐会，所有光环都落到了我的头上，甚至连蒋菲菲请来的两位记者，都开始为我助威。

张经理顺势而为地张罗起了募捐一事，老夫妇不闹了，赵军胜更是没了折腾的理由，大堂里的人纷纷散去，眼下只剩下了赵军胜和老夫妇的内部矛盾。

沈浩南不知何时已经从我身后悄悄溜走，只留给我一条微信消息："我以个人名义为你的募捐赞助十万，毕竟是我出的馊主意。"

我打了一大段的话向他表示感谢，可密密麻麻的字打完又删除，总觉得太奇怪。忽然，沈浩南又来了消息："看你对话框窗口一直显示'对方正在输入……'不会是要给我作诗吧？不用谢我了，我也是在帮我自己，若是酒店遭受损失，那等于从我身上割肉。"

他的话说得在理，我没再客套。此时张经理倒是真的号召公司员工开始募捐，我侧头望向老夫妇，发现他们仍在和赵军胜争执。

我想上前一探究竟，身后却有人按住了我的肩膀。我回过身，发现是嘴角还瘀肿着的蒋菲菲。

蒋菲菲当真是憋了一肚子的火，本来谋划着今天是她扬眉吐气的日子，结果风头被我抢尽，还白挨了两大巴掌。

她恶狠狠地说道:"亏你想得出,为孩子募捐?你是算准了让我们这些人给你当炮灰,你来坐收渔翁之利,是吧?"

我静静地看着她,一句话不说,跟蒋菲菲相处的这些日子我渐渐明白了,对待疯狗,不能反咬回去,容易咬出一嘴脏毛。我唯一能做的,就是保持沉默,安静地听她讲看她说,看到她自己都觉得不自然,找不到台阶下的时候,她便会灰溜溜地逃走。

蒋菲菲没从我这里得到任何回应,弱弱地骂了两句便离开了。

我平缓心情走向了老夫妇以及赵军胜的身边。

眼下只有我们四个人,他们双方还在争执赔偿金一事,我默默地听。赵军胜忽然冲我开口:"你们要为我女儿募捐是吧?募捐的钱给我就行,我自己的女儿,我会负责照顾。"

老妇人一口吐沫就呸了过去:"你会负责?你知道甜甜现在瘦成什么样了吗?你想见她,她还不认你这个爹呢!你有什么资格拿这笔钱,那是救命钱,你敢拿出去赌,我就跟你同归于尽!"

两边相持不下,我的手机发来了张经理的信息:"员工都没什么钱,但既然话放出去了,就要有所表现才是,我以公司名义捐三万。今天这事,多亏你了。"

我回复道:"麻烦张经理把钱款打到我的户头上,后续的事交给我处理就好。"

这一次的募捐,除了沈浩南和公司的捐款,零散的钱款不足一万。好在沈浩南大手笔,但这笔钱,日后一定要补偿回去。

三个小时后,钱款到账,可赵军胜和那对老夫妇全程盯着我,双方都盘算着这笔钱,我自然不好在他们面前有所行动。

蒋轩宇再次找到我时,偷偷塞给我一个U盘,小声在我身边递话:"姐,你要的监控录像我都拷下来了,但没看到什么不正常的内容。"

他嘴巴凑到我耳边时,我一把抓住了他的脖子,盯着他后脑勺的伤口察看,结果没看到任何包扎或是消毒的痕迹。

"我不是给你钱让你去诊所处理伤口了吗？你这冒出来的血都变黑结痂了！"

蒋轩宇憨傻地笑着。"哎呀姐，我哪舍得花那钱啊，小伤小伤！没事啊！"他小心地环顾四周，"那几人一直盯着你呢，不会有什么危险吧？"

我小声嘀咕着："你帮我把那个赵军胜支走，我现在打算带老两口去医院。"

"得嘞！"

蒋轩宇倒是灵活，转头就凑到了赵军胜的面前，递过去一根烟，五秒的时间赵军胜就被支去门外抽烟了。我冲着老夫妇打手势，两个人一溜小跑，跟随我去了后院上了车。

车子开得极快，我同他们交代着："刚刚在媒体前的募捐只是个幌子，希望你们见谅。但公司这边给孩子出了一部分钱，也是公司员工的一点心意，先把孩子的医药费垫上。"

老夫妇在车后座相互对视一眼，老妇人开了口："徐小姐啊，你是个好人……只是我女儿的死……"

我打断道："我没有别的意思，叫你们俩出来也单纯是为了孩子。林导游的事交给警方处理吧，要真是酒店的责任，我们不会推卸。"

老夫妇不再说话，但我还是听到了老两口一声声的叹息，也不知是在叹息什么。

车子开到医院，整整十四万元的人民币，被老两口拿去交了医药费。我在病房门口守了一会儿，心里挣扎了一番，最后推门而入。

林导游的女儿叫甜甜。我无法想象，一个八岁的孩子，本应该活力四射笑容满满，如今却和病床上的白床单一样，苍白得毫无希望。

我一瞬间什么都问不出口了，即便脑海里回荡着沈浩南叮嘱我的话，他让我和甜甜多聊天，或许能从甜甜的嘴里知道些什么，大人总是爱说谎，但孩子不会。

可我实在无法开口，对一个生命能否延续下去都是未知数的八岁小朋友来说，我问不出口有关她死去母亲的话。

我坐在病床边握着她的手，最后也只说了一句："你要加油啊，你的外公外婆还指着你照顾呢，你已经八岁啦，是小大人了。"

甜甜抿着嘴唇冲我笑，我看她嘴巴干，急忙去拿水，想了想兜里还有几块巧克力，一起拿给了她："吃点甜的，你叫甜甜，要跟巧克力一样甜才是。"

甜甜就那么静静地看着我，八岁孩子的眼神里，没有对死的惧怕，但也看不到对生的渴望。她只知道，生活的奔波和磨难推着她前进，走一步是一步。

我将剥好的巧克力放到她手中。忽然，她从枕头下面拿出了一个皱皱巴巴的纸团，我不知道那是什么，或许是她作为交换，送给我的礼物。

我接过纸团。她吃下了那块巧克力，开心得露出了两颗小虎牙，黑乎乎的巧克力粘在牙齿上，她笑得天真："外婆说了，姐姐是好人，是姐姐花钱帮我看的病。"她伸手，将我的手掌团在了一起，纸团握在手掌心之间，意思或许是不想让我现在看到纸团里的内容。她继续笑着，笑容里有着不属于她这个年纪的苦涩："我的爸爸不爱妈妈，妈妈也不爱爸爸。妈妈总说，如果不是为了给我治病，她不会活得这么辛苦，她总是打我骂我，但隔天还是要装作开心地出门工作，工作换来的钱再给外婆，为我治病……"

我喉咙一紧，总觉得孩子的下一句话，会让人难过。

只是这时，病房门忽然开了，老妇人笑脸盈盈，一身轻松地看向我："谢谢你啊徐小姐！孩子的后续治疗有着落了，我这心总算是踏实了一些！"

我笑笑，甜甜凑到了我耳边："姐姐你看我外婆是不是看上去很凶？其实不是的，我没得病的时候，她特别温柔。我知道是我让我外公外婆还有妈妈，变得特别辛苦。"

耳边的话一下下地扎着我的心，团握的手掌渐渐从病床边滑落到身体一侧。老妇人安顿着孩子睡下，我起身站到一旁，默默看着这个过于成熟的孩子。

等我离开甜甜的病房时，韩斌给我打来了电话，他说他在四楼瞧见了我，想见一面。

我去了他在的那一层，刚巧今天是梁小梅出院的日子。梁小梅的脸并未好转，甚至于在我亲眼看到她脸上的疤痕时，心也跟着一颤。

我和韩斌站在走廊一侧，韩斌脸色并不好："你上新闻了，我还在照片里看到了沈浩南。"

我感叹现在的记者写稿子的速度真是极快，才多一会儿，就已经发布了出去。

我无奈笑笑："为了公司的声誉，我也没办法。"

韩斌想要说些什么，身后不远处病房门口传来了蔡琴芬的呼喊声："韩斌你人呢？过来拿行李！"

韩斌冲我摆摆手："你等我下。"

"嗯，你先去忙吧，要是需要车，我可以陪你们走一趟。"

韩斌跑去病房，我低头摊开了一直紧握的手掌，甜甜送给我的纸团如同谜一样在我的掌心生根发芽。我小心地打开纸团，里面是一张从日记本上撕下来的纸，日期写的是一周前。

我一个字一个字地读下去，眼睛也一点一点变湿润。起初我以为纸团里会是甜甜写的诗或是小故事，八岁的孩子总是天马行空；可当我忍着鼻头酸楚读到最后一句，我才明白，这是林导游生前写下的遗书。

甜甜把这张纸交给我，等同于把林导游真实的内心活动做了交代，也等同于，这个孩子放弃了可能让她恢复健康的赔偿金。

第三十八章

韩斌母子在把梁小梅及小梅母亲接出来以后，四个人大包小包地出了医院。

我见韩斌的车后座上还有货物，就自告奋勇："我送你们一程吧，小梅刚出院，坐我车也舒服点。"

蔡琴芬看了我一眼，急忙应声："那我和小梅坐婉莹的车，韩斌你带小梅母亲。"

小梅母亲有话要说，蔡琴芬又补了一句："婉莹的车子舒服，韩斌那车总拉货，要是把小梅伤口感染了可不好。"

小梅母亲默了声，恶狠狠地瞪了我一眼，转身钻进了韩斌的车。韩斌冲我笑笑："你跟在我后头，完事我请你吃饭。"

小梅母亲忽然警惕起来："一起吃饭？去你家不得收拾一会儿啊，哪有空吃饭啊？"

我自知小梅母亲防我如同防贼一般，只得给自己台阶下："吃饭就不用了，我还有挺多事要忙的。"

车子一前一后开向郊外。小梅头上裹着纱布，戴着口罩和帽子，坐在后座一言不发。蔡琴芬握着小梅的手，身子挺得笔直。我刻意打破尴尬："阿姨、小梅，我有一个好朋友是学医的，如果你们有需要，我可以问问国内比较知名的皮肤整形医生。"

小梅头微抬，目光寻向了后视镜里的我。我继续说道："正规医院的医生和市场上的整形医生不一样，现在技术很发达，找个手艺好的医生，容貌会恢复得很好。"

小梅被我说得动容，可动容过后是担忧："那很贵吧……"

蔡琴芬轻拍着小梅的手："哎呀，你管那些干吗？以后韩斌挣钱了，就给你看医生去。他的钱就是你的钱，你一定要好好的，以后阿姨就把韩斌交给你了，你得让阿姨放心。"

蔡琴芬的这一席话，实际上是说给我听的，否则她不会选择带着梁小梅坐上我的车。她最明白韩斌心里想的是什么，她管不住韩斌的心，却可以来提醒我。

蔡琴芬笑呵呵地扯着嗓门冲我说道："婉莹最近在忙什么呢？你和菲菲都是大姑娘，也该准备准备婚嫁的事儿了。"

我笑笑："不急，现在父亲卧床，先把家里的事处理好了再说。而且……感情的事不能勉强，总要遇到对的人才行。"

蔡琴芬点点头："是啊，你是大家闺秀，得找个门当户对的，怎么也得是家里开公司、趁个几千万上亿的好男人才行。"

梁小梅跟着附和："是啊，婉莹姐这么优秀。"

我没说话，只是应付地笑了笑，看样子蔡琴芬是执意要让韩斌把梁小梅娶进门了。我忽然为韩斌感到了一丝惋惜，婚恋不能自己做主，又碰上了爆炸事件。韩斌是个好男人，好得曾让我在某个瞬间为他心动过，可他却也幼稚不成熟，这样一个不成熟的男人，若是被操办了婚姻，日后不清楚会不会在感情上栽跟头。

我承认我曾因为他的好、因为他的某些细小举措而动容，特别是当他说出他喜欢我的那一刻。我甚至想过，若是这个男人有朝一日变得成熟稳重，我或许会为之驻足。

可眼下不准许我这样做，我必须保持距离，保持我和他只是朋友或是商业伙伴的距离。他有一个摆脱不掉的梁小梅，更有一个在感情上过于强势的母亲。与韩斌保持距离，是为了他好，也是为了我自己。

车子开到了韩斌的新住处，就在厂房附近，房子里干净简洁，一共三间卧室，看样子是为了梁小梅而租的。

我把东西放下，梁小梅作势拿起了屋子里的扫把，蔡琴芳忙去阻拦："哎呀我的丫头啊，你可别乱动了，去你房间休息吧。你和你妈的房间我都收拾好了，进去看看去。"

梁小梅去了自己的卧室，小梅母亲却迟迟不进去，就站在我和韩斌的面前，虎视眈眈地盯着我。我被她看得浑身发麻，起身准备离开："我还有事，就不多留了。"

韩斌跟在我身后："我跟你一起吧，你去我厂房看看，那边已经重新开工了。"

我隐隐听到小梅母亲在我身后骂了一句"狐狸精"，我给韩斌使了眼色："你留下陪小梅吧，厂房有空再看，不急。"

韩斌略显无奈，我即刻下了楼。

一上车，我给韩斌发了消息："过几天给你介绍一个客户，我就不出面了，帮你搭个线，你去跟人家好好谈。"

韩斌回得迅速："我不会和她结婚的。我妈一定在车上说了不该说的话，我感觉出来了。"

"你不要胡思乱想，安顿好小梅，弄好厂子。我也不希望你过早结婚，总会有别的办法的，我相信你。"

驾车离开，我的心思又回到了甜甜给我的纸团上，那是一封林导游生前写下的遗书。林导游早就不想活了，她在日记里的叙述悲观绝望，每一个字都沉重得让人透不过气，每一个标点符号都在表达她生命的完结。

我不知道应该怎么处理，一时间我被夹在了道德和利益中间。原本我是不需要动用感情的，我只需查出真相，将证据交给警方。可当甜甜亲手将那致命的日记塞到我手掌心时，我手里掌握的，是两条沉甸甸的人命。

车子开回了酒店，还没下车，蒋轩宇风风火火地冲到我面前，一脸怒火："姐！那个赵军胜就是个人渣。他一个劲地问我，咱们酒店的负责人到底是谁，一个劲地讨要死亡赔偿金。我刚跟他抽烟的时候，竟然看到他订了两周后去澳门的机票，还要赌……"

我下车往酒店走："那你跟他说谁是酒店负责人了吗？"

蒋轩宇扬扬得意："当然是蒋菲菲啊！她不是爱出头嘛，让她出个够！我说了，蒋菲菲老有钱了，让他猛劲要去！"

我惊讶着道："你还真是能瞎搅和啊……"

蒋轩宇拍着自己的胸脯："以前我高中班主任总说我是班里的搅屎棍，每次班主任这么骂我，我班同学就疯狂笑。我就不明白，他们这些屎有什么好笑的，搅屎棍搅屎棍，起码我还是根棍呢！"

我摇头笑岔了气："你以后啊，绝对是个人才！"

"那必须的啊姐！我觉得我以前混得不好，就是因为没跟对人。现在我跟着你，你是我姐，我是你弟，你靠脑子靠文化，我呢……靠拳头靠小聪明，咱俩就是强强联合！"他得意得不行，忽然又想起什么，"对了姐，那U盘里的东西你看了没呢？我看了两遍，都没看出问题。"

我径直往办公室走。"现在就去看。"我转头问道，"那个赵军胜去哪儿了？大堂里不见人影，不会真去找蒋菲菲了吧？"

"应该不会，蒋菲菲刚才还在我面前蹦跶呢，不知道那个赵军胜跑哪去了，消失挺长时间了。"

我想了想："能赌博到倾家荡产的人，绝对不是什么好角色，我估计他是去找裴江远了，毕竟林导游是裴江远的下属。"

蒋轩宇一脸疑惑："找裴江远干吗？"

我笑笑："赔钱啊！爱赌博的人，脑子都转得快，当然是能捞一笔算一笔，裴江远他本来就该赔钱的。"

蒋轩宇跟着我走向办公室的门口，可我刚准备伸手推门，却发现门没关。

推开门，办公桌前坐着的是裴江远，还真是想什么来什么。

整个屋子里的氛围瞬间凝重，蒋轩宇两步凑到了裴江远的面前，拍着桌子："起来！你谁啊你，谁让你进来的？"

裴江远慢条斯理地站起了身，客气着："说话这么凶呢，这酒店的工作人员，怎么都跟黑社会一样？怪不得出了人命还死活不讲理呢。"

蒋轩宇脾气硬，不管三七二十一就要动手。我拉了拉蒋轩宇："你去倒两杯茶。"

蒋轩宇忍着气去烧水，我坐到办公桌前，抬头冲裴江远笑笑："说吧，来找我什么事？"

裴江远自觉坐到我对面："了解一下林导游的事。你们打算什么时候赔钱？"

我低头翻阅文件合同，漫不经心："警方的调查结果还没出吧？"

裴江远点头："是没出，但明摆着是你们酒店的问题。"

我继续低着头，笑着："我们什么问题啊？"

"设施不合格，导致林导游失足丧生，那断裂的栏杆足以说明一切。"

我仍旧不紧不慢。"以前和你恋爱的时候，真没发现你是个小人。"我抬起头："你是怎么伪装的，当初我怎么就一点都看不出来呢？"

裴江远丝毫不慌地盯着我，视线之间，一股暗火在深处燃烧。忽然，蒋轩宇出现在一旁，他把茶杯狠狠摔在裴江远面前，咬牙切齿："瞪谁呢你，再瞪把你眼珠子挖出来！"

我冲蒋轩宇皱了眉，蒋轩宇笑哈哈地去了沙发那边。

我和裴江远继续对视，我笑着说道："裴总大概是心慌了吧？如若真的需要赔偿，少说也是一百万呢。"

裴江远眼神带针："别说胡话了，罪魁祸首是你们！"

我无奈摇头："看来裴总是真的慌了，想必那个赵军胜已经找过你了。"

我盯着他的眼，他冷笑一声："谁找我？别以为你放一些莫名其妙的狠话，就能逃过这次赔偿，人命是在你这里出的！"

我抽出纸巾，轻轻擦拭桌上的茶渍："是啊，人命是在我这里出的，可林导游怎么说也是你的员工啊，你觉得你跑得了吗？"我向着他靠近了一点："裴总，我知道你在想什么，你想把责任都推到我身上，然后让我把你的那份赔偿金也一起出了。你也知道赵军胜是个没底线的烂人，被烂人缠上，日子肯定是不好过。不过……越是棘手的事，它越是急不得，你现在这么急不可耐的模样，当真是不雅呢。"

裴江远开始焦躁："谁急不可耐？"

我继续激怒他："你看你现在，这不是都急得……亲自来我这里讨说法了吗？"

这一句话，彻底击垮了裴江远。我将话直接说穿，我不愿同他拐弯抹角，他想从我这里占便宜，门都没有。

裴江远最后愤愤离去。蒋轩宇一屁股坐到我对面，拍手叫好："厉害啊姐！你看他气得那样！真搞笑！"

我从抽屉里拿出了碘酒，冲他招手："过来，给你消毒。"

蒋轩宇摆手："哎呀不用了姐！"

我严厉道："快点！"

蒋轩宇乖乖蹲到了我的椅子旁边，我对着他已经结痂的伤口做着处理。他蹲在地上抱成一团，平日里看上去健壮的他，其实也没多少肉。

蒋轩宇没个正经："姐，我以后找老婆就按着你的标准找，刀子嘴豆腐心，贼善良！"

我笑着："也不知道谁家姑娘这么倒霉！"处理完伤口，我推了一下他的后背："好了！一边待着去，我要看视频录像了。"

我将U盘插进电脑中，一段段地反复查看，可看来看去，都没发现什么不对的地方。

兜里的纸团随着我身体的挪动沙沙作响，我又一次陷入了两难的情绪中。

林导游是有自杀倾向的，但我拿不到实质性的证据；而如若我拿到了证据，酒店便摆脱了舆论风波和嫌疑，但甜甜那边，未必能拿到足够的赔偿金。特别是在看清了裴江远的丑陋嘴脸后，我希望，让他赔出更高的金额。

愁眉不展之际，我脑海里想到的第一个可以求助的人，就是沈浩南。

第三十九章

　　我坐在办公室里发愁，电脑屏幕上的监控录像一遍遍地反复播放，蒋轩宇坐在我旁侧，眼睛直勾勾地盯着屏幕："姐，我也没看到这个林导游有拿扳手一类的工具啊。再说了，警方在现场搜证的时候，也没见屋子里有什么可以毁坏栏杆的东西，除了一个灭火器，但那灭火器明显没有动过的痕迹。"

　　我脑子发胀，开始自我怀疑。眼下我只拿到了林导游有自杀倾向的日记证据，却找不到她付诸行动的实质性证据，没有物证，自杀这个猜想就永远不会成立。

　　我扶额发愁，蒋轩宇继续在我耳边碎碎念："如果找不到自杀的实质性证据，酒店不仅要赔钱，还会名誉受损。赔钱都是次要的，名誉受损了，以后客流就少了。唉……"蒋轩宇忽然灵机一动："姐，要不你跟裴江远说，林导游可能是自杀死的呢？让他自己也去找证据，他自己的员工他肯定最清楚，如果他能找到证据，他不用赔钱了，我们也不用赔钱了，清者自清，这不是也挺好吗？"

　　蒋轩宇说得没错，如果我告知裴江远，林导游生前有自杀倾向，他绝对会第一时间变换方向，从原来的攻击我，变成攻击林导游的家人。可一想到刚出人命时，裴江远死咬我家酒店不放的狡诈模样，我便咽不下这口气。裴江远就是个十足的人渣，为了不赔钱，怂恿林导游的父母来我这里闹事。林导游给他打工这么多年，他一定知道林导游家里的状况，若不是为了防止林导游一家狮子大张口，他会亮出这么卑劣的嘴脸，把责任全推到我身上？

我沉思着。蒋轩宇无奈道："现在的状况就是：找不到证据，咱们酒店和裴江远的公司都要赔钱，咱们赔的肯定比裴江远多得多；但如果我们和裴江远抱团了，这事儿或许还有转机。"

我摇着头："我不想跟人渣抱团，我必须让他付出代价！"

蒋轩宇叹着气："虽然我也可怜甜甜那个小丫头，可那毕竟不是咱们家的事，酒店的声誉才是最重要的，姐你可要考虑清楚。"

我趴伏在桌面上，拿起手机，对着沈浩南的聊天窗口发了好一会儿的呆，心里乱成了一团。不知从何时起，我竟无意识地开始依赖他，他帮了我太多次，总是能在迷途中拉我一把。

鼓起勇气，我给他发了消息："沈总何时回酒店？有事想请教你。"

沈浩南回得迅速："晚上备好餐点，我八点左右回酒店。"

收到沈浩南的回复，我的心踏实了一半。

晚上七点四十左右，我在餐厅角落里选了个位置，满满一桌子沈浩南爱吃的饭菜。我等在桌旁，时不时地盯着挂钟看。

八点整，沈浩南还没回酒店，蒋菲菲却两步一扭地走进了餐厅，刚做的酒红色指甲十分耀眼。她缓慢地拉开我面前的椅子，坐到了我面前。

"这是沈总的位置，我劝你还是别在我面前晃悠的好。"我说道。

蒋菲菲端着架子："你可真有闲情雅致，人命的事儿还没处理完呢，就在这儿跟男人调情。我看你是真打算投靠沈浩南了，想嫁到有钱人家里去，不屑于这个小小的徐家了？"

我看着她道："你有话就直说，别耽误我时间。"

蒋菲菲回头看了看两侧，眼神犀利："你查到什么了？看你和蒋轩宇神神秘秘的样子，是得到什么消息了吧？林导游真是自杀的？"

合着她周旋半天，就是来打探情报的。我摇摇头："我不知道，你那么想知道，自己去问林导游。"

蒋菲菲怒目而视："徐婉莹，你别给脸不要脸！"

我笑了。"我当然要脸，不过……"我盯着她被林导游爸妈扇过的那侧脸蛋，"你这脸倒是可要可不要，你看那红肿的地方，盖了再多粉底，也还是看得出来。"

蒋菲菲气个半死："行，你继续得意，好好跟你的沈总吃饭，我看你还能张狂多久！"

蒋菲菲一走，沈浩南就进了餐厅。我冲他挥手，沈浩南入座，一边用湿巾擦手，一边看向我："事情进展得怎么样了？"

我忙给他剥龙虾："你先吃点东西，累了一天，先休息一下。"

沈浩南状态轻松，拿起筷子慢悠悠地吃上了东西："这还是第一次有女生为我剥虾，以前接触过的，都是高高在上的大小姐。"

我跟着调侃："我又不是什么大小姐。再说，你这双手是用来指点江山的，脏活累活我来做就行了。"

"你什么时候嘴巴这么贫了？是觉得跟我混熟了，不把自己当外人了？"

我忙摆手，冲他笑道："没有啊……我就是想奉承奉承你，你帮了我这么多次，我真的觉得你厉害。"

他入了正题："说说进展吧。"

我把我得到的全部信息都告知给了沈浩南，包括看过三遍的监控视频里的内容，也都复述了一遍。沈浩南边吃边听，模样有些漫不经心，但总是能在关键时刻问住我："所以你现在已经确定那个导游是自杀，但没有实质性的证据。而你又想在洗清酒店嫌疑的同时，让那个姓裴的付出代价，是吗？"

我点头，继续往他的盘子里放虾仁。他放下了筷子，诡笑着看着我："看不出来你也挺坏，还是蔫坏儿。"

我稍有羞愧："裴江远最不想做的事就是赔钱，我就想让他吃点苦头。"

沈浩南指了指我的电脑："视频我看下吧，看他们旅游团入住当天的视频就可以。"

我将电脑递过去，疑惑着："入住当天的视频有必要看吗？又不是那天出的事……"

沈浩南对着屏幕按着快进键，没一会儿，他暂停在了某个时间，将电脑送回我面前："这个时间，她楼上楼下往返两次，而且换了个容量稍大的包。如果你一口咬定她是自杀要讹赔偿金，那她一定会制造一个意外现场，栏杆断裂，人失足坠楼。能把那样粗细的栏杆砸断，需要的应该是斧子或是扳手一类坚硬的工具。她不会傻到把作案工具留在酒店，所以一定会拿进拿出。"

我觉得他分析得在理："可是她包里的东西我们又看不到。"

沈浩南继续吃起了东西："酒店门外的监控呢？停车场的监控呢？"

我恍然大悟，即刻给蒋轩宇打了电话。蒋轩宇带着新U盘飞奔而来，我们一同看了新拷贝的监控视频，果然，特定的时间段，林导游上了他们旅行团的大巴车。

我一掌拍在了桌面上："作案工具就在那辆大巴车里！车里有修车用的工具箱！"

沈浩南轻轻擦拭嘴角："你可以不用查了，不管那大巴车里有没有作案工具，你都应该把证据交给警方了。"

我犹豫不决："可是……如果现在递交了我们已有的证据，事后证明了林导游真的是自杀，那……"

"你在心疼那个孩子可能会没钱治病？也不甘心没办法报复那个裴……叫什么来着？裴……"

蒋轩宇在一旁插话："裴渣渣！"

我瞪了蒋轩宇一眼。沈浩南笑笑："看来你这贫嘴，是跟你弟弟学的。"

"沈总你就别笑话我了，我现在真不知道应该怎么办了……"

沈浩南再次提示我："这世上得白血病的人很多，因为赌博而倾家荡产的人也很多。有些人的命，从出生就被决定了。我知道你心善，但你不可能接济众生。我还是那句话，停止调查，把所有的证据提交给警方，警方不会像你这样感情用事，证据不确凿之前，他们绝不会对外透露一丁点的风声，与其你大张旗鼓地自己调查，还不如把剩下的事情交给他们。至于那个什么裴渣渣那边……你保持沉默就好，狗急会跳墙，你越是不动声色，他越是会折腾。"

蒋轩宇在身后拍着我的肩膀："稳！沈总让你稳，知道吗姐？"

沈浩南跟着附和："没错，要稳，稳字中带个'急'字，意思就是越急，越要稳。我让你保持沉默也是一样，'静'字中带个'争'字，越是想争，心越要静。"

蒋轩宇在我身后听得出神，不自觉地鼓起了掌："沈总你太牛了！我以为我姐就够厉害了，你真是顶十个我姐！看来念书还是有用的，听得我都想回学校重新上课了。"

我回头瞪他："那你赶紧回去高考，考上大学我供你！"

蒋轩宇立马认怂："别啊姐，我就那么一说，拍个马屁嘛……我真看不了书，一看就困。"

我没理会他，考虑片刻之后，我冲沈浩南说道："我听你的，把证据提交给警方，剩下的……"

沈浩南依旧平静如水："静观其变，也不要有罪恶感，如若结果真是自杀，那做错事的人，也只会是死者。对于那些活着的人来说，他们本就与你无关，你已经做得很好了，否则那个小女孩，不会将纸团塞给你。"

提到甜甜，我心里跟着一颤。我是想为甜甜争取到赔偿金的，我想狠狠地讹裴江远一把。可事实就摆在这里：一旦自杀猜想成立，我和裴江远都没有任何责任，都不需要赔一分钱；如若自杀猜想不成立，我赔得会比裴江远多得多，甚至搭进去酒店的声誉。

人生总是面对两难的选择，我只能像沈浩南说的那样，静观其变。

晚些的时候，我在办公室里加班整理账目，蒋轩宇坐在一堆报表中间，犯着困打盹，我拿起抱枕朝着他的后背砸了过去："又不是让你看书,就帮我按着序号找账本,你都这么费劲!"

蒋轩宇回过头,眼皮都快耷拉到脸蛋上了:"姐……你让我出去打人或者挨打都行,我保证精神抖擞;你让我看账本,简直要了我的小命!"

我朝着他的后背又砸了个本子过去:"去给我整理新入职的员工名单!人事那边已经安排好分工了,你把每一类都给我细分出来,大堂的、后厨的、保洁的,都给我标注清楚,一会儿我处理完手上的工作,就去弄你那边的东西。"

结果……蒋轩宇彻底不困了,翻简历翻得津津有味,特别是对那些长得好看的小丫头,他就差把人家的邮箱号和身份证号给背下来了。

我看着他色眯眯的不争气样,捡起抱枕砸向了他受伤的后脑勺:"你给我正经点!"

"哎呀姐,疼……"蒋轩宇忍着痛傻呵呵地笑着,"姐我发现了一个特别合我胃口的小姑娘,可水灵了,跟那水蜜桃似的,哎呀,好看!"他春心荡漾地傻笑:"姐,我要有女朋友了……"

我恨铁不成钢地指着他的头:"你真是比搅屎棍还恶臭!"

蒋轩宇继续在沙发上傻笑,对着人家姑娘简历上的二寸照片发呆,脸蛋通红通红,好像真的恋爱了一样。

我在这时收到了沈浩南的信息,他让我下楼陪他走走,散散心。

第四十章

我简单整理了一下桌面，下了楼。沈浩南正在院子里逗一只流浪猫，猫咪看见他也不跑。沈浩南一身白色运动衣，松垮的帽衫显得他年轻了不少。

三十岁左右的男人总是徘徊在成熟和幼稚之间，有时候觉得他沉稳老练，有时候又觉得他幼稚年少。

他瞧见我过来，立马起身，猫咪在看见我的那一刻溜走了。沈浩南愁眉苦脸："怎么跑了呢？刚才还在地上打滚蹭我鞋子的……"他转头问我："这附近有宠物店吗？陪我去买两个猫罐头。"

我陪着这个突发奇想的大男人在后街转了两圈，按着导航找到了一家宠物店，他买了一堆猫咪吃的零食，甚至买了小木屋猫窝……

我跟在他身后，怀里抱着那个超级大的小木屋猫窝，猫窝里都是他买给流浪猫的零食、罐头和玩具，超级重的一大堆。

我在后面喊累，他却专心致志地在院子里找猫，我泄气般蹲在了地上，把所有东西重重地放地上，冲他不满道："流浪猫都跑了啊……你这猫窝它不会用的，咱们这里很少下雨，与其在你买的窝里待着，还不如挂在树上晒太阳。"

沈浩南不死心，继续沿着院子角落四处找。

酒店大院里静悄悄的，花园里的喷泉哗哗作响，昏黄的灯光撑起了花园周边一小片的空间。我看着沈浩南像个大孩子般一会儿从这里跑出来，一会儿又从那里跑出去。

他躬着背小心地沿墙根从这头走到那头，嘴里偶尔学着猫咪叫："喵喵喵……"粗重的嗓音让人觉得好笑，但一点也不违和。

我现在明白，为什么他一个大男人能把沈天天养得那么可爱开朗，或许他的骨子里，就藏着一个男孩。

我坐在石阶上，从小木屋的猫窝里掏出了逗猫的激光笔，我突发奇想，起身喊住了沈浩南："我知道怎么把它叫出来了！"

沈浩南回过身，眼睛望着我手中的激光笔，急忙冲我摆手："快过来啊！"

我拿着激光笔跑到他身边，他做着"嘘"的手势，让我保持安静。

我站在一旁，看着他用激光笔在花坛后面照来照去，果真，诱出来了一只奶白色的小猫，小猫的眼睛一只蓝色一只褐色，像是小精灵。

沈浩南小声说："帮我把猫窝拿过来。"

我和沈浩南把猫窝安置好，他庞大的身子蹲在木质猫窝前，开了罐头和零食，小猫在窝里狼吞虎咽。沈浩南默默看了一会儿，走回了我身边。

他坐到石阶上，我递给他一瓶可乐："看不出来，你很喜欢小动物啊。"

他砰的一声打开易拉罐，神态又变回了"沈总"。"我养过两只猫，一只九岁，一只十一岁。"他侧头看我："动物比人重感情，比人忠诚，所以我喜欢它们。"

"那为何不再养一只，或者收养流浪猫？"

沈浩南笑着摇头："分别很痛苦的，它们寿命那么短，早晚都会分开。不想再经历那种痛苦了。"

眼下这一刻，就着夜色，我望着他的侧脸，他的视线从未从那只小猫的身上挪开过。小猫进了猫窝，安逸地勘察着新居所。而我眼中的沈浩南，俨然和白天那个给我讲人生大道理的他是两个人。

无边的夜空，不知何时飘起了细雨。还真让他说中了，这座少有雨季的城市，竟在这个温暖的夜里下起了细雨。

我将身子微微向后仰靠，静谧的花园里，似乎又跑来了另外几只小奶猫。沈浩南兴奋地回头冲我笑："你看，它的同伴也来了。"

我跟着望过去，只是瞥过去的瞬间，眼角的余光似乎在院落的大门外，看到了一个模糊的身影。

我定定地看过去，那个在细雨中的人影，像极了韩斌。只是一眨眼的工夫，人影便消失在了院墙后。

我心不在焉，沈浩南忽然伸手拉过了我的手臂，我整个人瞬间被他拽起，被迫行走在雨中。我木然地看着被他拉扯着的那只手，他自言自语地嘟囔着："我们把那几只猫送到屋檐下，我担心猫窝漏雨。"

我几次回头向着院外张望，再未看到什么人影。雨越下越大，沈浩南把一只只猫咪塞进了猫窝里，我捡起地上的罐头，一起跑去了屋檐下。

猫咪安全了，沈浩南也放了心，可我的注意力依旧在大门外。回过头时，沈浩南的手落在了我的额头上轻轻擦拭："一会儿好好冲个澡，别受凉。"

我点点头："你也是……"

只是眼下的我依旧心不在焉，我再一次回头张望，刚刚那个人影和韩斌太相像，我想我应该没看错。

我决定先把沈浩南送进电梯以后再出去一探究竟，只是刚回身，沈浩南就从门口的保安那里给我要来了一把黑伞，他掂了掂伞柄："大门那边似乎有个人在等你，刚刚无意间看到了，似乎等了挺久，你要不要去给他送把伞？雨下得越来越大了。"

我木然地看着他的眼，原来他早就留意到了韩斌，我接过伞，道着谢："沈总你早点休息。"

我撑开伞跑去了大门外，只是门外已经没了人。我左右张望，终于在右手边的石墙下，看到了蹲靠着的身影，是韩斌没错。他抱成一团，缩在墙边没被淋到的那一方干燥地面上。他的头发半潮湿，身边立着一个系着白色蝴蝶结的礼物盒,和一束向日葵。

我撑着伞走到了他身边,雨伞遮挡了被风吹散的细雨,他抬起头,本来耷拉下去的嘴角,忽然扬起:"你怎么在这儿啊……我正打算给你打电话呢!"

韩斌站起了身,他的裤腿湿了,袖子也湿了,右手紧握着的手机屏幕上满是雨水,屏幕上是我的电话号码,他迟迟未拨通。

我心里倏然发酸,不晓得他在这里等了多久,立在墙边的向日葵花束在这个黑夜里显得暗淡无光,礼物盒子上的白色蝴蝶结也沾染了污泥。

韩斌忙从地上拿起花束和礼盒,递给我:"送你的。"他脸上的笑意依旧阳光满满。我开心地接过,问道:"你家里的事都安顿好了吗?怎么还特意跑来一趟,提前给我打个电话多好啊。"

韩斌的眼睛笑成两个月牙:"想你了啊,路上看到了鲜花贩卖机,就买了束向日葵给你。"

我拎起礼物盒子,问:"这里面是什么啊?"韩斌挠挠头:"一条……项链……早就看中了,但之前手里没钱,现在厂子运转起来有资金了,赶紧买来送你。"韩斌低下了头,似乎接下来的话令他难以启齿:"我总说喜欢你,但也不能光在嘴上说吧……看到好东西,我脑子里第一个想到的就是你。"

漫长的雨夜里,我被韩斌的这句话说得动了心,我忘记这是我第几次因为他的简单与纯粹动容了。我们同样是二十出头,韩斌带着这个年纪的稚嫩和青涩;而我,早早在父亲的培养下,被这个社会磨炼出了一身铠甲。

我犹记得,我和裴江远彻底闹掰以后,有天裴江远给我发了信息,他嘲讽我,说我没资格指责他对爱不忠。他说我也没有那么爱他,这场婚姻的实质,其实彼此都心知肚明,大家都是抱着"门当户对"四个字去相识去接受对方的,这样的感情怎么能可能纯粹?

后来我也问过自己,我到底爱裴江远什么,我发现我答不出。或者说,那不是爱,而是依赖,依赖裴江远的家世,依赖这份"门当户对"的感情。有了裴江远家里的支持，会让我在父亲那里得到认可。

而此时此刻，我觉得自己根本就配不上韩斌。

我当着韩斌的面拆开了礼物盒子，握着项链，欣喜道："很漂亮啊！不过……你还是把钱用在刀刃上比较好。你的礼物我收下了，就当我这几日为你跑前跑后的酬劳，可以吧？"

我笑嘻嘻地看着他，用了个圆滑的借口，收下了这条项链。我知道如若我拒绝他的好意他会伤心，而不拒绝，又会让他继续在我这里挣扎。我始终觉得，在他处理好家事之前，我不应该跟他走得太近。

韩斌明白我的意思，但还是不免失落。他后退了一步，半个身子露在雨中："那我……先回去了，我打车走就好。"

我把伞往他的身上送了一点："伞你带走吧。"韩斌摆着手："不了，没事……"

他扭头，直接冲进了雨中，他沿着石板路一路向前跑，跑进了没有路灯的黑夜里。我看不见他的身影，回神之时才发现自己的后背已经湿透了。

眼下的雨竟然这般大了，甚至打雷闪电起来。

我心里莫名愧疚，手中的向日葵似乎也在瞬间枯萎。我转身往回走，却在门口看到了同样打着黑伞的沈浩南。

我定在原地，他缓步朝我走来："我刚想着，如果你把伞给他了，你怎么走大门到大堂的这段路。女孩子受凉，可不是什么好事。"

我淡淡地笑笑："他没要我的伞……"

沈浩南应着声："因为他不会让你淋雨。"

我再也说不出第二句话，低头快速往酒店走去，沈浩南跟在我身后。直到我们两个都走到屋檐下，一齐收了伞，他开口道："他刚刚应该是在吃醋，他一定看到你和我在花园里逗猫的那一幕了，你可是伤了那个男孩的心。"沈浩南眼神深邃地看着我，带着一点点笑意与调侃。

我轻轻擦拭脸颊上的雨水，假装无所谓："我和沈总又不是什么特殊关系，所以他没必要吃醋误会。"

沈浩南耸耸肩："二十出头的男孩子要是动起心来，可比女人可怕多了。"

我疑惑着："有多可怕？"

沈浩南仰头朝着下着雨的夜空长舒了一口气。忽然，他转头盯住了我，一步一步向我迈进："你想试试吗？"

我预感不妙，举起伞柄挡在他身前："你又憋了什么坏招？"

沈浩南笑了笑："下次等他在的时候，我再演示给你看。"

沈浩南伸手戳了一下我的脑门，随手将他的黑伞递到我手中："晚安了，明天我早上六点的飞机。明天一天看不到我，别太想我。"

他大步走去了电梯口，右手冲我摆了摆，潇洒地进了电梯。我冲着他的背影白了一眼。而身后，忽然响起了鼓掌声。

我回过头，又是挨千刀的蒋菲菲。

我没好气地开了口："大半夜的不睡觉，穿着身红裙子，在这里闹鬼吗？"

蒋菲菲站到我面前，气氛瞬间降到了冰点，我全然不知道她这么晚还逗留在酒店的意图，但她一定偷偷观察我很久了。

蒋菲菲诡笑着看着我，忽然，她扬起手就要扇我巴掌。不过就在她的巴掌要落到我脸上的一刻，我的身后传来了一声大吼："你他妈敢打她试试！"

我回过头，蒋菲菲的手掌也落了下来，不过她还是被那声大吼给惊到了，整个人都傻了眼。

蒋轩宇如同窜天猴一样冲到我面前，一个滑步就把蒋菲菲推到一边："你手欠是吧？用不用我找盆仙人掌给你挠挠手？几天不揍你，你飘了是不是？"

蒋轩宇指着蒋菲菲的脑袋骂，蒋菲菲的怒气也瞬间上了头："关你屁事？我和徐婉莹算账，你是哪根葱？"

我平静地开了口："蒋菲菲，你到底要干什么？"

蒋菲菲怒红着眼："徐婉莹，你可真是有手段啊！尚云雅压根就没从那房子里搬出来，你和尚云雅演了一出好戏坑我是吧？"

第四十一章

自从上一次与尚云雅联手，将房产转移到母亲名下，我以为蒋菲菲不会闲到再去那房子蹲点。没想到，蒋菲菲的疑心还真是重，竟又去了小区。

我是两日前把尚云雅借给我的房款如数打回她账户的，她对我倒也信任，一直没催我，直到钱款全部到账，她才给我打了一通电话，说钱一分不差地收到了。而那日家里被搞得乌烟瘴气之后，去了四个保洁员，把家里打扫得焕然一新。她在电话里谢了我两次，并告知我她人在香港，过几天就回来。

我知道她去香港是为了什么，定是为了确认那腹中胎儿的性别。

那孩子的性别，决定了这家产的分配比例。

眼下是大半夜，酒店门口的保安本来还打着哈欠，却被张牙舞爪的蒋菲菲给吓丢了魂。

我并不打算对蒋菲菲解释，转身就朝着员工宿舍走。蒋菲菲一把拉住我，蒋轩宇则拉住了蒋菲菲："你敢动粗，就别怪我对你不客气！"

蒋菲菲死抓着我不放，回头又冲蒋轩宇大吼："你敢打女人是吗？打啊！打啊！"

蒋轩宇当然不会打女人，但他也绝不会松手。我们三个人僵持在原地，门口的保安左右为难。

我回过身子,面向蒋菲菲:"我没和尚云雅联手,满意了吗?"

"那为什么她又住回了那个房子?"蒋菲菲的眼珠子布满了红血丝,原本一场由她精心策划的"赶小三"行动,最后竹篮打水一场空。好在我之前就有跟母亲交代过,若是蒋菲菲发现了尚云雅没搬出去,这事儿就落在母亲头上,母亲的面子总比我大,能治得住蒋菲菲。

"尚云雅没搬走的事我不清楚,你要问就去问母亲吧。房子现在已经成了母亲的,母亲决定的事,我也不好干涉。"

蒋菲菲仍旧不肯松开我,她拿起手机要当场对峙:"好,我现在就给妈打电话,我倒是要看看妈那边怎么说。如果妈说没有这事,你就等着被赶出徐家,赶出酒店吧!"

蒋菲菲的电话打通了,开了免提,母亲从睡梦中惊醒。但好在蒋菲菲问出的每一句话,母亲都回答得干脆利落。母亲的解释牵强却也能说通。母亲说,她不想在父亲醒来以后,在父亲那里因为小三而落下不是。所以她让尚云雅继续住了,毕竟是个孕妇,万一有个三长两短,她承担不起。但她收了尚云雅的房租,还给了尚云雅脸色看。

蒋菲菲半信半疑,但由于是母亲开口,她不得不接受。

电话挂断,我坦然地冲蒋菲菲笑了笑:"母亲比你理智多了,母亲在意的是父亲苏醒后,不要让父亲记恨。你倒好,对尚云雅赶尽杀绝,就不怕那肚子里是个男孩?再说,我们闯进尚云雅住所的那天,你也不是没看见,父亲和尚云雅连婚纱照都拍了。这不已经明示,今后徐家的女主人是她尚云雅吗?"

蒋菲菲越听越气:"不可能!在父亲醒来之前,那个贱人和她肚子里的孩子,必须消失!"

我笑笑:"那你加油啊,保住你在徐家的利益和地位。"

蒋菲菲朝着我靠近了一步:"你是不是忘记自己做过什么了?针对尚云雅的所有事件,你都参与了!你觉得父亲醒来以后,是会对你这个养女发火,还是对我这个亲生女儿发火?"

我耸耸肩，向着她更近了一步，我们两个彼此对峙，搞得身旁的蒋轩宇十分着急。

我死死地盯着她的眼。"蒋菲菲，我和你当然不一样，从父亲倒下的那天起，我就已经把自己置身事外了。你以为我会脑子一热地去做这些事吗？"我笑着："我当然是想好了所有的后果！我做的事不为任何，只为一个舒服。父亲怨我又怎样？你放心吧，父亲醒来的那天，就是我与徐家彻底断绝关系的时刻，不用劳烦你驱赶。"

眼下，蒋菲菲的眼神越来越弱，我想，她或许是在惊讶我的决绝。

而我又何尝不是，直到刚刚说出这些话的一刻，我才明白，原来我早已在心里做好了全部打算。此前我以为，我做事留三分余地是因为不舍得这个家，现在看来不是了。我也忘记自己是从哪一件事开始，心彻底变凉，只想帮母亲争取她应得的东西，随后便全身而退。

我转身朝着宿舍走，蒋菲菲喊住了我："那你现在留在父亲身边又是为了什么？别把自己说得太清高了！"

我停下脚步，给了她答案："为了二十一年的养育之恩。"只是，在我说出这几个字时，我心里又冒出了另外一句——也为了二十一年的怨恨。

我走进了长廊，身后是蒋轩宇的呼喊声："姐你好好休息！明天我叫你起床！"

回了宿舍，空荡荡的房间里飘着淡淡的消毒水味。保洁阿姨来打扫过了，四处都是整整齐齐、毫无人情味的酒店摆设。

手机来了消息，竟是尚云雅发来的："我只告诉你一个人，结果出来了，是个男孩。徐建森现在生死未卜，看来我的确是需要你帮我，帮我让这个孩子平安降生。这条消息我一分钟后就撤回。"

看完没一会儿，这条信息就消失了，我回了一句话："明天帮你联络可以养胎的月子中心，蒋菲菲已经知道你没搬走的事了，不过我已经处理好，你安心养胎。"

尚云雅回了我一句谢谢，还嘱咐我不要把这件事告知给我母亲，为了我母亲好，也是为了她自己好。

我和尚云雅的默契就是在这简单的对话中慢慢产生了。天下熙熙皆为利来，天下攘攘皆为利往。我们都心知肚明彼此的惧怕与贪婪，各有所求的合作让对方都没有后顾之忧。她要的是孩子衣食无忧的未来，我要的是母亲安稳幸福的后半生。刚好，她能帮我，我能帮她。

夜里睡下。隔天，我被蒋轩宇的电话吵醒。

蒋轩宇为今天的新员工培训特意准备了一番，穿得是人模狗样，脸上也不知是敷过面膜还是打了粉底，那皮肤比女孩还嫩。只不过……晒黑的肤色，让他显得多少有点乡土气息。

今天是新员工上岗培训的第一天，我要将这批人安顿下去，同时在短时间内判断出他们分别适合在哪个分组。

想当初我和蒋菲菲第一次被勒令去酒店体验各个部门的工作时，我被张经理分去了保洁部。其实现在想想，我未必是因为被蒋菲菲排挤，才去了最吃力的部门。此前我办公室的活没少做，多属纸上谈兵的那一类，后来做了保洁才知道，细微之处见真章。而那个看似温柔实则脾气暴躁的蒋菲菲，当真需要在前台多接客户的投诉电话，磨磨她那个臭脾气。

张经理果然是张经理，处理好人情关系的同时，也能恰到好处地让我学到东西，只是当时不懂，如今后知后觉。

新应聘的员工陆续到齐，我在前台浏览了一下入住信息，蒋轩宇则在大堂里指挥着那些散乱的人员。我知道他葫芦里卖着什么药，定是在找昨晚简历照片上让他一见钟情的那个小姑娘。看着蒋轩宇左顾右盼的样子，就知道他等的那个姑娘还没来。

我继续和前台的工作人员沟通，手机一遍遍地响，身后是大堂经理的催促询问："徐经理，沈总的房间需要打扫吗？我记得您说过，打扫他的房间，要经过他的同意才行。"

"等他明天出差回来再打扫吧，他不喜欢别人碰他的东西。"

兜里的手机仍旧在振动，我掏出手机，屏幕上是裴江远的电话。不知怎的，我竟觉得很舒爽。沈浩南说得果然没错，只要我一直按兵不动、一言不发，对方就一定会被逼急。

我接通电话，那头是裴江远的催促："你什么意思？真等警方的调查结果，然后再提交法庭处理？徐婉莹你是故意拖延时间对吧？明知警方那边毫无进展，而你们酒店又推卸责任，不承认设施故障。你是想耗我的时间，然后让林导游的家人都来找我的麻烦，是吗？"

我处理完手头的工作，走去了大堂角落："裴总这是心虚了吗？看来那个赵军胜是没少骚扰你啊。"

裴江远气急败坏："是你怂恿赵军胜来找我要钱的吧？你在国外学的就是酒店管理、企业管理这些东西，你最明白企业遇到纠纷的时候要怎么索赔和推卸责任了！"

"推卸责任可不敢，怂恿人要钱更不敢。赵军胜是怎么想到去找你讹钱的，我还真不清楚。但如果我想怂恿，我早就让林导游的父母找你了，何必等到现在？"我提醒道，"哦对了，我也明确告诉你，如果真是酒店设施问题，我是绝对不会推卸责任的。但你也别以为你能逃脱得掉，我会走法律流程，该你公司赔偿的，你一分钱都不可能少出。"

裴江远冷笑："你还威胁上我了？你这么做图什么？就想让我跟你一起出赔偿金？你就不担心，我以死者家属的名义，在网络媒体上告你一状？你的酒店里死了我公司的员工，拒不赔钱不说，还让我公司跟着你受牵连。你这样的无赖公司，也真是少见啊！"

听着裴江远的气人话，我脑海里反复回想着沈浩南给过我的忠告，我不能被激怒，如果我被激怒，裴江远的目的就达到了。沈浩南那句话说得对，狗急会跳墙，这只狗，也只有裴江远适合去当。

我保持平静："裴江远，你不会真觉得，以前我和你订过婚，就代表我家和你家是平起平坐的关系吧？你一个小破旅游公司，有什么好自豪的？还不是要觍着脸来我家，求我们多给你们几个点？我父亲看你们可怜，那几个点赏你了！你知道我父亲这次合作的融资资金是多少吗？你几辈子都赚不来的,别这么自以为是了。当初和你订婚,不过是看中了旅游行业这块蛋糕而已,若是我家插手这一行,你以为你们还能尝到什么甜头?"

我刻意说着这些气人话,为的就是激怒裴江远。裴江远倒也真是好骗,几句话就上钩了,气得扯着嗓子喊:"是你逼我的徐婉莹!你不仁,别怪我不义!咱们走着瞧!"

挂了电话,我立马又给张经理打了过去,让他帮我联络处理企业纠纷最好的律师,以备日后请教。

我走去大堂一角,蒋轩宇正点着名,也不知蒋轩宇等没等到他心仪的姑娘。我好奇地问他:"那个小姑娘来了吗?"

蒋轩宇一脸羞红,但那羞红下似乎带着几分不悦。我追问着:"怎么了啊你?"

蒋轩宇反问道:"姐你觉得我长得黑吗?"

我点点头,又即刻摇摇头:"还好,男孩子黑一点健康,有男人味。"

蒋轩宇似乎是找回了一点自信,自顾自地点头,但眉头依旧紧皱:"对啊,我也觉得黑一点好看,我这又不是打娘胎里带出来的黑,我是后天晒出来的呀!再说了,我这哪是黑,我这分明就是帅炸了,所以看上去有点煳了……"

我笑得前仰后合,想问他到底是哪个小姑娘一见面就数落他皮肤黑。可我刚要开口,身后就传来了一声清脆悦耳的询问:"请问哪位是徐婉莹徐经理?"

我回过头,我发誓这是我第一次见到这般穿着利落清爽的职业女性,一身白色的收腰西装配半身裙,藕色的细高跟。视线向上看去,一头柔垂的波浪长发,精致到无可挑剔的妆容,那双炯炯有神、没有丝毫疲惫的眼,专注凛冽又带着几丝温柔。

我下意识地以为她是某家集团总裁的高级秘书,但那举手投足间,又像是某个财阀家的千金。我上前伸出手："你好，我就是徐婉莹。"

只是，伸出去的手，迟迟未得到回应，短暂的对视间，我明白了对方来意不善。

第四十二章

热闹的酒店大堂门口,来来往往的人身上都散着热气以及若有若无的汗臭味。我礼貌性伸出去的那只手,依旧悬在半空,手掌心凉飕飕,一直未得到回应。

我下意识地握了握拳,缩回了手,对着眼前这个刚从空调车里走下来的冷漠女人,再次开了口:"请问你找我有什么事?"

女人的一言一行包括每一个眼神,都在向我表露她的冷漠孤傲,这种不用开口就令人感到恐慌的气场,我只在沈浩南的身上感觉到过。

我就快撑不住了,硬着头皮问好已经够丢面子了,现在还要忍受这份莫名其妙的尴尬。我不自觉地轻吐了一口气,面前的女人伸手递给我一张名片:"倪嘉靓,盛泉集团。"

我低头看她递过来的名片——董事长秘书。

果然不是个简单人物,更不是简单的公司。

盛泉集团——生活在这座城市的人,大概没人会不知晓这家企业的存在,制药、酒店、餐饮、电子设备均有涉猎。

我深吸一口气,尽量保持平静:"所以你的来意是……"

倪嘉靓让开了身子:"可否借一步说话?"

我愣了一下,忙回应道:"就在这里吧,二楼餐厅可以吗?"

倪嘉靓点了头,我在前带路,蒋轩宇跟了几步,我冲他摆摆手,让他在楼下管理新入职的员工。

倪嘉靓的高跟鞋踩得很稳，我没见过哪个女人能把高跟鞋穿得如同平底鞋一样行动自如，看来，这定是个金牌秘书。只是我想不透，我和盛泉集团何时有了瓜葛。

倪嘉靓选了个稍稍隐蔽的位置，刚坐下，服务生递上来两杯柠檬水，我吩咐准备茶水，倪嘉靓声音清脆："不必了徐经理，我们直入主题。"

我整个人紧绷着，也不知是好事还是坏事，只得点头："请说。"

倪嘉靓坐得笔直端正："前些日子从沈总账户上支出的一笔投给柏云酒店的巨额资金，以及另外一笔给某小型加工厂的资助金，都是你和沈总对接的，对吧？"

我点点头："你认识沈总？盛泉集团和沈浩南……"

倪嘉靓丝毫不被干扰："两日前，沈总应该出现在某酒店的订婚宴上，可当日下午，却同你一起出现在了柏云酒店坠楼事件的新闻图上。"

我心里咯噔一下，不晓得这所谓的"订婚"又是哪一出。

倪嘉靓安静地看着我，神态里丝毫没有发火的迹象，而周遭却仿佛已燃起熊熊怒火："徐经理缠在沈总身边的目的是什么？数额不菲的投资款已经入了柏云酒店的账户，为何还纠缠不清？难道是为了下更大的一盘棋？"

倪嘉靓说的这些话，让我觉得云里雾里，可经过片刻的思考之后，又明白过来。

眼下的这位倪嘉靓，是来找麻烦的，此刻她眼里的我，是为了投资款而死缠沈浩南的心机女，更是阻绊了沈浩南订婚的罪魁祸首。

且不问"订婚"一事，我解释了回去："我想倪小姐可能是有什么误会，沈总下榻我们酒店，是他自己的决定。投资一事是半年前就已经商定好的，你应该是搞错什么信息了。"

倪嘉靓的脸上没有一丝多余的表情："若是为了钱，麻烦徐经理见好就收。忠告我已经给过了，若是日后你继续在沈总身边流连，那么坐在你面前的人，便不会是我了。"

我搞不懂她说的是什么意思，她却忽然起了身："如果公司有难处，直接联系我名片上的电话，别再烦扰沈总了。"

话毕，倪嘉靓转身走出了餐厅。我一头雾水地坐在位置上发呆，脑子如同没了润滑油的转轴，运转不灵活。

眼下，我的手机就在面前，我想问问沈浩南，倪嘉靓是谁，那所谓的订婚又是怎么一回事，为什么我会被人误会。

可此时的沈浩南正在飞机上，我就是打爆电话，也得不到答案。

突然，楼下传来了喧闹声。我立刻跑下楼，蒋轩宇刚好朝我奔来，气喘吁吁："姐，一帮号称是江远旅游公司的职工拉着横幅撒着纸钱来咱们这闹，说要给那个林导游讨公道。"

我一听，便知是裴江远惹来的麻烦，昨晚还在电话里说着走着瞧，今早就付诸行动了，也不知他分了多少奖金给这帮"敬业"的职员们，一个个倒是演得兴起。

我不慌不忙下了楼，给蒋轩宇递了话："找人录像，给记者打电话，越多越好。"

蒋轩宇照办，而那群在酒店门口闹事的人，我一个人都没赶，还让餐饮的服务生给他们挨个送水送雪糕。大热天的，可别在我门前中暑了才是。

我陪着那一群人坐在门口，我在阴凉处，他们在阳光下。一开始他们还喊得起劲，后来一点点地没了力气。记者来的时候，那帮人都蔫巴了。在这同时，有关我家酒店的坠楼事件，铺天盖地在各大营销号上发表，每一条都在指责我家酒店毫无人性、丧尽天良。

身旁的记者一边翻着手机新闻一边笑："你这是得罪谁了啊，营销号集体攻击你家酒店，这摆明是收了钱来诋毁你的……"

我关掉手机，反问记者："这算诽谤吧？"

记者笑着："当然，调查结果还没出呢，要是结果一出，证明你家是清白的，这些个号主，你一告一个准。"

我转身喊来了蒋轩宇，蒋轩宇满头大汗地跑来，喘得嘴里的话都说不清楚："姐，一定是那个裴江远搞的鬼！我刚偷听蒋菲菲打电话了，她跟那个裴江远理论来着，裴江远还在电话里说什么他这是正义的行为，是为已逝员工争取尊严。我的妈……他这明摆着是想推卸责任好不好。"

我把手机递给蒋轩宇看。"上面这几个账号，你都截图下来，日后都是告他们的证据。"我接着问说，"你刚说蒋菲菲给裴江远打电话了？"

蒋轩宇点着头："是啊，她后来说不过裴江远，还服软跟裴江远求情了……还说什么只要咱们一起咬定林导游是自杀，两家公司就都不用赔钱。"

我脑子嗡的一声响，真是不怕神一样的对手，就怕猪一样的队友。从我第一次接触蒋菲菲到现在，她一次次地刷新我对她的认知底线。以前我以为她是个心思毒辣诡计多端的人，可遇事越多，越发现她是个没脑子的人！

我一通电话打给了蒋菲菲："你现在在哪儿？"

蒋菲菲在电话里迟疑："你问这个做什么？"

"你别告诉我，你在去找裴江远的路上。"

"哟，你猜得还挺准，你搞不定裴江远，只能我亲自去解决了。徐婉莹，别总以为自己是万能的，你那套以和为贵的理论，在商场里行不通！"

听着蒋菲菲扬扬得意的腔调，我甚至就想这样放任她，让她上裴江远的当，然后被狠狠地宰一笔。可我只要一想到甜甜躺在病床上奄奄一息的模样，我又打消了这个念头，我总要为甜甜争取到医药费才是。

我忍着怒火对她说道："我知道你要对裴江远说什么，无非就是跟他合作，统一口径说林导游是自杀，这样我们两家公司都不需要赔钱。可我也告诉你，我和裴江远相处的时间远比你多得多，裴江远的为人有多狡诈，不是你能想象的，甚至连我都没有看清楚这个人。你今天去自投罗网，他一定会在办公室里偷偷录音录像，把你想跟他合作的那张丑恶嘴脸全部录下来。他现在已经在网络上散播酒店的谣言，你现在去跟他谈判，完全是在现有谣言上又助了一把火，到时候你想收尾都收不成！"

电话那头的蒋菲菲沉默了，我继续道："你想自爆，你找个空地，自己炸自己就好，别连累无辜，更别坑了酒店！酒店刚开业就遇到这种事，你脑子短路地再急着去送命，怕是会毁了整个家业！"

蒋菲菲彻底没了声，而那头的车载音乐也跟着停止，我听得出，她应该是停了车，在思考我这些话的利弊。

"话我已经给你带到了，如果你还要去找裴江远，那你就去，但所有后果你自己承担！"

我正准备挂电话，那头的蒋菲菲忽然喊了过来："我不去了，不去了行了吧！你说这么多不就是想证明你比我厉害？好，那你来处理，我看你能搞出什么花样来！"

"嘟嘟嘟……"

电话被蒋菲菲挂断了，我一点不觉得气愤，甚至松了口气。我回身找来大堂经理，布置了下去："晚点给外面那些闹事的人一人发一张餐券，告诉他们，凡是江远公司的职工，凭着工作证可以在酒店免费住一晚，三餐都免费。"

大堂经理一脸诧异。蒋轩宇在一旁催促："愣什么愣啊！徐经理让你干啥你就干啥去！"

大堂经理点点头离开。蒋轩宇凑到我身旁犯着贱："姐，你这招跟谁学的？这招在兵法书里算是什么招数？把敌人淹进蜜罐里，是要腻死他们吗？"

我没说话，这一招，依旧是从沈浩南那里悟出来的：对待敌人，对方越强势，越不能对着干，反而要顺毛捋，说不定就有令人意外的收获。

我转头冲蒋轩宇说道："我让你整理的东西你都弄好了吗？"

蒋轩宇拍着胸口："当然了啊！我都给你安排下去了。今天新来这么多职员，我都交给他们去做了。你放心，特别是那种骂人骂得狠的留言，还有在网上瞎造谣的，我都让他们格外留意了！"

我笑笑："你还挺会分配工作。欸，对了，你不是说你看中一个来应聘的姑娘吗？那姑娘在哪个部门？真人比相片好看吗？"

蒋轩宇的脸瞬间拉得老长，拒绝回答我的问题。我想他一定是吃了闭门羹。蒋轩宇这个捣蛋鬼最喜欢装腔作势，如今他仗着我在酒店，就故意拿出一副小领导的架势，有人吃这套，也肯定有人不吃这一套。估计蒋轩宇喜欢的那姑娘，也是个有脾气的主儿。

我回了办公室，上楼途中张经理给我打了电话。电话一接通，张经理急得直冒烟："网上的舆论怎么越来越严重了，你和裴江远到底是闹了什么矛盾？"

我心平气和："张经理，不论我和裴江远闹没闹矛盾，他都会这么做，他做这一切的目的，就是为了不赔钱。"

张经理接连叹气："可你也太鲁莽了，酒店的声誉要是一直这么损毁下去，再想恢复就很难了。这样吧，我会和上面商讨，如若不行，只能用钱把事情压下去了。"

"张经理，您能给我一次机会吗？我会处理好。"

张经理几次叹气考虑，最后说道："你能处理到什么地步。你尽力去做吧，我这边会做最坏的打算。"

我只得无奈应声："好……赶在您最坏的打算做好之前，我会把一切都处理好。"张经理犹豫着嗯了一声。我即刻又问道："对了张经理，我想跟您打听一个人，盛泉集团的倪嘉靓，您了解吗？"

"倪嘉靓？盛泉集团我只知道一个梅慧红，早在你爸刚开始创业的那个年代，梅慧红就已经是一个混得风生水起的女强人，大家都叫她'梅姨'。"

我疑惑着："嗯，梅慧红我倒是没听说过……那先这样吧张经理，我先挂了。"

电话挂断，我脑海里仍旧回荡着倪嘉靓对我说的那些话，反反复复，像是诅咒一样，警醒着我。

而忽然间,我的手机来了消息,是沈浩南发来的:"飞机刚落地,怎么没有你的消息?"

我回复着:"我应该给你发什么消息?"

他说道:"祝我一路平安?或者……质问我一些什么……"

我觉得他话里有话,快速地发了语音:"你是不是早就知道……今天会有一个叫倪嘉靓的人来找我……"

第四十三章

办公室内,我对着手机发呆,等待沈浩南的回答。我脑海里反反复复穿插着倪嘉靓和梅慧红这两个人的名字。依着张经理给我的信息,梅慧红是盛泉集团威震四方的董事长,江湖人称"梅姨";而倪嘉靓是梅慧红的得力干将,更是梅慧红在外的传话筒。

这样一想,我不禁后脊发凉,看来我得罪的根本不是倪嘉靓,而是她背后的梅慧红。倪嘉靓对我放话,如若我继续在沈浩南的身边纠缠不清,那下一次坐在我面前的,便不会是她了。

今天和倪嘉靓的整场谈话都压抑得要命,那种抵着脖子的致命感,一直让我后怕。

隔了一会儿,沈浩南的电话打了进来。

我按下接通就喊了过去:"倪嘉靓到底是你什么人,你的未婚妻吗?还有你订婚又是怎么一回事?我和你的两笔投资合作,不是都走的正规公司账目吗?为什么她要来威胁我?我现在已经被你和那个倪嘉靓给搞糊涂了!"

我乱七八糟地吐槽过去,沈浩南在那头咯咯直笑:"怕什么?你要是问心无愧,确定自己和我没有不正当的关系,你有什么可怕的?再说,就算我们有奸情又怎样,你和我都是那种关系了,你觉得我会不保护你?所以你根本不用怕,心里有没有鬼,都不用怕。"

沈浩南的逻辑让我更加气愤。"什么正当不正当，什么奸情不奸情！我今天真的被那个倪嘉靓给吓到了，她从头到尾都在质问我，搞得我好像真的做了第三者一样。"我扶着额头叹气："沈总，你去解释一下行吗？我和你真的没什么，你订婚的事我毫不知情，我也不会过问。我现在已经危机四伏，真不想再莫名其妙地得罪人了，何况那倪嘉靓的上头是大名鼎鼎的梅慧红！"

沈浩南沉默了片刻，开口道："我之前的确是订过婚，我也的确是在订婚宴的当天放了所有人的鸽子。不巧的就是，我在放了他们的鸽子以后，又和你一起出现在了头条报道里。那报道的照片太显眼了，谁让我当时就那么碰巧站在你身后了呢？"

我憋着一口气："那麻烦沈总解释一下好吗？"

"不。"

"为什么？"

沈浩南理直气壮："倪嘉靓说得没错，我和你的确有勾当，那两笔交易，也的确是你靠着美色和智慧，从我这里拿走的。"

"沈总……"

"好了先这样，我看到合作方的接机人了，先挂了。"

电话被他挂断，我整个人崩溃地趴在办公桌上，感觉后脑勺有个人拿着榔头在敲打我，一下又一下，敲得我后脑勺生疼，还没办法回头看那行凶者的嘴脸，只能这么干挨打。

晚上七八点，裴江远派来闹事的那些员工，一个个都如同蔫掉的茄子一般，瘫在门口喊不动闹不动了，中途还有一个女员工被烈日晒中暑，被其他职员抬去了医院。

我处理完手头的工作下了楼，蒋轩宇当真是把我下达的指令完成得很认真，他带着两个服务生，端着三大盘切好的西瓜，给那些闹事员工分发了下去。

我站在大门口，蒋轩宇在外面起劲吆喝："我们徐经理放话，在座的各位都辛苦了，都不容易。大家都是给自家老板打工，毕竟是拿钱办事，你们老板让你们来我们门口挥大旗，你们不得不挥。所以我们徐经理体谅你们，给你们准备了西瓜和甜点，还特意留出来了几间双床房。一会儿你们谁要是想在我们这儿入住，直接带着身份证来办理入住就成，千万别客气。我们这儿三餐还给你们免费，全当是自己家！"

蒋轩宇发完西瓜回了身，只是回身的一刻他偷偷骂了句脏话。我刚巧站在他身后，伸手拉了一下他的肩膀："干得不错啊，小伙子。"蒋轩宇吓了一跳："姐你诈尸啊，吓死我了！"

我在他耳边嘀咕："我给你下达指令的时候，可没说让他们带证件来办理入住，你什么鬼心思啊？"

蒋轩宇偷偷摸摸地回头看了外面一眼，确定没人偷听，便在我耳边小声道："姐，这帮人闹事，你光录像哪成，你得把他们的个人信息也给弄过来，到时候直接交给警察，不承认都不行！"

我笑着："你这智商，跟在我身边都是屈才了。"

蒋轩宇给我递了个眼神："姐，我刚给他们送水送西瓜的时候，有个人和我特聊得来，等会儿我再去跟他套套近乎，准能套出点什么话来。"

我拍着他肩膀："得到有用信息，给你加奖金！"

蒋轩宇立正站好："得嘞领导！"

我本打算去宿舍休息，结束这聒噪的一天。可蒋菲菲刚好从楼上下来，满脸不爽地看着我，站在我面前就是一副高高在上的模样："我听说今天盛泉集团的董事长秘书来找你了，看来你和沈浩南还真有一腿。"

我笑笑没说话。蒋菲菲顾自言语："我还听说，沈浩南和梅慧红的关系可不一般，沈浩南的公司业务，都是梅慧红在扶持。这么一看，表面上正派多金的沈浩南，也不是什么简单角色。"

我皱眉："蒋菲菲，我发现你真的特别八卦，只要是有钱男人和有点姿色的女人，你都喜欢在背后调查议论人家，你不弄个什么扒皮网红账号，真是埋没了你的才智。"

"徐婉莹你少人身攻击我！"

"我没攻击啊，你每天花那么多心思研究别人，怎么不腾出空看看你自己?"我向着她靠近了一步,"为什么自己这么蠢这么笨,总是喜欢往敌方枪口上撞,在双方交火正热的时候,第一个冲出去送人头?"我死死盯着她,"蒋菲菲,从爸倒下的那天起,你的智商就一直顺势滑坡。是因为爸倒了,你没靠山,紧张了?还是因为你本来就愚蠢?我真的特别想劝你一句,你背地里研究别人的那一套,要是搁在你回徐家之前,兴许能为你带来几分益处。但今时不同往日,现在你是徐家千金,说话办事最好带点脑子,别学裴江远,搞那些阴谋诡计。你看裴江远那么喜欢做小动作,他家公司做大了吗?你还不如坦荡点,别等父亲苏醒了以后,耳边听到的都是这一句话——徐建森徐老爷子的女儿蒋菲菲,又蠢又无脑,只会背后动刀子。"我又向着她微微靠近,小声道,"这话多难听啊。"

听着我的一席话,蒋菲菲火冒三丈,我微微笑了笑。蒋菲菲忍着怒气道:"你以为你能好到哪里去?在爸妈面前是乖乖女,在我面前不一样是撕破脸的毒妇!"

"彼此彼此。"

蒋菲菲甩手离去时,我整个人瞬间泄气。累,每天都很累,每天要面对不同的人演不同的戏,要装狠装可怜装柔弱,要装不痛装平静装无谓。我也知道自己可耻,但这是我选择的路,没有回头的机会。

夜里十一二点,我猫在被窝里想着明天的工作和要处理的事务。

外面的夜静悄悄,闹事的人已经被蒋轩宇搞定,想离开的离开,想占小便宜留宿的便住在了酒店。

门外这时响起了敲门声,蒋轩宇在外头小声呼喊着:"姐,睡了吗?有重大消息给你哦!"

我趿着鞋给他开了门,蒋轩宇从自己的皮夹克里掏出了一个热乎乎的牛肉馅饼:"刚让后厨老刘摊的,贼香!我给你留了一个。"

我笑着接过馅饼,把他拉进屋:"什么重大消息啊?"

蒋轩宇指着我手里的饼:"你先吃,你今天都没怎么吃饭,瘦得跟个麻秆似的,我妈之前见你第一面之后就跟我说你太瘦了,说你们城里人的审美有问题。"

我咬着馅饼,味道是不错:"你说吧,什么消息?"

蒋轩宇从手机里调出一张照片给我看。"你看吧,这照片,我花了一千块钱买来的!就是从闹事人中跟我聊得好的那个人手里买来的,他现在在楼上302住着呢。"蒋轩宇把二郎腿一跷,"姐我跟你讲,钱这个东西啊,真他妈的是个好东西!裴江远派来闹事的这些人,是真好说话,你只要钱到位了,啥都愿意干!我不是跟那人聊得好吗?我就套他话,我本来是想录个音啥的,日后作为裴江远污蔑咱们、找咱们麻烦的证据。结果聊着聊着,一盘毛豆四瓶啤酒下去了,我……"

我听得有点不耐烦:"哎呀你快说重点!"

蒋轩宇放下腿,指着手机屏幕:"重点就是这照片。他说他们老板裴江远,跟这个林导游背地里是相好,两个人都睡过好几次了!"

我听得脑子发昏:"你说什么?"

蒋轩宇强调着:"这个裴江远,真不是个东西,就你傻乎乎的之前还想跟他结婚呢,他就是个披着羊皮的恶狼。"

我觉得这一切发生得太突然,可这混乱的言语中,我似乎又找到了头绪。这照片,是裴江远和林导游亲热时被员工偷拍下来的,两个人亲亲抱抱,样子恶心极了。

我想,此刻我看到的裴江远,才是真正的裴江远,和过往我所接触的裴江远完全不同。我终于理解了裴江远的婚姻观。他的确是有处女情结,不过他的处女情结,只是针对未来跟自己领证的妻子,他不准许自己的妻子被任何人触碰玷污;而他,却可以在外面胡来,以满足他内心的欲望。

我忽然觉得,裴江远是个可怕的恶魔。可同时我又庆幸,这恶魔没有对我下狠手。

不知怎么的,我的心跳蓦然加快,恐惧感侵袭了全身。我脑海里只有两个字可以形容他,那就是变态。

蒋轩宇看我状态不对,忙给我扇风:"姐你怎么忽然冒汗了……你是不舒服吗?"我摇头:"你还有其他证据吗?"

"证据没有了,但是我听那个员工说了不少小道消息,说是那林导游人不赖，就是太痴情了，特别喜欢裴江远，好像也是林导游主动倒贴裴江远的。"

我知道感情的事复杂。我顺着这个思路想下去，也忽然明白了，为什么那么阴险狡诈的裴江远，从未开口说过林导游是自杀，反而一口咬定是我们酒店的问题。其实他也清楚，若是他开口说林导游自杀，我们双方都不需要赔钱，可他宁愿冒着可能赔偿的风险来死咬我家酒店，是因为有什么不能说的秘密。

而那个秘密，或许与林导游的死有关。

一个痴情的女人，在面对患了白血病的女儿，在面对嗜赌成性的丈夫，在面对自己深爱而不得的男人时，她选择死亡的最佳动机，就是为爱而亡。你看，我为了一段轰轰烈烈不可能有结果的爱殉情了，我摆脱了人世间的所有痛苦，满足了我内心的虚妄，也结束了来自女儿和丈夫的折磨。

我想，甜甜给我的那页被撕掉的日记，或许并不是林导游自杀的全部原因。林导游自杀前，一定有和裴江远说过类似"你若不和我在一起，我就死给你看"这种话，所以裴江远会怕，会狗急跳墙地来找我推卸责任。

我拿起手机给林导游的母亲打了电话。我询问老阿姨，林导游生前使用的手机是不是在她那里，可得到的回答让我诧异，林导游的母亲说，遗物本来是放在他们老两口手中的，可赵军胜得知坠楼一事后，去他们家里把遗物给抢走了，包括手机。抢走手机后，又急匆匆地出了门，说要去找裴江远赔钱。

我顺着时间线捋了下去，一切都对上了。那日赵军胜抢走手机以后，他查看了手机里的内容，看到了手机里的暧昧信息，身为丈夫，他不会不知道林导游的情感变化，便去找了裴江远。所以那日下午，裴江远会火急火燎地给我打来威胁电话，让我赔偿认罪。

了解这错综复杂的真相后，我再也同情不起来死去的林导游。

第四十四章

当所有的猜想都理顺了,我精神恍惚地坐在床边。蒋轩宇在我面前挥了挥手:"姐,你怎么了?"

我抬头看着蒋轩宇:"轩宇……你还能联系到林导游的丈夫赵军胜吗?"

他点头:"能啊,上次你让我支开他,我把他的手机号都要过来了。"

"那你能帮我从他手里,拿到林导游的手机吗?"

蒋轩宇想了想:"成,我去要。不过他那个人挺警惕的,我得想点办法。"

我拿起手机给他转了账:"他不是喜欢赌吗?我给你两万块,你用赌博的名义去联络他,看看能不能通过赌博,跟他近距离接触。"

蒋轩宇点头:"知道了姐,我知道怎么做。"

我有些担心:"但你别赌上瘾,你看看赵军胜的下场,千万别犯糊涂!"

"哎呀,我知道,你不让我干的,我肯定不做!"

蒋轩宇离开后,我坐在床边发呆了很久很久。沈浩南的微信消息一条接着一条地发来:

"睡了吗?"

"还在因为倪嘉靓的事情烦心?别担心了,她不会对你怎么样的。"

"我今天忙了一整天,项目谈妥了,等投入生产以后,我带你参观。"

"为什么不回复我消息?"

……

看着手机屏幕上一条接着一条的消息,我越来越觉得,平日里冷漠话少的沈浩南,在手机里其实是个话痨。

在那十多条的微信消息里,我还看到了一条来自韩斌的:"我想求你一件事,等小梅恢复得差不多了,我想让她去你那里做后勤,不露面的工作就好。她也同意了,她不想闷在家里。"

我回复着:"她不是在你的工厂工作吗?"

韩斌道:"她现在对工厂食堂有阴影。别的她也不会,不过后勤应该没问题。再一个是……我不希望你误会我和她的关系,小梅在你那里,就可以证明我和她的清白了。"

我本想拒绝韩斌的请求,我不想牵扯进他和小梅一家的纠葛里,可韩斌的消息发来没多久,我接到了小梅打来的电话。

小梅提出想来我这里工作。且不说她心里所想,念及之前我被父亲赶出家门,小梅不厌其烦地大半夜为我熬解酒汤的这个人情,我也不好拒绝。

后勤工作其实很好安排,酒店也正是缺人的时候,我最终还是答应了他们的请求,同意小梅来上班。

而我想,韩斌让小梅来我这里,是为了让我安心;小梅主动要来,大概是为了盯住我和韩斌,让我们之间保持距离。大家都各有各的心思。

这一夜迷迷糊糊地睡着,醒来时阳光透过窗帘,照得屋子里微微亮。手机被我压在身下,上面是多条未读消息,全都来自沈浩南一人:

"我听说你那边又遇到麻烦了,需要我的帮助吗?"

"你很忙吗?"

……

"不回消息是吧?明天上午我回酒店,最好别让我抓到你!"

沈浩南的消息噼里啪啦地砸进我的眼中，我伸着懒腰、打着哈欠起了身，看来今天除了认真工作以外，还要躲开磨人的沈浩南。可能真是应了那句话，两个人熟了，就越来越没界限了。沈浩南给我的印象，也在一点一点改变。

我磨磨蹭蹭地洗漱穿衣，小小的宿舍间，竟也被我过成了小家的样子，虽然不及家里的别墅，但胜在轻松自在。

穿好利落的职业装，我开了门，只是开门的一瞬，一股淡淡的薄荷香气扑面而来。我被吓了一跳，连着倒退两步，险些跌倒。沈浩南半个身子倚靠在门框上，右手搭在行李箱的拉杆上，他的嘴里咀嚼着口香糖，就是刚刚那股薄荷味的来源。他冲我笑笑，一副"看你往哪里跑"的模样，然后悠悠地开了口："被我抓到了。"

我硬着头皮往外走，他一把将我推回了宿舍，我一个趔趄差点坐到地上，他伸手扯住了我的手臂。我有些恼火："你干吗啊！"

沈浩南皱皱眉。"年纪不大，脾气倒是不小。"他把行李箱推到一边，堵在门口，"为什么不回我信息？"

我懒得理他："忙，累，睡了。"

他吃惊一笑："你今天吃火药了？态度转变得这么突然。"

我抬头看着他："沈总什么时候替我跟盛泉集团的倪嘉靓解释清楚了，我什么时候跟您好好说话。"

沈浩南默默地注视了我一会儿，妥协道："好好好，我解释，那你可以和我正常说话了？"

我平复着心绪："您还有什么吩咐？"

沈浩南一把抓过行李箱，转头往外走："十一点陪我在二楼餐厅用餐。陪我吃饭这事儿，我们可是签过合同的。"

没错……当初为了韩斌，我厚着脸皮从沈浩南那里求来的一百万投资合同，就是用这所谓的"陪他吃饭"作为条件交换的。

沈浩南进了电梯，我在后头瞧着他的背影，眼前这个男人真是越来越让人捉摸不透。

我去检查了新员工的培训情况，中间接到了蒋轩宇的电话，他说他已经找到了赵军胜的住处，也为了套近乎说想一起去地下小场子赌博，可赵军胜并不买账，还逼问蒋轩宇为何突然联络他。

赵军胜是个敏感警惕的人，也难怪他是这种性子，赌了那么多年，家底赔光，到处躲债，他若是不警惕，也没办法活到现在。

我在电话里让蒋轩宇回酒店，后面的安排打算，见面详谈。当务之急，是要拿到林导游的遗物和手机，只要拿到手机，证明了裴江远和林导游的奸情，那么真相也就跟着水落石出。

中午十一点整，我到餐厅等候沈浩南，沈浩南迟迟不出现，我发了消息给他："沈总是不是还在房间休息？要不我让服务生把餐点给您送进屋？"

我故意说着客套话，心想着他最好是在休息，最好还在睡梦中，这样我就不用陪他吃饭、被他折磨了。

可沈浩南消息回得极快："才二十分钟，就等不及了？再等会儿，我很快下去。"

我深吸一口气，从来没觉得吃饭竟是这么难受的一件事。

沈浩南是在十五分钟以后下楼的。我端坐在桌前，沈浩南拉开椅子，一句话不说，低头便开始用餐。

我看他吃得专注，跟着拿起了筷子，吃自己餐盘里的员工餐。沈浩南抬头瞧了我一眼，开始疯狂给我夹肉。一时间，餐盘里被他夹满了蔬菜和牛肉。他看着我，我看着他，他冲我摊摊手："吃啊。"

我总觉得不自在，忍不住开了口："沈总，虽然我知道……我不该过问你的私事，但我还是希望您能在倪嘉靓那边帮我解释一下，我们真的没什么。"

沈浩南慢吞吞地咽下嘴中的食物，看着我："难道你不希望和我闹出绯闻吗？我接触过的女人里，没有一个是像你这样，急于和我撇清关系的。"

我无奈道："那是因为她们喜欢你，对你有所图啊，我不一样……"

沈浩南放下餐具："你哪里不一样？你的意思是，你不喜欢我，对我无所图是吗？那之前的两笔投资算什么？"

我被他噎了一下："酒店这边会尽快让您看到盈利的，至于韩斌那边，我相信他很快会把这笔钱以分红的形式还给您。"

沈浩南用湿纸巾擦了擦手，他的笑容自信又冷漠。"你可能不太懂投资之道，如果抱着投出去的每笔钱都必须要有一定比例回报的心态话，根本做不成投资人，也永远不可能得到超出预期的回报。你觉得我给你的那两笔钱是因为我看到了这两个方案未来的盈利前景吗？"他摇头，身子向椅背靠了过去："未来的事没人说得清，投资的本质就是赌，所有从我这里投出去的钱，我都当做慈善了。当然，若是我和公司一致认为不可投的项目，我们是一定不会做的。"

我忽然想到，当初沈浩南来参加父亲举办的酒会，就是带着撤资的决定来的。

我心里有些发虚："所以沈总压根就没打算继续投资这家酒店？"

沈浩南双手交叉搭放在腿间："倪嘉靓跟你说的都没错，酒店的投资、韩斌工厂的投资，都是我个人意愿，是从我个人账户拨出的资金。跟你签合同，也不过是个流程而已。"

沉重感瞬间袭上我心头，那种原本是两个公司的牵扯，忽然间就变成了我和沈浩南之间的个人纠缠。

我说话都没了底气："沈总……您这么做的原因是什么？"

沈浩南忽然前倾着身子向我靠近，我僵硬在座位里一动不动，他嘴角微微扯着笑意："因为对你感兴趣。"

餐桌上的氛围瞬间尴尬，我不敢再与他对视，也不敢再继续说下去。

好在这时蒋轩宇风风火火地跑到了我面前，缓解了眼下的尴尬。

蒋轩宇并不知道我正在和沈浩南吃饭，他一溜烟地跑到我跟前，完全忽略了沈浩南。

"姐，那两万块我现在还给你。那货太精了，根本忽悠不动，他好像不在小场子玩，只去澳门赌。我觉得咱得换一招了。"

我冲着蒋轩宇眨眼，让他别乱说话，蒋轩宇这才留意到沈浩南的存在，忙点头哈腰："哎哟沈总，不好意思，刚才没注意到您。你们继续吃，继续吃……"

我冲蒋轩宇挥手："你快去打饭吧，吃完好好休息。"

蒋轩宇刚要走，沈浩南微微侧了头，修长的右手食指点着桌面："一会儿来这儿用餐。"蒋轩宇愣愣地看着我，我也为难，最后只得点头："打好饭来这桌吃吧……"

蒋轩宇挑挑眉，说话都变小声了："好嘞……"

沈浩南重新看向我："说吧，看来你的案子是有新进展了，不打算跟我分享？"

我犹豫着要不要开口，沈浩南故意将了我一军："不说算了，澳门那个地方我也是待过几年的，你要是不想说，我也不强求。"

我心痒痒，其实是希望沈浩南帮忙的。这时蒋轩宇打好饭，餐盘里的米饭撂得老高，一屁股坐在了我旁边，对着满桌子没动几口的饭菜感慨："沈总你们都没吃多少啊，这都浪费了。"

沈浩南摊摊手："本来要打包回房间的，但又怕菜凉了不好下口，你帮我们解决吧，这几样菜基本没动。"

蒋轩宇兴高采烈地动筷，吃着那些平日里食堂根本不会供应的好菜好饭。我望着沈浩南，心里莫名佩服他，明明是他不愿意再吃的剩饭，他也绝无可能打包回房间。他看得出蒋轩宇正饿着肚子，对这些饭菜垂涎欲滴，本来他什么都不必说，但还是考虑到蒋轩宇的自尊心，说了一席好话。

沈浩南的确是难得的完美男人，不过是抛除男女关系之外的完美，他的私生活，我想应该是非常混乱的。

我最后还是把裴江远和林导游的事说给了沈浩南听，蒋轩宇在一旁附和，话里话外想让沈浩南帮我们的忙。

一会儿的工夫，沈浩南喝光了杯中茶，蒋轩宇也打扫干净了饭桌上的饭菜。沈浩南开了口："这事儿被你们搞复杂了。不就是想拿到林导游的手机吗？你们直接和赵军胜谈条件就可以。"

蒋轩宇摇头，打了个饱嗝："不行，那个赵军胜一定会狮子大张口，他现在正到处坑钱打算去澳门赌博翻身呢。"

沈浩南看向我："你心里有想法吗？我想知道你是怎么打算的。"

我开口道："我现在所有的线索，都卡在这部手机上了。只要拿到了手机，证明了林导游和裴江远的私情，我就可以名正言顺地把裴江远告上法庭。"

身旁的蒋轩宇愣了一下："不对啊姐，你要林导游的手机，不是想证明她是自杀，然后给咱们酒店洗清嫌疑吗？"

我摇头："不是……酒店其实早就可以洗清嫌疑了，我们之前找到的视频证据，以及甜甜给我的那页日记，我都给警方了。所有的证据都能说明，林导游是蓄意制造了一场自杀。我现在做的一切，包括这几天让你收集裴江远诬蔑我们的证据，就是为了把他告上法庭。因为一旦林导游自杀的事被警方公布，我和裴江远都不用赔钱，可我不甘心裴江远就这么逃脱法律的制裁。我要把他对林导游的伤害，以及他明知林导游自杀却反咬是我们酒店故障致死的私心都揭露出来，我要让他付出代价，让他赔偿我们酒店的名誉损失！"

沈浩南默然地看着我，眼里闪着几丝诧异。

我深吸了一口气："我必须把所有的证据都拿到手，这样才能将他一击毙命。"

蒋轩宇呆愣着吞咽口水："姐……你这么恨裴江远吗？"

我摇头："不恨。我只是觉得他应该付出代价，因为林导游的女儿甜甜现在需要活命钱，这笔钱，必须裴江远来出。我刚刚说的名誉损失，其实只是个幌子，等法庭宣判后，我会把裴江远赔偿的这笔名誉损失费，给甜甜做医药费。"

蒋轩宇坐在一旁不说话，眼神里满是对我的不理解。沈浩南盯着我看了一会儿，忽然，他把目光移向蒋轩宇："你已经在赵军胜那里确定过，林导游生前的手机，是在他那里，对吗？"

蒋轩宇点头："是，就是不知道怎么拿到手，还不能让警方出动。他现在就是烂人一个，一屁股的债，天不怕地不怕，死都不怕。"

沈浩南指了指蒋轩宇放在桌子上的手机："给他打电话，直接谈条件。"

蒋轩宇犹豫地看向我："姐，这能行吗？"

沈浩南声音冰冷："让你打你就打！"

蒋轩宇麻利地把电话拨了过去，只是电话接通以后，蒋轩宇压根治不住无赖赵军胜，开门见山地谈条件，赵军胜却屡次得寸进尺。

我在一旁听得焦急，沈浩南忽然伸手拿过了手机，对着话筒冷然道："你想用两百万换一部手机，没人会跟你做这笔交易。我只给你一个选择，后天在澳门赌场，我出五十万给你做赌资，随便你在台下玩一拖三还是一拖五。赢了，所有钱归你，事后你只需要返还我的五十万；若是输了，这五十万就当赔在了赌桌上，一分也不用你还。但五十万到账的同时，手机归我们。这是我给你的选择，你自己考虑。"

说完，电话那头的赵军胜考虑了片刻，给了答复："好，就按你说的办，后天澳门见！"

交易谈成，蒋轩宇瞪着两个牛眼珠子佩服得五体投地，沈浩南自顾自地拿起手机给秘书打了电话："后天飞往澳门，三张机票，信息我稍后给你。"

挂了电话，沈浩南眼带笑意地看着我："看来……后天我们要澳门一日游了。"

第四十五章

飞往澳门的当日,蒋轩宇早早收拾好行李等在了酒店大堂,我拖着行李箱站在他身后,打量着他这一身奇怪的装扮:"你从哪里搞来的衣服?这是西服还是燕尾服?还镶了金边……你是要参加演奏会,去当总指挥吗?"

蒋轩宇转过身,我才发现他胸前还戴了个金佛像,闪闪发光,我目瞪口呆。蒋轩宇拍着胸口:"姐你不懂,这个吉利!去赌场,不得求个好兆头啊!"

我笑着摇摇头,这时酒店门口停下了一辆商务车,沈浩南在副驾驶招了招手:"上车吧。"

只是一上车,发现捣蛋鬼沈天天竟然也在,正坐在宽敞的车后座冲我招手:"漂亮姐姐来这里,我有好多零食!"

我躬着身子往后座挪动,沈浩南在前面悠哉地说道:"他非要跟着我,有劳你帮我照顾他了。"蒋轩宇上了车,看到沈天天时,碎嘴道:"哪来的小屁……"我回头便瞪了他一眼:"这是沈总的儿子天天……"蒋轩宇抬手就在自己的嘴巴上轻拍了一掌,笑呵呵地说着:"古灵精怪的,长得真俊!"

车子开往机场的一路,沈浩南一直在处理公事。平日里看他到处闲逛,原来工作都在零散时间处理好了。

等候登机时，蒋轩宇带着沈天天去买三明治，我坐在沈浩南身旁，沈浩南正对着电脑屏幕上的方案反复检查。我小声地插了一嘴："你不会是要带天天去赌场吧？那么小的孩子也进不去，又不能单独放在酒店。"

沈浩南目不转睛地盯着电脑屏幕："那边有人照顾他。"他转头眼含笑意地看着我："忙完这个案子，我教你怎么在赌桌上赢钱。"

我摆着手："不了，跟沈总学学投资之道还好，赌博就算了。"

沈浩南转回身，手指敲打键盘。"想当初我第一桶金，就是在赌桌上赚的。"他合上电脑，嗓音温柔，"饿不饿？我也去给你买三明治好不好？"

我被沈浩南突如其来的温柔搞得措手不及，刚要开口拒绝，蒋轩宇就把一个三明治塞到了我手中："不用了沈总，我刚给我姐买了。"蒋轩宇笑哈哈地坐到我身旁，沈天天则抓着自己的三明治往沈浩南的怀里钻，蒋轩宇趁机在我耳边低语："姐……沈总虽然帅气多金，但你弟弟我还是站在韩斌那边的。沈总不适合你，可你要坚守住啊！"

我抬起胳膊肘给了他胸口一下："说什么呢你，一边去！"

飞机落地，沈浩南早早安排好了一切，从接机到入住酒店，全都打点妥当。

我们和赵军胜约好晚上见面，只是前去赌场的路上才得知，赵军胜提前一天就来了澳门，他把自己手里的那点家底都赔光了，听闻一开始手气还不错，用不多的本金赚了十万，只是后来急转直下，输得分文不剩。

我和沈浩南及蒋轩宇见到赵军胜时，他穿着一身软塌塌的运动半袖和短裤，矮胖的身子骨，不知是吃了多少精米细面才堆积成今天这般模样；头发油腻得打了绺，额头泛着油光，眼袋挂到了颧骨上。他笑呵呵地冲我们挥手，眼睛里露出贪婪的光，像是看到了三台自动取款机，源源不断地为他在赌桌上送去筹码。

赵军胜靠近我们的一刻，他身上的汗臭味扑鼻而来。我下意识地后退了一步，沈浩南在身后托了一下我的腰，在我耳边低语："别怕，这里的人都一个样,半魔半仙。"

半魔半仙……还真是这样,游走在赌桌间的人不知疲倦,手里的筹码一会儿多一会儿少,生死胜负都在开牌的一瞬间。

有人满头大汗,有人悠然自得;有人小赌怡情,有人将一生的富贵交付在了这里。赵军胜就是赌上身家性命的那类人,盼望着今晚能让他的人生逆转。

沈浩南言出必行,果真拿了五十万给赵军胜做赌资。大概是输怕了,赵军胜竟也小心谨慎了起来。蒋轩宇寸步不离地跟在他身后,生怕这五十万不翼而飞。沈浩南拉着我走去一边,边走边道:"我陪你玩两把怎么样?"

沈浩南带着我去了他早就瞄准的一桌,他掂量着手里的筹码,自言自语道:"这一桌差不多了。"

我听不懂,就这样被他按在了位置里。荷官发牌,我从始至终都没搞懂点数,只是听着那一句句的"庄胜""闲赢",竟也小赚了一笔。沈浩南来了好兴致,伸手轻刮了我的鼻头:"你还真是个福星。"我被他搞得浑身不自在,但他开心就好,毕竟今晚的场子是他张罗,钱也是他出,我不好坏了他的兴致。只是令我意外的是沈浩南并没有那么大的赌性,几局下来,他便带着我四处转,讲着那些所谓的"一拖三""一拖五"。

原来,这赌场里还有一种叫作"叠码仔"的存在。叠码仔,便是赌场和赌徒的中间人,说得直白点,即是中介。叠码仔带人来赌场玩,赌徒从叠码仔的手中买筹码,叠码仔再从赌场和赌徒那里赚取好处费。当然,这利润微乎其微,最赚钱最刺激的玩法,还是"一拖三""一拖五"。

所谓"一拖三"便是赌徒和叠码仔之间的赌博。赌徒在桌上输一万现金,桌下便输给叠码仔三万;反之,赌徒在桌上赢了一万现金,桌下便赢了叠码仔三万。

赌桌上,赌徒是在和其他赌徒或赌场斗;而桌下,便是和叠码仔赌输赢。

赵军胜此次前来,便是要玩这"一拖三",甚至是一拖更多。当我得知这些玩法时，我终于明白，为什么有人能在一夜间输得倾家荡产。赌桌上的刺激，不是我们这种平凡人能招架的。

没一会儿的工夫，蒋轩宇朝着我飞奔而来，同时带来了好消息："姐！太牛了！连赢！刚刚他连续输了三把以后，沈总让他去洗把脸吃点东西调整状态，结果回来以后，连着赢！他还在桌下跟人赌更大的，这会儿五十万赚了近三百万！"

我听得耳朵发麻，几百万的现金，竟在短短几个小时内拿到了手。身后的沈浩南站起了身，他的视线还停留在桌上方的显示器上，挥手冲着蒋轩宇说："让他收手，再把手机要过来，顺便录个视频，让他亲口说出裴江远玩弄死者感情这件事。"

沈浩南说完便走向下一桌看热闹。蒋轩宇消化着沈浩南的话。我拉起蒋轩宇的手臂："走，让赵军胜收手，别再把赢来的钱输回去了。"

蒋轩宇忙点头："好嘞姐！"

我和蒋轩宇费了好大劲把赵军胜从台子上拉了下来，赵军胜满脸的不情愿："你们干吗啊！我这正在势头上呢！我今晚能赚到一千万你们信不信？！"

蒋轩宇伸手就开始拍他裤兜："手机呢？我们沈总让你交手机！你这都赚这么多了，还不赶紧交货！"

赵军胜继续不耐烦："给给给！猴急什么！"

在蒋轩宇的几次催促下，赵军胜交出了手机，归还了那五十万，并配合我们录了像，一切都进展得很顺利。当我和蒋轩宇再回到沈浩南的身边时，他手里空无一物地站在赌桌后，看着别人在场上厮杀。

我瞧他不太高兴的样子，便问："怎么了？输光了呀？"

沈浩南泄气地看着我。"你看，你不在我身边，我的手气都跟着变差了。"他耸耸肩："输光就不玩了。对了，你们的事处理好了吗？"

我点点头，不过还是担忧了一下赵军胜："我们不管赵军胜了吗？我真担心他再把赢来的输回去。"

沈浩南揽过我的肩膀："今晚吃海鲜怎么样？"

我茫然地点着头:"嗯……可以……"

我们三个人一起回了酒店,在酒店的露天餐厅用了餐,而正在用餐的时候,我听闻赵军胜已经把赢来的钱,又全部输了回去。

我的心情如同坐过山车,不知道应该怎么评判这一晚的经历。沈浩南优雅地剥着盘中的螃蟹,语气淡然:"不懂收手的人,赢来的钱迟早都会如数吐回去。"

蒋轩宇在一旁心惊胆战:"沈总,幸好我和我姐听你的话,在赵军胜赢最多的时候去把手机和钱给要过来了!要是现在去要手机,他肯定耍赖不给,说不定还会继续讹我们钱。"

蒋轩宇说得没错,鬼迷心窍的赵军胜做得出来这种事。

我默默地松了一口气,感觉今夜的赌场一行,根本就是在刀尖上行走。

沈浩南把剥好的蟹肉放到了我的盘中,他眼里的笑意和这霓虹闪烁的夜一样,潮湿凉爽却不寒冷:"我让秘书改签怎么样?我俩再多留几天,我带你逛逛澳门。"蒋轩宇在一旁紧张:"那……不带我了吗?沈总,我得在我姐身边保护她……"

面对气场强大的沈浩南,蒋轩宇说话的语气越来越弱。我心里打着鼓,急忙拒绝:"不了沈总,这一夜的经历已经够让我难忘了,我还要回去处理酒店的事。要不你和天天多留几天,我和轩宇回去。"

沈浩南感到有些扫兴,径自低头用叉子在意面盘里转圈,叉子在盘中摩擦出吱吱声:"看来这美人心,的确是难攻。"

饭桌上的气氛异常尴尬,沈浩南忽然擦了手:"今晚早些休息,明天在附近逛逛,我们晚上一起回程。"沈浩南起身走去出口,我和蒋轩宇在饭桌旁沉默片刻,蒋轩宇吞咽着口水说:"姐,沈总他分明就是想泡你。你不会因为他帮了咱们忙,就从了吧?"

我叉起蔬菜卷塞到了他嘴中:"把嘴闭上!饭都堵不住你的嘴!"

嘴里鼓鼓囊囊的蒋轩宇,卖弄风骚地拉了拉自己的衬衫领口:"姐……

实在不行……我为你牺牲一下，替你从了沈总。"

我一掌拍在了蒋轩宇的脑袋上，他扑哧一下把嘴里的蔬菜喷了满桌，我俩哈哈大笑，只是欢笑之余，蒋轩宇忽然严肃了起来，他擦了擦嘴角，认真地看向我："姐，别把自己搞得那么累，也别委屈自己。"

我被他突然的正经恍了神，短暂的停顿间，他忽然又咧嘴笑："你受累我就得跟着受累，你弟弟还小，你轻点折腾我。"

我笑着摇头，低头吃起了东西。我明白蒋轩宇的意思，也明白他没在和我开玩笑，他是认真地在劝我，劝我别和生活较劲。

晚上回了房间，蒋轩宇和沈浩南分别在我隔壁房间，沈浩南和沈天天一个屋，只是大半夜沈浩南忽然没了人影，也不知道是不是和当地的朋友喝酒去了。

我猫在被窝里，想着明天回到酒店以后，要如何整理证据扳倒裴江远。黑乎乎的屋子里我只开了一盏橘色的小灯，隐约间，我听到门口有动静，我以为是沈天天，起身开门时，却看到了喝醉酒的沈浩南。

沈浩南一副微醺的模样，眼神迷离地定在房门口，他的一只手撑在门框上，头微低地看着我，嗓音低沉温柔："徐婉莹，你对我……就一点动心的感觉都没有吗？"

第四十六章

　　幽静昏暗的酒店走廊，半开的房门口，沈浩南身上的酒气伴着淡淡香水味，门外直直打下来的射灯照在他的头顶，浓密的长睫毛在眼下映出了一片阴影。他半眯着眼，轻吐着浓浓的酒精味气息："你为什么……不回答我的问题？"

　　他的第二次逼问，让此刻的我乱了方寸。我转身在门口柜子上拿了房卡，走进他："沈总，我送你回房间休息，你喝醉了。"

　　只是，当我准备关闭房门之际，他的身子便直直地冲我倾倒而来。

　　一米八几的个子，完全瘫倒在我的肩膀一侧，若不是斜后方有个柜子在支撑，我想我已经被他压倒在地了。

　　我拖着沈浩南去了床边，我以为他已经醉得昏沉不醒。谁料，躺在床上的他竟然闭着眼慢悠悠地给自己解开了裤腰带。我傻眼地站在床边，只见他松开裤腰带以后，便沉睡了过去。

　　我打算把蒋轩宇叫过来，可我的手机被他压在身下，我小心翼翼地伸出手，狠狠地在软绵的床边压了下去，我想一路压着手，伸到他的后背下面把手机取出来。谁知道手刚伸一半，他忽然向着我这边转了身。他的腹部重重地压住了我上臂，我疼得龇牙咧嘴。

　　我的心怦怦跳，就快跳到嗓子眼，床上的沈浩南忽然说起了梦话："别走了，留下来……"我伸手在他脸前晃了晃，他毫无反应。我猛憋一口气,推着他的身子将手抽了出来。

手机刚拿到手,便嗡嗡嗡地响起来,是蒋轩宇发来的消息:"姐你睡了没?沈天天跑我这屋来了,说自己睡害怕。沈总还没回来啊?那我伺候这个小少爷睡觉了啊!"

我忙给他发了消息:"快来我房间!"

蒋轩宇五秒就敲开了我的房门。他光着上半身,穿个花裤衩站在床边,垂头叹气:"哎哟,这是啥事啊,堂堂沈总,还闹这么一出。"

我拿起自己的洗漱用品就打算往外走:"你照顾他吧,我去陪天天睡。"

我转头就出了房间,把蒋轩宇一个人留在沈浩南的身边。

房门一关,蒋轩宇压着声音,咬牙切齿地挠门:"姐你就这么走了啊?姐你不要我了啊?我还是个处男啊姐!"

我憋不住笑了。去了蒋轩宇的房间后,发现小天天已经四仰八叉地在床上睡着了。小家伙连内裤都没穿,就那么光溜溜地躺在那。我给他盖了被子,关了空调,小心地进了被窝。

我一身疲惫地闭了眼,脑海里浮现的是刚刚沈浩南在睡梦中说的那句话:"别走了,留下来。"我想,或许他也经历过某些痛彻心扉的事吧。

第二天一早,我是被隔壁的尖叫声吵醒的。我猛地睁开眼,小天天半个身子压在我的肚子上,那不安分的小手竟搭在我的胸口,还真是个没断奶的小娃娃。

我慢慢起了身,走去隔壁房门口,只见眼下一片混乱,沈浩南光着上半身站在门口,头发睡得乱糟糟的,一脸惊悚地指着床上的蒋轩宇怒吼:"谁让你睡我床上的?!"

蒋轩宇如同受了惊吓的小姑娘,穿着花裤衩,又委屈又难过:"沈总你咋睡醒就翻脸不认人呢……昨晚我可是伺候你一晚上啊……你衣服都是我亲手给你脱下来的,你昨晚睡觉的时候可没这么大脾气……"

我忍不住在门口笑出了声,把自己笑岔了气,感觉眼下这一幕,蒋轩宇就像个被白睡的小媳妇,沈浩南则是那睡完以后翻脸不认账的

"渣男"。

沈浩南一脸无奈地看看我，又看看床上的蒋轩宇，胡乱地抓了抓自己的头发："我真是服了……"转身就出了房间。我急忙冲着蒋轩宇打手势："回你房间洗漱换衣去！小心一会儿沈总看见你还在这儿，扒了你的皮。"

蒋轩宇一边挠着自己胸口的那两撮黑毛，一边摇头皱眉："咋就翻脸不认人呢？他昨晚还吐了呢，都是我收拾照顾的，这个'渣男'。"

蒋轩宇一走，我蹲在地上哈哈大笑，而另一间房里的小天天揉着眼睛，光着屁股就出来找人："漂亮姐姐，我爸爸呢？"

我忙把天天抱回了房间，这混乱的一大早，还真是热闹。

去机场的路上，沈浩南没和我们坐一辆车，他上了另一辆车子，车主似乎是他的朋友，两个人在车上有事商议。

我们的车跟在他们车后，抵达机场时，我远远地看着沈浩南和车主在车边交谈。同沈浩南交谈的人气质非凡，虽然只是一个侧面，却也潇洒利落，举手投足间，都带着股大老板的范儿。

正愣神间，那边的沈浩南和车主同时看了过来。我急忙收回目光转身，不好意思再看。蒋轩宇绕到我身后，调侃着："姐，沈总那朋友长得可真帅！出发前我还特意看了那个人一眼，感觉他脑门隐隐刻着两个字——'有钱'，那个人肯定比沈总还有钱。"

蒋轩宇跟念经一样，在我耳边嘀嘀咕咕。我朝着他脑门打了过去："什么时候你脑门能刻几个字，不需要刻'有钱'，刻'有脑子'就行！"

我们一行人回程，蒋轩宇开车把沈天天送回了家。沈浩南依旧不回家，我坐了他的车，回了酒店。

路上我和他都不说话，好似昨晚他喝醉酒的事，我们都记得，也都在心里介意着。

我把车窗开了一条缝，风顺着缝隙呼呼地吹了进来，我的头发瞬间被吹乱，我忙把窗关合。沈浩南却故意使坏，忽然将四个车窗全部打开。外面的风呼的一下吹了进来，我的长发乱七八糟地粘在了我的脸上，本来粉底就有些油腻，这下好了，整张脸都被缠住了。

沈浩南偷笑。我没了好语气："沈总不愧是天天的父亲，都这么喜欢捉弄人。"沈浩南继续掩嘴笑，接着又正经道："我不是捉弄你，我只是记仇而已。昨晚你把我和你弟弟扔在一个房间，这事儿你可没经过我的同意。"

我想解释，但总觉得说什么都像是狡辩。沈浩南放缓了车速，看了一眼后视镜中的我："我们继续昨晚的话题怎么样？"

我小心地同他在后视镜中对视："什么话题？"

他将视线移回前方的路况上："你对我，就没有一点心动的感觉吗？"

我不知道怎么回答。沈浩南继续逼问："为什么不回答？有或者没有，不过是几个字的事情而已。"

我反问了回去："那沈总对我是什么感觉？"

他回答得干脆利落："喜欢。"

我问道："沈总认识我多久了？"

这个问题还当真把他问住了，他想了想："几周？"

我又问："你了解我多少？又喜欢我什么？沈总是个心智成熟的男人，应该不会告诉我说，你对我是一见钟情，对吧？"

沈浩南被我说得忽然笑出了声："我明白了，你的意思是觉得我对你了解得太少，所以我对你的喜欢，也不过是表面的见色起意而已，你觉得我不是真心喜欢你。"

我没说话，沈浩南便径自点头自我安慰了起来："好，那我继续给你时间，我时间很多，在你身上浪费一些也没什么。这样也不错，以前我认识的那些女人，都太快了，还没等我有兴趣呢，她们就自己送上门了。你倒是很难搞，难得让我越来越有兴趣。"

我纠正他一点："沈总别用'搞'这个字来形容女人了，想必那些投怀送抱的，都是真心喜欢你的。"

沈浩南点点头，人也跟着正经了起来："你又一次让我对你刮目相看。不过……我也纠正你一点，我不是你认为的只看女人长相的那种男人。你也说了，觉得我心智成熟；那你想过没有，心智成熟的男人，其实早就把你看穿了。"

我的心咯噔一下。沈浩南接着说道："或许我现在了解到的你，比你对自己的了解还要多。"

我说不出话，车子却已经到了酒店门口，他回头看我："别总对男人的表白感到怀疑，我这么赤裸裸的爱意，你应该擦亮眼好好品味一下，说不定我就是你心里的那一款呢？"

我的脸瞬间涨得通红。沈浩南轻松地笑了笑："我还有事要办，晚上记得陪我吃饭。"

下车同沈浩南道别，他的话一直徘徊在我心口。我转身进了酒店大堂，一眼便看到了休息区的小梅。

小梅的伤还没完全恢复好，她戴个口罩坐在沙发上，身旁放着一个布兜子。我忙走上前，小梅两眼发亮地冲我问好："婉莹姐！"

我拉过她的手臂："怎么没提前给我打电话啊？"

小梅有点拘束："我也刚来没多久，正准备给你发消息呢。"

我拉着她往办公室走，迎头又碰见了蒋菲菲。我不在的这一天，蒋菲菲倒是忙了不少事，不过不清楚她有没有帮倒忙。

蒋菲菲瞧了我一眼，又打量了一下小梅，她的目光在小梅身上轻蔑地扫过，又落回到我脸上："听说你跟沈总去澳门了啊？恭喜你啊，向着豪门又进了一步。"

我看着她肩上挎的新款包包，少说是五万块的限量款。也不知父亲给她的那些零花钱，她花得还剩多少。

我说道："裴江远没再联系你吧？那些闹事的员工，也没再来了吧？"

她点点头："有我在，酒店不会出任何问题！"

我无奈摇头："你帮我给张经理打个电话，一个小时后高层紧急会议,有关林导游的事,该有个了结了。"

蒋菲菲一脸的不服气:"我凭什么听你差遣?"

我说道:"好,那一会儿的会议你别参加。"我拉着小梅往电梯口走。蒋菲菲气急败坏:"看你还能得意多久!"

我把小梅送去了人事那里,今天便开始上岗算工资。半个小时后,我去了会议室,将我拿到手的所有证据资料做了整理。

张经理来得很快,他一进会议室,就兴冲冲地坐到我身边:"警方那边给你消息了是吗?"

我故意卖了个关子:"不仅仅是警方。"只是这时,我的手机忽然来了电话,是个没见过的陌生号码,号码后四位,是连着的四个七,感觉不是一般人的电话号。

我接起,那边传来沉稳老练的女声:"徐婉莹,对吗?"

电话里,"徐婉莹"这三个字被对方说得又慢又准,像是三颗子弹,接连朝着我的耳膜打了过来。

我预感到一丝丝不妙,应了声:"您好,您是哪位?"

那头的声音清晰传来:"我是梅慧红。"

刹那间,我握住手机的那只手,失去了多半的力量,我抬头看向了张经理,张经理似乎是听到了我话筒里的声音,眉头都跟着拧了起来。

第四十七章

梅慧红——一个让我陌生又熟悉的名字，盛泉集团的董事长，让人闻风丧胆的传奇女人。早在我父亲刚开始创业的那个年代，她就已经在商圈树立了威望。

挂断电话，我整个人都徘徊在状况之外，身旁的张经理紧张了起来："梅慧红？她亲自给你打的电话？你怎么和她扯上关系了？"

"可能是因为沈总吧……之前梅慧红的贴身秘书找我过一次，让我和沈总保持距离……"

张经理的脸色跟着紧张。"我倒是听说梅慧红和沈总有牵扯，但外面传言很乱，有说他们是母子，也有说是包养关系。沈总对外从不提自己的母亲，而且他那个父亲也很奇怪。"张经理拧着眉，"不像个男人，更像个唱戏的。"

的确，沈总的父亲……总是奇装异服，结合起他的年纪，显得更奇怪了。

张经理说道："梅总给你打电话，是要你做什么？"

我心思慌乱："要和我见面，让我晚些去她公司……"

张经理担忧道："见到梅总千万注意礼节，她那个人架势很足，听说脾气很差。"

我被张经理说得更慌了，本想给沈浩南通个风报个信，但对话框都没点开,会议室门口就陆陆续续地进来了很多人。

会议开始,我把我拿到手的所有证据,以及我一个小时前从警方那里得到的信息,全都公开在了会议上。

投影屏幕上播放着赵军胜在赌场录下的视频,他说明了林导游生前和裴江远的私情纠缠。在座领导看得义愤填膺,都说酒店这次背了个大锅。

关掉视频,我看向在座领导:"警方会在今晚给出结果公告,我也联系了各大媒体,晚些会把证据公示在网络上。同时,我会起诉江远旅游公司对我司的诬蔑行为,让其付出应有的法律代价。"

几位领导纷纷点头,赞扬的话一句接着一句:

"婉莹办事能力可以呀,老徐虽然还在病床上,但丝毫不影响公司的发展。"

"是呀,婉莹可是老徐一手培养的,这说话办事啊,都有老徐的影子。后生可畏,后生可畏啊!"

我礼貌地冲那几位高层笑笑,而坐在旁侧一言不发的蒋菲菲则全程黑着脸。

会议结束,我把张经理拉到了一边:"张经理,这次赔偿所得的钱,我打算捐给林导游的女儿甜甜,以公司的名义,可以吗?"

张经理思忖片刻,点了头:"可以,这样做对公司也好,慈善这种事,捐给谁都是给公司贴金。虽然我知道,你只是为了那个孩子。"张经理拍拍我的肩膀:"加油干吧年轻人,未来的路长着呢!"

张经理一走,我即刻联系了律师和媒体,所有事情都按部就班进行,我只需静静等待网络舆论的发酵即可。只是,我永远想不到,老天总会在人最得意的时候,给人当头一击。

林导游的爸妈给我打来了电话,说甜甜没能挺住,半小时前离开了这个世界。

整个世界骤然崩塌,我仿若置身在一片废墟之中,找不到出口,找不到方向,也倏然没了拼命做这一切的理由。

我放下手头所有工作冲出酒店大门时,刚好碰到韩斌,也来不及问他的来意。他见我匆忙，拉着我便上了他的车，开去了医院。

甜甜弱小的身子正被两个身着黑衣的男人抬上殡葬车，那孩子面目温和，似乎早就做好了同这个世界道别的准备。我永远忘不了那日她将纸团塞到我手中的模样，她的眼里没有光，没有向往，没有希望。我似乎明白了，她把纸团塞给我的那一刻，其实并不是为了正义，而是真正地在心里放弃了活下去的希望。

韩斌开车带着我尾随在殡葬车后，我发着呆目视前方，韩斌不敢同我说话。我悲伤地开了口："我刚刚在心里反问自己，我做这一切，到底是为了甜甜，还是为了报复裴江远。"

韩斌侧头望了我一眼，手掌心反复抓捏着方向盘："你真的已经尽力了，那孩子早该被老天收走，她吃了太多苦，也让身边的亲人吃了太多苦。"

我无奈笑着："她才几岁，就明白不要给身边的人添麻烦。而我们呢，一把年纪了，却总是为了钱，在暗地里算计。"

韩斌转着方向盘："你知道这世上最真挚的感情，存在于哪里吗？"

我转头望向他："哪里？"

"医院的手术室门口。在那扇门前，你心里的一切感受，都是不掺杂一丁点虚假的。"

车子开到殡仪馆，甜甜的外婆找到了我，她塞给我一个透明玻璃瓶，里面是很多五彩缤纷的千纸鹤。老阿姨红着眼，企图用笑容尽力抑制眼泪，可那哀伤的情绪让人动容。"孩子送给你的，她说你和她一样，是善良的人……"老阿姨捏着我的肩膀："谢谢你了姑娘，快回去吧，这地方晦气。"

老阿姨转身便要走，我开了口："甜甜是我见过最懂事的孩子，她是不想拖累你们，所以早早去了天堂。你和叔叔要好好生活，这才是她希望的，她很善良……"

老阿姨没有回头，她佝偻的背影承载了太多酸楚。我似乎又在隐约中看见，那个善良的甜甜，从小便在那佝偻的背脊上长大，她调皮地抓着外婆的发髻，望着头顶蓝蓝的天。

我再也说不出话，眼泪簌簌滑落。身旁的韩斌揽过我的肩膀，努力安慰着："她临到离开时，都没有一丁点的苦相，她早就做好告别的准备了，别难过。"

韩斌带我返程的路上，蒋轩宇给我来了电话，我抽着鼻头，蒋轩宇气急败坏："姐你跑哪去了啊！媒体记者都来了，蒋菲菲正抢你风头呢！气死我了，我说这案子又不是她查的，她没资格顶替你，但她偏要去接受采访！你到底跑哪去了你？！"

我抹着眼泪："没事，让她出风头去吧，只要别给公司抹黑就行，我一会儿就回去了。"

蒋轩宇泄了气："行吧……我怎么感觉你语气不太好？"

"没事，你先帮我看着蒋菲菲吧，别出娄子。"

"知道了姐。"

抵达酒店，蒋菲菲俨然成了众人的焦点，她在媒体前夸夸其谈，彻底成了酒店的门面。我一个人去了办公室，韩斌跟在我身后，递给我几张纸巾："妆都哭花了。"

我这才想起："你来找我什么事啊？刚刚一直忘了问你。"

韩斌脸上露出笑容："你上次给我介绍的合作人，已经跟我签合同了，对方的定金也打过来了，现在厂子一切恢复正常，我是来给你报喜的。"

"那你打电话就好了啊，还非得跑一趟。"

韩斌挠挠头说："嗯……来看看你……啊，还有小梅，小梅还适应吧？"

我点着头说："这会儿应该还在培训，我带你去看看她吧。"

我转身要走，韩斌忽然对着镜子里我的背影拧紧了眉头，我也不知道他是看到了什么奇怪的东西。他忽然把我按在了沙发上，一脸尴尬地说："你在这等我下，我下个楼马上回来。"

韩斌吭哧吭哧地跑出办公室，只是他前脚刚走，隔了不到三十秒，就有人敲了门，我起身去开门，竟然是小梅。

小梅手里抱着个塑料打包盒，里面是四个生煎包。她戴着口罩，但眼睛里的笑意依然藏不住："婉莹姐，我们刚休息来着，我就去后厨那儿参观了一下，顺便露了两手，还热乎着，你尝尝吧。"

我接过打包盒："谢谢你小梅，不过你刚才没看到韩斌吗？他才出去。"

小梅眼睛一亮："他来啦？来看我的吗？"

我语气一顿，忙说着："嗯，我正打算带他去看你呢，不过他下楼去了，有点急事。"

小梅来了兴致："那我在你这里等他可以吗？"

"可以啊，你先坐下休息。"

我拉着小梅去沙发，这时，办公室的房门被推开，韩斌满头热汗，气喘吁吁："我回来了，你是不是还没发现自己哪里不对劲呢……"

韩斌僵在门口，眼睛看着小梅，瞬间没了话。

我这才留意到，韩斌手里拿着的是在楼下便利店买来的姨妈巾，我忙对着镜子看了一眼身后，果然，裙子上有一抹鲜红的血渍。

小梅即刻明白了是怎么一回事，笑容都僵硬了："你下楼买这个去啦……上次让你帮我买，你都不去，还说怕丢人，哼……"

小梅表面在撒娇，可看得出她心里早已不是滋味，我夹在两个人中间，故作笑颜缓解气氛："是我让他下去的，我逼他去买。他要是敢不帮我买，我就不给他介绍合伙人了。"

小梅苦涩地笑了笑，回头冲着我："婉莹姐你去换下衣服吧，你有备用的衣服不？你换下来，我帮你把裙子脏了的地方洗干净。"

我忙摆手："不用不用，我自己清洗就好了。"

小梅点头。韩斌脸色木然地坐在了沙发上，我转身去了里屋的洗手间。

卫生间门外没有一丁点动静。我换好衣服走出来时，韩斌起了身："我先回去吧，我看酒店大堂来了挺多记者，你应该挺忙的。"

我点点头。小梅开了口："韩斌哥你再等一会儿吧，我很快下班了，我想跟你一起回去。"

我拿起椅子上的外套，想尽快脱身："韩斌你留下等小梅，我晚上有约，现在就要出发了。"

韩斌茫然地点头："好……那我在这儿等小梅……"

我飞快地出了办公室。蒋轩宇还守在大堂，死死地盯着蒋菲菲。我站到蒋轩宇身后叮嘱："我出去一趟，楼上韩斌在我办公室，你没事上去陪陪他。"

蒋轩宇被我吓了一跳，拍着胸口："哎呀姐，他一个大男人有什么好陪的，让他待着去吧。我得在这儿盯着蒋菲菲，她那张破嘴，说不准哪句话就说错了，她敢说错，我就把她拖到卫生间，好好给她漱漱口！"

我笑道："行了你！我走了啊，有个人要见。"

蒋轩宇着急地说："不是姐……你这风头都让蒋菲菲抢走了，你还不赶紧去镜头面前说两句？"

"有什么好说的，目的达到就行了。"

走出大门，车子开往盛泉集团，距离我和梅慧红约定的时间还有一个小时整。路上我给沈浩南发了消息，告诉他我马上会和梅慧红见面，我想看看他什么反应，他却迟迟没回应。

这一路，我接到了很多来自裴江远的电话，一通又一通，挂断又打来。

我不胜其烦，最终接了电话，那头裴江远已经气急败坏。"你真是筹备了好大一盘棋啊，跟我兜转演戏这么久，现在竟然把我告上了法庭！徐婉莹，你暗地里调查我不说，还演戏骗我？！"

我纠正着："拜托你搞清楚，在媒体前公开这一切的人是蒋菲菲，不是我，你想讨说法，麻烦把电话打给蒋菲菲。"

"蒋菲菲？她有这个脑子吗？徐婉莹，我真没想到你这么阴险！"

我笑道:"你是罪有应得!然而这点报应远远不够,你会自食恶果的!"

挂了电话,我拉黑了裴江远。车子极速行驶,抵达盛泉集团后,我到了前台,竟发现前台小姐早已登记了我的姓名,一路直达,将我带去了十五层。

十五层一到,敞亮的视野让人深感宽阔轻松,这一层的工作人员都是清一色的年轻女性,每个人的穿着打扮都清爽利落。鲜艳的服饰、特意整理过的妆容和发型,好似这是一家媒体公司。

前台小姐很客气地带着我往里走,只是还没到那会客厅,我便被人半路拦截了下来。

挡在我面前的,是个穿着水晶高跟鞋、一身及膝小白裙的女人。我越看越眼熟,总觉得在哪里见过。脑子飞快运转,画面定格在之前在西餐厅的一幕。眼前这女人是裴江远新交往的正牌女友,我们有过不太愉快的一面之缘。我记得,她好像是叫什么胡筱筱。还真是冤家路窄,刚拉黑了裴江远,结果又在这儿碰见了他女友。

我还没开口讲话,她便在气势上先压了过来:"见梅总是吧?"

我不说话,前台小姐便客气开口:"胡小姐,这是梅总的客人。"

胡筱筱笑着:"借用五分钟不过分吧?我有点事,想亲自问问这位神通广大的徐小姐。"

第四十八章

　　胡筱筱把我拦在十五层的办公大厅，座位里的员工纷纷侧目。梅慧红的办公室大门距离我只有十几步远，我却被这个胡筱筱拦在了半路。

　　若是没记错，这个胡筱筱是经人介绍和裴江远相识的，家境定是和裴江远不相上下，外表也是一副纯天然无公害的模样，除了性子有些急躁，还当真符合裴江远的择偶标准。

　　我开了口："胡小姐有话直说就好。"

　　胡筱筱丝毫不怯场，但还没等她开口，带我上楼的前台小姐给了善意的忠告："胡小姐，徐小姐是梅总请来的客人，梅总正等着她呢。"

　　胡筱筱正眼都没瞧那前台小姐一眼，直勾勾地盯着我："我们见过面，我想你应该知道我和裴江远的关系。你和裴江远最近几日的纠葛我也了解，你不觉得你太过分了吗？"

　　我坦然应声："此话怎讲？"

　　"裴江远毁了你和他的婚约，的确是他的不对，但感情勉强不了。他对你已经没有感情，总不能因为订过婚，就必须把这婚结了吧？订婚又不是谈生意，又没有签合约。"

　　我被她绕得有点晕："胡小姐想说什么？"

　　"说什么你心里不明白吗？你在网络上散播那些谣言制造舆论，不就是在吸引江远的注意？你得不到江远，难道就要毁了他？"

搞了半天，这个胡筱筱是来找我宣誓主权的。我猜测，应该是裴江远给她讲了一个凄美残酷的爱情故事。故事里的他痴情可怜，对我百般真心；而我，一个伤透了他的渣女，被退婚后还在藕断丝连地纠缠，吸引他的注意。

我心里哭笑不得，身旁的前台小姐急得跺脚："胡小姐，真的不能再耽搁下去了，梅总一会儿肯定会发火的。"

胡筱筱依旧死盯着我："你为什么不回答我的问题？"

我笑了笑："你对裴江远了解多少？"

她眉头紧拧："你问这个干吗？"

"没事，就是问问。"

她迟疑着不说话。我继续道："那我换个问题好了，胡小姐对我了解多少？"

胡筱筱被我问得没了头绪，我开口道："我想你对我应该是一无所知，那我自我介绍一下，我姓徐，徐婉莹，是柏云酒店徐建森的女儿，也是裴江远的前未婚妻。"

胡筱筱明显不耐烦："我知道，然后呢？"

我故意解释得很清楚："然后在一个月前，我发现我不是父亲的亲生女儿，随之，裴江远取消了我和他的婚约。"

胡筱筱反应了片刻，我想她那个脑袋瓜应该并不灵光，进一步解释了过去："胡小姐应该还不太清楚，裴江远和我算是商业联姻，得知我不是亲生女儿后，才取消了婚约。毕竟非亲生的女儿，法律上拿不到任何财产。"

胡筱筱似乎是明白了什么，可她不肯低头认输："网络上的舆论都是你操控的吧？一时间媒体记者铺天盖地地来抹黑他，你还说不是刻意针对他？"

我点头："是刻意针对，还费了些心思去针对。毕竟这样一个披着羊皮的渣男曾经伤害过我，我反击不为过吧？况且我交给媒体的信息，有哪一条是虚假信息吗？如果是假的，我可是要承担责任的。"

胡筱筱有些气急败坏："他怎么可能和那个三十多岁的导游厮混到一起？你就算是造谣，也造个靠谱点的！一个毫无姿色还有孩子的老女人，裴江远看都不会看一眼！"

我笑笑："你说得没错，那个死去的林导游的确是个毫无姿色的女人。可偏偏就是这样一个女人，掉进了裴江远的谎言里。如同此时此刻的你一样，同样令我觉得不可思议。"我上下打量着她的外表："一个亭亭玉立的姑娘，竟然和那个林导游一样栽在了裴江远的手中，要不怎么说他神通广大呢，什么类型的女人都咽得下去，而且还神不知鬼不觉。"

我一点没含糊地说完这些话，胡筱筱气个半死。其实我并没觉得胡筱筱哪里坏，若是看得真切些，我甚至觉得她不过是个心思简单的痴情女人。

我不打算继续跟她周旋，而这时，我的身后传来了清脆的鼓掌声："好一个伶牙俐齿的姑娘，难怪我让秘书上门拜访，都遭了回绝。"

我忙转过身，看到了和我想象中不太一样的梅慧红……

我以为她是个老女人，老得凶神恶煞满脸横肉，毕竟是个即将六十岁的事业女强人，"女强人"三个字，总和"凶巴巴"挂着勾。

可眼前的她，笔挺的身板，一身酒红色女士西服，西服泛着暗暗的珠光，映着脸上洁嫩的肌肤。我不敢想象，一个即将六十岁的女人，竟然有着如此光洁的肌肤。她的脸上没有明显的纹路，仅有的，也不过是眼尾几丝不起眼的皱纹。只是她的表情有些僵硬，我想她大概是做了拉皮手术，整张脸都绷得紧紧的，如同她这个人的性格气场。

我定在原地不说话，她走上前，转头看向胡筱筱："筱筱啊，你第一天来我这里上班，就对我的客人这么不客气，要是你父亲知道了，怕是要发火了。"

胡筱筱退到一边："对不起梅姨，我只是有话想要问她。"

梅慧红两头各瞧了一眼："刚刚我都听到了，徐小姐以过来人的身份给你忠告，说你那个男朋友不靠谱，你应该听听啊。否则我们聪慧善谈的徐小姐，怎么会放弃一个条件不错的男人呢？"

我听着梅慧红的话，总觉得话里有话。梅慧红三言两语把胡筱筱打发走，我跟随她进了办公室，房门关闭，宽敞的办公室内，只有我们两个人。

我拘谨地坐在座位里，梅慧红亲手为我倒了咖啡，她倚靠在我身旁的沙发边上，端着咖啡杯："尝尝吧，托人从意大利带回来的，有些苦涩，不过我很喜欢这个味道。"

我跟着品尝，大胆开口："不知梅总找我是有何事……"

梅慧红笑笑，整张脸有些僵硬，虽然不太自然，但绝对美艳。她微微牵扯嘴角，声调高昂："我想你应该知道我为什么找你。"

"因为沈浩南是吗？"我丝毫不畏惧。梅慧红点点头："你倒是开门见山，那好，我也不和你兜圈子。你到底想从沈浩南的身上捞够多少才算完？"

我笑着："梅总说笑了，我和沈总是朋友。"

梅慧红意料之中，低头看着杯子里的咖啡："每一个像你这样走进我办公室的女孩都说她们和沈浩南是朋友，可只要我把狠话说尽，她们又会说，是沈浩南追求的她们。你们这些女孩子啊，就是有点太小家子气。"

我听得出梅慧红话里的讽刺，她觉得我和那些靠近沈浩南的女人一样，心里图钱，嘴上却不承认。

我抬头看向梅慧红，反问了过去："我想冒昧问一句，梅总和沈总是什么关系？"

梅慧红挑挑眉："你问得倒是直接。那你猜猜，我和沈浩南是什么关系？"

我放下了咖啡杯："那您觉得我能猜对吗？"

梅慧红皱了眉："那也要你猜了才知道。"

我试探着："我猜梅总是沈总的亲人，但具体是什么亲人，我猜不到。"

梅慧红刚要开口说话，我继续道："梅总，我能问您一个问题吗？"

梅慧红的眼神渐趋复杂："你的问题还真多，说吧。"

"你猜我和沈总是什么关系？"

梅慧红这次彻底被我激怒，她的眼神已不再平和，甚至觉得我在挑衅。我没多等，直接给了她回答："其实梅总对我和沈总的关系，也不过是猜测而已，就像我猜您和沈总的关系一样。真正的答案是什么，都只有当事人自己知道。所以我想跟您说，我和沈总是清白的，甚至我觉得沈总在我这里的投资是有利可图的。可能您听闻了一些我和沈总的传言，但我并不觉得这能说明什么，就好像我在外面听闻了您和沈总之间的传言，您自己相信吗？"

梅慧红不再说话，眼神渐渐变得复杂。我想她应该清楚外面流传着她和沈总什么样的八卦，各种难听的都有。但我隐隐觉得，他们或许是母子。

梅慧红终于放下了手里的杯子，坐到了我身旁的沙发上，盯着我看："是谁教你说话这么没大没小？你知道我是谁吗？"

我故作轻松："知道，盛泉集团的董事长。来之前就已经对您所有的辉煌事迹都做了了解，也知道您是个强势之人，最不喜懦弱无能之人，所以同您说话都不敢故作恭维，怕您以为我心虚。"我把话说得直白。

在来之前，我早早听闻了梅慧红的做事风格，她是个出了名的女毒舌。大概是位高权重，只要是她看不爽的人或事，必会张口教训过去。同她交谈，本就不能按套路出牌。

梅慧红笑了笑："可以，看来是我小瞧你了。那我实话告诉你，沈浩南是我的儿子，我之所以找你来，就是要告诉你，掂清楚自己的分量，别垂涎不属于你的人。"

梅慧红坐进了办公桌前，静静等待我的回应。

"既然梅总坦诚相待，那我也同您说实话，我对沈总没有非分之想，即便有，也只是倾慕崇拜，这就是全部。"

梅慧红凝视我片刻："你说话态度这么硬，就不怕我将你公司的投资款全部撤走？"

我笃定："白纸黑字撤不走。"

梅慧红忽然拿起了座机电话:"那如果撤走了呢?"

我知道她在威胁我,可若是我服软,我便真的成了趋炎附势、最能伪装的女人。

我心里打着鼓,嘴上逞强:"若是撤资,怕是梅总会损失未来持续不断的盈利。"

梅慧红忽然大笑,而这时,办公室的房门被忽然推开,沈浩南一脸严肃地走进了屋。他看看我,又看向梅慧红:"你又来这一招是吗?"

沈浩南径直走到了我身边,在我手边看,似乎是在寻找什么。办公桌前的梅慧红忽然笑出了声:"别找了,这个丫头刀枪不入,我这银行卡连拿出来的机会都没有。"

梅慧红持着座机电话,看向我说:"沈浩南投进你公司里的钱,我一句话就可以撤走。"她继而看向沈浩南:"订婚的事你若再拖延,我会终止你手头的全部项目,冻结你全部资产!"

第四十九章

梅慧红的办公室内,我和沈浩南彻底败下阵来。我深知她的神通广大,一句话便可以撤走沈浩南投进我公司的所有资金,更会让如今好吃好喝住豪宅的沈浩南变得一无所有。

三个人气氛越来越紧张,我生怕赔了夫人又折兵,没了投资款不说,更连累了沈浩南。

我在心里认了输,刚刚的逞能全都不作数,我要保住公司,更要保证沈浩南不被我连累。

梅慧红的眼神越来越毒辣凶狠。我开了口:"梅总,我和沈总没有任何越轨之举,现在没有,今后更不可能有。"

梅慧红笑了笑:"哟,这是服软了?刚刚还说白纸黑字撤不走呢,看来你靠近沈浩南,还是为了钱,为了那个原本奄奄一息的酒店。"

沈浩南在一旁忍无可忍:"你逼她做什么?她不过是我的合作伙伴,你非要把我身边所有的女人都赶尽杀绝?"

梅慧红的语气恢复了刚见面之时的沉稳高傲:"我若是不逼她,你会出现在我面前?"梅慧红转身坐进了办公桌前,身子悠悠地向后仰靠,摆弄着指甲。"不过你们两个倒是都挺会摆谱,我让倪嘉靓出面请她,请不动,非要我亲自给她打电话发消息才有回应。你呢,你还真不愧是我儿子,电话不接就算了,现在连我的号码都拉黑了。"梅慧红抬起头,

"沈浩南你别忘了，你现在拥有的一切，都是我给的。若是没有我，你以为哪家的黄花闺女会看上你？你以为你会和身旁的这位徐小姐相识？"梅慧红无奈摇头，语气里满是嘲讽："你和你二哥比，连他的皮毛都比不上！"

沈浩南站在原地不说话，这是我第一次见他面色这般沉重颓丧，眼神都淡了下去。过往那个孤傲决断的他，眼下只是梅慧红的儿子，儿子在母亲面前，总是难以强硬起来。

梅慧红再次拿起了座机电话，电话一通，她开了口："柏云酒店的项目负责人是谁？让他来我办公室一趟。"

电话一挂，沈浩南开口："你真要这样做吗？"

梅慧红微微一笑："当然不是，这只是两个选择中的一个。另一个选择，是你在一周之内领证完婚。"

沈浩南脸色决然："如果我不做呢？"

梅慧红轻敲着桌面："那就滚离我的视线，除了你这条命，你拥有的一切，都如数归还给我！"

眼下这刻，我被梅慧红的狠心惊没了魂，我侧头看向沈浩南。我以为他会妥协，可他却忽然轻松地向后退了一步。随之，他拉起了我的手，眼睛直勾勾地盯着梅慧红："那就这样说定了，从现在开始，我和你断绝关系，除了我这条命，剩下的全部归还于你。但你也要信守承诺，徐婉莹公司的资金，你不能干预。"

梅慧红的身子微微战栗，我看得出，她在积攒怒火，那怒火从脚底一直蔓延到头顶，就快喷发。

沈浩南拉着我的手转身走向了门口，他推开门，还不忘回头补上一句："梅总日理万机，可别太辛苦，家里家外的，一堆人和事等着您处理呢。"

话毕，沈浩南哐当一声关了门，我被他强行拉进了电梯间，只是电梯门马上关闭的一刻，胡筱筱拦在了门口，虎视眈眈地说："徐婉莹，我们的账还没算完呢！"

我早就没了理会她的兴趣，伸手疯狂按关门键："我们的账，你晚上看警方公告就明白了。你悠着点，别让电梯门夹了头。"

电梯门关好，顺利下行时，我松了口气。沈浩南瘫软地靠在一侧，眼神呆滞。我不安地问道："你真的要和梅总断绝关系吗？"沈浩南呆呆地望着电梯间顶部的灯光，语气疲倦："话都说了，能不断吗？"

我低下了头："对不起……如果不是我……"话未说完，沈浩南勉强笑笑看向我："不完全是你啊，我和梅总，一直都有矛盾。"

"你一直管你妈妈叫梅总吗？"

沈浩南苦涩地笑笑，没说话，电梯门打开，他一边带着我往门外走，一边打了电话，电话一通，他简单地交代了过去："爸，我和梅慧红闹僵了，基本是被没收所有资产，这段时间你带天天，我暂时不能回去了。"

我以为电话那头的沈父会追根究底地盘问原因，结果隐约的，我听到了意外的话："她不会把我现在住的房子也收走吧？这房子可是你辛苦工作谈项目换来的！她梅慧红也太狠心了！"

沈浩南平静地说："你不是最擅长讨好她吗？房子留不留得住，靠你了，你就说我已经不在那房子里住就行了。好了，挂了。"

电话结束，我傻眼地跟在他身侧。沈浩南低头瞧了我一眼，似乎是看出了我眼神里的诧异，他倒也不忌讳，笑着说道："还记不记得，有一次我和你提及有关男小三的事？"

我点头。

他说道："梅慧红身边有很多男人，我只是她的第三个儿子。我父亲是她当年养的男小三，两个人没领证生下的我。她也瞧不上我父亲，我父亲以前是个唱戏的，她图新鲜就在一起了。"

我听得惊诧。见多了女小三，还第一次听闻有男小三。但想想沈浩南那个不着调的父亲，便也明白了为什么梅慧红不和他领证。不过，几十年前感情的事谁又说得清，梅慧红如今马上迈过六十，她本就是个传奇人物，养了男小三，也不足为奇。

走出集团大厦，我准备上自己的车，谁料沈浩南跟在了我身后，正等着我开车锁，打算坐进我的副驾驶。

我愣了愣："沈总你不开自己的车吗？"

沈浩南一脸的理所当然："难道你不应该对我负责？我刚刚可是为了保住你的投资款，跟梅慧红断了关系，我说了归还一切资产。"他指了指停在我前面的那辆奔驰："那辆车此刻已经不属于我了。"

我的心一沉，有一种被人讹上了的感觉。可他说得又在理，我的确是沾了他的光。

我硬着头皮道："好吧，你上车吧。"

车子平稳行驶，我问他："沈总你现在要去哪儿？"

"你的酒店。"

车子开回酒店，这一路，我心里的不祥预感越来越浓烈，直到下车，我试探地开了口："沈总，你和梅总闹矛盾的这段时间，是打算一直住酒店吗？如果是的话，我让前台给你登记。"

沈浩南捏了捏自己的太阳穴，一副昏昏欲睡的模样："不必了，我账户被冻结，也没多余的钱支付房费。"他起身就往酒店大堂走，我紧跟其后："那你要住哪里？"

沈浩南回过头，眼睛半眯着，看样子是真的累了："住宿舍就好，你总要对我负责吧？"

他的这句话说得理所当然，好似已经做好了决定，而我必须服从。我眼看着他走去了我的宿舍间，忙阻拦："沈总你还是继续住楼上客房吧，房费我来负担，毕竟你是因为我才和梅总有了矛盾。"

他完全没有听进我的话，直冲到宿舍门口，定住脚，两手插兜，接着将空空如也的裤兜掏了出来："我现在就是穷光蛋，又不能借你钱住套房，只能住你这儿了。"他指了指房门上的密码锁："你密码是多少？你生日吗？"说着，他就自己按了密码，我两步冲上前去阻止，房门却被他打开了，他推着门把手，轻松一笑："看来多了解你一点，还是有好处的。"

我黑着脸站在门外，他笑呵呵透过门缝看着我："你去工作吧，我冲个澡就休息,晚上随便吃一口就好。"

他即刻准备关门,我伸手拦在门口,紧张着:"不是沈总……你真打算住我这儿?"

"不然呢?你不打算对我负责吗?"

我发誓,沈浩南绝对是我这辈子见过最多变的男人。他的沉稳老练,他的油嘴滑舌,他的厚颜无耻,他的正义温柔……他展现给我的东西太多,让人欢喜又让人厌。

我没办法赶走沈浩南,只得让他留宿在这里,毕竟是我的恩人。

只是当我在办公室里忙前忙后的时候,沈浩南的消息一条接着一条地发来:

"下班了陪我去超市买洗漱用品。"

"男士睡衣也要来一套。"

"还要买毯子。"

"……你这个枕头很不舒服,还得换个枕头。"

我头皮发麻地看着这一条接一条的消息,我不想跟他有太多牵扯,只好把消息截图发给了蒋轩宇,让他代替我去给沈浩南买生活用品。

谁知,蒋轩宇收到消息后,第一时间冲进我的办公室,嘴里吐槽不断:

"姐!他就是想睡你!

"这个'渣男',八百一晚的大床房不住,住你宿舍,这不是成心的嘛!

"不行,我不能让他占你便宜!投资怎么了,投点破钱就要献身了?

"我和他住行吧!我住!"

耳朵被蒋轩宇念叨出了茧子,我推着他就往外走:"赶紧去超市买东西!"

蒋轩宇一走,我的办公室座机就有电话打进来。我是怎么都想不到,已经被我拉黑的裴江远,竟然找到酒店来了。

我挂了电话急忙下楼,心里忽然有些慌张。蒋轩宇刚走,没了蒋轩宇的保护,还真是有点不安。

裴江远被两个安保阻拦在门口，看见我的一刻，他破口大骂："徐婉莹，你个不择手段的贱人！荡妇！你拿死者来恶心我，你不怕遭天谴吗？"

　　我站在距离他五米远的地方，不敢靠近也不愿靠近。身边渐渐聚集了一些人，有员工有住客。小梅不知何时站到了我身边，一副跃跃欲试想要保护我的样子。

　　我还没开口说话，小梅就拿出了手机："报警吧婉莹姐，这个人一定是疯了。"

　　小梅认真地打着电话，门口的裴江远继续咒骂，一句比一句难听。

　　其实我早都麻木了，麻木得不想应对，不想配合他的演出。

　　裴江远挣扎着往里冲，小梅拉着我往后退："婉莹姐你还是先回办公室吧，这个人太危险了。"

　　我漠然地看着眼前的一切，门口听裴江远咒骂的人渐渐增多。我茫然地看着他冲所有人数落我的不是，过往那个绅士温和的他不见了，眼下只是一个没了底线的疯子。

　　人性怎会如此多变呢？我反复地在心里问自己。直到十分钟以后，警方的车子抵达门口，架走了本就该被带走调查的裴江远。这一场闹剧，结束了。

　　人群散去，刚刚的吵闹就像是一段过目就忘的插曲。小梅跟着松了口气，伸手在我眼前晃了晃："婉莹姐你没事吧？"

　　我回过神："哦……没事，你快回去工作吧，刚刚谢谢你。"

　　小梅走了，我却无心工作，一个人呆坐在大堂沙发上，翻了翻手机，看着有关裴江远的那些新闻报道。

　　而这时，蒋轩宇提着大包小包进了大堂，意外地，他身后跟着韩斌。韩斌的手里也提着两个塑料袋，里面都是沈浩南的东西。蒋轩宇回头便将袋子统统交给了韩斌，拍着他的肩膀说："交给你了兄弟，打倒落魄财阀，迎娶'白富美'！"

　　蒋轩宇冲我看了一眼，一溜烟地逃跑，韩斌傻站在原地，手里一堆东西显得他特别吃力。我纳闷地看着他，他羞愧道："蒋轩宇说你被沈总赖上了……给我通风报信，我就……来了……"

我拧着眉头歪着脑袋："什么？"

韩斌轻咳一声："孤男寡女住一个宿舍不太好吧……晚上我在这儿陪你……"

我继续一脸茫然："啊？"

韩斌提着一堆东西，装傻充愣地就往标有"顾客止步"标识牌的那个走廊奔去："你宿舍是这个方向吧？沈总交给我来照顾就好了！"

第五十章

眼看着韩斌走去了宿舍方向，我忙跟上前："你来凑什么热闹啊！一个沈浩南就够棘手了！"我拉过购物袋子，使尽力气拖住他的手臂。韩斌一边往前蹭一边道："那你让我把东西送进去好吧？这么多你又拿不动。"

韩斌负重前行，后脖颈的汗流进了衣领。我深知自己拦不住他，只得松手，带他去了宿舍。

屋里的沈浩南正在床上睡得昏沉，我故意把门搞出声响，沈浩南坐起身，韩斌把东西轻放在地上，开始整理。

我拉着他的手臂："你别管了，我来收拾就好，你去找蒋轩宇，或者回你厂子去。"

沈浩南睡眼惺忪，他瞧了瞧我和韩斌，一副看戏的神态，安静地盘坐在床边，那懒散又潇洒的样子，看着很是欠揍。

韩斌不肯走，磨磨蹭蹭地搬东西，我站在一旁，低头给蒋轩宇发了消息："我告诉你，马上把韩斌带走，否则我卸了你的腿儿！"

蒋轩宇连续发了几个嘻嘻笑的表情："姐，给韩斌一个机会嘛，他真的特别喜欢你。我就觉得沈浩南不是好人，我今天要是不把韩斌叫来，你铁定吃亏。"

我脑子发昏，沈浩南靠在墙边默默地观望着，韩斌整理好一切，拍了拍手掌上的灰尘。"搞定了，还有什么需要帮忙的不？"韩斌看向沈浩南："沈总有难处尽管找我，你是我的恩人，如今你有难，我应该帮上一把。"

韩斌是初生牛犊不怕虎，说话莽撞不计后果，老油条的沈浩南自然是看出了他那点心思，加之我在一旁的尴尬表现，鬼都猜得到，韩斌此行前来是什么目的。

沈浩南忽然下床站起身，伸手捏了捏韩斌买给他的新枕头，不满道："这枕头太软了，睡不惯，你再去超市给我换一个吧。"

韩斌迟疑片刻，沈浩南把视线转移到了我身上："那你去？"

韩斌即刻开口："我现在就去。"他回过身，拍拍我肩膀："你去忙你的工作吧，沈总这边我来照应。"

我抬头看了沈浩南一眼，毫无波澜的一张脸，也不知道他心里在想什么，甚至也没问韩斌的来意，就那么开口让韩斌去买东西。

只是韩斌这一走，沈浩南的好戏便开始了。我哪里想得到，沈浩南在瞧见韩斌的第一眼，就已经有了情绪，他来来回回反反复复地折腾韩斌，不是拖鞋码数不对，就是牙膏买错了，要么就是一些鸡毛蒜皮的小事，搞得韩斌精疲力竭又无法拒绝。

我这才明白，沈浩南是故意的，他看不惯韩斌的突然出现，来了小情绪的他，总是能想出很多折腾人的招数。

我一直忙着自己手头的工作，两三个小时都脱不开身，直到晚上五六点钟，警方给出了通告，证明了柏云酒店的清白，网络上有关裴江远的新闻开始发酵。一切都尘埃落定，我和裴江远之间的恩怨也算是有了终结。只是不清楚，他这次是否会吃上牢饭，他的蓄意捏造和污蔑，足以让他在警察叔叔面前好好忏悔了。

张经理在得知结果后，第一时间给我来了电话，他说这事儿值得庆祝，晚些他会来酒店，大家一起坐下来吃个饭。

我没拒绝，想着是高层间的小聚餐，倒也不错。

我抽空去了沈浩南那边，没想到他对韩斌的折磨，又升级了。

韩斌不知道被沈浩南来回差遣了几次，我回宿舍的时候，屋子里堆满了东西。看到眼前这一幕，我不得不说，男人间的对峙还真是幼稚。两个人在暗地里较劲，沈浩南对拖鞋颜色不满意，韩斌就四种颜色都买齐，吃的用的更不必说，满地的购物袋子，就差把超市搬回家了。

我定在门口，沈浩南一个大步跨过地上的东西，站到我面前："出去吃饭吧，我饿了。"

韩斌尾随其后："一起吧，我来开车，婉莹辛苦一天了。"

沈浩南的脸上终于浮现出一丝不满，他侧头看向韩斌："你不会今晚也要住这儿吧？"韩斌点头："我在楼上开了房。"韩斌对我道："你晚上去楼上睡吧，你和沈总住一个房间，怎么都不方便。"

我尴尬得说不出话，沈浩南的语气愈加差劲："你到底还要赖到什么时候？"

韩斌本就是脸皮薄的小伙子，这一个"赖"字，说红了韩斌的脸，好在他脾气出奇地好，明知沈浩南针对他，他也不动怒。只是沈浩南让我有些意外，过去那个无所畏惧的大男人，竟然栽在了小男人韩斌的手里。

我伸手拉过了两个人的手臂，一人一边："行了你俩，晚些我们公司有聚餐，你们两个跟着一起吧。"

沈浩南甩开手绕到一边换起了鞋子。韩斌轻声在我耳边嘀咕了一句，说去找蒋轩宇，晚点吃饭的时候见。

韩斌识趣地离开，沈浩南开始更换白衬衫。我笑着倚靠在墙边，说道："大名鼎鼎的沈总应该怎么都没料到，自己会栽在一个二十出头的小男孩手里吧？"

沈浩南憋着气不说话，那生气又装酷的模样，着实好笑。

我接着说道："不过沈总也幼稚，大热的天，一趟趟地折腾人家去超市，也没把他折腾走。"

忽然，沈浩南转过身，他胸前的两颗扣子还没扣好，胸肌若隐若现。他没好气地说道："我看他比我小，没跟他一般见识。他喜欢你，追你就好，来干涉我做什么？"

看得出,沈浩南是真的生气了,生气韩斌对他的干预。

我心里特想笑,但必须忍着:"那沈总怎么不想想自己是否越界了呢?我做个不要脸的假设,假设你们两个都爱我爱得死去活来,而我忽然和韩斌孤男寡女住在了一个房间,沈总着急吗?"

沈浩南停下了手中的动作,他低头定定地看着我,眼神专注得让人紧张。"你说得还真在理……"他思忖着,声音跟着沉重,"如果你和他住一个房间,那我就把那间屋子点了。"

还真是个占有欲极强的男人。我无奈摇头:"沈总收拾一下吧,晚些出来用餐就好。"

我转身便要走,沈浩南忽然抓过了我的肩膀,担忧着:"你该不会对韩斌那样的小毛孩感兴趣吧?他这么幼稚……"

我看得出,沈浩南是在认真询问我,而短暂的迟疑之中,他竟然看出了我的犹豫,他蹙眉,声音都显得意外:"你对那一型的感兴趣?他……哪里好?"

可能在沈浩南的眼里,韩斌只是普通人,沈浩南可以在外面给足别人自尊心,但他心底,并不觉得韩斌有魅力。

我也常问自己韩斌哪里好,大概就是在我最落魄的时候他的鼓励,以及他身上阳光善良的那部分。他很简单,和其他二十出头的男人一样,没有过多的杂质,连喜欢都是纯粹的,即便这纯粹,最后可能会慢慢消失殆尽。

我笑了笑:"在市侩女人的眼里,沈总一定是完美无瑕的,只是我觉得每个男人都有他自己的优点和缺点,谈不上喜欢或是不喜欢,只能说欣赏或不欣赏。"

沈浩南并不满意我的回答,他随意地点点头:"好,你真是宁愿得罪我,都不愿意说一句谎话让我开心,我还真是没看错你。"

我退出了房间:"沈总先换衣服吧,一会儿餐厅见。"

晚上开餐时，我以为这是一次高层聚餐，没想到来的仅仅是自家人。

张经理自作主张，把我母亲从家里接了出来，蒋菲菲跟母亲坐在一侧，我还把蒋轩宇叫来一起用餐。

蒋菲菲和蒋轩宇面对面，蒋菲菲的脸即刻拉了下来："谁让你上桌了，你算什么徐家人？"

蒋轩宇瞪着大眼珠子："我姐姓徐！怎么了？"

"你给我滚下桌去！"

"我——就——不！"

蒋轩宇一个字一个字地说着气着蒋菲菲。蒋菲菲忍着火气，转头冲我道："你也就敢在父亲卧床的时候为所欲为，如果父亲醒着，你敢把这种垃圾叫上我们徐家的饭桌？"

我笑笑说："你放心，父亲醒来以后，我会离开徐家的。"

母亲在一旁瞪了我一眼："别乱说话！"

饭桌回归沉寂，服务员开始上餐。沈浩南和韩斌在这时来了二层，我招呼他们："在这边！"

饭桌上的人多了，气氛也热闹了，最值得开心的是，有沈浩南在，蒋菲菲不敢乱说话。

沈浩南和韩斌依旧僵持着。小梅不知何时来了餐厅帮忙，竟绕到了我们这一桌，端起了餐盘。

韩斌冲小梅尴尬地笑笑，小梅冷着脸不吱声，看样子是很不高兴。蒋菲菲忽然在这时说了闲话："某些人还真把酒店当自己的私有财产了，什么乱七八糟的人都往酒店招，以为酒店是收容所？社会上的痞子、没文化的盲流，甚至是毁了容的人，都往酒店送。"

蒋菲菲的这席话被小梅听进了耳，小梅默默退到一边，整个人更加丧气了。

我随手往蒋菲菲的面前扔了一块薄荷糖，糖块弹到了她的额头，又掉到了桌子上。蒋菲菲刚想冲我发火，蒋轩宇在一旁补刀："给你薄荷糖是让你清理一下你那张臭嘴！"

我掩嘴偷笑，母亲禁不住也跟着偷笑，而全程黑脸的沈浩南径自拿起了筷子，表情冷漠："我们开动吧？"所有人都动起筷子。

还没吃几口，一楼大堂忽然传来了嘶吼声，我听到了自己的名字，起身走去栏杆处，往楼下望去。

裴江远的母亲找来了，又势利又难搞的林朝静，正撕破喉咙在楼下大喊："徐婉莹呢？让她出来见我！"

门口保安阻拦，我冲着楼下喊了过去："放她进来吧。"

林朝静抬头便望见了我，她是替裴江远找我麻烦来的，看她气势汹汹的模样，就知道今天这一关势必难过。

韩斌走出餐厅站到了我身后，沈浩南也跟随而出，饭桌上的其他人也纷纷起身。直到林朝静站到我面前，扬手便要扇我一巴掌之时，母亲先开了口："你住手！你算什么东西，敢打我女儿？"

林朝静的手悬在了半空。我心平气和："我觉得您现在不应该来找我，而应该去警局，听听您儿子是如何招供的。"

林朝静伸手指着我："是你害了他！你这个毒妇！我们裴家不让你进门，你就要毁了他，你怎么能这么狠毒！"

我不说话，更懒得说话，有些话解释太多次，连我自己都觉得累。

我拿出手机就准备打110："您自己不愿意面对您那个糟糕的儿子，那我帮您打这通电话，让警局的人亲自来接您去见您儿子。"

只是电话还没按下去，我眼角余光隐约看到林朝静正从包里掏着什么东西。不等我抬头细看，韩斌忽然将我搂住，紧紧抱住。而耳边，我听到了他痛苦的低吟。

我怎么也不会想到，林朝静会在包里藏了一小瓶硫酸！而那本应该泼到我身上的硫酸，被泼到了韩斌的后背上。

第五十一章

我不敢想，被浓硫酸泼了身会有多疼多绝望。韩斌的脸在我面前扭曲的一刻，我的心也跟着拧成了一团。

小梅是第一个冲出去的，她把林朝静推到了栏杆上，掐着林朝静的脖子，装了浓硫酸的瓶子滚落在桌脚边。小梅整张脸都狰狞了，恨不得就这样掐死林朝静，掐死这个伤害韩斌的老女人。

我傻着眼，看着韩斌的额头冒出了一层细密的汗珠，他疼得脸色苍白，抱紧我的两只手渐渐开始用力，用力地抓着我的衣角，发泄着他的疼痛。母亲吓晕了过去，张经理忙着照顾母亲；蒋轩宇打着120；沈浩南在四处找水找毛巾，试图挽救韩斌的伤口……

只是一切都晚了，那疤痕注定不会消失。

沈浩南冲着楼下大堂的人群大喊，询问谁是医务工作者，来来往往的人流中还真有帮得上忙的人。蒋轩宇和沈浩南把韩斌拖去一旁，医生做着简单处理，手脚冰凉的我惊魂未定地瞪着眼。

林朝静被保安控制在原地，小梅不知何时哭成了泪人，她又一次冲到林朝静的面前，而我们谁都没发现，小梅竟在所有人都不注意的瞬间，捡起了装浓硫酸的瓶子。瓶子里的液体没有流干净，剩下的那一点，正在瓶底流动。

在小梅扬手要将瓶底的液体泼向林朝静的眼睛时，我瘫坐在一侧，看到了小梅那张可怖的脸。她脸上的口罩掉落在地，一侧脸颊的烧伤疤痕像是一张烂掉的浅褐色抹布一样，铺在她原本白嫩的肌肤上。亲眼看见的瞬间，我脑海里只有"丑陋""恐怖"两个词。此时小梅表情狰狞地打算狠狠报复林朝静，那是我见过最可怕的小梅，和以往见过的任何一次都不同，眼前这个，是深藏在她灵魂里的恶魔。

我无法克制地尖叫出声。好在蒋轩宇眼疾手快，赶紧扑了过去。小梅被推到了墙边，额头重重撞在墙壁。蒋轩宇嘶吼大骂："你想死吗？活得不耐烦了吗！"

小梅瘫在地上大哭，阵阵哭声都在表达着她对韩斌的心疼与爱。我望着当下混乱的一幕幕，无助、悲痛，再也没有比此刻更糟糕的瞬间了。我看着疼得扭曲成一团的韩斌，心里的负罪感，不停地累积增加。

闹剧终止，林朝静被带去了警局，她终于要和她狱中的儿子团聚，两个人渣败类在监狱里会面，是最好不过的。

母亲被张经理搀扶上了车，送出酒店时，张经理的一举一动都生怕弄疼或是惊扰了我那脆弱的母亲。我想张经理是对母亲有意的，母亲一定明白，只是两人谁也不愿意捅破这层窗户纸。而这层薄脆的窗户纸，正是我那还在病床上昏迷着的父亲，父亲的生死，决定了张经理和母亲的结局。

我们跟随救护车去了医院，小梅全程蹲在门口哭。我本想给蔡琴芬打通电话，小梅却阻拦了我。她说这事儿不能让蔡琴芬知道，蔡琴芬若是知道了，她母亲也就知道了，到时候事情解决不了不说，还会让我惹上麻烦。

有时候我觉得，小梅虽然平日里扭扭捏捏，其实并没有我以为的那么单纯，她考虑事情考虑得周全，心里对所有事都有着衡量。她是在保护我，保护我不被她那个蛮横的母亲伤害。不管怎样，她对我都是善意的、好心的。

韩斌受伤的面积不大，伤口处理好以后，小梅搀扶着韩斌走出病房时先开了口："婉莹姐，让韩斌住你酒店吧。他这样没办法回家，要是让家里的老人知道了，他没法解释。"

我点着头说:"住酒店。我会把一切都安排好。"

韩斌这时候竟还有心思说笑:"这下彻底得住酒店了,想不住都不行。"

我鼻头阵阵犯酸,但还是强忍着,嗓音都跟着压低:"你怎么那么傻……"

我们一行人回了酒店,蒋轩宇和小梅搀着韩斌,沈浩南也忙前忙后帮着取药找医生,处理琐碎之事。而蒋菲菲全程看戏,让她回家她不回,就站在我们身旁,也不帮忙。

最后韩斌被送上了楼,我和蒋轩宇在房间里帮他换鞋换药。当韩斌虚弱憔悴地准备睡下时,蒋轩宇回头对我说道:"姐,你去休息吧,我和小梅照顾就行。"

小梅这时从卫生间走出,甩干手臂上的水。她看了看我和蒋轩宇,又看了看床上半眯着眼的韩斌,笑笑说:"轩宇,咱俩出去吧,让婉莹姐陪他一会儿。等他睡了,咱俩轮流照顾他。"

小梅似乎特别懂韩斌心里的想法,她把蒋轩宇支走,留我在房间和韩斌聊天。

我坐在床边,眼睛泛红地看着他。韩斌苦涩地笑着,嘴角裂开了一个口子。我转头去找凡士林一类的软膏,韩斌忽然开口:"你不会觉得有负担吧?我当时就是下意识地去抱你,我怕你受伤。"

听他说这句话,我胸口忽然有了堵塞感,那种从心底里迸发出的愧疚和不安,一股脑儿地堆积在嗓子眼,憋闷得有话难言。

我拧开凡士林的盖子,用棉签蘸着里面的软膏。韩斌清着沙哑的嗓子说:"要不是亲自受伤一次,我都不知道原来皮肉伤这么痛。这下我明白小梅做手术的那几天为什么一直哭一直哭了,我还以为她是因为变丑才哭的……你知道吗?医生给我处理伤口的时候,我一直在想,后背上的伤都这么疼,那脸皮上的伤呢,是不是疼得妈都不认识了?小梅比我坚强多了。"韩斌定定地看着我。

我用棉签点着他嘴唇干裂的地方,喃喃着:"这话你应该亲口对小梅说，她会很欣慰。"

韩斌摇头道："不能说，不能让她对我有任何奢望。你和蒋轩宇都知道，我并不喜欢她，只是因为有愧，所以她提出的要求我都尽力去满足，我不想伤害她。"

说着话，韩斌就想平躺在床上，我急忙撑住他的肩膀："别动！你现在只能侧躺啊！"

韩斌"嘶"了一声疼得扭曲了脸："跟你聊天聊得我都忘了受伤这事儿了……"

我心情沉重，憋了很久，才把要说的话说出口："谢谢你，今天要是没有你，都不知道我会成什么样子。"

韩斌的眼睛笑成了两条曲线："有我在，不会让你受伤的。"

看着他认真的模样，我本想直接开口跟他挑明我和他之间的不可能，但脑海里一次次浮现出他背部的伤口，我不忍心了，特别是当下这一刻。我只好换着说辞，缓解我心里的不安："小梅今天为了你，差点跟林朝静拼命，她真的很喜欢你，我感觉得到。"

韩斌心里也跟明镜一样："我知道她喜欢我，她也知道我不喜欢她，我和她说过很多次了。但我的确是欠她的。我母亲一直对我特没信心，觉得我就是个孩子，根本偿还不了小梅的人情，所以逼着我娶她。我拗不过我母亲，只能慢慢来。厂子的利润我都交给小梅了，等厂子的利润规模稳定的时候，我会再做一个加工厂，到时候我会去新厂子，把现在的厂子给小梅，这样我就不欠她的了。"

"你真觉得钱能解决一切吗？"

韩斌的眼神里没有迟疑："能解决。从我遇事到今天，几乎所有的麻烦都是因为我没钱。等钱赚够了，就不会这么两难了。我妈也是因为对我赚钱没信心，所以逼着我把关乎一生的婚姻都搭进去。"

韩斌的想法，曾几何时我也有过，只是在后来的路上，我发现，当你拥有了足够的钱以后，你会明白，这世上最珍贵的东西，压根与钱无关。

门口这时响起了敲门声，我起身开门。小梅手里搭着两件衣服说："婉莹姐，我刚从楼下买的新衬衣，让他换新衣服吧，我担心那浴袍会感染伤口。"

我点着头让开身，蒋轩宇跟随小梅进了屋。蒋轩宇看了看小梅，说道："你给他换？还是我来吧，你个大闺女，给男人换衣服是什么事。"

小梅红了一下脸："那好吧，你来换，我和婉莹姐出去。"

我和小梅走出房间，我这才发现，沈浩南一直在门外。他的手里握着两杯奶茶，一杯已经喝了一半，另一杯只插了一根吸管。我刚好口渴，上前伸手："给我买的吗？谢……"

谢谢都没说完，沈浩南缩回手臂嫌弃地看着我："谁说是给你买的？"

我黑脸："我还不稀罕喝呢！"我扭头靠在墙壁上。沈浩南催促我："你还不下楼休息吗？"

我嫌弃地皱眉："你不是知道我宿舍密码吗？"

他装傻充愣："忘了。赶紧下楼，你不回去，我怎么休息？"

我气冲冲地盯着他，他继续耍无赖："我真忘了，我今天就瞎按了两下门就开了。"

我拗不过沈浩南，只好跟他下了楼。宿舍门一开，他站在我身后将我推进了屋："你别想上楼陪他！他有你弟弟照顾就可以了。"

我回身推着他的胸口："你干吗啊？韩斌他今天救了我，我不上去照看，人家怎么想我？"

沈浩南随手将门反锁，高大的身影定在我面前，一脸不容置疑的表情："你是想让韩斌跟你越来越暧昧不清吗？还是想让那个梁小梅与你为敌？"沈浩南忽然脸色严肃地让开了身子："好，你要是喜欢韩斌，那你上去，我不阻拦。我沈浩南追女人从来堂堂正正，不会限制你自由。但如果你跟别人暧昧不清，又搞不清楚自己心里的想法，那我今晚就替你做决定。"说着，沈浩南伸手便压住了我的肩膀，他将我朝着床边推去。我的两条腿撞到了床沿，身子重重地砸进了软绵绵的被褥里。沈浩南一只手扯掉自己的领带，另一只手禁锢着我的身子。

我奋力挣扎，他继续放狠话："你要是搞不清楚自己到底喜欢谁，那今晚我就让你彻底爱上我！"

沈浩南的身子沉沉地压了过来，紧急时刻，我张口便喊了过去："我不喜欢他！行了吗？我不喜欢任何人！我也没有因为他救了我，就对他产生感情，行了吧？"

胡乱地喊完话，沈浩南衬衫凌乱地起了身。他的脸色微红，嗓口轻咳。重重地吐了一口气，脸上的表情似乎很难挨。

我紧张得连连吞咽口水，只见他站直身子，转头便往卫生间的方向走："我去冲个冷水澡。"

我脑残般地反问了句："为什么冲冷水澡？卫生间有热水。"沈浩南拧着眉，如同看一个智障儿童一般地看着我："徐婉莹你是真傻还是装傻？"

刹那间，我才明白他为什么要冲冷水澡，大概是因为……刚刚的肢体接触，让他冲动了……

我避开他的目光，他进了卫生间，而他放在柜子上的手机连续收到了几条消息，我无意瞥见上面写着的内容：

"钱还够吗？要不要我给你打点？"

"明天我把车开到你住的地方，跟妈闹矛盾的这几天，你先开我的车。"

第五十二章

过了一会儿,沈浩南还在卫生间里洗漱,蒋轩宇敲开了我的门,他是抱着被子来的。趁着沈浩南还没出来,蒋轩宇小声对我道:"姐你去我宿舍睡,我宿舍那个小刘回老家了,我在这屋睡,下半夜我再去楼上照顾韩斌。"

我跟着小声回应:"你真要在这儿睡?一会儿沈浩南出来要是看到你在这儿,非得发疯不可……"

蒋轩宇把被子往床上一扔:"又不是没和他一起睡过……姐你快去休息吧。"

我听了蒋轩宇的话,抱着自己的被子出了房间,只是没走两步就听见身后响起了沈浩南的一声脏话。

我忍不住笑出声来,一路小跑地去了蒋轩宇的宿舍。

隔天一早,打开手机的瞬间,铺天盖地的新闻闯进了我的眼睛,柏云酒店算是正式翻盘,林导游坠楼、裴江远的诬蔑等所有的事件都有了结果,酒店的危机解除,一切又都回到了正轨。只是,网络上开始大肆流传蒋菲菲的名字,那些新闻报道里,都以蒋菲菲接受采访的照片为宣传图。不过十几个小时,蒋菲菲成了柏云酒店的门面,更成了解决这场乌龙事件的功臣。

我对抢功没兴趣,早早起床去用餐,却在二楼餐厅瞧见了正在接受采访的蒋菲菲。蒋菲菲成了大忙人，更成了网络红人，看着她在镜头面前从容自在的模样，似乎真把自己当成了拯救酒店的风云人物。

用好餐后我去了楼上，韩斌已经不在房间了，我去小梅的宿舍询问，小梅也不在酒店。也不知道是出了什么事，两个人一齐消失，发消息不回，打电话不接。

我去宿舍找蒋轩宇，敲门半天不开，只得自己动手。结果一开门，一股臭脚丫子的味道扑鼻而来。蒋轩宇四仰八叉地横躺在床上，沈浩南如同受了委屈的小媳妇一样，蜷缩在床边一角。沈浩南的脸上盖着一条湿毛巾，我估计……是为了遮挡蒋轩宇的臭脚。

我上前，一掌抽在了蒋轩宇的屁股上，蒋轩宇"啊"的一声拉了好长的音，眼睛缓缓睁开，愣愣地看着我，看了好久才缓过来神："我去……姐……"他下意识地拉过被角，盖在了自己的平角内裤上。一旁的沈浩南抬头看了看我，接着又把脑袋重重地砸在枕头上，沙哑地嘟囔着："我到底是造了什么孽……连续两晚和他睡。"

蒋轩宇傻呵呵地笑："南哥，都是缘分，都是缘分……"

我瞪着蒋轩宇："韩斌呢？小梅呢？"

蒋轩宇挠挠头，挤了挤眼，眼皮肿得像金鱼："姐……昨晚半夜蔡琴芬来了，不知道她怎么知道这事儿的，硬把两个人给拖走了。我没敢叫你，怕那个蔡琴芬对你发火。"

不想发生的事还是发生了，难怪韩斌和小梅都不回信息，估计都在受教育。蔡琴芬应该恨死我了，恨我让他儿子受伤。

我扯了扯被角："收拾收拾起床吧。"我又看向沈浩南："沈总起来吃饭吧，今天你什么安排？"

沈浩南用被子蒙着头："一个被亲妈抛弃，冻结了银行卡的失败男人能做什么？'躺尸'吧，在床上思考人生。"

我没理会他，看了看时间："那半个小时后我让服务生给你送早餐，你这几天就好好'躺尸'吧。"

沈浩南蒙在被子里没说话，我和蒋轩宇出了房间，蒋轩宇一边套着裤子和衬衫跟在我身后，一边嘴里嘟嘟囔囔："姐，沈浩南身材是真好，我去……真的够男人的。我终于明白为啥他有那么多女人追了，那身材，啧啧……"

我一脸莫名其妙道："你性取向是不是有啥问题？"

蒋轩宇笑得像个二傻子一样，可笑着笑着，他的目光就发了直，直勾勾地盯着对面路过的几个女员工看。我回头瞧着蒋轩宇的目光，再继续看向那几个女员工，她们已经走下楼，也不知道他瞧上的是哪个姑娘。

我逗着他道："你看上哪个了？姐去帮你打探打探。"

蒋轩宇忽然红了脸："别了姐，那姑娘可是个不好惹的主儿，等我再熟悉熟悉吧，我怕她以为我是流氓。"

我惊讶道："你不一直都是流氓吗？"

蒋轩宇委屈又难受："不是姐……你说啥呢……有你这么说你亲弟弟的吗？"

我笑道："吃饭去吧，一堆事要做呢。"

我去了一楼大堂视察，酒店的客流一夜间增多，大多是因为看了网络新闻而来的。说来也是怪，酒店闹出过人命，可大众的关注点似乎并不在"人命"这件事上，时间一久，大家记住的只剩下"柏云酒店"这个招牌，已经忘却了这里曾经发生过什么。

纳闷的同时，我心里倒是松了一口气，只要不影响酒店的发展，我就没那么担忧了。

前台忙成了一锅粥，新来的职员明显应付不过来。我站到前台观察了一会儿，遇到棘手的事，便出面帮忙处理。

只是站在前台的这二十多分钟里，我发现前台左侧一直站着个白衬衫黑西裤的男人。男人低着头发消息，可即便是低头，那棱角分明的轮廓，也不禁让人想多望两眼。

我还没见过哪个男人的睫毛会这般浓密，那睫毛让我瞬间联想到了沈浩南，沈浩南也算是浓眉大眼了。

不过令我意外的是，男人抬头的瞬间，我发现他竟然是单眼皮，双眼清澈温柔，微微抿起的嘴唇，似乎含着笑意。可即便这样一张温和没有杀伤力的脸，却也带着几分不可靠近的英气，他的周围似乎罩了一层透明的保护罩，旁人与他完全是两个世界。他清清淡淡地对着手机屏幕打字微笑，接着又略显无奈地摇头，高挑的身子轻靠在柜台边，右手搭在台子上，修长的手指一下一下地敲着大理石台面。我似乎对他带着韵律的敲打着了魔，身旁的吵吵闹闹全然听不到了，只能听到那修剪干净指甲的手指，"嗒、嗒、嗒"地敲着台面。

忽然间，他再次抬头，目光缓慢地四处巡视，刚好对上了我的眼。我跟着拘谨，他径直朝我走来。

我快速站直身体，礼貌地冲他鞠躬："先生，有什么可以帮您的？"

他伸手推给我一张身份证，眼皮微抬："麻烦帮我开间双床房。"

我点着头："好的，先生。"接过他的身份证件，他的名字叫秦家骏。

我正录入住客信息，秦家骏嗓音温柔地开了口："请问你知道一位名叫沈浩南的客人吗？"

我抬头愣住，秦家骏一眼从我的眼神里找到了答案："能麻烦你带我见一下他吗？我是他的哥哥。"

我僵硬地点点头："好的，这边开好房以后我就帮您处理。"

他微微一笑："不急。"

我低头登记秦家骏的信息，他则安静地站在旁侧。偶尔我抬起头时，他会冲我礼貌微笑。我有点难以相信，沈浩南那样一个性格孤傲、说话办事都独断专行的人，竟会有这样一个性格温和的哥哥。我特地留意了身份证的信息，秦家骏只比沈浩南大两岁。

手续办好，我走出了前台，带着秦家骏往宿舍方向去。忽然，他停下了脚步。我回过头，茫然地看着他："前面这一间就是了。"

秦家骏拿出钱包，掏了一张一百元的红钞递给我："辛苦你了，我自己去就好。我弟弟性格不太好，要是被他知道是你带我来的这里，怕是会给你添麻烦。"

我看着秦家骏手中的小费，顿时想起此刻的自己在他眼里只是一位前台服务生。犹豫间，他将钞票塞给了我："辛苦了。"

秦家骏从我身旁走过，站到了宿舍房门前。我想着那就配合他演好这出戏好了，拿着那小费，转身走下了楼梯。

而这时，蒋轩宇满头大汗地冲我跑来，他神色紧张地说："姐……我刚刚才知道昨晚韩斌和小梅为啥走得那么急了……小梅她妈出事了……"

第五十三章

　　世事总是瞬息万变，我以为韩斌和小梅的突然离开，是因为蔡琴芬生气发了火，谁料，是小梅母亲出了事。

　　小梅母亲为了能让韩斌和小梅尽快结婚，一大早去了僻远的山里求仙算卦，"大仙"让她寻一株平日里听都没听过的花放在家中床头，以辟邪招运，可小梅母亲在山里四处寻找都寻不到这花，结果回程途中，失足摔下了山。

　　人在山沟里奄奄一息，拉回城后，人就撑不住了。

　　蒋轩宇来找我时，小梅母亲已经被抬出医院。

　　我和蒋轩宇前去殡仪馆的路上，蒋轩宇一直骂骂咧咧："算命算命，算命要是有用，人人都心想事成、人人都长生不老了！小梅她妈怎么那么蠢，为了逼韩斌娶小梅，现在连命都搭进去了，这让韩斌以后怎么抬头做人，怎么面对小梅？小梅刚因为他的厂子毁了容，现在又因为结婚的事死了妈，这亏欠一辈子都还不清了！"

　　坐在车里的那段时间，我心情异常沉重，我低头翻着韩斌的朋友圈，一张张带着笑脸的自拍，甚至还有他在厂子外喂养的一只只流浪小狗的照片。他把生活里的每一处美好都记录在朋友圈里，只是不知从何时起，他再也不更新了。我看着那断更的时间节点，大概就是在小梅毁容前后。

　　我甚至也在细微之中感觉到了韩斌的变化，原本那个耀眼的太阳，光芒正一点一点地消散。

抵达殡仪馆，我和蒋轩宇前去行礼，看到小梅正跪在棺材前，整个人歪斜着。她没戴口罩，就那么把自己的伤疤展示给每一个前来吊唁的人。她呆呆地望着棺材，好似下一秒就能把棺材里的人看活。

身边的一张张嘴闲言碎语着：

"啧啧，看小梅那张脸哟，真可怜啊，她怎么这么苦命！"

"还不是那个韩斌害的。小梅妈太惨了，女儿被毁了容，自己人也没了，听说还是为了这俩孩子的婚事才失足落山的！"

"那小梅还要嫁给他啊？这多邪乎啊，韩斌明显克小梅一家。"

"谁知道呢，小梅那张脸，嫁别人也嫁不出去啊……"

"说的也是……"

我从大厅退出来时，蔡琴芬正招呼着外面陆续前来的亲朋好友，每个人的脸上都表情沉重。韩斌蹲在门口，头埋得低低的。蒋轩宇伸手碰了他一下，韩斌嗓音厚重沙哑："我想安静会儿。"

我们谁都没有去打扰他，直到门口的人流逐渐稀少，蔡琴芬红着眼站到了韩斌身旁，她抬腿便踹在了韩斌的身上："你要是不娶小梅，我也死给你看！做人不能没良心，你欠人家的，你就要还！"

蔡琴芬赌气离开，韩斌瘫坐在地。他后背的伤口还没好，我递给蒋轩宇一个眼神，蒋轩宇忙去搀扶韩斌："走，去我车里，咱把伤口的药换了。"韩斌甩开蒋轩宇的手，而这时，小梅眼神空洞地走到了我们身旁，她默默地看着地上的韩斌，开了口："我妈的丧事办完以后，我就回乡下。你不要继续犯愁了，这是我的命。"

我从来都认为，小梅是温柔体贴的，即便是母亲去世这种让人崩溃坍塌的时刻，她都依旧能冷静下来，做好自己的决定。

可事实往往是，在善良的韩斌面前，对方越是善解人意，越是成了压住他的稻草，纯挚简单的人，总被"道德"二字束缚。

我们以为韩斌会松一口气，可得来的，却是让人意外的回答："丧事办完就去领证吧，我欠你全家的，我应该偿还。"

这让人心疼的决定终究还是脱口而出。蒋轩宇在一旁着了急，他顾不得小梅的感受，大声嘶吼："你疯了，这事儿赖你吗？别你妈说你几句你就非要把所有责任都扛下，你做错什么了啊你！"

韩斌继续蹲在地上不说话，小梅也跟着安慰了起来："你不用说这些赌气的话，我知道你不喜欢我，我不勉强你。"

周遭即刻安静下来，韩斌却忽然嘶吼出声："我说了领证！我会对你负责！我会负责！可以了吗？"

没人再敢开口，小梅转身回了大厅里，继续跪在棺材前。不远处的蔡琴芬看到了这一幕，烈日下的她似乎没有刚刚那么烦躁了，而我愈加觉得，韩斌说的不是气话。

尸体火化时，我和蒋轩宇提前离开，蒋轩宇全程都在唉声叹气，说好好的一个韩斌，就这么被毁了一辈子的幸福。我坐在后座不说话，呆呆地看着窗外。

蒋轩宇回头看了我一眼，说道："姐，你不劝劝韩斌吗？他什么也没做错，凭什么承受这些？"

我深吸一口气："你以为生活是判断题，只有对和错两个选项吗？蔡琴芬是他人生的干扰项，小梅是他的愧疚是他的负担，如今小梅母亲的死，更是成了压垮他的稻草。现在他做厂子的目的，已经不是单纯的人生追求了，而是为了偿还小梅。本来他打算得好好的，可现在小梅母亲一死，以他对自己良心的严苛要求，就是两个厂子，都弥补不了他心里的愧疚。他对自己要求太高，他的底线也太高，这种人不可能活得轻松。"

"所以好人就活该被折磨是吗？"蒋轩宇狠狠地拍了一掌方向盘，"我看梁小梅就是吃透了韩斌心软善良，所以说了那么一堆软话，韩斌本来就是个吃软不吃硬的。"

"既然已经做出选择了，那就对自己的选择负责吧，人生没有后悔药。"

蒋轩宇继续自言自语,说一定要阻止韩斌,韩斌那样一个前途无量的小伙子,不该就这么认命。

车子回了酒店,一进大堂,我就看到休息区的蒋菲菲正跟人交谈甚欢,而同她交谈的人,我越看越眼熟,靠近了才发现,是沈浩南的哥哥秦家骏。

我顿时诧异,这蒋菲菲的交际能力还真强大,才多大会儿工夫,竟然和秦家骏搭上了话。

秦家骏的一言一行都礼貌绅士,他的嘴角常挂着笑,只是那笑容看上去有些生分客套,似乎并不是发自内心。

两个人结束交谈,起身握手,几句话过后,秦家骏离开了酒店。

我站在不远处望了一会儿,本打算去宿舍看看沈浩南,却被蒋菲菲叫住:"一大早消失了那么长时间,是去哪了?"

回过身,蒋菲菲当真是红光满面。"要不是刚刚和秦家骏聊了天,我还真猜不到,你竟然把沈浩南藏在了员工宿舍里。"她讽刺我道。

我默默地看着蒋菲菲,她接着道:"看来你对沈总是动真情了,宿舍那种逼仄的小地方,都能让你们爱得死去活来。沈总为了你也是突破极限了。"

我被她难听的话说得脑子发晕:"你能别乱说话吗?昨晚和沈总睡一个房间的人,是蒋轩宇。"

蒋菲菲压根就不信:"得了吧你!你巴不得上沈总的床吧?从沈总第一次来酒店参加晚宴的时候,你们两个就眉目传情动手动脚了。沈总想泡你,谁都看得出来,你一次次欲拒还迎,不就是在'钓凯子'吗?"

我实在懒得同她交流:"随你怎么讲吧,我还有工作要处理。"

我转身就要走,蒋菲菲又同我放了话:"那我可事先跟你讲好,以后秦总再来找沈总的时候,你最好别出面。刚刚我和秦总交谈时,他一直以为我是接待照顾沈浩南的人,以后你见了秦总,可别乱说话丢我的脸。"

我一时诧异,被蒋菲菲搞得哭笑不得,原来她这是在向我宣誓主权,让我别靠近秦总。我笑着:"你就那么害怕我吗?怕我和你抢男人?"

蒋菲菲冷笑一声："怕你？我是恶心你在男人面前犯贱！"

说罢，蒋菲菲白了我一眼便离开了。

她离开后，大堂经理悄悄溜到我身边，在我耳边递话："徐总，刚刚那个秦总从员工宿舍出来以后，说想见一下酒店负责人。我也不知道他要找谁，整个酒店都知道负责人是你，可你刚刚又不在，我只好找蒋小姐过来应付。两个人在休息区交谈了好半天，我一直担心蒋小姐会把事情谈坏。"

我问道："他们都聊什么了？"

大堂经理道："我就送水的时候偷听了两句，那个秦总特别客气，说谢谢蒋小姐这段时间对沈总的照顾。"

我点点头："知道了，你去忙吧。"

原来，秦家骏误以为蒋菲菲是酒店的负责人，而他应该仅仅是在沈浩南那里听闻，这段时间是柏云酒店的负责人接待的他。秦家骏想当面感谢这位负责人，可他又不知道负责人是谁，只好随意打听，结果碰巧遇到了蒋菲菲。蒋菲菲定是对秦家骏有非分之想，否则她不可能假冒我的身份，去邀这份功。

我无奈地笑笑，从兜里翻出手机，想问问沈浩南是不是还在宿舍里"躺尸"，结果前台那边忽然吵闹起来。我回头，瞧见一个面色不善的年轻女人正一只手持昂贵包包，一下一下地砸着台面；另一只手指向前台，口口声声喊着要捉奸。

女人留着一头短发，目测二十七八岁，身材消瘦，脸上的妆容精致，耳骨上连着打了三个耳洞，戴着小银饰。

我凑上前，打了招呼："女士你好，请问有什么能帮到你的？"

女人随口便来了一句"捉奸"，而当我们俩面对面的一刻，她的眼睛忽然瞪大，指着我就骂了过来："我捉的就是你！"

第五十四章

酒店大堂内，被陌生女人指着鼻子喊"捉奸"，当真是一件让人下不来台的尴尬事。我和眼前这个短发女人面对面站立，她说她来我们酒店捉奸，而见到我的一刻，说捉的就是我。

我以为她是精神错乱，转头便给保安使了眼色，保安从她身后准备压制，她警惕地回头警告："你们谁敢碰我一下，我让你们吃不了兜着走。"她目光如炬地看向我："徐婉莹对吧？"

当她说出我的名字，我可以肯定，眼前这位，应该不是精神病院跑出来的病患。看样子是有预谋而来，只是不知道她的预谋是什么。

我继续保持沉默，她则更加急迫起来："不说话是吧？我在照片上见过你，沈浩南万千女人中最不要脸那一个！徐婉莹，徐建森的养女，亲生父母都务农的农民，一个病死，一个蹲了监狱。难怪一心想往上爬，穷得没了底线，才把沈浩南哄得团团转。"

难听的话十分刺耳，但我仍旧不想回应，眼前这位大概也没遇到过像我这般不知好歹的人，火气瞬间上了头："我在和你说话，你是哑巴吗？"

我淡然开口："我是徐婉莹，但不是你嘴里的徐婉莹，你若是找我谈事，那麻烦你把态度放尊重。你出面就扬言要捉奸，我不知道我有何奸情要轮到你来捉。"

眼前的短发女人向我迈进了一步："你不知道你的奸情从何而来是吧？那我告诉你，和你有染的沈浩南，是有未婚妻的！订婚当日，沈浩南未在订婚宴上露面，反而来了你这里，你说你是什么？"

我挺直了背脊："那你应该去找沈浩南，让他解释清楚，为什么他自己的订婚宴没有出席，而不是来找全然不知情的我。还有，你哪只眼睛看到我和沈浩南有染？又哪只耳朵听到是我让沈浩南离开了订婚现场？"

短发女人没了话，但很快，她又为自己扳回一局："沈浩南此刻就住在你的酒店不是吗？"

"是在酒店。所以，是不是酒店里的所有女性员工，都与他有染？"

短发女人伸手便朝我推搡而来："你找死是不是？！"

身子朝后倾斜的瞬间，蒋轩宇第一时间冲到了我身后，他伸手撑住了我的身子，可他的手背却被盆栽树枝划破了皮。他全然不怕疼，扶稳我以后，站到了短发女人的面前："我看你是个女人，不对你动粗，但你也别过分，逼急了老子连女人也打！"

蒋轩宇扬起拳头吓唬对方，短发女人非但一点不怕，还迎了上来："打啊！老娘我最不怕威胁，就怕你是个孬种！"

蒋轩宇忍不住就要出手，我从身后拉住了他。我拿出手机，对着短发女人说道："你说你是来捉奸的，那好，我们打给警察，我们去警局对峙，看看这家酒店里到底有没有奸情。若你不想，那我们就打给沈浩南，虽然我不清楚你是沈浩南的什么人，但我想你能闹到这里来，沈浩南和你一定相识。"我举起手机："你自己选。"

短发女人明显犹豫了，她就是来闹事的，但还不至于闹到警局。

我低头拨着号码："那我现在让沈浩南出面。"

沈浩南是两分钟后从楼上下来的。看来，他哥哥秦家骏开的那间双床房，就是给他的。

沈浩南瞧见短发女人的一刻，眉头拧成了两股绳。还不等他开口，短发女人一个箭步就冲到了沈浩南的面前："你是畜生吗！庄妍联系你几天了你一直不出现，现在你竟然为了一个小三，跟梅姨断绝母子关系！沈浩南你脑子被驴踢了？庄妍那么喜欢你，你做的那些丧良心的事，对得起她吗？"

看来，这个短发女人是沈浩南未婚妻的朋友，而那个未婚妻的名字，叫庄妍。

沈浩南焦头烂额地站在原地，短发女人拿出手机就准备打电话，沈浩南一手按住手机："这件事和你有关系吗？庄妍都没满世界地找我，你却大张旗鼓地闹到这儿。葛夕瑶，我和你很熟吗？你为朋友两肋插刀，也不用拿我献祭吧？"

名叫葛夕瑶的短发女人憎恶地看着沈浩南，她冷笑后退，指着沈浩南："你有种！一会儿我就把你刚刚说的话，都带到庄妍面前。我看你怎么面对庄妍，怎么面对梅姨！你毁掉的这桩婚约，会让你付出代价的！"葛夕瑶转头指向我："你也给我等着，狗男女一对！"

葛夕瑶大步流星地离开，沈浩南无力地看着她的背影，我收拾起刚刚被葛夕瑶弄乱的酒店大堂，沈浩南回头冲我道歉："抱歉，没想到会让你遇上这样的麻烦。"

我把东西都归置好，起身说道："沈总帮过我那么多忙，一点小委屈算不了什么的。"

沈浩南盯着我看了一会儿，忽然又恢复了他平日里随意轻松的状态，他往我身边一靠："一会儿忙吗？不忙陪我转转怎么样？"

我下意识拒绝："还有一批新入职员工的资料要看呢。"

他黏在我身后："那我陪你。"

失了业的沈浩南如同一张狗皮膏药，百无聊赖地跟着我，我走到哪儿他跟到哪儿，烦他厌他又不能直说，毕竟受过他的恩惠。

我在办公室处理公务时，他就坐在沙发上看美剧，时不时地还能听到他的吐槽。隔一会儿，又听到他和沈天天视频通话，一个大人一个小孩，两个人在视频两头说着驴唇不对马嘴的话，沈天天讲的是游戏零食动画片，沈浩南则一遍遍地叮嘱他按时吃饭好好学习。再过了一会儿，又听见他在沙发上打盹休息的呼吸声，一下深一下浅，他倒是不打呼噜，但那呼吸声也够让人出神。

晚上八九点钟，酒店来了一批贵宾，我忙前忙后地招待，再回到办公室时，沈浩南已经不见了，也不知道他去了哪里，连个留言都没有。

我在办公室整理文档，蒋轩宇敲门进了屋，门一开，他身后跟着的是韩斌。

蒋轩宇把韩斌推进了屋，叹了口气："你好好跟我姐说吧，我在外面等你。"

我从办公桌前起了身，韩斌定在门口，一动不动，手里拎着个小礼物盒子。

我预感他今晚来的目的不一般，从他进屋的那一刻起，屋子里的气氛就沉重怪异，特别是他的眼神，满是孤独。

我给他倒了茶水，说道："小梅母亲的丧事都处理好了吗？"

他默默坐在了沙发上，只应了一个"嗯"字。

我把茶水推到他手边："从没见你这么憔悴过。"

韩斌似乎有很多很多的话，但沉闷了许久之后，他并未开口说一个字，他只是将手里的小礼物盒子送到我面前。他仔细且缓慢地将盒子拆开，里面是一枚小小的戒指。戒指很花哨，是一枚银戒指，外面一圈有星星点点的小颗钻石，戒指的里圈刻着我名字的字母缩写。

我不知这礼物当收不当收，他却早就料到我心里在想些什么："收下吧，这是送你的最后一份礼物，里面的字是我刻的，银饰店的老板手把手教我做的这枚戒指。"

他嘴角咧着违心地笑了一下，深沉道："这礼物算是对我自己的收尾，我已经答应我母亲和小梅，会尽快领证，所以我对你的感情……"他忽然抬起头，眼神异常坚定："必须止步于此。"

大概就是从这一刻起，我觉得韩斌真的很男人，虽然他犹豫不决了些,虽然他扭捏了些,但他永远会为自己的选择负责任。

他突然松了一口气,笑着看我:"轻松多了。以前因为太喜欢你,连跟你说话都要提前措辞很久。现在不用了,现在开始,我就是别人的丈夫了,我会收起此前对你的感情,也希望你忘掉我对你表达过的所有爱慕与好感。我不能喜欢你了,但依旧希望……我们是朋友。"

一阵酸楚猛然间涌上心头,我不禁反问自己,从认识韩斌到现在,我到底有没有对他产生过爱的冲动?似乎有,但似乎又被压制了回去。

此前我以为,人这一生只能爱一个人,这是人的本性。后来随着时间和阅历的增长,我渐渐明白,人这一生会爱很多很多人,有的爱是倾慕,有的爱是见色起意,有的爱是陪伴,有的爱是冲破束缚。

我对韩斌的感觉说不上是爱,但我欣赏他,而这份欣赏是克制的。我不是圣人,做不到纯粹的不喜欢或是喜欢。而这世上之所以有条条框框的规则,就是因为我们在内心深处给自己设置了各种约束,我们要对别人负责,就必须约束自己的内心。

韩斌他是个堂堂正正的男人,从他决定要娶小梅开始,他便自觉地斩断了与外界的所有暧昧关系。而我,也会默默地把那份被克制的爱意,永远地锁在心底。

我接过了他的戒指,自然地套在了手指上,笑着说:"是很好看,就是夸张了些。你的礼物我会收藏起来,这是我们友谊的见证。"

韩斌默默地望了我一会儿,起了身,冲我伸出手:"认识你很高兴,爱过你也不后悔。"

我也伸出了手,握手的瞬间,我感觉到了他手掌心的炙热和用力。他坦然地笑了笑,松开了手,即刻转过身,走出了办公室房门。他没把最后的表情展露给我看,我想那笑容里应该是含着泪水的。

屋子里回归沉寂。蒋轩宇进了屋,他丧气地看着我,满是遗憾:"姐,韩斌是个真男人。"

我点着头:"我知道。"

蒋轩宇吐了一口气:"只是好人没好报。"

我不知道说什么,这时,门外传来了一声呼喊。我和蒋轩宇走出房门,朝楼下看去时,发现有个身穿白纱裙的女人晕倒在了大堂,沈浩南撑着那女人的身体,脸色焦急。

第五十五章

从葛夕瑶代替沈浩南的未婚妻来找我麻烦的那一刻起,我预想过很多种日后继续被找麻烦的情景。只是没想到它来得这么快,竟然在晚上就见到了庄妍的真容。

若是没猜错,眼下这位在酒店大堂昏倒的女士,应该就是沈浩南的未婚妻庄妍。人如其名,一头齐肩黑长直,干净得一尘不染的白纱裙,纤细的手臂,瘦弱的身子骨,连那脚踝都骨节分明透着粉嫩。我还第一次见到这般弱不禁风却楚楚动人的女人,似一株白花,摇曳轻坠,我甚至担忧,在柔风和煦的小路上快走两步,都会把她这株白花吹倒。想象她若是此刻身子无碍,站到哪里都应该是一道风景。

也难怪这样的女人身边会有葛夕瑶那样性格暴躁的朋友,一阴一阳总是相吸,这种女人的身边,总有时刻保护她的朋友。

我和蒋轩宇下了楼,沈浩南刚好将庄妍横抱而起。庄妍的身子骨轻飘飘的,面色惨白。接着,大堂门口冲进来了白天见过的葛夕瑶。

葛夕瑶一把扯过沈浩南的手臂,面目责怨:"你要是不想娶她,就跟梅姨还有你全家说清楚!别不清不楚地在外面和女人乱搞伤害她!你这种垃圾配不上庄妍!"

沈浩南压根没理会葛夕瑶的吵闹,他抱着庄妍往门外走去,正眼都没瞧葛夕瑶一下。

我想沈浩南应该是要把庄妍送去医院。我回头拉过蒋轩宇："轩宇，去开车，我们送沈总。"

蒋轩宇一个箭步冲到了沈浩南的前头，我小跑在后，沈浩南回头留意到我。我说道："我们送你，你现在不是没车嘛。"

沈浩南沉着脸，而他怀里的庄妍用力地搂着他的脖颈。我想庄妍一定特别依赖沈浩南，那紧抱着的模样，就看得出她的内心了。

车子上路，沈浩南回头看了一眼车外，一辆奔驰大G尾随，沈浩南冷着声音冲蒋轩宇道："能把后面的车甩掉吗？"

蒋轩宇以为自己听错了："沈总，大G啊……我姐这小奥迪，咋个甩？"

沈浩南没再说话，我很少见他这般心情烦躁。车子是朝着医院开的，只是刚过红绿灯路口，沈浩南便要求换路线："往西筑路走。"蒋轩宇纳闷："那有医院？"

沈浩南低头看了一眼他怀中的庄妍："她家在那。"

蒋轩宇侧头瞧了瞧我，我开了口："还是送这位小姐去医院吧，我看她的症状像是贫血。"

沈浩南忽然松开手，他将庄妍放到了车座上。庄妍其实一直醒着，她被沈浩南强行放下时，表情委屈，神色小心。

她低垂着头，两只手捏着裙摆。沈浩南毫不顾及她的颜面："现在把你送回家，回去以后跟葛夕瑶解释清楚，我不想再见到她了。"

忽然，庄妍的眼泪大颗大颗地往下落，她也不说话，但泪水证明了一切。沈浩南向来不是拖泥带水的主儿，说话不留情面："订婚的事我前前后后拒绝了三次，梅慧红早就明白我的意思，否则她不可能把我驱逐出门；你父母那边我不好开口，但我明确和你表达过我的意愿，我也愿意为此付出代价，可你没有传达给你的父母，还一厢情愿地继续跟我演这场戏。庄妍，你明明配得上更好的，没必要在我这儿浪费时间。"

沈浩南的意思，我和蒋轩宇都听得一清二楚，唯有一直哭泣的庄妍不肯接受现实，她还在哭，哭得如同六岁孩子，道理讲不通，好话听不进。

葛夕瑶的车子不知何时跑到了我们前头，蒋轩宇一个急刹车，差点相撞。蒋轩宇探着脑袋骂了过去："死婆娘，不要命了你？！"

葛夕瑶踩着一双黑色马丁靴下了车，单看她外表应该是某个富商的女儿，否则也不可能跟庄妍玩到一起去。

葛夕瑶猛地拍打车窗："沈浩南你给我下车！"

沈浩南伸手就拉开了车门："我求你现在就把她带走，也拜托你们搞清楚，我已经和梅慧红断绝关系，她想要的两家联姻我给不了。"

葛夕瑶拖着庄妍下了车，一边拉着她的手腕一边责备："你有点尊严行吗！"

庄妍还在哭，哭得眼睛鼻子都泛了红，薄薄一层的白嫩肌肤都显得不那么娇弱了。

沈浩南伸手去关车门，庄妍忽然大喊："可我真的好爱你怎么办？两年前说要和我在一起的是你，两年后毁约的也是你，沈浩南你到底把我当什么？只是联姻的工具吗？为什么你就是看不到我的真心？为什么你就是不肯为我改变？"

沈浩南没说话，车门关上的一刻，他只沉闷地说了一句："开车。"

蒋轩宇这次开得倒是快，车子后退，接着猛的一脚油门飞了出去。我看着车窗外的葛夕瑶和庄妍，庄妍楚楚可怜的样子，尤其她最后说的那段话让人心碎。起初我以为她是什么厉害角色，现在看来，不过是个痴情的可怜女人。甚至连蒋轩宇都有些看不下去："刚才那姑娘……哭得是真可怜……我要是能被哪个女孩子这么喜欢就好了。"

我瞪了蒋轩宇一眼，接着回头看向沈浩南，沈浩南靠在座位里，他闭着眼，明摆着不想沟通，我便没去打扰。

回了酒店，依旧一言不发的沈浩南上了电梯，回了秦家骏给他订的房间。蒋轩宇跟在我身后，十分"八卦"地说："沈总是真的花心，先是和人家在一起了，然后又毁了婚约。沈总都三十多了，怎么一点担当都没有呢？我估计他那个儿子的妈，也是这么让他给逼走的。"

我望着沈浩南消失的身影，虽然表面上看到的沈浩南的形象，同蒋轩宇说的没什么不同，可我总觉得，这个男人是在刻意向身边人展示他放荡不羁的一面。

他每一天都是一副满不在乎的模样，对女人，对家产，对母亲，对所有的一切。可当他置身于一件件具体细微之事时又不一样了，工作中的他严谨认真又多识，追求女人时的他深情幽默又浪漫。有时我也会觉得他花心不定性，甚至觉得他根本不懂什么是爱，只是凭着头脑一热去追求去发力。可此时此刻，我觉得，他是在装糊涂，更在假装生活。

他似乎总是在挣扎中前进，刚刚在车里的那一刻，我在他眼里看不出一丁点对庄妍的爱，可他依然会把表面功夫做足。他会抱起她，会送她回家，也会在回家途中告诉她不可能与她结婚。

沈浩南的心里到底藏了些什么，大概只有他自己清楚。

我在大堂里转了一会儿，蒋轩宇去后街的星巴克买了三明治和星冰乐，塞到我手中时，一脸的谄媚样："姐，饿了吧？"

我太过意外，抠门的蒋轩宇竟然会去星巴克给我买东西，一瞧他就没安好心。我都没敢接他的购物袋子，整个人处于紧绷状态："你是不是干了什么亏心事？"

蒋轩宇忙摇头摆手，接着又傻笑："姐……你能先预支我这个月的工资不？"

果然被我猜中："你想干吗？你之前兜里不是还有五六千的积蓄吗，才几天，都花完了？"

他忽然红了脸，直直盯着我，看得我浑身不自在。"我……想给小花买个金手镯做礼物。"他说道。

"小花？"

"就是咱公司新来的员工……嘿嘿……过、过几天培训完就要上岗了。"

看着蒋轩宇紧张到磕巴的样子，我都不忍心不预支他工资。我接过他手里的购物袋子:"走吧,趁着珠宝店还没关门,我陪你去。"

蒋轩宇一脸兴奋:"姐你答应了?答应给我预支工资了是吗?太好了!我早就看中了一家店,我就想给她买个金镯子,金的保值是不是?比那些乱七八糟的钻石靠谱多了!"

我低头用手机给他转账:"先给你四千,也别买太贵的首饰,等你下个月发工资了再还我就行,一会儿我陪你挑样式。"

蒋轩宇还不服气:"姐你是怀疑我的审美吗?我特洋气!"

我指了指他外套里面的花衬衫:"你什么时候把这种衬衫换了,估计就有女朋友了。"

我带着蒋轩宇去了珠宝店,虽说我没见过那个"小花"长什么样,但既然蒋轩宇喜欢,我只管支持就好。

我们俩在柜台前挑了半天,这时,店门口来了位男士,服务人员迎上去的时候,热情得不得了。

我回头一看,竟是秦家骏。依旧是一身古板西装,传统审美标准里定义的无神单眼皮,长在他脸上却是少见的英气,我想着只是一面之缘,不好上前打招呼,他却先我一步认出了我,同我微笑:"又见面了。"

他声音温和,笑容可亲,我礼貌回应,他客套过来:"和男朋友挑礼物?"

我愣了一下,哪里想到秦家骏把蒋轩宇误会成了我的男朋友。而那一瞬间,我当真有点嫌弃蒋轩宇了,我怎么会看上这个不着调的臭小子!

我冲他笑了笑,回身继续和蒋轩宇挑选饰品。

饰品买好后,蒋轩宇去付账,我站在柜台继续欣赏珠宝。秦家骏在一旁默默选了几款,抬头询问了柜姐:"二十五六岁的女生,哪一款比较合适?"

柜姐掩嘴偷笑:"二十五六岁哪里是女生啊先生,建议您选这款,低调又不失大气。"

秦家骏没犹豫,点了头:"好,那麻烦帮我包装好。"

柜台小姐一走,秦家骏的目光忽然转向了我。"酒店下班了?看样子……"他指了指正在付款的蒋轩宇的背影。"你这是好事将近？"

我都不知道应该从何解释，秦家骏至今还误以为我是酒店的前台服务生，现在误会加深，甚至以为我和蒋轩宇是男女朋友。

我索性不去解释："先生是给女朋友挑选礼物吧？"

秦家骏还未来得及回答，柜姐拿出了两种颜色的包装袋，两个人又商议了起来。

蒋轩宇这时结算完毕，我本打算走，秦家骏却忽然侧头问我："你看这两个袋子，你喜欢哪个颜色？我不太了解你们女生的喜好。"

我指了指纯白色那一款："二十五六岁的话，应该正是心智成熟又内敛的阶段吧。"

秦家骏看向我的目光有了略微的闪动，他选了纯白包装袋："就这款了，谢谢。"他起身走向我，从钱包里拿出了一张卡："我想麻烦你一件事。"

第五十六章

我猜不到秦家骏会有什么事能麻烦到我，但他从钱包里掏出银行卡的一刻，我预想大概是和沈浩南有关。

沈浩南和梅慧红断绝母子关系后，秦家骏为沈浩南支付了一个月的房费以及每日三餐的伙食费。当哥哥的能细心到这份儿上，着实让人感动。

秦家骏将银行卡交到我手中，仔细安排着。"麻烦你将这张卡交给沈浩南。"他又从上衣兜里掏出一把车钥匙："这把钥匙也交给他，车子就停在你们酒店的停车场，他知道是哪辆。"

我点头应着声："秦先生放心，一定帮您转交到沈先生手中。"

秦家骏的眉头微皱。"你怎么知道我姓秦？"他忽然笑了笑："哦对，你是酒店前台，看过我的身份证。"

我冲他笑笑，秦家骏起身去付了款。蒋轩宇拿到首饰以后，我们俩走出了珠宝店。

蒋轩宇频频回头看秦家骏的身影，眼神里带着几分欣赏："这人真是一表人才，越看越觉得帅。"蒋轩宇故意撞了一下我的肩膀："姐你喜欢那种单眼皮的温柔男人，还是喜欢沈总那样浓眉大眼、桃花泛滥、剪不断理还乱的霸道总裁？"接着他又改口："不对，是落魄总裁。"

我纳闷他脑子里到底在想些什么，天马行空的，开口就问我喜欢秦先生还是沈总。我白了他一眼："我喜欢你这样的行吧？又痞又帅，满肚子坏水还脸皮贼厚的待发达青年。"

蒋轩宇一脸正经:"不行啊姐!咱俩是亲姐弟啊!"

我扬手就抡在了他的后脑勺上:"脑子傻了吧你!"

回到酒店已不知是夜里几点钟,大堂里还未换班的前台连连打着哈欠。这忙碌的一天我似乎什么都没做,却又发生了很多事。

蒋轩宇拿着礼物袋子笑得一脸甜蜜地去了宿舍,我持着秦家骏交给我的银行卡和车钥匙,上楼去了沈浩南的房间。

房间门口的门里显示着"勿扰"两个字,我站在门外给沈浩南发了消息。隔了一会儿,门开了,沈浩南颓丧着脸,手里持着个游戏机手柄。我都佩服他的自我调节能力,才多大会儿的工夫,竟在屋子里搞了个游戏机。

我不客气地坐在沙发上,将银行卡和车钥匙拍在了茶几上。"秦先生给的,让我转交给你。"我拿起闲置在茶几上的另一个手柄,开始对着屏幕操控:"你打算在酒店住多久?就什么也不干,每日三餐对着显示屏打游戏吗?"

沈浩南一屁股坐在我身旁,跟我玩起了双人模式:"不然呢,赤手空拳去创业?法力无边的梅总已经控制了我手下的所有企业和项目,我什么都做不了。"

"韩斌的厂子很快就会有分红了,我不信你一点存款都没有,几十万一百万的,总能干点什么吧?你那么有远见,还怕没发展?"

沈浩南笑笑,目光直直地盯着显示屏,手指在手柄上疯狂地用力按着:"所以你觉得我和韩斌最大的区别是什么?有的人从出生就被注定了命运,资源这种东西,韩斌他大概再奋斗五十年,也没有我出生那一刻拥有的多。"

我明白沈浩南的意思,离开了梅慧红,他便没了那个资源网,没了资金,没了唾手可得的一切。即便他想东山再起,他也斗不过梅慧红的力量。

我不再说话，相比沈浩南的阅历来讲，只怕我的意见会让他觉得幼稚。而这时，他放在茶几上的手机接连不停地收到消息，我不可避免地看到了屏幕上显示的联系人名称——全部是庄妍。

我尽力压制住自己的好奇心，沈浩南却转头看向我："你是不是觉得我特'渣'，特别是在男女关系上？"

我没犹豫地点头："是，所以对你一直带着防备心，沈总的'渣男'本性会让身边女性很容易就察觉出来。"

沈浩南笑了笑："我以为你会说得委婉些呢，你还真直接。"

我刚好在游戏里打赢了他，转头道："但沈总应该也有自己的故事，一个思路清晰又有决断的商人，是不可能为了'渣'而去'渣'的。要么是女方身上有他想要的东西，要么就是他真的动了心。至于后面为什么忽然就不爱了，可能是新鲜感走得太快，也可能是当事人本身并不懂得如何去爱一个人。"

沈浩南的眼中充满了好奇："你觉得我是哪种人？"

我摇头："不清楚，我对你的了解不过是表面而已。"

沈浩南重新把视线挪回了显示屏，但这次却正经了许多。第二关游戏开始，我们联手通关。我一句话未说，他喃喃地倾诉起了心事："庄妍是个挺好的姑娘，适合结婚，也适合交心。可我伺候不来，太痴情的女人，往往容易受伤。"

我问他："那沈总对庄妍，是喜欢，是爱，还是朋友？"

他忽然笑了笑："成年人动心哪有那么容易，我说我从未碰过庄妍一下，你信吗？"

眼角余光处，我看到沈浩南正默默看着我，显示屏里他控制的游戏人物停在了原地，我连续向前通关，笑着说："你死了。"

沈浩南回过头，等待复活。

这晚，我陪着沈浩南打了整整两个小时的游戏，其间我们一起吃了烧烤外卖，吃得他不停跑厕所。我看时间太晚，准备回宿舍，沈浩南却一边蹲马桶，一边冲我喊："上次问你的问题你还没回答我，你对我就一丁点感觉都没有吗？"

我拿起搭在沙发上的外套，边走边道："等沈总不以追逐为乐的时候，我再回答你这个问题。"我开门走出了房间，沈浩南的消息跟着发来："追逐？你说话总是留一半。"

我回复："沈总是个喜欢挑战的人，对唾手可得的庄妍，你没兴趣；而那些对你不理不睬的女人，你却总是斗志昂扬，但真正到手的一刻，你又觉得索然无味。感情对于沈总来说是什么，我想你自己都不清楚。"

他反驳我："这和你对我有没有感觉，没有必然联系。"

我回复着："沈总可能不太了解女人，对某些女人来讲，她们要的是刺激和浪漫；而对另外一些女人来讲，她们要的是态度。"

他开始见缝插针："所以只要我态度端正，你就会尝试和我在一起吗？"

我笑了笑："当然不是，我只是打了个比方。"

"你是哪种女人？"

我没有直接给沈浩南回答，但当电梯下行时，我看着反光镜中的自己：一尘不染的女士西装，简单的妆容，盘起的一丝不乱的长发。我是哪种女人？我想要什么？其实我自己也不清楚。

我仍旧在和病床上的那个父亲怄气，我在暗地里和蒋菲菲较劲，我想帮母亲夺回父亲亏欠她的一切。但我对自己的未来规划，一片茫然。

茫然的我，又谈何情爱？

沈总在酒店住宿的这段时间，酒店的事务繁多，蒋菲菲的心思并不在工作上，她忙着在外面做酒店的门面，忙着做她的网络红人，每天打扮得光鲜亮丽，早出晚归。

我和她协议，新酒店暂时由我来打理，她负责另外两家即可。可听闻她掌权的那段时间，另外两家的业绩直线下滑。张经理找过我几次，我都以工作繁忙为由推辞，张经理又抓不到蒋菲菲的人，谁也不知道她在忙些什么。只是听闻她最近似乎是有了喜欢的男人，还主动下厨去对方公司送餐盒送礼品。

我对她的事毫无兴趣，直至张经理被逼无奈找到了我头上，我只得出面。张经理在会议室里叹气连连，指责蒋菲菲的不作为，指责蒋菲菲的不听劝，硬生生把另外两家酒店的业绩给搞出了问题。

张经理给蒋菲菲电话，想勒令她出面，可电话刚打过去就被挂断，她完全不把张经理放在眼里。

张经理唉声叹气："她刚进徐家门的时候，也不这么狂妄不懂事啊，现在……现在怎么就这样了？"

我给张经理倒了茶水："您别气了，从父亲昏迷住院的那天起，她不就原形毕露了吗？她哪里是做事业的主儿。"

张经理拧巴着脸："那你还把两家酒店的大权交给她！你这不是故意坑你父亲？"

我笑笑没说话，张经理忽然明白了什么："你是早有打算了吧？"

我坐在办公桌前，拿起手机给蒋菲菲发了语音："半小时内回酒店，否则后果自负。"

蒋菲菲倒是真的在半小时内进了我的办公室。我和她已经连续一周多没说过话，但只要我一开口，必然是大事件，我想她也明白我话里的轻重。

蒋菲菲一身华丽装扮出现时，张经理气得咬牙切齿。蒋菲菲却全然不理。张经理放了狠话："你要是再乱用私权，酒店就要被别人收购了！"

蒋菲菲低头摆弄着美甲："一家酒店而已，等我嫁入豪门，开十家都不成问题！"

我好奇了："看样子最近是恋爱了？"

蒋菲菲一脸傲娇："就快到手了。"

张经理气得坐回位置里。我给了她最后警告："一个月内，豪森酒店的业绩若仍旧维持现状，我将会在董事会提议，卖出豪森。"

蒋菲菲一脸不可思议："酒店业绩不好，你去提业绩啊，你去经营啊，凭什么卖出？爸还没死呢，你有什么资格卖？"

我耸耸肩："我没必要跟你解释，我的话已经放在这儿了，剩下的事你自己看着办。"

这时，服务生敲门探头进来冲我道："徐总，楼下有人找你。"

我绕开蒋菲菲走出办公室，蒋菲菲跟随在我身后骂骂咧咧："你是想把责任都推到我头上是吧？让我背这个业绩下滑保不住酒店的黑锅，然后等着父亲醒来以后，你再告我一状。徐婉莹你明知道我没有这方面的专业能力，还把那么大的担子交给我！"

我回头冷笑："'枪打出头鸟'，这么老的名言，你没听过吗？之前是你自己非要往外蹦跶，关我什么事？"

我继续大步朝着楼下走去，结果在大堂里看到的，竟是葛夕瑶。瞧见葛夕瑶的那一刻，我头皮都跟着发麻。

"请问你……"我话都没说完，葛夕瑶就示意我跟着她走。我走出了酒店大堂，门外停着葛夕瑶那辆奔驰大G。葛夕瑶一身江湖儿女的气息，敲了敲副驾驶的车窗："妍，人给你叫来了。"

车窗一开，我看到了庄妍的侧脸，精致小巧的五官让人过目难忘，看样子她的身体恢复得差不多了，气色好了不少。她连看都没看我一眼，直接开了口："上次是你开车要送我去医院，这件事我谢谢你。但我今天来是要告诉你，离开沈浩南，别去纠缠不该纠缠的人。"

我默默地注视她的侧脸，蓦然间，我看到了她脖颈上的钻石项链，那项链我记得，是那夜秦家骏在珠宝店挑选的。我不禁在心里猜想，若是没有什么亲密关系，怎么可能戴着秦家骏送的礼物？想必她和秦家骏之间，有着什么不可言说的故事。

我继续站在原地，庄妍侧过头，她如水般的眸子里，带着几分恨意，可说话却依旧带着三分柔弱："你哪点配得上浩南？现在他被你搞得一无所有，你却还不肯放过他，你到底想要什么？你要钱，我可以给你！"

我无奈摇头叹气："庄小姐，梅总的秘书之前找过我，直言问我要多少钱，我回绝过一次了。其实我也很烦，被你们三番五次地骚扰，我要解释多少次你们才能相信,我和沈总没有任何关系!"

庄妍没了好脸色:"你和他不清不楚就是下贱!"

这个"贱"字听得我心烦,我本就被酒店业绩一事搞得焦头烂额,现在还要应付这些子虚乌有的事。没了好脾气的我,当场便结束了这场对话:"清者自清,随便你们怎么想!"

我转身便往大堂走,给了门口保安眼色,他们直接拦住了葛夕瑶。葛夕瑶的嘴里说着脏话,我全当听不见。

蒋菲菲在我身后看着热闹冷言冷语,楼上的蒋轩宇飞奔而来:"姐你没受伤吧?"

蒋轩宇反复担忧道:"她们跟你说什么了?"

蒋菲菲在身后落井下石:"说你姐贱,说得还真挺对的。"

蒋轩宇回头就要踹蒋菲菲:"你给我滚一边去。"

蒋轩宇安慰着我:"姐你别往心里去,两个女疯子而已,追不到男人就反过来咬你。"

我重重地吐了口气:"没事,我也没放在心上,只是那个庄妍也不一般,她脖子上的项链,像是秦家骏选的那款。"

这时,跟在我身后的蒋菲菲忽然提高了嗓音:"你说什么?秦家骏?秦家骏送那个贱女人项链?"

我傻眼地回过头,却见蒋菲菲两步冲出了酒店大门,狠狠地拍打那辆奔驰车的车窗:"你给我出来!"

第五十七章

此前我就在心里怀疑，蒋菲菲最近追求的那位男士会不会就是秦家骏，但想着秦家骏那么稳重老练的一个人，应该不会对蒋菲菲这类女人动心。而现在看来，事情还真是没按预想的方向发展，正当我疑惑庄妍脖子上的钻石项链的来源时，蒋菲菲却瞬间炸了毛。

我和蒋轩宇还没反应过来发生了什么，蒋菲菲就已经站到了庄妍的车子旁，用力拍打窗面："下车！我让你下车听到没有！"

原本已经上车的葛夕瑶又重新走了下来，她拉过蒋菲菲的手腕："你有病吗？谁啊你！"蒋菲菲继续对着车子里的庄妍发火："我让你下车！"

庄妍丝毫不畏惧，缓缓开了车窗："你是谁？我跟你熟吗？"

蒋菲菲当真发了怒，上手便拉住了庄妍脖子上的项链，她用力向外一扯，庄妍的脑袋撞在了车窗框上。庄妍疼得皱紧了眉头，葛夕瑶用力推着蒋菲菲："神经病啊！你谁啊你？"

蒋菲菲打算继续上手，我急忙示意蒋轩宇阻拦。蒋轩宇把蒋菲菲拉到了一边，蒋菲菲侧头同我对峙："那条项链到底是不是秦家骏送的，你给我看清楚了！她不是沈浩南的未婚妻吗，为什么脖子上戴着秦家骏送的东西？"

我有苦难言，本来就僵化的关系，又一次被搞得四分五裂。眼下的关系圈子里，我们每个人都不是好人，我成了无耻告密者，蒋菲菲成了挑衅者，庄妍反而成了受害者。

我没想到，柔弱的庄妍竟会选择在这个尖锐时刻走下车。她没有理会蒋菲菲，径直走向了我。

可能是她的皮肤太过白皙，我还未见过哪个女生的肌肤能白嫩得如此透彻，衬得她眼白的红血丝都格外显眼。我真担心她下一秒就会泣不成声。

我深吸了一口气，已经做好了替蒋菲菲向她道歉的准备，同时愧疚自己没依据的猜想，结果她却先开了口："你看清楚我脖子上的项链，是谁送的？"

我看得一清二楚，是秦家骏那晚在珠宝店选的新款，店里一共就这一条，连多余的存货都没有。

但我没开口，刚刚我因为自己多言而闯了大祸，现在我更是不敢乱说话。庄妍倒也没为难我，她拿出手机，给沈浩南打了电话。

电话一接通，她说话都带着哭腔："我知道你不想见我，但我现在就在酒店大堂，你的女人徐婉莹就站在我面前，你下来或是不下来，自己选。"

电话挂断的一刻，庄妍竟莫名流了泪，我当真见识到了她有多能哭，也体会到了她对沈浩南的用情之深。

葛夕瑶从身后递给她纸巾，安慰着："别哭了，你才刚康复。"

庄妍抹了眼泪，吸了吸鼻头。

另一边的蒋菲菲踢着腿在蒋轩宇的怀里挣扎，嘴里咒骂着："你脚踏两条船是不是？吊着秦家骏，又死皮赖脸要嫁给沈浩南，你比'白莲花'还恶心！"

我还没见到蒋菲菲什么时候如此失态过，她的确是嘴不饶人，但今天第一次为了一个男人这般较真。我以前总听蒋轩宇说，蒋菲菲身边的男人有好几个，但她没有对一个动真心，她谈恋爱的目的很简单，要么骗钱，要么蹭好车，总之目的大多和钱有关。而这次，她对秦家骏是动了真感情。

庄妍回头瞪着蒋菲菲,想必在庄妍的世界里,她还没遇到过这么无理取闹的女人。葛夕瑶也觉得诧异,堂堂徐建森的女儿,就算再任性,也不该在公开场合如此失态。

我给蒋轩宇递了眼神,让他带蒋菲菲走,蒋菲菲却踢飞了鞋子,死活赖在这儿:"别动我!我今天就要问清楚,那条项链到底是怎么回事!"

我是怎么都想不到,蒋菲菲竟然在下一秒,把电话打给了秦家骏。她一秒转换语气,打给秦家骏的声音委屈又温柔。

葛夕瑶傻着一张脸,全程尴尬地把蒋菲菲的这通电话听完。电话挂断的一刻,葛夕瑶感叹道:"天哪……你真是神经病啊……变脸比翻书还快……"

蒋菲菲没理会,她抬脚狠狠踩在了蒋轩宇的鞋面上:"松开我!"蒋轩宇疼得坐在地上起不来身,蒋菲菲两步走到了庄妍面前:"你和秦家骏到底什么关系?"

庄妍不说话,眼睛直勾勾地盯着我,蒋菲菲推了庄妍一把。这时,葛夕瑶扬手就扇在了蒋菲菲的脸上,蒋菲菲愣住,我愣住,在场的人除了庄妍都愣住。我不得不佩服,庄妍的定力,比我想象的强大太多,别看她身材瘦弱,从葛夕瑶扬手扇蒋菲菲巴掌,到蒋菲菲张牙舞爪去反击,她的视线都没从我的脸上挪开过。

蒋菲菲彻底被激怒,她和葛夕瑶扭打成一团,保安想拉架,却不知道应该帮哪一个。蒋菲菲给保安下了命令,让他们收拾葛夕瑶;葛夕瑶却一个打俩,毫无畏惧。

沈浩南在这时下了电梯,他穿着一身浴袍,头发半湿,脸上还敷着面膜。我也真是佩服,没了钱财和事业的他,竟依然能过得如此潇洒,我在心里叹了口气。

沈浩南站到我们面前,一旁的蒋菲菲和葛夕瑶打得热闹。他揭下面膜,叹了口气,看向庄妍:"你又来做什么?"

庄妍从自己脖子上拿下了那条项链，举在他眼前："这是你送给我的吗？"

沈浩南毫不犹豫地摇头："不是。"

庄妍的眼泪又一次在眼眶打转，她连话都说不清楚："为什么不是？为什么……你为什么就不能说是你送的……就算是骗我也好。说一个'是'，有那么难吗？"

我想事情已经真相大白，那项链是秦家骏送给庄妍的，只不过是以沈浩南的名义。秦家骏对沈浩南的生活事无巨细地打点得井井有条，甚至连感情之事，都在暗地里操控帮忙。

蒋轩宇在一旁奋力地拉着蒋菲菲："别打了！不是那个姓秦的送的！误会了！别打了，头发都要薅秃了！"

蒋菲菲和葛夕瑶被分开，蒋菲菲披头散发地坐在地上，蕾丝裙都被撕扯成了碎片。葛夕瑶的嘴角被弄出了血，眼睛直勾勾地瞪着蒋菲菲，没有要结束的意思。

庄妍和沈浩南彼此成了两堵墙，一面即将崩塌，一面死命防守。

这是我经历过的最混乱的场面，以至于秦家骏何时开车抵达的酒店，都全然不知。

秦家骏跑进大堂时，气喘吁吁的，他看了一眼蒋菲菲，忙去搀扶，蒋菲菲顺势往秦家骏怀里一躺，秦家骏的身体明显僵硬抗拒。蒋菲菲哭得惊天动地，秦家骏表情难堪，丢下她不是，继续陪着她更不是。

蒋轩宇看得出秦家骏的不适应，他拽起蒋菲菲，秦家骏才脱身。

秦家骏站到我们旁侧，声音惭愧了起来："对不起……没想到事情会发展成这样，那个项链是我……"

沈浩南冷着一张脸："哥，你能别管闲事了吗？从小到大你什么都要管我，什么都要出风头，现在连我感情上的事，你也要插手！你以为送个项链，我和庄家、和梅慧红的关系就能缓和？你只会给我增添麻烦！我说过我不会娶庄妍，我不会娶她，我死都不会！"

沈浩南发癫发狂之时，秦家骏铁青着脸，进退两难。庄妍已经不知哭到了第几轮，整个身子都跟着颤抖。

我招呼着大堂经理给她拿纸巾，整个大堂乱成了一锅粥。

沈浩南忽然蹲在地上，双手抱头。秦家骏慢条斯理地开了口："你和庄妍的婚约是早就定好的，当初也是你亲口答应下来的。男人做事要有始有终，你一句不娶了，你让母亲和庄家如何收场？"

沈浩南蹲在地上冷笑。"真的好笑，梅慧红为什么让我和庄妍结婚，你不清楚吗？她是为了钱，为了利益！她抓着我的全部命脉，让我和庄家联姻，不就是为了她的事业吗？凭什么，凭什么让我去做牺牲品？"他抬起头，"你为什么不去？梅慧红那么中意你，你去娶她啊，你去做梅家和庄家的牺牲品，你去啊！"

秦家骏站在原地不说话。庄妍似乎想明白了这一切，她站到沈浩南跟前，开了口："没人让你做牺牲品。没感情我可以跟你培养感情，只要你不乱搞，我会和家里人说延缓我们的婚期，不会对你们梅家造成任何威胁。"

庄妍无底线的让步让我看了痛心，到底是多爱一个人，才能说出这般话？

沈浩南站起了身，他低头看着庄妍，眼神里满是冷漠。

我想，沈浩南一定积攒了太多埋怨，他在梅慧红那里永远得不到认可，只能在外面用事业和女人来彰显自己。其实他不是骨子里的渣或坏，而是故意这样做，故意用其他的一些东西，弥补他心里的空缺。

庄妍红着眼，转头看向我："徐小姐，这次算我求你，离沈浩南远一点，他和你根本不是一路人。"

我刚想开口解释，秦家骏却为我辩解开来："你误会了，庄妍，这位徐小姐和浩南没有任何关系，她只是前台，别为难她了。"

庄妍蹙了蹙眉："还说她和沈浩南没关系？她在你面前是前台小姐，在沈浩南面前却是富家女儿，她的心机，怕是比谁都深！"

我百口莫辩，秦家骏看我的眼神明显有了变化。庄妍自觉地退了一步："今天就这样吧，我也不想闹下去。我还是刚刚那句话，我不会放弃这桩婚姻，直到他想清楚为止。"

庄妍转身往门口走，葛夕瑶瘸着一条腿跟随而去。蒋菲菲在这时开始给自己加戏，顺势晕倒在地。只是可惜，她以为秦家骏会去搀扶她，结果却是她最恨的蒋轩宇。

我将沈浩南送进了电梯间，电梯门关合，身后的秦家骏开了口："所以你到底是谁？"

我转过身，微笑着："我是这家酒店老板徐建森的养女，徐婉莹。"

他深深地呼吸，继续问道："之前为什么骗我？"

我仍旧嘴角挂笑："我与秦先生不过几面之交，何来欺骗？何况你从来没问过我，到底是前台，还是徐家养女。"

秦家骏笑了笑，眼神里的好奇愈加浓郁："所以一直是你在照顾浩南？那你和浩……"秦家骏停顿在这儿，没有继续说下去，他看了看时间，说还有急事要马上离开。

我想他应该是刻意没有问下去，可相比不问，我更希望他问下去。他不问，就代表他在心里默认了我是沈浩南的女人。可眼下这情境，我根本无法开口解释。

秦家骏离开后，二楼传来了蒋菲菲的辱骂声。蒋菲菲把蒋轩宇骂出了房间，蒋轩宇赌气找来我，嘴里嘟嘟嚷嚷："就她那样还想嫁入豪门？我看秦家骏除非瞎了、聋了、脑子被僵尸啃了才会看上她！这下好了，她把秦家骏弟弟的未婚妻得罪了，看她以后还怎么勾引秦家骏！"

我靠着墙壁，低头查看着豪森酒店这个季度的报表。蒋轩宇继续在我耳边碎碎念："对了姐，有件事没和你说，刚才韩斌和小梅领证了。不过婚礼不大办，准备后天简单吃个饭，小梅邀请你去。"

第五十八章

　　韩斌和小梅的婚礼举办得简单而温馨，地点就在厂子新食堂，七八桌酒席，鲜花搭建的拱门。韩斌一身黑色西装，小梅穿着红色收腰礼服，脸上的伤疤被厚厚的粉底遮盖，浓妆下的她多了几分自信。

　　蒋轩宇坐在我身旁努力地夹菜吃东西，并不专业的婚庆主持人在台上热场。我转身看向台中央，小梅喜笑颜开，韩斌的脸上挂着僵硬的微笑。

　　我捅了捅蒋轩宇的腰身："礼钱给了吧？吃完你碗里的东西，我们就走。"

　　蒋轩宇一边擦嘴一边从上衣兜里掏红包："哪能现在给啊，一会儿得用红包坑他喝喜酒的，今天他就别想用两条腿走进洞房，嘿嘿。"

　　台上的韩斌和小梅下了台，蔡琴芬头戴红花，满脸的幸福，她带着新人挨桌敬酒。到我们这一桌时，韩斌的脸颊泛着红晕，小梅在一旁搀着他的手臂。

　　小梅先冲我举起了酒杯："婉莹姐，这杯我单独敬你，谢谢你之前帮韩斌，要是没有你，厂子不可能会起死回生。"

　　可她酒杯还没碰唇，韩斌忽然闷掉了手中的半杯白酒，他整张脸紧绷着，缓了好一会儿才说："应该我敬你才对。"他笑呵呵地看着我，眼睛被白酒辣得通红，湿漉漉的，看得人心酸。

　　蒋轩宇原本还想坑韩斌几次，见此情形便打消了念头，他偷偷把红包塞给我:"姐,你给他吧。"

我拿着红包,递给了小梅:"祝你们百年好合,永结同心。"

小梅羞涩地收下红包:"谢谢婉莹姐。"韩斌却仍旧笑着,用那干净的袖口抹了一把湿润的眼角,说话都带着颤音:"这么大的红包啊……我不应该收你红包的,我欠你太多了。"

韩斌的眼神渐渐从随意变成了注视,只是那眼里的光不知从何时起渐渐消失了,曾经那个一出现就自带光芒的韩斌,如今暗淡得和普通男人没了区别。

我拉扯了一下蒋轩宇:"酒店还有事,咱们先走吧,正好喜酒也喝完了,不给他们添乱了。"

蔡琴芬端着新婆婆的架势,笑脸盈盈:"婉莹,改天让小梅再请你吃一顿,你是我们全家的恩人。"

我点头笑笑,没敢再看韩斌一眼。韩斌也没对我说多余的话,正如同他之前和我下过的决心,从他和小梅领证的那一刻起,他会放下过往的一切。

韩斌是个好男人,更是真男人,我确信他会让小梅和蔡琴芬过上好日子。但我不确信,未来的好日子,是不是他所期待的。只是那些都不需要我去猜想,我要做的,是正视我和韩斌之间的关系,收起曾经对他的那些小心思。当然,曾经的那些心思谈不上喜欢或爱,这世上的男男女女本就少有纯洁的友谊,保持距离便是我该做的。我希望韩斌能幸福,也希望小梅能永葆初心。

返程的路上,蒋轩宇接连叹气:"姐,你觉得韩斌今天开心吗?敬酒的时候我感觉他表情特复杂,蔡姨都没敢让他多说话,都是小梅替他开的口。你说,这俩人以后会不会离婚啊……"

我瞪了他一眼:"今天是大喜日子,你少说丧气话!韩斌的为人我了解,他不会辜负小梅,小梅那么爱他,两个人会把日子过好的。"

蒋轩宇叹气拍着方向盘:"我看未必,如果我被逼了婚,还是个毁容的女人,我早晚离婚。没感情的婚姻,怎么可能过长久?我估计啊,不出两年,等韩斌赚了钱,小梅的好日子也就到头了。"

我在车后座狠拍了一掌他的后脑勺:"闭上你的臭嘴!"

回了酒店,蒋菲菲不知何时进了我办公室,进屋就看到她拉长个脸,虎视眈眈地看着我:"徐婉莹,你什么意思?就因为我在媒体前抢了你的风头,现在你连带我管理的酒店,都要一起给我端了?"

我坐进办公桌:"没人要端你。你是为了查账的事来的吧?"

蒋菲菲在沙发上坐直了身子:"不然呢,我闲着没事来找你聊天?你连询问都没询问我,直接下令要查豪森酒店的流水账目,你什么意思?我们事先已经说好,你负责柏云酒店的运营,我负责另外两家老店。现在你一声不吭直接给我来了个查账通知,你还有没有把我放在眼里?"

我倚靠着办公椅:"你现在不正在我的眼睛里吗?"

蒋菲菲冷着脸:"徐婉莹你别跟我扯没用的!"她起身站到我面前,重重地朝桌子上摔了账本:"查啊!好好给我查!这账目上的明细没有任何问题,一分一毛都不差。你想找我麻烦就直说,不用在酒店员工的面前给我下马威,让别人误以为我在账目上动了手脚!整个徐家都是我的,我没必要偷自家的钱!"

我推回她的账本:"这个完美的本子,我就不看了,看也看不出什么问题。核对账目的另一个目的,是衡量豪森有没有继续存在的必要,从你接手豪森开始,业绩下滑有多严重,你自己不是不清楚。我也给你放过话,若你继续这么放任自流,豪森保不住。"

"所以你什么意思?你说我账目作假,管理无方?你要卖掉豪森?"她忽然讪笑,"你是想爸醒来以后,发现你卖掉了他的一家酒店,然后活活被你气死?"

我笑道:"就怕爸醒来以后,发现豪森亏损得连他都嫌弃,还会埋怨你为什么没把这个拖油瓶尽快处理掉。你真觉得你专业?你读过几天书,做过多久的实践,又设身处地地了解酒店多少?"

蒋菲菲不说话。我点了点她的账本："账本是谁给你的，你就回去查谁。我也提醒你，父亲清醒时曾给豪森酒店拨过一笔翻修款，你手下的人是怎么用这笔钱款的，最好也给我查清楚。"

蒋菲菲警惕地试探："如果我不查呢？"

我双手交叉搭在桌面，盯向她："那就等着我找第三方机构来查你，别以为我会永远为你擦屁股！"

蒋菲菲眼里怒火燃烧，她伸手抓过账本，账本的封面被她弄得褶皱，她胡乱地将账本塞进了包里，指着我的脸："你给我等着！"

蒋菲菲前脚走出办公室，即刻，我收到了沈浩南发来的微信消息，他发给我一张截图，是新出的某个游戏卡，让我去附近的店帮他买。

我回复得干脆："没空，沈总那么闲，自己去买。"

沈浩南耍起了无赖："好，那我告诉庄妍，我不跟她结婚就是因为你。"

我打字的手都跟着颤抖："你这是诬陷！我和你没有任何关系！"

"那你去不去？不去我就给庄妍发消息了。"

我当真怕了沈浩南，怕了他耍无赖的样子。我本想着，要不让蒋轩宇代替我去，可电话打出去半天都没人接，等到回复的时候，他说他正和小花在外面喝奶茶。

我瞬间一个头变两个大，硬着头皮回复："去哪儿买，哪儿有卖游戏卡的地方？你那个东西是叫什么PS4还是任天堂？哪里有专卖店？"

沈浩南发给我一个地址，最近的专卖店，都距离我二十公里远。我特别想一个箭步冲上楼，一拳把他打晕，让他昏迷个三天三夜；或是给他来个电击，戒戒他的游戏瘾！

我起身出发，一路上沈浩南不停地给我发着游戏攻略，说新出的游戏特别难通关，他和朋友打了赌比谁先通关，输了的那个要给赢了的那个十万块。

我心里一颤，有钱人的赌注还真是大，不愧是游走过赌场的人，出手真大方。

抵达商场，我寻着找去那家店。

一进店，我持着手机，对着屏幕上的照片，挨着货架对比。只是正当我找到那个游戏卡，伸手去拿的一刻，身旁刚好有一位男士抓住了我要买的游戏卡。

货架上的游戏卡只剩一张，那男士的手里握着一张，而食指和拇指还贪婪地去抢我抓住的那一张，我抬头便开了口："你已经有一张了，这张就……"眼眸对视的瞬间，我怎么都想不到，这人竟是秦家骏。

有时候我不得不感叹命运的巧合，我行车二十多公里跑到这个从未逛过的商场，却撞见了秦家骏。

第五十九章

我和秦家骏的手同时抓在一张游戏卡上，认出彼此的瞬间，我们相视一笑，一齐松开了手，接着异口同声："你请。"

话音落地，我们尴尬片刻。秦家骏冲我笑了笑："是帮沈浩南买的吧？"我点点头："这都能遇见你，真巧。"

"是很巧。我猜到他会买这张卡，他的游戏机也是我送的，每逢出了新游戏，他一定会玩。"他挑挑眉，"我刚拿的这张，就是准备送给他的。"

我急忙争抢："还是我来结算吧，我答应沈浩南了，就不用你破费啦。"

秦家骏退开半个身子，让我去拿那张游戏卡，可我手还没伸出去，身后不知从哪里蹿出来一个小男孩，飞一般出现在我面前，又飞一般消失，同时带走了最后一张放在货架上的游戏卡。

我瞬间窒息，转头就冲那男孩喊了过去："喂，那是我的！"

秦家骏尽力克制，但还是没忍住，看着我笑出了声。我黑着脸，挽着袖子要去跟那孩子掰扯一番。秦家骏按住了我的肩膀："我这儿还有一张，这个给浩南吧。"

我满心愧疚："这不是你自己要玩的吗？"他摊了摊手："我不爱玩这些东西。"

其实我很想问他,为什么不爱玩却还要买。但想着我和他不熟,问多了会显得没礼貌。

我接过他的好意,毕竟回去跟沈浩南交差。

结算时,秦家骏消失了几分钟,他让我在店门口等他片刻,他有东西要我带回去。

等他归来,他的手里提着和上次送给庄妍的一模一样的钻石项链袋子。我有些纳闷,他将袋子递到我面前:"此前不知道你和蒋菲菲是姐妹关系,庄妍那件事给你们添了麻烦,我一直欠蒋小姐一个道歉,这个是送给她的道歉礼物。不过也请你帮我带句话,我一直把庄妍当成弟妹来照顾,这项链和庄妍的是同系列,应该适合你们这些小女生。礼物不分贵贱,只是为了表达歉意,没有其他意思。"

我揣摩着他这句"没有其他意思",加之那句"把庄妍当成弟妹来照顾",而他送给蒋菲菲的道歉礼,又是和庄妍同款。我抬头望向他,故意问道:"秦先生知道钻石代表什么吗?"他想了想:"我只知道钻石戒指代表永恒,钻石项链……也有说法吗?女人应该都喜欢钻石吧,不论它代表什么。"

我多了句嘴:"钻石是最容易让女人联想到感情的东西。秦先生送我妹妹这么贵重的礼物,当真没有其他意思吗?"

我的视线直直逼向他。其实我明白,他是想让我转达蒋菲菲,他对蒋菲菲没有非分之想。可三十多岁的男人说话总是拐弯抹角,我当真怕蒋菲菲会错意。

在他回答之前,我想着他会不会是个四处留情的男人。可当他回答的一刻,我恍然觉得,这个时代的小部分女人,多多少少都有点自作多情。

秦家骏笑着:"如果我现在送徐小姐一枚钻石戒指,徐小姐会以为我对你有意吗?"他故意提醒着我——"在我们只见了三次面的情况下。"

我一时语塞,接着摇头:"不会。我们甚至连朋友……都不算。"

秦家骏看了一眼礼物袋子,继而道:"不过这也怪我,礼物选得太敏感。其实我不太了解女人,以为钻石是全天下女人都喜欢的东西,包括我的女性朋友及女性合作伙伴,我送礼物也都是送些名贵的。所以……只能劳烦徐小姐帮忙带话,我对蒋小姐没有非分之想,这份礼物全当道歉的心意,诚心与徐家做个朋友,仅此而已。"

秦家骏的一席话没有拖泥带水,也没令人不舒服,他在明确了蒋菲菲的心思后,立刻表明了自己的态度,并且处理得当。秦家骏是个很容易让人信服的男人。他沉稳,由内而外的稳,就连我都不知不觉上了他的道。

我拎了拎手中的袋子,向他示意:"秦先生放心,话一定带到。不过我也想跟你解释一件事,我和沈浩南之间……"话没说完,他忽然打断:"浩南从小就特别有女人缘。我不太关心他的私生活,在我眼里,他只是个还没长大的大孩子,和天天一样,喜欢胡闹,喜欢标榜自己。我不觉得他现在的感情观是稳妥的。徐小姐其实也只算是个小女孩,沈浩南与你不管是什么关系,都不过是彼此人生旅途中的一位过客。"

蓦然间,我被秦家骏的话镇住。倒不是他讲的多有道理,而是在他和沈浩南仅仅相差两岁的前提下,他把沈浩南当成了孩子去看待,那表情里、眼神里的理所当然,让人没有反驳的勇气。

我故作轻松地笑了笑:"只是小男孩总有一天会长大。"

秦家骏微微挑眉,用略微好奇的眼光看着我:"我忽然觉得……徐小姐应该是个内心很成熟的人,和同龄人不太一样。"

我继续端着架子,向着门口走了两步:"秦先生,我们就在这里告别吧,我还要回去交差。"秦家骏应允。

回程的路上,我脑子里反复浮现秦家骏的那张脸,他让人感觉踏实,但踏实里又带着几分隐隐的危险,特别是他对沈浩南做出评价的那一刻,好似沈浩南只是他眼中没长大的孩子,他对沈浩南做出的任何干涉都是理所当然。

途中堵车,我接到了蒋菲菲的电话,她说现在必须见我一面。我询问是不是查账查出了问题,她却急着性子让我马上回酒店。我厌烦她的催促,便在电话里也折磨了她一下:"刚好我这儿有东西要给你,是秦先生交给我的。"

听到秦先生三个字，蒋菲菲整个人都来了兴致，和几个小时前冲我放狠话的她，截然不同。

我故意晚回去了半小时，蒋菲菲在办公室等得心急如焚。我一进屋，她的目光就在我身上大搜查，人在我身边绕圈，想知道我到底带了什么回来。

蒋菲菲盯贼一样地看着我，我坐进位置里，故意拖延："你说吧，要跟我商量什么事？"蒋菲菲望着我办公桌上的袋子："秦家骏让你带的东西呢？"

我反问："你先说你要和我商量什么。还有，你有派人回去仔仔细细地查账吗？"

蒋菲菲明显一副不作为的模样，还理直气壮："把东西给我！不属于你的，别乱碰！"

我就知道她一定不会安分地听我说话，下令让她查账她不查，说不准还会弄出什么幺蛾子来。幸运的是，这个节骨眼上我拿到了秦先生委托给我的物品，刚好可以威胁她一下。

我提着秦先生的"真心礼物"，举起又放下："这样吧，你当着我的面，下令让分公司查账，彻头彻尾地查。只要你打完这通电话，我就把东西给你。"

"你威胁我？还用秦家骏来威胁我？"

我耸耸肩："东西总不能白拿，要付出代价才是。"

蒋菲菲来了脾气，直挺挺地站到我面前："徐婉莹，现在不是你跟我耍小聪明的时候！尚云雅的事我还没跟你算账呢，你竟然敢跟我讨价还价？其实你早就知道尚云雅肚子里的是男孩了吧？怪不得我最近在她店里寻不到人影，原来是被你安排到月子会所安心养胎去了！"

我微笑着不说话，其实心里愈发紧张。我以为她最近忙着追男人，已经忘记了尚云雅的事，原来她一直在暗中调查。

蒋菲菲双手撑着桌面，逼近我的脸："她肚子里的是男孩，而你几次暗中帮她的忙。徐婉莹，你这一手两面三刀玩得是真漂亮！这边假装跟我站一队，那边却忙着给那个贱人保胎，你是想两边都不得罪，然后两边都捞一笔是吗？"

我觉得可笑，禁不住笑出声："你有什么可被我捞的？你趁亿万身家，还是有个正常人的脑子？你愚蠢无知，还觉得自己很厉害。"

她刚要发火，我一掌拍在桌面上，站起身迎向她的脸："你连个酒店都管理不明白，每天脑子里想些歪门邪道的东西，你以为你能走多远？就算父亲在病床上闭着眼睛说，家里所有的家产都给你蒋菲菲，不出三年，也会被你败光！"

蒋菲菲怒不可遏："徐婉莹，你以为你是谁？你给我闭嘴！"

我笑着，努力让自己看上去没有丝毫慌张："我是谁？我谁都不是，但就算我谁都不是，也比你强！你没能力没学识还偏要在酒店掺和。一开始我没打算跟你争抢，我是经不住张经理的恳求才回来管理酒店。可你一次次地给我惹麻烦，现在更是把豪森推进了火坑之中！蒋菲菲，没有我你什么都不是，你的所有成就，都是我熬心血熬出来的！"

蒋菲菲的眼神如同要吃人："你瞧不起我是吧？觉得我没学问是吧？你别忘了，你本就没资格享受这一切，你读过的那些书，都是占了我的……"

我再也无法忍受，扯着嗓子喊了回去："是，我是享受了本该由你享受的一切，但我从没瞧不起你！你没学识你去学啊，在这里跟我喊有什么用？你愤恨命运的不公，愤恨我和你交换了命运，那现在一切回到了正轨，你不去珍惜不去努力，依旧拿着你耍无赖的那一套恶心所有人。蒋菲菲，不是我恶意攻击你，蒋轩宇都比你努力，他小小年纪知道上进知道努力，你连他一半都不如！"

我从未想过，脸皮那么厚的蒋菲菲，会被我说红了眼。也许是说进了她的心窝,也许是她不满我拿她和蒋轩宇做对比。可话已经说出口,我的确打心眼里觉得,她本该有个非常光明的未来,可这一手好牌,被她打得又烂又碎。

蒋菲菲含恨看着我,我伸手拿起桌子上的礼物袋子,推到她面前:"豪森的账目,我会找第三方机构介入。这是秦总送你的礼物,他让我给你带句话,项链买的是和庄妍同系列,他真心向你道歉,但除了道歉,没别的意思。"

蒋菲菲的目光由憎恨又转为失落,她一言不发,可小小身体里积攒的愤怒,足以将我这办公室湮灭。

她拿过了礼物袋子,一字一句:"徐婉莹,我和你的恩怨,我们慢慢算。但我和尚云雅的恩怨,你若继续插手,别怪我不客气!"

她干脆利落地离开,背影里的决然和冷漠不同往日的狂躁愤慨,办公室的房门被她重重关合。我隐隐觉得暗处有什么东西在涌动,让人不安。

我给蒋轩宇发了消息:"轩宇,这几天帮我盯着点尚云雅那边的动静,保障她的安全。"

发完消息,我坐在办公桌前,对着棚顶的灯管发呆,办公室房门是何时再次打开的我毫无察觉,以至于眼前站了个双手提满外卖袋子的男人,我都没注意到。

直至……我被一股浓浓的麻辣烫、炒粉、手抓饼、蛋糕的香气招回了魂。我猛地坐起,看到的竟是穿着休闲帽衫的沈浩南,他举了举手里的外卖袋子,平和得完全没了往日的霸道总裁风范:"游戏卡买到了吧,跟我上楼吃外卖通关!赢了比赛,十万奖金给你买包。"

我半迷糊半清醒地看着他。"你……你还是我认识的沈浩南吗?你不会是精神错乱了吧?"我指了指他手里的外卖袋子,"你以前不都是吃西餐吗?"

他挑挑眉,全然不在意:"现在我不是落魄了嘛,想吃西餐我也买不起了。"

我被他的样子弄得哭笑不得。他将外卖袋子一股脑儿扔在了办公桌上，转着脖子。"很久没去会所和健身房了，梅慧红也真是赶尽杀绝，连我会所的储值卡账号都给我封了，我现在腰酸背痛的。"他直勾勾地盯着我，"要不你养我一段时间也行，我不介意当小白脸。"

　　我傻眼地看着他："沈浩南，以前怎么没发现你这么……"

　　他耸耸肩："今时不同往日，现在的我，人穷志短。"突然，他走上前，拉起我的手腕："上楼通关，赢了给你买包。"

第六十章

　　我被沈浩南强行拉上楼，他窝在软塌塌的床上对着显示屏疯狂按动游戏手柄，我坐在沙发上继续对账看报表，外卖摆了一桌子。此刻的沈浩南，看上去更像个游戏宅男。

　　蒋轩宇四处找我，听闻我在沈浩南这里，十秒就杀上了楼，生怕我被占了便宜。

　　蒋轩宇也爱玩游戏，可他从小家穷，买不起游戏机。蒋轩宇嘴上说担心我被色狼占便宜，实际上却在这里蹭吃外卖，还时不时向沈浩南献媚，意图玩上那么两把。

　　我看着这两个差距悬殊的男人，莫名地，我在沈浩南的身上看到了一些小男孩的身影。不论他落魄前多么高大威猛，此时此刻的他，都给了我太大的反差感。

　　我想起秦家骏的话，沈浩南在他眼里，就是个没长大的小男孩。可这兄弟俩又有很多相像的地方，比如骨子里自带的冷酷潇洒，比如老到的观人识物的能力。也不知道是弟弟学了哥哥，还是哥哥学了弟弟。

　　蒋轩宇连输了两把游戏，沈浩南抢回游戏手柄："你还是别给我添乱了。"蒋轩宇"退居二线"，在后头指指点点.沈浩南有点不耐烦，回头递给我一个眼神，我随手抓起一把羊肉串，送到了蒋轩宇的嘴边："饿了吧？吃点？"

果然，食物堵住了蒋宇轩滔滔不绝的大嘴。

我在笔记本电脑上用微信和张经理做着交流。有关豪森酒店查账一事，张经理也被蒋菲菲搞得焦头烂额，现如今蒋菲菲这最后一道关卡不松口，没人搞得清豪森的财务到底出了什么问题。业绩不断亏损，资金对不上，蒋菲菲坚信自己手里的假账本没任何问题，可老手都看得出，那么完美的账本，就是专坑蒋菲菲一个人的。

张经理在微信里给我回消息道："豪森那边的财务一定出了大问题，但至于那个坑到底有多大多深，谁也不清楚。我想不通蒋菲菲阻挠此事的意义何在，但事情如果继续这么僵持下去，这个窟窿一定会堵不住，豪森若是一直亏损下去，怕是保不住。"

我敲打着键盘："或许她是在和我赌气，故意不让我干涉这件事。再给她两天时间吧，如果她执迷不悟，我只能找第三方机构介入了。"

张经理回复："好，那先按你的安排去做。"

合上笔记本电脑，我在沙发里伸了个懒腰。蒋轩宇边吃边问："沈总，你就一直在我们酒店养膘吗？不当总裁了？我看地下车库停的那辆跑车都落灰了，那是你的车吧？你都不用吗？"

沈浩南随手抓过车钥匙，扔给了蒋轩宇："拿去开吧。"

蒋轩宇瞪大眼张大嘴，满嘴的辣椒面和油，活脱脱像个二傻子，嘴巴一张一合的，话都说不明白："不、不是……沈、沈总……玛玛玛莎拉蒂啊……给我开？"

我怕蒋轩宇信以为真，上前准备拿回车钥匙。沈浩南阻止了我："给他开吧，那车我不用。"

我拒绝着："那是秦家骏给你的车，你不用，也别乱借啊。蒋轩宇车龄短，剐了蹭了可赔不起。"

沈浩南眼神专注地盯着显示屏里上上下下的小人："剐了蹭了就说是我弄坏的，我哥不会在意的。他比我有钱，也不用受梅慧红的控制，那辆车对他来说，不过是闲置在车库里的玩具而已。"沈浩南忽然轻挑着嘴角冷笑，看似嘲讽，实则无力。

蒋轩宇双手端着车钥匙，跟供佛一样，一动不敢动："沈总，你哥这么有钱啊……我以为你就够有钱了。"

"所以你尽管拿去开吧。"

蒋轩宇一个大跳下了地，作势就要去试试那辆三百多万的豪车。我拦着蒋轩宇："你别闹！"蒋轩宇哀求着："姐，我就开半小时，我带着小花在附近兜一圈，求你了……"他双手合十可怜巴巴地看着我："求你了姐……"

我扛不住他身为一个大男人还撒娇的模样，沈浩南没再开口，而我也软了心，同意他去开那辆跑车了。

蒋轩宇一溜烟地跑出了房间，门关上的一刻，沈浩南忽然扔下游戏手柄冲到了我面前。我被他吓了一跳，身子猛地向沙发背上靠去，颈椎差点撞成两截。我死死瞪着他，心跳怦怦怦地加速："你……你干吗？"

沈浩南笑着："终于把你弟支走了。"

我预感不妙，抬腿就冲着他的命门撞了过去，沈浩南疼得身体蜷缩成一团，脑门冒汗："徐婉莹你来真的啊……"

我整理衣襟，不屑地看着他："沈总请自重，蒋轩宇不在，我一样能保护自己。"

我抱起笔记本电脑起身就要走，沈浩南蜷在地毯上开了口："我不碰你行了吧？我本来也没打算碰你……"

我根本不相信他说的话，继续朝着门口走，这时，他忽然用手机给我发了微信，上面只有几个字："屋里有监控。"很快，这条信息被撤回。

我惊讶地转回身，刚想开口，他却做了个"嘘"的手势，示意我不要惊讶，不要讲话。

可我怎么都想不明白，我家的酒店怎么可能有监控？这可是违法的！

我自知此时我已经在摄像头之下，为了演好戏，我故作坦然地重新回了屋，放下电脑，走到床边拿起了游戏手柄，对着屏幕操控。

沈浩南从地上爬起了身，他坐到我身旁，小声地在我耳边递话："身后三点钟方向有一个微型摄像头，在窗帘轨道的夹缝里，梅慧红放在那的。"

我简直不敢相信，拼命地压低声音："怎么可能啊？酒店根本不允许外人进入！"

沈浩南故意歪头搭在我的肩膀上，声音小得连我都快听不清楚："这世上没有梅慧红做不到的事，你以为我这几天为什么活得像乞丐一样。她断了我所有去路，就是为了能操控我，就是为了看我在她面前挣扎然后向她求饶。可我偏不，我要适应现在的生活状态，让她向我低头。"

听了这些话，我后背一阵冷汗，汗毛都根根竖起。梅慧红的神通广大，我算是见识到了，她的操控欲比我见过的任何一位母亲都要可怕，明明已经断绝了来往，却还要想方设法地在房间里安装摄像头，监控沈浩南的一举一动。

我也终于明白了沈浩南把我拽到他房间的原因，他做的这一切，包括玩游戏、吃外卖、对我动手动脚，都是为了给镜头那边的梅慧红看。他在向她宣战，甚至他连秦家骏的好意都不去接受。我想，秦家骏让我交给沈浩南的那张银行卡，里面的钱他应该一分都没动。

我顿时坐立不安，甚至绞尽脑汁地想用什么理由能把屋子里的监控清除掉。但想想梅慧红的手段之高，怕是我清除掉了这个监控，还有第二个、第三个、第四个监控在等着沈浩南。

我早已没了打游戏的心情，将游戏手柄递回到沈浩南的手中："你打吧，你不是还和朋友打了赌吗？争取拿到那十万块，然后去商场买几身新衣服，你现在简直落魄得像个乞丐。"

沈浩南全然不在意，还故意大声讲话："这身破衣服穿进棺材都没问题，赢的十万块我给你买包！"

我知道他这话是故意说给梅慧红听的，只是忽然间，我竟觉得有些小失落。此前我一直以为，沈浩南主动来找我玩游戏，说给我买包，都是因为他想黏着我靠近我。现在看来，他是在借着我的存在，同梅慧红宣战。

其实,今天我之所以痛快地答应跟他上楼打游戏,还有一个原因是我想和他探讨一下,如何应对豪森酒店业绩亏损一事。

我已经习惯了有他的存在。不知从何时起,他已经成了我背后的军师,他见多识广,总能给我很多得当的建议。而有时候我也会自作多情地以为,他之所以乐于帮助我,是因为对我的欣赏,是因为我们的一拍即合。

此前我一直想确认,他到底是不是一个生性浪荡的男人,我担心他对所有女人都是狩猎心态,不会择一而终。所以我一直不敢同他交心。而在他失去梅慧红的庇护变得落魄之时,我以为我能试着看清楚他的内在,可就当我准备在心里为他树立一个坚定可靠的形象时,他却告诉我,他正在镜头前演戏,为了气梅慧红,更为了气庄妍。

我必须承认我内心的失落,我对他是有过短暂动心的,他的帮忙他的扶持,无一不是我对他好感增多的原因。我向来不是个能够一见钟情的人,我慢热,我深思熟虑。从裴江远抛弃我之后,我总是对男人抱有防备心。我也曾想过,要不就当个感情上的坏女人算了,我用了将近两年的时间都没看透裴江远的本质,我又能看清楚谁?

所以,在我初次遇见韩斌和沈浩南的那段日子里,我从未真正地靠近过谁,我接受他们的好意,也返还相应的回报,我这颗心已经碎裂过一次了,我没办法再对谁赤诚地热爱或是信任。

可沈浩南一点一点用他的魅力和成功,用他老练的追求女人的手段攻破我的防线。我一次次在沦陷和清醒中徘徊,又无数次在心底反问自己,接着否定自己。

我想,若是我没有认识过裴江远这个人,早在第一次沈浩南说喜欢我的时候,我应该就投进了他的怀抱。可如今,我早就不是一张白纸,我反复地试探或是观察,最后得到的,是一个并不美好的答案。

刚刚在沙发上,沈浩南那纵身一跃,我以为他是想拥吻我,可实际上却是在演戏,而我竟看不出真假。

秦家骏说得没错,我和沈浩南之间,或许真的只是彼此人生路上的过客。

第六十一章

身旁,沈浩南对着显示屏继续打游戏,我对着屏幕发呆,心里早已乱成麻。为了不让他看出我的不自在,我装作随意开了口:"和你打赌的人是谁呀?对方知道你现在已经穷困潦倒了吗?万一你输了,去哪里赔人家十万块的赌注?"

沈浩南自信满满:"我不会输的。"他转头看我:"和我打赌的是我哥。"

我惊讶:"秦家骏?他不是不爱玩游戏吗?"

沈浩南皱眉:"你怎么知道他不爱玩游戏?他什么时候告诉你的?"

"帮你买游戏卡的时候……当时货架上已经没货了,你这张是我从他手里拿过来的……他已经没卡可玩了。"

沈浩南的脸色渐渐冰冷,他拿起手机,给秦家骏打电话,电话一通便喊了过去:"你什么意思?故意施舍我十万块?"

电话那头的声音我听不到,但我看得出,沈浩南似乎十分憎恶秦家骏对他的帮助。

电话挂断,沈浩南将游戏手柄扔到了一边,起身就要离开房间。我在背后喊他:"你干什么去?"

他头都没回,声音失落:"我去看一眼天天,游戏不玩了,你收了吧。"

我自知闯了祸,忙找到秦家骏的电话,打过去以后,我赶忙道歉。

秦家骏倒是没责怪我,他说他从小照顾沈浩南习惯了,他给沈浩南的那张银行卡,沈浩南一分没花,他担心沈浩南会生活得不舒服,所以才打了赌。

挂电话前,秦家骏说晚些会来酒店一趟,送些换洗衣物和生活用品,让我到时候以我的名义转交给沈浩南。

答应以后,我离开了房间。直到关上房门的一刻,我都觉得后脊发麻。这种活在摄像头下的感觉太糟糕,我也想过要不要找人假装大扫除把摄像头拿掉,可想着梅慧红既然有能力在神不知鬼不觉的情况下安装了摄像头,那这酒店里,也一定有她收买的眼线。

胳膊拧不过大腿,我还是别多管闲事的好。

几小时后,秦家骏带着生活用品前来。今天的他穿了一身古板的深褐色西装,脸上依旧挂着暖暖的笑,袋子递给我的一刻,他叮嘱:"徐小姐千万别说是我送的。"

我点头:"秦先生放心。"

只是他刚转身要走,酒店门口就传来了撕扯喊叫声,我放眼望去,发现是蒋轩宇。蒋轩宇刚带着小花兜完风,小花没了踪影,只剩下蒋轩宇在门口同人撕扯。

我以为他遇到了麻烦,跑出去时,发现和他撕扯的人竟然是林导游的丈夫赵军胜。

当时在澳门赌场,听闻赵军胜输得是一无所有,我诧异他竟然能活着回来,而且依旧这么胡搅蛮缠。

赵军胜拖着蒋轩宇的手臂,说林导游的死亡赔偿金自己一分钱都没拿到,非要让蒋轩宇帮他要钱。蒋轩宇一脚踹开赵军胜,指着他脑袋骂:"你就是个人渣,你真应该死在澳门!"

赵军胜坐在地上撒泼打滚,整张脸青一块紫一块,不知道回来这一路上,挨了多少打。我想着怎么也要先把秦家骏送出去才是,我抱歉地冲秦家骏说道:"秦先生,我们从侧门出去吧,前门出了点状况。"

秦家骏倒是好说话，点头便跟我走。可忽然，大门口的赵军胜像是认识秦家骏，带着满身的酸臭味，朝着秦家骏就跑了过来："秦二爷！秦二爷！在这儿也能见到你啊秦二爷！我在你家场子被几个黑手给坑了！我身上所有的钱都输在你家赌场了，你施舍我点行不秦二爷？这次我一定能翻身！"

　　我看着眼前混乱的一幕有点愣神。蒋轩宇飞奔而来，他同样一头雾水。忽然，他想起道："姐，我说我第一次见秦先生的时候觉得眼熟呢，他不就是上次沈总带咱们去澳门，临走的时候和沈总坐一辆车的那个大老板吗？原来就是秦先生啊！"

　　蒋轩宇的话并没有让我太惊讶，秦先生在澳门有生意很正常，和沈浩南碰面也正常。只是，眼前这个从一开始就让我觉得温柔绅士的男人，竟然是那澳门大赌场的老板，这很让我意外。我想赵军胜是不会认错人的。

　　我顿觉一阵心慌，比刚刚在沈浩南的房间里发现摄像头还要慌。谁都知道，赌场和黑道有着千丝万缕的关系，而我眼前的秦家骏，却是那千丝万缕的关系中，最顶尖的老大——秦二爷。我再也无法用正常的目光注视秦家骏。

　　赵军胜抱着秦家骏的腿在地上哭号时，秦家骏依旧淡定自若，他回头看看我，我心领神会，急忙招呼保安，将这个疯子带走。

　　赵军胜被拖出大门，秦家骏拍了拍裤腿上的灰尘，我在一旁道歉："对不起秦先生，给你添麻烦了，实在对不起……你的衣服是哪个品牌？改天我重新买一套送你。"

　　秦家骏全然不在意地摆摆手："裤子没脏，没关系的。"

　　他依旧温和儒雅，神态情绪没被赵军胜影响到一分一毫。我吞咽着口水，站到秦家骏的身旁："秦先生我送你。"

　　蒋轩宇跟在我身侧，时不时用崇拜的目光望向秦家骏，不禁在嘴里念叨："赌场老大……不就是黑帮老大吗？我去，太刺激了！"

　　我勾着腿在身后踹了蒋轩宇一脚，他闭了嘴，但我想秦家骏应该已经听到蒋轩宇的碎碎念了。

我这边刚要把秦家骏送上车，身后就停下了一辆黑色商务车，自动门一开，映入眼帘的是一双一尘不染的黑色高跟鞋。

我回过头，意外地看到了倪嘉靓。

我心里一颤，今天还真是充满意外的一天。我特别担心倪嘉靓的身后会出现梅慧红的身影，好在没有。

倪嘉靓走到我面前，秦家骏跟着收回了迈进车内的那条腿，定在我身后。

倪嘉靓客气地冲秦家骏微笑："秦总好。"秦家骏点点头："来找浩南的吧？"

倪嘉靓始终板着身子，一言一行都像极了机器人，冷冷冰冰，没有任何人情味。

倪嘉靓答道："梅总让我来见见徐小姐。"她目光转向我："徐小姐是否有空？"

这时，秦家骏关了车门，他的手自然地搭在我的肩膀上，低沉的声音在我头顶响起："梅总来找我们这个小女孩儿做什么？莫不是这孩子惹了梅总？"

倪嘉靓微微一笑："秦总应该清楚。"

秦家骏没再绕弯子，他搭在我肩膀上的那只手连续两下轻拍我的肩头，我不明白这是什么意思，但这两下轻拍，把我从混沌中拉回了现实。

倪嘉靓又一次代表梅慧红来找我麻烦了，想必是梅慧红看了监控里的画面，要来教训我。

我心里紧张得打鼓，好在身后的秦家骏给了我勇气，特别是他刚刚的那声"小女孩儿"，免除了我心里的一些不安。

对他来讲，我的确算是个小女孩，他三十四五岁，我们之间相差了十岁有余。

倪嘉靓继续客气着："秦总，我想单独和徐小姐谈谈。"

秦家骏笑道："可这小孩儿已经答应我，要跟我一起用餐。要不，我们三个一起坐下来？你全当我是空气就好。"

倪嘉靓的笑容里带着几分心虚："秦总说笑了，我怎敢轻视秦总。"

秦家骏继续他的"温柔刀"："那怎么办？这小孩儿我一会儿是要带走的，和你的时间冲突了。"

倪嘉靓即刻退让："那就不耽误您和徐小姐用餐了，我的事好说，改天我再约徐小姐。我还有事，就不多逗留了。"

倪嘉靓转身上了车，车子扬尘而去，我躲过了一劫。

我重重地松了一口气，整个人都差点吓瘫。秦家骏在背后笑着："你那么怕她？"

我回过头，也不知是太阳晒的，还是我太恐惧，鬓角的汗都跟着流了下来："秦先生，我是怕梅总……"

秦家骏微勾嘴角："你的确应该怕她，如果她想让你消失，三十分钟内，你就会从人间蒸发。"

秦家骏在说到最后四个字的时候，我吓得身子都跟着一抖，秦家骏恶作剧般笑出了声。这还是我第一次见他笑得这么开心，眼睛都眯成了两个月牙。单眼皮就是这点好，睁眼的时候很英气，微笑的时候很有亲和力。这两点在秦家骏的身上，展现得淋漓尽致。

他收回了笑容，打开车门："我没空带你吃饭，刚刚我对倪嘉靓说的话不算数。"

我猛烈点头："我知道，我知道！你就是怕我被欺负，帮我解围而已！"

秦家骏上了车，回头又叮嘱我："这一次帮了你，不代表下一次你还能这么幸运。离沈浩南远点吧，你招惹的人是梅慧红，那是我和沈浩南都要敬让三分的人物。"

我沉沉地点着头："谢谢秦先生。"

他摆摆手："回去吧小孩儿。"

他的车子开走，我的脑子半天都没能从刚才的旋风里恢复。梅慧红与我只见过一面，而那一面的杀伤力，足够我记个小半年。现如今赌场老大秦家骏都提醒我，不要去惹他和沈浩南的亲生母亲梅慧红，可想而知，若是哪天梅慧红真的恼火，我怕是连个全尸都保不住。

想到这儿，我的两只脚都跟着发麻。蒋轩宇站到我面前挥着手："姐你傻了？你怎么一动不动？"

我耷拉着眼皮看着他："啊没事……就是脚麻了……"

蒋轩宇拿着手机迫不及待地给我看："姐你看，这个秦二爷是真不简单啊！他真是澳门赌场的老大，年轻时候还因为杀人蹲过监狱！"

我一时间连脚带腿都麻了，半边身子跟打了麻药似的，摇摇欲坠，惊吓得破了音："你说啥？杀、杀、杀人？"

"是啊、杀人！不过在国外杀的，具体因为啥、是不是那么回事，就不清楚了，这就是个八卦新闻，找半天才找着。现在媒体也是喜欢夸大，我估计没那么悬。"蒋轩宇咂舌，"姐你知道吗？刚刚我搜索这些陈年旧事的时候，我汗毛都竖起来了，那个秦家骏……"他忽然改口，"啊呸，不对！秦二爷，是秦二爷，表面斯斯文文挺温和的，谁知道是赌场老大，你说他要和黑社会没点关系，谁信？"蒋轩宇越说越害怕，"哎呀妈呀，我鸡皮疙瘩都起来了。"

我的身子彻底发软，两腿一抖，直接瘫在了蒋轩宇的身上。蒋轩宇两手撑着我的身体："姐你咋了，中暑了啊？"我摇着头，嗓音都跟着发颤："你姐小命不保了，惹了黑道大佬的母亲，我估计我看不见明天的太阳了。"

蒋轩宇一脸正经："姐……要不你找那个梅总负荆请罪去吧……我上山给你撅几个带刺的木条子去。"

我伸手掐住他的耳朵："你个死白眼狼！"

晚上在宿舍休息，沈浩南一直未回酒店，不清楚他去看望天天以后，又去了哪里。他的那个家肯定是回不去了，若是回去住，沈浩南的父亲以及天天都会跟着遭连累。

我把自己蒙在被窝里，想给沈浩南发个消息，可编辑好了删除，删除了又编辑，就这样把自己折腾睡着。

也不知是半夜几点钟的时候，我被手机的振动吵醒，忙打开屏幕，黑暗中忽然出现的光亮让我的眼睛感到不适，缓了好一会儿，才看清楚上面的消息。

竟是尚云雅发来的："谢谢你帮我安顿了新住处，只是不知你为什么突然半夜让我离开这里？是出了什么事吗？"

我大脑一片空白，我何时交代过，要转移尚云雅养胎的住处？想来想去，也只可能是别人借我的名义，把尚云雅带走了！

我忙回复："你在哪儿？"

可那头再也没发来信息，我打电话过去，那头提示却是已关机！

我下床穿衣，给蒋轩宇打电话，我询问他是否知道尚云雅转移住处一事，他却一头雾水不知道我在说什么。

我想，定是蒋菲菲在操控这一切。

我和蒋轩宇碰了面，我们两个上了车。我给蒋菲菲打了电话，电话接通，那头的她仍旧在睡梦中。

我开口询问道："你把她带去哪儿了？"

那头的蒋菲菲声音酥软，伸了个懒腰过后，她装着傻："你在说什么呀？我怎么听不懂。"

第六十二章

电话里,蒋菲菲绝口不提尚云雅的事。我让蒋轩宇把车先开去月子会所,那头的蒋菲菲则继续跟我兜圈子:"怎么啦我的好姐姐,那个小三失踪了?那可是挺危险的,你说这大半夜的,怀着个球还到处乱跑,她也太儿戏了。"

我的手机开着外放,蒋轩宇听得一清二楚。他实在忍无可忍,一边打着方向盘,一边恶狠狠地冲话筒吼:"宫斗剧看多了吧你?你那舌头要是伸不直,干脆就别要,剁了算了!"

蒋菲菲哪是能容忍挑衅的主儿,她一句话就把蒋轩宇的士气给说没了:"蒋轩宇你别在我面前逞强装能人,别忘了你那根手指是怎么断的,我能断你一根手指,就能断你第二根!"

黑乎乎的车内,我明显看到蒋轩宇的那只手在微微颤抖,我想那应该是他童年的阴影。他似乎还想反骂回去,但一时间脑子被气得发昏,没组织好语言。

我开口道:"你的目的是什么?拿掉尚云雅肚子里的孩子,是吗?"

蒋菲菲继续跟我兜圈子:"你这话说得可是严重了,谁知道你是不是在录音,然后让我在警方那里有了杀人的嫌疑,再让警方来抓我?徐婉莹,你把裴江远送进监狱的那一套,玩得是高明,但你别想害我,我没裴江远那么蠢。"

我故作轻松地笑了笑。"现在觉得裴江远蠢了？当初也不知道是谁，故意往裴江远身上贴，结果贴完以后才发现，人家对你没兴趣。"那头的蒋菲菲刚要反驳，我开口便继续说下去，"然后你心里堵得慌啊，就想着下一个男人怎么也要找个更有钱的才是，接着你就看中了秦家骏，结果呢……人家秦家骏一条项链就给你打发了。"我刻意捏着嗓子说话，"我的好妹妹啊，你说你怎么就这么命苦呢？"

身旁的蒋轩宇憋不住地笑，眼下的这番对话，活脱脱的一场宫斗剧。其实我就是想激怒蒋菲菲，激怒她，她便会口不择言，便会露出马脚。

蒋菲菲扯破喉咙冲我大喊，我即刻把手机音量调小，她用各种卑劣的语言咒骂我，接着又去咒骂尚云雅："……还有那个骚货小三！你和她一样下贱！你们都是贱坯子，贱命一条！"

我笑着："小三？我说妹妹啊，你就算是没上过学，起码的逻辑总要有的吧？人家尚云雅怎么就是小三了？妈和爸都离婚十多年了，尚云雅不要家业不要名分地跟在爸身边，那可是自由恋爱，怎么就是小三了？说不准……哪天爸醒了，一开心把尚云雅接进了家门，你还要叫人一声'妈'呢！"

我把最后的那个"妈"字扬得高高的，我就是要刺激她，让她恼火，让她憎恶我和尚云雅，让她恨不得现在就杀了尚云雅，这样我才能知道尚云雅的下落。

蒋菲菲向来不是个能沉得住气的主儿，控制她的唯一方式，就是让她癫狂。

果然，蒋菲菲发了飙，一声声一阵阵，说我是白眼狼，说我白吃了徐家的饭，说我对不起母亲。

我知道刚刚的那番话对母亲是大不敬，可若不这样说，怕是什么信息都得不到。

眼下，我和蒋轩宇已经抵达尚云雅养胎的地方，我让他直接去联系院长和看护，看看能不能问出尚云雅去向的线索，我继续在车里跟蒋菲菲斗嘴，终于，她按捺不住说错了话："徐婉莹我告诉你，我会亲手撕了那个贱货小三，还有她肚子里的孩子！而你，我以后会慢慢折磨你，让你生不如死！"

我仔细听着她那头的动静，冷静着语调："所以你是承认，尚云雅在你手里了？"

蒋菲菲不再说话，她自知讲错了话，而那边寂静的环境下，我似乎听到了玻璃瓶撞击的清脆声。

电话被蒋菲菲强行挂断，再打过去已是无人接听。蒋轩宇跑回车内时，带来的信息也是有限："姐，问过了，都不知道去哪儿了。但是随从的护工说带走尚云雅的车子牌照末尾好像是468，她建议我们查一下那辆车。"

我急忙给院长发了消息，请求她帮我调监控，看看接走尚云雅的车是哪一辆。

我和蒋轩宇毫无头绪地坐在车内，车子绕着城区开。院长给我发来了视频截图。查到了车牌号，我必须即刻联系上这位司机，或是查到这辆车的行驶踪迹。

可想来想去，我不知道谁能帮得到我。蒋轩宇在身旁同我一起犯愁，忽然他脑子灵光一现："姐……要不你联系一下秦二爷？他黑白两道通吃，帮你查辆车，简直轻而易举。"

可我觉得不妥，我和秦家骏只是相识却不熟悉，贸然麻烦人家，实在无礼。我想来想去，也只能想到沈浩南。

我给沈浩南打了电话，电话里的他不知在哪个酒吧喝酒，声音嘈杂。他让我现在过去找他。

一路上，我的心七上八下。我以为沈浩南是故意买醉，不自觉中竟对他有了些小情绪。他不应该这么脆弱，更不应该这么容易被打倒，就算生活再难熬，也不至于去买醉。

车子停在了一家酒吧门口，酒吧倒是没我想象的那么乱，是家音乐酒吧，门外是一面大大的落地玻璃，里面闪瞎眼的舞台简直回到了20世纪80年代的迪厅，而舞台中央，正站着沈浩南的父亲。

蒋轩宇情不自禁地在门口扭动了起来，他笑呵呵地指着舞台上那个染了新发色并烫了头的老男人："姐，那个花里胡哨的糟老头可真够搞笑的。"

我偷笑："那是沈浩南的父亲，沈火火……"

蒋轩宇一脸诧异："什么火火？"

我刚想解释这个奇葩名字，身后，古灵精怪的沈天天举起手里的斧头气球就砸在了蒋轩宇的屁股上："沈火火，酒吧一条街的不老男神！沈火火，我最帅最酷的爷爷！"

我和蒋轩宇同时回过身，我看到了夜色下的沈浩南，他没喝醉，左手握着已经化掉的冰激凌，右手抱着两个玩具熊。

我心里的担忧此刻显得太过多余，我的确不该胡思乱想，他是个会处理自己情绪的人，他没那么糊涂。

我松了口气，笑容都跟着轻松："我还担心你来着，结果你们爷儿仨却在这里潇洒。"

沈浩南说了句让我心疼的话："这里是我的最后一片净土了。"

我似乎开始明白，沈浩南为什么那么痛恨梅慧红了。一个从未履行过母亲职责的人，妄想用自己的权势来控制儿子的一生；而养他伴他的父亲和孩子，却一直鼓励他，给他自由。

沈火火和沈天天的确是他最后的支撑。

沈浩南把冰激凌塞到了天天手中，接着把玩具熊递给了蒋轩宇，然后拍着我的肩膀："走吧，你不是有事要和我说吗？"

我们两个去了江边，夜路凉风，摇曳拂动的垂柳。我都不知道他从哪里变出了两瓶易拉罐啤酒，拉着我坐到石阶上。他砰的一声开了易拉罐递给我："渴了吧？"

我咕咚两口，忽然特别想同他享受当下这静谧时刻，只可惜尚云雅还在等着我去营救。

"你找我什么事？反正不是单纯的想我，对吧？"他侧过头靠近我，依旧是那股子自信满满的模样，眼睛里的光芒一点未减，看样子他已经调节好自己的情绪了。

我将手机里的照片给他看："我想查这辆车的行踪，我的朋友被这辆车带走了。"

沈浩南的语气里带着几分为难："你知道我现在的处境，和梅总闹翻，又和我哥吵了一架。"

我理解道："没关系，我也只是问问你，我知道这很难。"

他默默地望着我的眼："其实也只有我能帮你，否则你不会大半夜来找我。"他正回身子，双手支撑在身后，随手抓过一颗石子，抛了出去，随后说道："我还以为你是想我了呢，一晚上都没收到你的消息，结果刚窃喜，却是因为你有急事。"

我对着江面发呆，心里乱成一团麻。我似乎已经习惯了他无时无刻不在的挑逗，而这样的挑逗，我总是分不清真假。他是认真的吗，还是只是逢场作戏？

我也扔了一颗石子，说："你说得没错，只有你能帮我，我认识的所有朋友里，你是最神通广大的。"

沈浩南低头笑了笑："好，那我就为你破次例，这件事我哥能帮上忙，虽然几个小时前，我刚和他闹僵。"

他就这样把电话打给了秦家骏，也就这样和秦家骏和好了。秦家骏答应会帮忙，但要明天才行，他会联系警局的朋友，查查这辆车的踪迹。

事情轻而易举被搞定，我的心也跟着放松。甚至，我很想去酒吧里畅饮几杯，听听沈火火老爷子的歌声。

我和沈浩南一前一后往酒吧走去，临过马路时，沈浩南忽然在身后叫住了我。只是我右手边很快驶过来一辆货车，我快跑几步，站到了对面，和他隔着马路相望。

我冲他招手："你快过来啊！"

他单手插兜站在原地，另一只手指了指我头顶的那棵树，我仰头看过去才发现，那里竟然有红绿灯。

我猛然一拍脑门，刚刚我还真是命大。

沈浩南在对面冲我笑，我们两个之间的距离只有几步远，而忽然间，江边的那些路灯统统熄灭，好似是到了这座城市集体休息的时间，除了马路边间隔过远的几盏路灯外，其他的装饰灯都灭了。我打了个寒战，他在对面冲我喊："害怕吗？"

我喊了回去："当然不怕！你害怕吗？"

我也不知道我为什么要问他怕不怕这种话，感觉问得很白痴很多余，但好似，我并不想让他的话就那么落在地面没回应。

沈浩南继续在那头冲我说道："我问你个问题，你之前为什么拒绝韩斌？是因为他幼稚吗？"

我在脑子里仔细思考这个问题，思考之余，沈浩南已经站到了我面前。他像个百宝箱一样，从裤兜里掏出个夜光手镯，就是观看演唱会人手一个的那种小玩具，他把那手镯扣在了我的手腕上，默默等待我的回答。

黑乎乎的夜，紫色的夜光显得格外耀眼。关于我为什么拒绝韩斌，我似乎有无数个理由，可任何一个理由都不足以佐证我的拒绝，最后也只得出了一个结论。

我抬起头："因为不喜欢啊。"

沈浩南靠在树上："不喜欢他什么？总要有个……最致命的缺点吧？"

我脑子里闪过了很多字眼，但我在看到沈浩南略显忧愁的侧脸时，心里即刻有了答案："可能是因为他太听妈妈的话了。"

沈浩南郑重地看着我，我也郑重地接住了他的目光。其实我知道他现在最惧怕的是什么，我也感觉到他正在逃避他所惧怕的东西。

逃避是人的本性，即便是在优秀的沈浩南身上，也不可避免。

我想我刚刚的那句话戳进了他的心窝，他忽然咧嘴一笑："你说话还真是一针见血,而且还有点旁敲侧击。"

我笑道:"一针见血我承认,但是旁敲侧击的前提,是需要你对号入座。"

沈浩南再次笑出了声,他摸了摸我的额头,我被他突然的肢体触碰搞丢了魂。他拉过我的手腕:"败给你了!进去喝两杯吧,这家店是我爸开的,今晚会非常热闹。"

当我踏进这家店以后,看到的是哭笑不得的事:蒋轩宇已经头戴花环,跟沈浩南的父亲沈火火在舞台上热舞了起来;另一边的沈天天则搭讪上了旁桌的两个漂亮姐姐,又是耍宝又是撒娇。

沈浩南从吧台拿了两杯调制好的鸡尾酒,只可惜酒杯还没落桌,店门口的玻璃忽然被什么重物砸碎。玻璃碎片飞到了我的脚边,店里的人吓得四处乱窜。

完全碎裂的玻璃大门外走进来几个身穿制服的男人,店被查封了,理由假得可笑,说这里有不法交易。

沈火火被人带走,沈浩南一通电话打到了梅慧红那里。我想真相已经明了,是梅慧红找了沈火火的麻烦,目的就是惹恼沈浩南。

沈浩南白天在摄像头前上演了那一幕,梅慧红晚上就让他们以十倍的代价还了回来。而这母子俩的斗争,才刚刚开始。

沈浩南的日子注定不能安生了,以至于第二天秦家骏帮我查到线索后都是秦家骏自己联络的我。他本来是打算联系沈浩南,沈浩南却在警局配合调查,抽不开身。

秦家骏没有帮我查到车子的最终去向,因为某些路段没有监控,实在无迹可循,但他帮我查到了车主的电话和住处,只是这宝贵的信息,他并没有直接给到我手中,而是让我亲自去他家里取。

我不知他葫芦里卖的什么药,一想到他是赌场老大,我又不禁毛骨悚然。可这信息,是必须要拿到的。

第六十三章

我和秦家骏的见面时间定在了下午两点。似乎优秀的人作息都很规律，听闻他就是个习惯早起的人，每天早上五点起床晨跑，六点归家处理公务，八点去公司，一直忙到中午十二点。我忽然有点好奇，他下午的时间都在做什么，难不成是在家充电？

秦家骏给我发来的消息只有短短几个字，上面是一处别墅园区的地址，比沈浩南的住处更高级了些。

我开车前往，一路忐忑，我搞不懂他为什么一定要当面将信息交给我，而且地点是他家。我想这事沈浩南应该并不知晓，我也不打算烦扰他，让他为我去向秦家骏求情已经够麻烦了，现如今他人在警局处理沈火火酒吧一事，定是心烦意乱。

车程一个小时，途中我去商场买了上次的那种游戏卡，想着之前的人情总要归还才是。

一到别墅园区，报了姓名和门牌号，保安放我进入。秦家骏的家是三层的别墅，二层每面都是一大扇的落地窗，院子里种着花花草草，竟还有秋千和玩具。

我一时蒙住，难不成秦家骏也有孩子？此前听说他未婚，没有女朋友，可这院子里的秋千，也未免太孩子气了点。

家嫂帮我开了门，她的手里正拿着个玩具小汽车，她一边擦玩具车上的污渍，一边道："徐小姐吧？"

我点点头。家嫂指了指里侧一间敞开门的屋子，那屋子通亮，似乎很大，我隐约瞧见了秦家骏的背影。

我朝着房间门口靠近，看到秦家骏穿着一身深灰色男士真丝睡衣坐在门口地毯上，壮挺的背脊肌肉线条清晰，他低头摆弄着手里的平板电脑，专心致志。放眼望去，这间屋子像是儿童的玩具房，但又像是大人的卧室，床上摆着一套男士衬衫和裤子，那风格并不像是秦家骏的。

我刚要开口，家嫂替我小声道："秦先生，客人到啦。"

秦家骏回过头，脸上的笑容自然袒露："你到得刚刚好，帮我弄一下这个，怎么下载？"他把平板电脑递给我，上面竟是电影动画，他要下载到平板电脑里。

我帮忙操作。重新递给他时，他站起了身："徐小姐去大厅坐吧。"

我跟随他去了大厅，坐在了沙发一侧。他帮我倒了茶水，慢慢地品茶："浩南那边还好吗？"我摇头："状况似乎不太乐观。"

他忽然笑了笑："说了别和梅慧红作对，他非不听。"秦家骏从茶几的抽屉里拿出了一张折叠的信纸，推到我面前："徐小姐最近也不清闲吧？麻烦也不少。"

我苦笑两声，刚准备去接那信纸，他忽然将食指压在信纸上，温和的眼神里带着几分犀利："徐小姐知道我为什么叫你来家里吗？"

我摇摇头。而这时，浴室那边走出来一个身材消瘦的男人，男人佝偻着背脊，身上裹着浴巾，头上戴着海绵宝宝的浴帽，脖子微微向前探，脑袋歪斜。他抱着臂膀四处看，另一边的家嫂忙跑上前："快回房间！大厅里空调太足了，别吹感冒了。"

男人被家嫂拉着进了房间，走路的途中还时不时回头冲我这边傻笑。男人看上去快四十岁的样子，但种种迹象表明，他并不是个拥有正常心智的男人。

我心里一紧，忽然明白了院落里的秋千，以及刚刚那间儿童房到底是怎么回事。

儿童房的房门被关合的一刻，秦家骏忽然开口："徐小姐是不是特别好奇……刚刚那个看上去不太正常的中年男人？"

我没敢开口说话，就那么默默看着他，等待答案。

秦家骏已经将杯子里的茶喝完，他倒了第二杯，小抿一口，继而抬头看向我："你可以猜一猜。"

我胆怯地说道："是你的家人……"

他眼眉微挑。"嗯，猜得还挺准。"他放下茶杯，目光深邃，"刚刚那个人叫康平，是我和沈浩南的大哥，是梅总的大儿子。不过……"他指了指自己太阳穴的位置。"你也看到了，他这里不太正常。屋子里的那些玩具都是他的，他的智商，大概只有五六岁孩子的水平。"

我嗓音都跟着颤抖："是先天的吗？"

他摇头。

我一时不知应该说些什么，秦家骏却冲着我笑了笑："你脸色好像很不好。"我急忙摇头："不是……我只是觉得很可惜，我刚刚还以为，你家里是不是有个孩子，没想到是你的哥哥……抱歉……"

秦家骏坐直了身子："不用抱歉，我今天让你来，就是为了让你看看这个哥哥。"

我疑惑不解，秦家骏忽然讲起了故事："我母亲梅慧红，也就是你们口中的梅总，她一共有三个儿子，康平就是她与第一任丈夫的儿子。"

我目光注视着他，他继续道："母亲的第一任丈夫不是善人，是个殴打妻儿的酒鬼，后来出轨加酗酒导致了离婚。离婚后，母亲带着康平嫁给了我父亲。我的父亲是个商人，听说是个好人，可惜父亲命不长，在我刚出生的时候就离世了。死因是康平在父亲平日吃的中药里，弄进去了毒害老鼠的药。父亲死得很冤，也很难看。那时候所有人都不相信父亲是被康平害死的，他们说一个孩子不可能这么恶毒，都说是我母亲弄死了父亲，说母亲是潘金莲。"

秦家骏忽然无奈笑笑，看着我说："如果是你，你觉得会是谁下的毒？"

我猛烈摇头。秦家骏继续道："母亲百口莫辩，就这么背了黑锅，进监狱蹲了半年。不过半年后有人帮母亲平了冤，母亲出狱，拿回了父亲的遗产，只是……她出狱的第一件事，就是把康平打了个半死。"秦家骏深吸了一口气，他再一次指了指太阳穴的位置："他就是这么变成这样的。"

秦家骏向着大哥康平的卧室望了过去，房间里传来康平傻乎乎的笑声。我开了口："大哥为什么要投毒？"

秦家骏想了想，似乎不想说，但还是开了口："在我的记忆里，我对父亲是没有印象的，也是隔了很多年以后我通过母亲才知道，父亲当初在外面还有其他女人。大哥……或许是出于痛恨吧。"

我问他："那你不恨大哥吗？"

秦家骏摇头："不恨。"

其实我不太能理解，秦家骏和康平是同母异父的兄弟，康平害死了秦家骏的亲生父亲，秦家骏不但不恨，还把大哥当亲人，一个连梅慧红都放弃的儿子，他却带在身边照顾。我想，这个故事里，或许还有更多隐藏的秘密。

只是，不管那些秘密是什么，秦家骏能开口讲出他的家庭恩怨，已经让我惊讶万分。特别是梅慧红亲手打傻了康平那一段，让我毛骨悚然。

我一时不好开口。秦家骏说道："我想你应该了解梅总的脾性，她是一个连自己的亲生儿子都可以下手的人，更别提其他的拦路者。我刚刚给你讲的这个故事，你应该都听明白了吧？"

直到这一刻我才明白，原来秦家骏是在用康平的事来逼退我，他仍旧在阻隔我和沈浩南之间的关系。

莫名地，我的心情更加沉重。秦家骏将那张信纸向我推近了些："梅家的恩怨，远比你想象的复杂得多，他沈浩南都应付不来，何况你这个小女孩儿？有些人虽然出生便含着金汤匙，但这金汤匙不是你想甩就甩得掉的。徐小姐不像贪图钱财之人，应该会有自己的判断。所以我今天给徐小姐讲的这个故事，你全当听了个八卦，真真假假别细琢磨，也别讲出去。具体这故事表达了什么，我想徐小姐明白。"

我懂，我当然懂，秦家骏的意思太明显了，他就是想让我远离沈浩南，别蹚浑水，梅家的恩怨我应付不来，别到时候落个跟康平一样的下场。

我后脑勺一阵发麻，感觉入了虎穴。今天这一行分明就是来领生死状的，生生死死全靠我自己的决定。

秦家骏把狠话说得圆滑，我如坐针毡。

我准备同秦家骏道别，两腿发软地走到家门口时，才想起还有礼物没交给秦家骏，我忙递给他礼物盒子："这是上次的那个游戏卡，你应该是买给大哥玩的吧……"

秦家骏收下礼物："我替大哥谢谢你。"

我点头哈腰，两步走下台阶，慌忙地上了自己的车。只是，车子好像同我一起担惊受怕了起来，竟在这个关键时刻掉了链子，抛锚了！

我连着拍打方向盘，恨不得现在变出来两个飞机翅膀，赶紧从这个地方飞出去，可几次启动都不成功。

秦家骏站在家门口看了我好一会儿后，站到了我的车窗边："车子出问题了吧？"

我尴尬地点点头，他隔着车窗冲我摆手："下来吧，我送你。"

百般无奈，我只得坐秦家骏的车出去，本想着出了别墅园区我自己打车走，可他的意思似乎是要送我去信纸上的地址。

我本以为，信纸上的消息是那个车牌尾号468车主的联系方式和家庭住址，结果打开信纸才知道，竟是尚云雅失踪当日车子的停靠地。

我捏着信纸对秦家骏说道："秦先生你把我放在路口就行了。"

秦家骏没理会我说的话，他瞥了一眼信纸："那辆车的车主远在外地，显然车子不是他开的。我查到的是车子的最后停靠地点，那车现在应该还在那里。我估计，你要找的人，就在那个地方。"

信纸上的地点，是一家医美整形机构，我想不明白蒋菲菲把尚云雅接到这种地方是为了什么。"我直接送你去这个地方，你一个小孩儿单枪匹马去寻路，怕是会吃亏，我就当帮忙帮到底。"他转头看向我，"所以也希望徐小姐，能好好考虑我今天给你讲的那个故事。"

　　我茫然点头，心里慌乱之时，手机同时收到了两条消息，一条是蒋菲菲发来的，另一条是梁小梅的。

　　蒋菲菲："我知道你现在正到处查我，我警告你不要逼我，逼急我对谁都没好处！"

　　梁小梅："婉莹姐，你什么时候有空！我想和你聊聊。"

第六十四章

秦家骏开车前往整形医院的路上,我给蒋菲菲打了电话,她连着挂了我四通电话,我继续打过去第五通。

蒋菲菲无可奈何地接听。"有意思吗徐婉莹?绞尽脑汁地激怒我,就为了得到尚云雅的下落,你为尚云雅这么卖命,她领你情吗?"她扬着语调:"要不说我还忘了,当初你插在我和尚云雅之间做着墙头草,两头瞒地把父亲的房产过户给了母亲,我后来才想明白,你压根就是想一点点把父亲的家业都搞走!你还真是居心叵测啊,仗着父亲母亲不是夫妻关系,所有的资产都往母亲名下放。怎么,你觉得母亲最后会把这些资产都过继给你?"她咬牙切齿:"做梦!我才是亲生女儿!你算个什么东西?徐家就是穷得只剩一粒米,也没你的份儿!"

蒋菲菲的声音越来越大,以至于我不得不把话筒搁得远一些。我想正在开车的秦家骏一定听到了蒋菲菲的话,听到了我的诡计多端,更听到了蒋菲菲的歇斯底里。

我不想在秦家骏面前丢脸,即刻转了话题:"你折磨一个孕妇对你有什么好处?她没几个月就要生了,如果搞出人命,你来负责吗?"

蒋菲菲这次学聪明了:"徐婉莹,还想从我这儿套话是吗?我让你坑了一次,还能让你坑第二次?呵,笑话!"

"嘟嘟嘟……"

电话被挂断,我对着黑下去的手机屏幕发呆,心脏怦怦跳,又是恨又是恼火。秦家骏侧头瞧了我一眼:"刚刚和你通话的是蒋菲菲?看不出来她本性这么狂野。"我附和着苦笑两声。秦家骏意味深长:"你也没有我表面上看到的那么简单。"我侧头迎上他的眼,他正回了身子,示意前方:"我们到了。"

果然是一家整形医院,有没有资质不清楚,四层高的独栋建筑,看上去还算高端。

我伸手去拉车门,秦家骏拦住了我:"就这么直接下去吗,不怕打草惊蛇?"

我回了神,才察觉自己的大脑竟一片空白。我只想着营救尚云雅,却没考虑如何营救。就这么单枪匹马去要人吗?万一尚云雅现在正处在水深火热之中,我怕是会火上浇油。蒋菲菲又一个字都不肯透漏,看样子此前愚钝的她,现在也开始学聪明了。她开始变聪明,就代表尚云雅处境不妙。

我缩回了拉车门的手,一动不动地发着呆,脑子里想着各种办法。秦家骏一边解开安全带,一边察看外面的状况。他拿出钱包,抽出几张百元钞票,问道:"你手里有现金吗?"

我点着头,把钱包里剩下的六张红钞都拿了出来。秦家骏把钞票放到一起,打开车窗,冲着店门口蹲在台阶上玩手机的小护士打了招呼:"小姑娘,我想咨询点事。"

小护士走下台阶,眼睛被头顶的烈日灼得半眯着眼。秦家骏上下打量了她一眼,开口确认:"你是这里的员工?"

小护士点了点自己胸前的名牌:"对!请问您有什么事?是要咨询整形相关的事吗?您可以去里面谈。"

秦家骏抽出五张红钞递给了小护士:"我想麻烦你帮我查个客人,她就在你们这里住院。看看在哪个房间就好,但要帮我保密。打听好以后,来我这儿拿剩下的。"秦家骏甩了甩剩下的五张红钞。小护士看红了眼,先拿了五张红钞后，问了名字就上了楼。

小护士一走，我心惊胆战："她信得过吗？"秦家骏一点不担忧："胸牌写的实习护士，不是固定职工，一定不是绑架事件的知情者；鞋子是仿款，在我拿出钱的一刻她眼神都变亮了，一看便是能用钱收买的人。"

我疑惑道："万一看错了呢？万一……她把我们打听尚云雅的事捅出去呢？"

秦家骏笑笑："你是在质疑我的眼光？"我忙摇头。他继续道："能用钱收买的人，基本都好办事，我也最喜欢这样的人。"

我们静候在车内，十分钟后，小护士跑了出来，手里递了个纸条给秦家骏，急匆匆地说："房间门被锁上了，但里面绝对是您那个姓尚的朋友。"

秦家骏把纸条给了我，上面是房间号。他把剩下的五百块给了小护士，小护士却恋恋不舍："您还有什么需要我帮忙的吗？"

果真，秦家骏看人的眼光还真准。他侧头冲我说道："收个眼线，对你应该有帮助。"

我将手机微信二维码调了出来，递给小护士："你加我吧，但千万别让第二个人知道。"

"好的，没问题！"小护士兴冲冲地扫了码，秦家骏发动了车子，我们离开了整形医院。

一路上，小护士的消息发得频繁："姐姐你还需要我调查什么？还有，我帮你的忙，你给我多少好处？"

我心怦怦怦地跳，反复问秦家骏："秦先生，这个小护士会不会出卖我啊……"

秦家骏转着方向盘，像是安慰小孩儿一样："你好处给到位，她就会一直忠心耿耿。"

不愧是混迹江湖的人，他的那双眼，随随便便就能将人看穿，并能迅速把对方归入某一类。不知不觉中，我总觉得他身上有很多与沈浩南重合的地方。

我不禁开口:"秦先生,我觉得你和沈浩南很相像,特别是在某些事的处理方式上。"

他随意地点点头:"他从小便跟在我身后,相像很正常。"

秦家骏把我送回了酒店,临告别前,我还是不免担忧了一下沈浩南:"秦先生……沈浩南那边……"

他似乎已经没了回答我的兴趣:"这个问题,我们今天不是已经探讨过了吗?"他发动车子要离开,我站在车旁急忙开口:"我知道,其实只要沈浩南娶了庄妍,所有的事情都会迎刃而解,可娶一个自己不爱的人,会不会太痛苦了?"

秦家骏略显好奇地靠在了车窗边:"你爱上沈浩南了?"我语塞。

他又问:"沈浩南爱你吗?"我再次语塞。

我同沈浩南之间,从未认真地问过彼此这个问题,一个一直试探,一个一直怀疑。

秦家骏开口:"年轻人有新鲜感可以理解,不过我不认为一时头脑发热的感情会持续十年甚至几十年,人还是务实些好。"

我心里焦躁:"秦先生就没谈过恋爱吗?秦先生能接受自己不喜欢的女人做妻子吗?"

他想了想,回答得坦然:"我还真没对哪个女人动心过,所有女人在我眼里都一样,一样单纯,也一样唯利是图。结婚这种事,权衡利弊就好。"

他的车子缓缓开动:"我还有事,先走了。"

秦家骏离开,我的脑子却如同被轰炸一般,没办法接受他的爱情观,更没办法认同他所谓的"权衡利弊"。小猫小狗都有感情,难道他没有吗?

回酒店时,整形医院的小护士给我拍了一张照片,照片里是医院的三楼走廊,一个穿着红裙子的女人在走廊里。小护士发来一段话:"这个女的姓蒋,一直在这间病房里进进出出,里面我进不去,你要是想打听里面的事，我只能晚上找机会。"

那背影是蒋菲菲无疑。我必须尽快把尚云雅解救出来。可只要蒋菲菲在，我做什么都是徒劳。

想来想去，也只有一个办法。

我即刻联系了张经理，针对豪森酒店查账一事，张经理终于松了口，他同意了第三方的介入，也同意了召开临时会议，监控蒋菲菲。

本来蒋菲菲的手机是打不通的，可当我把决定文件发到她手机上，二十分钟后，她直接出现在我面前。

她将包包甩进了沙发里，看着办公桌前的我，以及站在窗口的张经理，说道："你们这是联合起来一起针对我了？我说了我没做假账！现在你们把外面的什么机构弄进了公司，不就是来打我的脸吗？"

我推着账目表给她看："豪森的工资都快开不出来了，你跟我说你没问题？我是不是提前告诉过你，让你整顿内部事务？可你不听，现在事情闹大了，你却反过来咬我！"

蒋菲菲继续耍着无赖："你们随便查，爱怎么查怎么查，我不奉陪！"

她扭头要走，早早守在门外的蒋轩宇忽然出现，挡在她面前。蒋菲菲回过头："你们什么意思？"

张经理连续叹气："菲菲，你是豪森的负责人，从这一刻起，你不能离开公司半步，你必须接受监视和调查。"

蒋菲菲指着张经理鼻头大骂："你们这是污蔑！凭什么监禁我？你们有什么资格？"

张经理气得脸色通红："你怎么就一点责任心都没有？公司财务出了这么大的问题，你不闻不问还不配合，你知道偷税漏税会有什么下场吗？你知道资金链断裂会引发多大的连锁反应吗？你爸还在病床上呢，他还没死呢，你就把豪森给玩死了！现在不让第三方机构介入，那你就等着法院的人来接你蹲监狱！"

张经理的一席话，把蒋菲菲说怕了。其实我一开始就担忧，事情会发展到不可挽回的地步。之前我笃定地认为，是蒋菲菲在账目上做了手脚，可看着她那副不太懂法的模样，我又觉得她是不是被什么人给蒙骗了。总之，豪森的账一定要查，蒋菲菲也必须寸步不离地待在公司配合调查，而我要利用蒋菲菲不在场的时间，带走尚云雅。

一个小时后，我们一行人去了豪森，机构的人已经等在了休息室。工作开始后，蒋菲菲要全程观看。蒋轩宇像是押犯人一样待在蒋菲菲身边，蒋菲菲时不时地低头摆弄手机，蒋轩宇想偷看，却被蒋菲菲用手指戳了眼睛。

蒋轩宇被她戳得眼泪一直流，哭丧着脸站到我身后，鼻音都出来了："姐，让揍人不？我想抽她！你看她把我戳的。"

我哭笑不得，推着他："你就看着点，别让她跑了就行。"

这时，小护士给我发来了消息："刚刚那个房间里清理出来了一些垃圾，我去后院垃圾桶翻了一下，发现了奇怪的注射药剂，不是常见的玻尿酸、肉毒素，都是外文，我不知道是什么东西。"

我低头回复："能麻烦你拍一下药瓶吗？"

回完消息，我头皮发麻地站在会议桌旁继续盯着蒋菲菲。这时，张经理一脸沉重地绕到我身后，在我耳边嘟囔着："财务经理联系不上了，他一定和这事有关系，但我估计他已经跑了……"

财务经理一跑，这事儿也就八九不离十了，想必他吞了酒店不少的油水。而蒋菲菲，作为史上最糊涂的酒店管理人，怕是要为这个财务经理擦屁股了。

我拉着张经理走出了会议室："张经理，蒋菲菲这边还不能走，要让那些人查出具体损失了多少。你现在去报案，想办法把财务经理抓回来。"

张经理愁眉苦脸，脸上的失望看得人难受。"若是你父亲醒不过来了，怕是这徐家会毁在蒋菲菲的手里。"他不断地摇头："真是作孽！"

张经理离开后,我转身要回会议室,可刚一转身,就撞上了冲出来的蒋菲菲。蒋菲菲的手臂被蒋轩宇扯得一片红印子,她举着手机冲我嘶喊:"你竟然在整形医院安排了眼线?徐婉莹,你还跟我玩起地下战了!"她狰狞着,冲电话嘶吼:"把那个护士一起关起来!没有我的电话不许放她!"

第六十五章

当蒋菲菲张牙舞爪地站在我面前，斥责我在整形医院安排了眼线，这一刻，我好似被捉奸在床，百口莫辩。

不过几秒钟的间隔，小护士竟就让人抓了包，担心的事就这么发生了，而且发生得如此突然。

我心里早已慌乱到不行，本来小护士提及的药剂一事就够让人头疼惧怕，现如今又被抓了现行，尚云雅和小护士都成了网中鱼。事情没有朝着好的方向发展，反而越来越糟糕。

我心里清楚，此时此刻，势必要和蒋菲菲撕破脸。

蒋轩宇的手臂被蒋菲菲划伤了好几道，这会儿她又回手冲蒋轩宇挥了一拳："放开我！"

蒋菲菲站到我面前对我怒目而视，用尽所有恨意地对我喊道："徐婉莹，你什么意思，收买个护士来搞我？你觉得尚云雅那么大个人，能被你的眼线带出去？你是疯了，还是想找死？"

我静静地看着她，眼前的她犹如一头恶兽，理智全无。

我强迫自己冷静地开了口："放了尚云雅和那个护士，别把事情做绝。"

蒋菲菲伸着食指连续戳着我的胸口："徐婉莹，你以为你是谁？"

我的身体被迫向后退。蒋轩宇在一旁嘶喊："我警告你别动手！"

我提醒着蒋菲菲："你不要搞出人命！"

蒋菲菲冷笑："现在有人死吗？谁死了？"

我再次提醒："至少那孩子是无辜的。"

蒋菲菲指着自己："那我就不是无辜的？我被抱错二十多年，吃了二十多年的苦。而她尚云雅，靠着在床上讨好父亲，现在怀了野种，还想吞掉父亲的家业，你说到底谁无辜，到底谁最厚颜无耻？"

我明白蒋菲菲的怨恨，也明白她骨子里的恶毒，更明白她对前二十多年人生的痛恨与不满。且不说她的三观有多偏，若是我被抱错了二十多年，我也会心态失衡。

可即便是这样，这也不是她为非作歹的借口。

我强忍着心里的惧怕："你恨尚云雅，恨她肚子里的孩子，我都理解。但你别走火入魔，若是尚云雅的孩子有个三长两短，谁都担不起这个责任。我的确在那家整形医院安排了眼线，但我只是想护她孩子周全，不希望你把事情闹大。若是真出了事，你非法拘禁是小，人命是大。"

蒋菲菲讪笑。"怎么，还想报警抓我？少拿什么非法拘禁吓唬我，当时我派人把尚云雅接来的时候，是她自己上了我的车，她还傻乎乎地以为是你派人去的呢！我拘禁她了吗？"她摊手，"没有吧，我好吃好喝地伺候着，怎么就拘禁了？"

我实在忍无可忍，拿起手机威胁他："你要是继续这么执迷不悟，那我们报警解决，你到底是否违法，让警察来说。还有，你在整形医院给尚云雅注射的药物，也会被一起查出来。"

蒋菲菲的眼睛蓦然一闪："哟，看来你的那个眼线还挺会编故事的嘛，不去做间谍真是可惜了！那她亲眼看到我给尚云雅打针了吗？有证据吗？我从头到尾都在酒店配合机构查账，我去哪里给她打针？再说，你说的什么针不针的，难道是退烧的屁股针？"蒋菲菲轻蔑地笑着挑衅，忽然，她朝着我靠近，声音尖锐地威胁我："你别忘了，当初你把父亲名下的房产过户给母亲的时候，你做的可是违法勾当。父亲不是精神病患者，更没死！你若是想搞垮我，那我总要拉个垫背才是。要死，咱们一起死！"

说着，蒋菲菲拿起了自己的手机，她同样按下了110三个数字，举到我面前："要不要同时报警，看看警察先抓谁！"

我怎么都想不到，有朝一日，我和蒋菲菲会各自抓握彼此的把柄，以死相逼。我们都违法了，我们都会被拉进监狱，但只要手里的电话不按下去，便什么事都不会发生。

我倏然胃里一阵翻涌，觉得自己恶心，觉得自己肮脏。我竟会和她沦为一类人，我竟会被我最痛恶的蒋菲菲威胁。心里的支撑瞬间消失殆尽，一切都坍塌了，包括长久以来我珍藏在心里的那份信念。那种粉身碎骨被践踏的感觉，那种惧怕被揭穿的懦弱，让我深深地鄙视自己。

脑子空白之际，蒋轩宇从身后夺走了我的手机，他握着手机指着蒋菲菲："你少威胁人！你想报警自投罗网，那你就去！就算你背着炸药包去炸酒店炸尚云雅都没人管你！你就是个看不得别人比你好的烂货！"

蒋菲菲顺势收回了手机，她没理会蒋轩宇，眼睛直直地盯着我："既然你不报警，那我也不报，你想从我这里带走尚云雅，那要看你用什么跟我换。反正你给我记好了，你我都不是清白人，大家都一样！"

蒋菲菲转身进了会议室，她倒是没有离开酒店，毕竟要配合机构调查，她也怕再惹出什么麻烦。

蒋轩宇陪我站在走廊一侧，他双手抓着我的肩膀，不停地安慰："姐，没事了。姐，我带你去休息好不？"

蒋轩宇拉着我往办公室走，途经消防栓的镜面门，我才发现自己已经苍白了脸。

我终究是没有自己以为的那么强大，也终于意识到，自己的这双手，不知不觉中沾染了太多脏东西。

回了办公室，蒋轩宇把门反锁，他给我倒水拿巧克力，担忧着我的情绪。他一边掰开大块巧克力往我嘴边喂，一边道："姐你别怕，蒋菲菲她就是个欺软怕硬的狗杂种！小时候她偷邻居家的口红，为了不让我揭穿，她就把人家家里的玻璃弹珠偷出来给我玩，然后转头就说弹珠是我偷的。还警告我，如果我把她偷口红的事说出去，她就去说弹珠的事。"他拍着我的头："姐你别怕，她这招我都快看腻了，她压根就不敢报警，你别担心。而且弟弟我相信你，就算你真做了违法的事，我也站在你这边支持你。"

蒋轩宇蹲在我身旁安慰我的这一刻，我蓦然感觉到了来自血缘的强大力量，那种血液里被注入信任和生命力的充实感，让人无法形容。

我忽然觉得，蒋轩宇比我纯粹得多，他的世界里只有喜欢和不喜欢两个选项。喜欢，他就奋不顾身；不喜欢，他就猛力踢飞。我很想保护这样一个简单的他，即便现在是他在保护我。

我笑了笑，掩饰心里的不安："没事了，你别担心。"

蒋轩宇松了口气。"那就行。"他站起身，"尚云雅那边我去给你盯着吧。"

我摇头："暂时不要冒险了，小护士现在和尚云雅关在一起，多一人，多一双眼，也多了一些风险，我估计蒋菲菲不敢轻举妄动，她也担心事情变复杂，否则她刚刚明明可以不配合调查强行离开酒店，但她还是回了会议室。"

蒋轩宇疑惑："她是在担心查账查出问题吗？所以酒店的账目出现漏洞，是她的责任？"

我摇头："我想她现在应该是不想惹麻烦，要想自证清白，必须留下来好好配合调查。如若账目的事是她所为，她一定会心虚离开这里另想办法，就像那个已经跑路的财务经理一样……"

蒋轩宇大惊："财务经理跑了？他……贪了多少啊……"

我摇头："这要等张经理那边的消息了，他已经去报案了。"

"怪不得蒋菲菲会留下调查，她要是现在跑了，事情可就说不清了。"

我拿出手机，试着给尚云雅发了信息，依旧没人回复，小护士的微信也没反应。不过两分钟后，小护士给我打来了语音电话。

我急忙接听，小护士的声音很不对劲："不好意思啊姐，我刚被发现了，现在被副院长带到办公室问话了。我全都招了，给你打完电话咱们就互删吧，不好意思啊！"

听到小护士没事，我倒是安了心："你没事就好，她们没刁难你吧？我那个朋友怎么样了？她还好吗？"

小护士明显不好开口讲话："就这样啊，我挂了，一会儿我直接就把你删除了。"

我还没开口，她那边已经挂断了语音电话，而我再打过去，提示我已经不是对方的好友。

本来落下的心又重新悬起。蒋轩宇不停安慰："你别担心了，只要那护士没事就行了，护士的语气也不是特别紧张，所以尚云雅肯定没危险，别担心了姐。"

虽然可以暂时放心尚云雅的安危，可小护士告知我的那个注射药剂，依旧像块石头一样堵在我的胸口。蒋菲菲到底有没有派人给尚云雅注射药物？注射的又是什么药物？

十多分钟后，我情绪渐缓，办公室房门却被敲开，梁小梅不请自来。

蒋轩宇邀请小梅入座，他端茶倒水。

小梅的穿着比之前洋气了不少，明显是刻意打扮过，脸上的疤痕被厚厚的粉底遮盖，脸色还算不错，只是那眼神略显疲惫。

蒋轩宇夸着小梅最近变漂亮了。我询问她的来意："怎么不提前发个消息，万一我不在酒店呢？"

小梅温柔道："你一直没时间，上次给你发消息，你也说等有空再聚。我知道你和韩斌一样，都特别忙，所以只能主动来敲门了。"

看样子，小梅想见我的心情很迫切，且多半和韩斌有关。

蒋轩宇在一旁调侃："咋的，跟我斌哥闹矛盾了？急着要来找我姐给你排忧解难？"

小梅微低着额头，眼神扫着地面："韩斌连续两晚没回家了，一直说有应酬，我总觉得他外面有人了。"

蒋轩宇愣愣地看了我一眼，哭笑不得："不是吧……你这也太疑神疑鬼了，韩斌的为人你不了解？那可是我认识的所有男人里最有原则的一个！你可别胡思乱想了，你们女人就是爱瞎猜，猜着猜着就家破人亡了。"

我瞪了蒋轩宇一眼："你歇会儿去。"

蒋轩宇耸着肩："姐你才应该多歇会儿，都啥样了，还在这儿处理别人的家务事。"

小梅不理会蒋轩宇，继续冲我道："婉莹姐，我想求你去劝劝韩斌，虽然厂子要拼，但也别冷落了这个家。每次他回家我看他手机，他都把聊天记录全部删除，手机里什么都没有，我问他，他还说我不要想太多。我真的要被折磨疯了。"

我想小梅此刻一定在经受着心理上的折磨，她焦急的目光里，满满都是求救信号。

蒋轩宇又一次忍不住张了嘴："我说你没事看人家手机干吗？肯定是你总查手机，他怕你生气，所以提前都给删除了。"

小梅反驳他："他要是没做亏心事，删除聊天记录做什么？"

小梅和蒋轩宇你一言我一语地争论，我的手机在这时收到了消息，是沈浩南："我父亲的事刚解决，晚点我去找你。"

我快速回复："刚好我也遇到了点麻烦，想请教你。"

他倒是还有心情调侃："我就说你离不开我。"

第六十六章

办公室内,小梅的倾诉还在继续,她的苦水越讲越乱,说来说去无非就那么两件事:她觉得韩斌在疏远她,觉得韩斌外面有了人。

我把蒋轩宇支去楼下买奶茶,对小梅开门见山:"你说吧,想让我帮你做什么?"

小梅特意回头看了一眼办公室房门,确认房门紧闭,才郑重地说:"婉莹姐,韩斌最近没有主动联系过你吧?"

原来说了这么多,她是在怀疑韩斌偷偷联络我。她刚刚不好开口讲心里话,就是怕蒋轩宇那张臭嘴难为她。

我站起身,拿着手机走到她面前,调出了我和韩斌的微信聊天记录。"你看吧,上一次的聊天还是你们领证结婚前。"我坐到她身旁:"你真的不用担心,韩斌和你领证前我们聊过一次,他说既然娶了你,就会一心一意对你好,对这个家负责。他不是个三心二意的男人,他是好丈夫,未来更会是个好爸爸。"

小梅低着头,脸上的阴郁神色遮掩不住。"我从没听他和我讲什么知心话……虽然我知道他不喜欢我……"她无助地望向我,"可我心里还是难受。"小梅忽然拉住我的手:"婉莹姐,你帮我劝劝他吧,他最听你的话,当初重新做厂子的时候,也是你在背后指导他。"

我自知这样的请求不能轻易松口答应,我也无法完全理解小梅的想法,她明知我们三个人的关系复杂,却还要我出面当和事佬。

我没答应也没拒绝,她继续恳求:"求你了婉莹姐!你现在帮我给韩斌打个电话,我们一起吃个饭,你帮我点点他。他妈妈现在说什么他都不听,结婚以后好像变了个人一样,什么都自己拿主意。"

我倒是惊讶于韩斌的改变竟是在结婚以后,过往那个对蔡琴芬唯命是从的他,也开始有了自己的主见。

大概是他用婚姻这个昂贵的代价,换得了内心的不亏欠,才有了底气吧。

小梅的眼泪在眼眶里打转:"婉莹姐你就帮帮我吧!"

我哪扛得住她这般请求,只得给韩斌打了电话,只是电话接通的一刻,韩斌的一句"你怎么忽然给我打电话了?"让我留意到了小梅脸上不自觉流露出的松懈。

我真希望是我想多了,可刹那间的表情不会骗人。此前我在国外留学时,跟着兴趣小组研究了一段时间的微表情,人的真情流露总是短暂且难以捕捉的,但仔细观察面部表情,还是会发现端倪,特别是某些不经意的小动作。

小梅刚刚的状态像是瞬间安了心,韩斌的那句"你怎么忽然给我打电话了?"足以证明我和韩斌的清白,我想小梅执意让我打电话的目的,就是想看看我和韩斌到底有没有勾搭在一起。

我在电话里和韩斌约了吃饭时间,电话一挂,小梅从包里掏出了一张银行卡,放在茶几上:"婉莹姐,这里面有十二万五千七百块钱,是韩斌厂子回暖后的盈利。之前你帮我们弄了一百万的投资款,这钱总要凑齐还给你的。"

我推回那张卡:"韩斌应该没和你说明白,那是沈总给他的投资,也是沈总和韩斌之间的交易,已经和我无关了。你们两口子赚的钱,还是好好攒起来吧,过段时间你也该去整形修复了,别错过最好的修复时间。"

小梅点头,收回了那张卡。我现在才明白,她今天这一行,一是想确认我和韩斌有没有继续来往，二是想还清欠款以减少对我的亏欠。

此前我一直以为，小梅是个有话直说的朴实姑娘，现在看来，大家都在变，变得拐弯抹角，变得有话不能直说。

小梅准备离开时，蒋轩宇刚好提着奶茶进了办公室。我送小梅到门口，叮嘱了她一句："夫妻俩有话直说就好，别乱猜更别胡思乱想，只有多沟通多交流，才能把日子过好。"

小梅一走，我转身就给韩斌发了消息："吃饭的事改日再说吧，我临时有点事。"我想着还是少和韩斌见面比较好，韩斌却直接猜到了原因："小梅去找你了吧？"

我倒吸一口冷气，蒋轩宇一边插着吸管一边道："姐，我刚才给韩斌打电话了，我说小梅来酒店了，我让他管好自己的媳妇。"

我一脚踢在他后腿上："谁让你给韩斌通风报信的！"

蒋轩宇瞪着牛眼："那咋的，自己媳妇管不明白，来麻烦你！你手上的烂事够多了，还有空寻思他们那些爱恨情仇？要我说俩人赶紧弄个孩子出来得了，啥都解决了。"蒋轩宇递给我热奶茶，贱兮兮说："姐，刚我套韩斌的话，韩斌现在还没和梁小梅圆房呢！"他靠在办公桌上，仰头思考一阵，又说："你说韩斌是不是不行啊……"

我抓起抽纸砸在他脑门："我看你也不行！"

蒋轩宇一脸认真地拍着胸脯："我行的姐！我长得就是一副非常行的样子！"

"你才十九岁……"我皱着眉一掌拍在桌子上，"蒋轩宇你是不是把那个叫小花的姑娘给糟蹋了？！"

蒋轩宇笑嘻嘻地突然举起自己的左手："姐，我是被它糟蹋的……嘿嘿嘿……"

我抬脚就要踹他，他一溜烟地跑出办公室，眨眼间没了影儿。

晚上沈浩南回酒店时，他的后背驮着熟睡的沈天天，沈天天的头发油得贴在了脑门，眼睛肿得像是两颗小馒头，看样子这两天没少遭罪。

我让蒋轩宇带着孩子去楼上休息，沈浩南一身疲惫地在我办公室连喝了两瓶矿泉水。他下巴上的胡须密密麻麻地冒了根，眼神疲倦，黑眼圈明显。

"你父亲的事全都解决了吧？梅总那边都处理妥当了吗？"我问道。

沈浩南没有回答我，眼睛斜望着我，带着几分痞气："你不是有事想跟我商量吗？蒋菲菲的事？我刚上楼的时候看见会议室很热闹。"

见他不想提及家事，我也不好再问，便点着头："蒋菲菲现在正被机构查账。不过这不是关键，我的人被她关起来了。"

我把事情的来龙去脉跟沈浩南复述了一遍，沈浩南开口："你有把柄在她手上，你伪造各种证明文件转移了你父亲的资产。若是她追究起来，你怕是凶多吉少。"

"所以我也不敢轻举妄动。"

"她不是给你提了条件吗？让你拿东西换人。"

我想了想："可我似乎没有能交换的筹码。"

沈浩南问了个让我深思的问题："那尚云雅对你来说，有多大的利用价值？"

我被难住了，起初我和尚云雅站在一边，是因为我要报复蒋菲菲，报复病床上的父亲。我想让尚云雅的孩子平安降生，这样可以为母亲争取到利益，阻止蒋菲菲一人独吞。毕竟父亲的遗嘱上，写的是将遗产都交给蒋菲菲。

而现在呢，除了跟蒋菲菲拼个你死我活之外，我竟也多了那么一点同情心，尚云雅帮过我的忙，我想还她一个人情。加之那孩子的确无辜，我曾承诺，会保证她们母子的安全，我现在不想食言。

沈浩南看我的目光发生了变化："你真觉得善良能换来你想要的一切吗？先不说尚云雅值不值得你拼命，我只想提醒你，若是救了这个人，你很可能人财两空，人心是最不可信的。"

关于人心叵测这个话题，我曾在秦家骏的嘴里听过类似的言论，他也不信人心，他只信唯利是图、可以利用的人。

我下了决心："我承诺过，所以我必须救人，大不了就赌一把，反正我本来就一无所有。"

沈浩南忽然从沙发上站起身："好，我还真是小瞧了你，把你当普通的漂亮女人来看，是我眼拙。"他给自己冲了杯咖啡，边品边道："蒋菲菲挟持尚云雅，就是为了除掉争抢家产的竞争对手，她的目的是钱。"

我点头："没错。"

"老爷子的遗嘱怎么写的？"

我深吸一口气："遗产都归蒋菲菲，但蒋菲菲还不知道这份遗嘱的存在。"

沈浩南大笑："所以她才这么多戏。她要是知道了老爷子的遗嘱是这么写的，那她……"

我抢了话："她会直接拿掉父亲的呼吸机，让他彻底离开这个世界。"

沈浩南的笑容荡然无存："她……有这么凶残？"

我笃定地点头。

沈浩南举着咖啡杯在饮水机旁想了好久，结果还是给了我最狠心的建议："你就用遗嘱的内容跟她做交换，让她知道，你们的父亲早就把家业都留给她了。"

我急忙否定："不行！她一定会害死父亲。到时候母亲一分钱都得不到，那往后的几十年怎么活？"

沈浩南胸有成竹："最危险的往往是最安全的。你用这个信息先把尚云雅救出来，然后再把遗嘱的内容散播出去。当全世界都知道了这份遗嘱以后，你觉得蒋菲菲还敢轻举妄动吗？老爷子死了，谁的嫌疑最大？"

我倒是认同沈浩南的观点，这的确是个办法，只是风险太大。

他的一杯咖啡见底，逼着我做决定。"我知道你想帮母亲争得利益，但你和你母亲的利益，都挂在了尚云雅的身上，只有她和肚子里的孩子安全，等你父亲醒来以后，你们才有可能翻盘。否则，尚云雅的孩子保不住，不论你父亲醒还是不醒，都没你和你母亲的份。不过这一切的前提是尚云雅值得信。"他摇头轻笑："况且杀人没那么容易，蒋菲菲雷声大雨点小，你就是亲手递给她一把枪，她都未必知道如何开火。"

此刻，我脑子里的思路已经完全被沈浩南带着走，我还是相信他的，在我最茫然无措之时，他总是能给我最好的建议。

我终于下了决心："那我就按你说的做。"

沈浩南伸了个懒腰："那我上去休息了。"

沈浩南转身便走。我本想问问他家里的事，可他明显不愿意开口。也不知他心里藏了多大的压力，那种想靠近却又被拒绝的失落感，让我的心小小地拧巴了一下。

第六十七章

隔天一早,张经理风风火火地来了酒店。碰面时,他急得口干舌燥,气得直跺脚:"财务经理已经逃去国外了!你知道他卷了多少钱吗?一千多万啊!现在警方正想办法呢,但我感觉可能抓不回来了。公司养了个白眼狼啊!白眼狼啊!"

可我更关心另一件事:"财务经理携款逃跑这事,和蒋菲菲有关联吗?"

张经理摇头:"她应该不知情。"

我扭头就往会议室的方向走:"我去找蒋菲菲。"

蒋菲菲这一夜应该是没睡好,机构的人还在核实对账,她趴在桌子上打盹,手边放了三四个咖啡杯。我上前敲了敲桌子。她吓了一跳,道:"谁啊?吵死了!"

瞧见是我,她咧嘴嘲讽:"一大早就来视察我工作,这是想好要用什么跟我交换了?"

我回头递给张经理一个眼色,张经理挂着一副失望至极的表情,对蒋菲菲说道:"财务经理卷了一千多万跑了。你是怎么管理你手下这帮人的?这么大的一笔资金说消失就消失,你到底怎么运营的豪森?那里面还有要归还银行的欠款!现在出了这么大的窟窿,怎么办?"

蒋菲菲傻眼,她的表情不像是假的,或许她真被财务经理给坑了。可她还是直挺着腰板,丝毫不认为是自己错了:"钱又不是我拿的,你和我喊什么?我贪钱了吗?难道我想这样吗?我在这儿死熬了一夜配合查账,还不是为了公司?你们作为老职工不严加看管,把罪责全都推到我头上,一个个的都事不关己的样子,太过分了吧!"

张经理被蒋菲菲气得心脏不适,跌坐在一旁的椅子上。我冲蒋菲菲开了口:"等所有账目都查清楚了,财务经理是如何运作的便一目了然了。但豪森的事的确是出在了你任职期间,你要负责。"

蒋菲菲冷笑:"负责?怎么负责?你让我去填补那个一千万的窟窿?我没钱啊,要不你自己去爸的账户里掏个一千万出来?强行拿走爸的资产这种事,你又不是没做过。"

我心一颤,真怕她在这么多人的面前胡言乱语。我拉过她的手腕,走出会议室,去了个没人的角落。

蒋菲菲一脸嘲笑,自以为是地说:"你可千万别跟我说,你会帮我补上那一千万,然后让我放了尚云雅作为回报。我没那么傻,尚云雅到底值多少钱,我心里有数。"

我笑着:"你想多了,一千万该怎么补回去,那是你的事,我不会帮你。你是把父亲之前送你的商铺变卖,还是找别的男人要钱,那都是你的事。"

蒋菲菲饶有兴致地打量我,笑声下作:"呵呵,那你把我拉出来做什么?找个没摄像头的地方,谋杀我?"我忍着心里的怒火,开了口:"你不是说让我拿东西跟你做交换吗?"

蒋菲菲一脸的不以为意:"你打算拿什么跟我换?"

"父亲的遗嘱。"

不出意料,蒋菲菲脸上的惊讶和我设想的一模一样。她先是软了口气,接着开始质疑:"你不会是在玩我吧?父亲立了遗嘱?就算已经立了遗嘱,那也都是由律师负责,你怎么可能看得见?"

"你看不见，不代表我看不见。如果你同意这笔交易，就可以放人了。"

蒋菲菲倒是没跟我周旋，她比谁都更想知道这份遗嘱的内容："我同意这笔交易，但要看到遗嘱才算，你怎么能让我看到？"

有关遗嘱一事，我是听闻母亲和张经理的口述后，才敢这般确信。此前母亲就跟我透露，父亲的重要文件都放在家中书房的保险柜里，包括早早立好的遗嘱。

我说道："今晚我们一起回家，就在家里做这笔交易，你把尚云雅带上，到时候我们一个交遗嘱，一个放人。"

蒋菲菲一点没含糊。"好，就按你说的做。"说着，她向我靠近了一步："所以你早就知道父亲遗嘱的内容了，里面写了什么？家产都是怎么分配的？"

我笑着："晚上你不就知道了吗？"

蒋菲菲转身要回会议室，我在身后提醒她："别忘了你的一千万，抓不到财务经理，这个窟窿就必须由你来补。"

蒋菲菲白了我一眼，身影消失在走廊拐角。

我忙拿手机给母亲打电话，边打边下楼："妈你还记得爸保险柜的密码吧？我记得之前你从爸的保险柜里帮他拿过文件。"

母亲犹豫片刻："记得。不过不知道他有没有换密码，你爸这个人向来警惕。"

"你现在就帮我试试。"

五分钟后，母亲给我的回复是打不开，试了几个密码都打不开。

父亲的警惕和防备心我算是见识到了，即便是不求结婚不求资产一心一意陪在他身边的母亲，都得不到他的信任。

怪我高估了父亲的人品，也高估了我对父亲的了解。

我联系了张经理，想着能不能从律师那边下手得到那份文件。可张经理也没办法。脑子发热时，我甚至想要去撬保险柜，我自己都觉得自己有点想破头了。

蒋轩宇忙完自己的事，就一直跟在我身后，通过零散的信息，他对事情也了解得八九不离十，帮我支起了损招："姐，要不我想办法给你砸开或者炸开？不就一破箱子嘛，我找个电锯，一锯就开了。"

我拧巴着脸，抽着嘴角："你那脑子能不能想点正经招数？"

蒋轩宇话糙理不糙："姐，保险柜那玩意儿，不就是防君子不防小人的摆设嘛。你说要是人家真想偷，怎么都偷了。"

他说的倒是有道理，我还在这边猜密码的时候，他已经联系了以前在工地打工的朋友，什么电锯电钻，统统借到了手。

有个鲁莽的弟弟还真是好，永远能在你走投无路的时候，给你个最糟糕的保障，不过总算也是个保障。

晚上的保险柜打不打得开，只能看命了，要么猜密码，要么用蛮力。

但无论如何，尚云雅都要救，父亲醒来后若是追究，就伪造个偷窃现场，只是不知道父亲还醒不醒得过来。

我让后厨做了早餐，打算亲自送到沈浩南的房间，看看他和天天休息得好不好。可刚下电梯，人家父子俩已经收拾好行李出了房间，似乎是准备离开了。

沈天天坐在沈浩南的行李箱上，下巴搭在行李杆上，看到我后兴奋地大叫："姐姐，姐姐！"

我迎上前，蒋轩宇在我身后端着餐盘。沈浩南嘴里叼着房卡，两只手拎着游戏机和衣物。

我帮忙拿东西，询问着："你们父子俩这是要去哪？"

沈天天大叫："回家呀！爸爸要跟我回家了！"

我兴奋着，满脸崇拜地看着沈浩南："所有麻烦都解决了是吗？你怎么这么厉害，什么事都能处理妥当。"我蓦然佩服他，前几天还和梅慧红闹得不可开交的他，今天就重获了自由。

可沈浩南的脸上没有丝毫表情，他关上身后的房门，语调冷然："屋子有两个摄像头，我都找到了，给你放在茶几上了，你到时候清理掉好。若是不放心，就让服务生再搜一遍。"

"嗯，这个就不用你担心了。"

沈浩南去推行李箱和天天，我和蒋轩宇跟在后头。蒋轩宇一手托着餐盘，另一只手往天天的嘴巴里塞流沙包："多吃点小家伙。"

我感觉到了沈浩南的不对劲，从他昨晚回酒店到现在，一直兴致不高，关于父亲沈火火的事，也闭口不谈。

我们一行人到了楼下大堂，沈浩南办理了退房手续。而这时，大堂门口走进来了秦家骏和庄妍。

瘦瘦小小的庄妍，并排站在秦家骏的身侧，被秦家骏高大的身躯衬托得如同一只娇弱的小鸟。

她走路轻飘飘的，脸上的气色明显好了不少。我不清楚她和秦家骏一起出现在这里的原因，但一定和沈浩南有关。

我拉了拉沈浩南的手臂，小声道："你哥和庄小姐来了……"

沈浩南纹丝不动面朝前台，背对着大堂门口，他似乎早就料到秦家骏和庄妍会来。他面色严肃，默默地在账单上签了字。

我缓缓松开了他的手臂，不知道为什么，我忽然间便猜到了一切，胸口倏然发凉，隐隐的失落感侵袭而来，躲都躲不过。

秦家骏站到我身后先打了招呼："又见面了，徐小姐。"我回过头，僵硬的脸上硬挤出一丝笑容："秦先生……庄小姐……"

庄妍完全没理会我，她望着沈浩南的背影，声音柔和："浩南，我们来接你回家。"

庄妍所说的"家"，不知是沈浩南的家，还是庄妍的家。

这一次，庄妍的身旁没了葛夕瑶的庇护，她的脸上再无埋怨担忧，那种胜券在握的幸福感，洋溢在眼角的每一丝纹路里。

我想，眼下的势态再明显不过，沈浩南向梅慧红低头了。

我再也没了开口的兴趣和欲望。沈浩南收回银行卡，转身从行李箱上抱起天天，他将行李箱轻轻踹到了庄妍的身边，嘴角露出假笑："拿行李走吧。"

庄妍愣了愣,但还是接过了行李箱。我看着沈浩南的侧脸,他依旧没给我任何解释。

蒋轩宇在一旁看得半糊涂半明白:"不是,沈总……你这……这就走了?"

沈浩南头也不回地朝着酒店大门而去,他们前行的途中,庄妍回头递给我一个轻蔑的眼神,告诉我,这场战争她赢了。

此时此刻,我如同小丑一般定在原地,脑子里的那个壁垒忽然坍塌了一半,那种天旋地转进退两难的窘迫感再次将我包围,而上一次体会这般难过的感觉,是裴江远对我的侮辱和抛弃。

我终于在这一瞬间承认,当沈浩南的身影距离我渐行渐远且一句解释都没留下时,我又一次被耍了。在我刚刚动了心,在我刚刚开始依赖这个男人、欣赏这个男人之时,我的期待落了空。

蒋轩宇想要追上去问个究竟,我伸手抓住他:"别去……"

蒋轩宇回头看着我,狠狠将手中的餐盘摔在了地上:"他算什么东西啊?!他算个屁啊?!"

我苦笑着,为了不让自己的视线里满是那个背影,我蹲下身,开始捡地上的陶瓷碎片,只是刚摸到那碎片,一只手拉住了我的手腕。

第六十八章

　　手腕被拉住的一刻，我抬起头，是秦家骏。

　　他搀着我站起身，声音温和："女孩子怎么好碰这些尖锐的东西，容易受伤。"

　　我一直没察觉，秦家骏还没走，他回头看了看大堂外已经上了庄妍车的沈浩南，冲我说道："沈浩南应该还没和你解释。"

　　是啊，他何止是没解释，他根本就不想解释，一声不吭地跟着庄妍离开，留给我担心和忧虑。

　　我低下头，觉得自己很丢人。我竭力掩藏自己的不悦，保持笑脸："不过就算他不解释，我也都明白。"

　　秦家骏意味深长地点点头："用你们年轻人的话讲，叫拿得起放得下，是吗？"

　　我看了看大门外已经启动的车子，提醒他："秦先生不跟他们一起离开吗？"

　　秦家骏看着我，犹豫片刻开了口："成年男人的世界，除了女人，还有父母和孩子，何况现在的他，不过是个没成熟的孩子而已。"

　　我点头。我知道他是在为沈浩南解释，解释沈浩南的无可奈何，解释沈浩南的一身牵绊，那个并不成熟的沈浩南，其实也自身难保。

　　秦家骏忽然朝着我的耳边靠近了些："有些事不一定非要讲出来才清

楚，毕竟这眼下四处，到处都是摄像头，万一被人瞧了去，听了去呢？"

秦家骏缓缓直起身，他微微笑笑，转身离开了酒店。

而我这才明白，沈浩南不仅被监视，或许还被监听。他为了保护父亲和孩子，向梅慧红妥协了。

沈浩南的不解释和不开口，都是有原因的。

我心里稍稍舒缓了些，但也终于在一次次的事件里明白了自己对他的心意。他牵动着我的情绪，让我提心吊胆，让我胡思乱想。

我很想给他发个消息，告诉他一切慢慢来，一切都会变好，我还想告诉他，今晚我就要和蒋菲菲正面对峙了，希望能得到他的一句加油。可我什么都做不了，若是想帮沈浩南，就必须与他划清界限。

身旁，蒋轩宇把地上的陶瓷碎片一一捡起，愁眉苦脸道："姐，你是不是心情特差，因为那个沈浩南？我看他别叫沈浩南，叫'沈渣男'更适合。"

我拍拍他的肩膀："行了你，让你安排的事都安排好了吗？靠谱吗？"

蒋轩宇贼眉鼠眼地四下看了一圈，确认没人偷听，在我耳边嘀咕："找的都是地下组织的打手，晚上只要接到尚云雅，直接把她送到安全的地方。这次蒋菲菲就是上天遁地，都找不到尚云雅的人影。"

我心口悬着一把刀："真希望时间能过快点，让她把孩子平安生下来，一切就都好办了。"

晚上我和蒋轩宇早早回了家，是母亲给我开的门。好久没回家了，家里一切照旧，只是家里少有人气，一点都不热闹，空荡荡的屋子里说话都带着回音。

自从这个家分裂以后，只有母亲一人在家，蒋菲菲在外鬼混，父亲在医院病床上续命。我发现家里的家嫂又换了人，想必一定是刁蛮的蒋菲菲所为。

母亲一脸沉重，她看着蒋轩宇推着个推车进来，里面是各种生了锈的电钻设备，瞬间脑子涨大："你们不会真准备把保险柜撬开吧？那你爸要是醒来了，怎么交代啊？"

我说道："妈你别担心了，我先去试密码，未必用得上那些东西。"

母亲跟着我进了书房，坐在一旁发愁，我对着保险柜发了好一会儿的呆。这时，家门口有了动静，我急忙起身，听到大厅里传来的尖锐嗓音："来得这么早啊！都不打个电话说一声呢！"

我在身后冲蒋轩宇摆手，他用黑布罩住那些设备。我走出书房，蒋菲菲是一个人回的家。

我开口道："尚云雅呢？"

蒋菲菲避开我的问题，悠然地坐在沙发上，冲着母亲道："妈，你知道徐婉莹今天为什么回家吗？为了救那个小三！你说她是不是特没良心，为了个拆散我们家庭的小三，真是前赴后继。"她把目光转向我："你是不是指望尚云雅肚子里的种呢？指望那孩子继承爸的家业，然后分你一杯羹？"

我懒得理会她的阴谋论："少废话！尚云雅呢？"

蒋菲菲伸出手，眼神逼迫："遗嘱呢？"

屋子里的气氛瞬间凝固，我们彼此僵持。蒋轩宇忍不住站出来："总要让我们看到人吧？张口就要遗嘱，你要是不交人出来，谁信你！"

蒋菲菲随意指了指家门外："外面的车里押着呢。遗嘱呢？"

我指着身后书房："书房里。"

蒋菲菲起身就要进书房，蒋轩宇拦在她面前："你先交人！"

蒋菲菲推着他的肩膀："好狗不挡路！"蒋轩宇要上手，我按住了他的手背，冲蒋菲菲道："你把尚云雅带进来，起码让我看到人，你们人多势众，我抢不走。确认尚云雅安全以后，我就把遗嘱交给你。"

蒋菲菲怀疑道："你要是骗我怎么办？"

"鱼死网破对谁都没好处。"

蒋菲菲倒是痛快地说："成，就按你说的做。"她拿出手机打了个电话，两分钟后，尚云雅被两个壮汉押进了屋，她倒是没受什么虐待，但明显精神状态很差。

蒋菲菲回头瞧了一眼，冲我道："看见了吧，人好好的呢，现在能拿遗嘱了吧？"

我转头进了书房，蒋轩宇跟在我身后，我们一群人围在书房内，母亲又试了几次密码，但都不对。蒋菲菲冷言嘲讽："徐婉莹你是来搞笑的吧？你和妈不知道密码？你到底看没看过那份遗嘱？你是不是在骗我？"

蒋轩宇回头就要去拿设备撬保险柜，可这时，精神萎靡的尚云雅忽然开了口："我知道密码，徐建森喝多的时候和我说过。"

我是怎么都想不到，尚云雅会知道家里保险柜的密码，看样子她没少对这个家做调查。两个壮汉松开了她的臂膀，她蹲在了保险柜前，输入了一遍密码就开了锁。

母亲站在旁侧失落苦笑，蒋菲菲猛冲上前去寻找遗嘱，我在她身后开了口："父亲把一切资产都留给了你，你此前的所有担心都是多余的。"

蒋菲菲刚好打开了一个文件袋子，里面就是那份遗嘱，漂亮的字迹和印章明晃晃地入了我们每个人的眼。

我听见了蒋菲菲满足的笑声，她站起身，拿着那份遗嘱，缓缓走向我，眼神里的恶毒愈加理所当然："怪不得你要帮妈转移资产，怪不得你要保护尚云雅，原来你就是怕爸断气以后，所有家产都成了我一个人的！所以你要用尚云雅当你的护身符，让母亲作为你转移资产的中间人。徐婉莹，你口口声声说你不要钱，要和徐家断绝来往，可实际上你做的每一件事，都是为了钱！"

我一点不意外蒋菲菲会这样曲解我，按着她的逻辑来讲，她这么想我，一点问题都没有。

我将尚云雅送到了蒋轩宇的身边："轩宇你先带她离开这儿。"

蒋轩宇护着尚云雅往门外去。蒋菲菲恶毒地瞪着尚云雅，随后转回身子看向我："现在你做什么都没用了，爸的一切都是我的，跟你没有任何关系！"

我笑着:"本来也是你的。"

可突然,一旁的母亲发了火:"蒋菲菲你到底闹够了没有,你爸还没死呢!为了钱,你还绑架孕妇,你是想坐牢吗?"

蒋菲菲侧过头,语气里满是威胁:"妈,你要是安静点,等爸死了我养你老。你就好好待在我身边,别乱说话,也别给我惹麻烦,咱俩就还是一家人。你可千万别学徐婉莹,心里肮脏得要死,却还要装老好人,猫哭耗子假慈悲。"

蒋菲菲扭头便要走,母亲大声呵斥:"你说的那是什么话!什么叫等你爸死了?你现在又要去哪?"

蒋菲菲头也不回:"去医院啊,顺便联系一下父亲的律师,问问这遗嘱是不是真的有效。"突然,她定了脚,回头冲我:"不过,不得不说,这遗嘱可比尚云雅这个人质值钱多了。"

她笑着走向家门口。母亲慌张了神色,忙追上前:"你这么晚去医院要干什么?"

其实我想得到,蒋菲菲大概是要去确认,父亲到底还有没有活下去的希望。她知道了遗嘱的内容,这遗嘱带给她的最大信息,就是把她原来众多的敌人,变成了一个敌人,而那个敌人,便是病床上的父亲。

只要她结束了父亲的生命,我和尚云雅,以及尚云雅肚子里的孩子,就再也不是她的对手了。

我回忆起沈浩南和我说过的话,他说蒋菲菲应该不会那么快对父亲下手,可现在看来,我们都高看了蒋菲菲的良知。

在她的眼里,没有任何人是她的至亲,她不爱王玉兰,不爱蒋国富,不爱蒋轩宇,更不爱自己的生父生母,她只爱她自己。

母亲上前拦住蒋菲菲时,我提醒了蒋菲菲一句:"我劝你不要轻举妄动。"

蒋菲菲回过身,一字一顿:"那我也劝你,别多管闲事!"

蒋菲菲甩开母亲,母亲瘫坐在地扯破喉咙:"你要是敢对你父亲做什么出格的事,谁都护不了你!"

蒋菲菲皱着眉,不理解地看着母亲:"妈,你也在猫哭耗子假慈悲吗?爸都出轨了,你还护着他呢?"

母亲面目狰狞着:"闹出人命是要坐牢的!"

蒋菲菲笑着:"合着你们都在担心……我会谋害父亲啊?别怕啊,我也没说我要去医院看父亲啊,我就是去问问,爸还能活多久。"

此刻,我心里的担忧越来越剧烈,我真怕她会一时冲动取了父亲的命。且不说那遗产会被蒋菲菲糟践光。我担心的是,几十年成立起来的家业,就这么毁了,到时候损失了钱是小,那些跟随了父亲一辈子的老员工,以及那些在酒店干了一辈子的职员,都会没了饭碗。豪森已经连工资都开不出来了,不能再这么恶化下去。

蒋菲菲右脚迈出家门的一刻,我又提醒她:"如果病床上的父亲因为你而发生不测,法律上规定,你会失去继承权。"

蒋菲菲定住脚,她缓慢地回过身,盯着我的眼。这时,母亲的手机来了电话,母亲看着手机屏幕上的号码,整个人都跟着发抖:"是……医院打来的……"